语文新课标名家选

# 莎士比亚戏剧集

（英）莎士比亚（Shakespeare，W.）／著

文 婕／编译

Mingshi
名师伴读
阳光成长
Bandu

 紧扣课标·精心批注·无障碍阅读

阅读★殿堂

SHASHIBIYAXIJÙJI

**让孩子阅读属于自己的经典，为孩子引读适合他们的名著**

一本好书，就是一轮太阳，灿烂千阳，照耀成长

 阅读的孩子，前途无可估量

线装书局

**图书在版编目(CIP)数据**

莎士比亚戏剧集/(英)莎士比亚
(Shakespeare,W.)著;文婕编译.—北京:线装书局,
2010.10
(语文新课标名家选)
ISBN 978-7-5120-0259-3

Ⅰ.①莎…  Ⅱ.①莎…②文…  Ⅲ.①戏剧文学—剧
本—作品集—英国—中世纪  Ⅳ.①I561.33

中国版本图书馆 CIP 数据核字(2010)第 196371 号

## 莎士比亚戏剧集

著　　者：(英)莎士比亚(Shakespeare,W. )

编　　译：文　婕

责任编辑：赵安民　孙嘉镇　朱　华

排　　版：腾飞文化

出版发行：**线装书局**
　　　　　地　　址：北京市西城区鼓楼西大街 41 号(100009)
　　　　　电　　话：010-64045283　64041012
　　　　　网　　址：www.xzhbc.com

经　　销：新华书店

印　　刷：北京龙跃印务有限公司

开　　本：710mm×1000mm　1/16

印　　张：18

字　　数：258 千字

版　　次：2010 年 11 月第 1 版　2014 年 1 月第 3 次印刷

印　　数：20001-30000

定　　价：29.80 元

# 目录 CONTENTS ▶▶▶

莎士比亚戏剧集

# 皆大欢喜

语文新课标名家选

## 第十二夜

莎士比亚戏剧集

## 终成眷属

# 无事生非

莎士比亚戏剧集

# 导　读

威廉·莎士比亚(William Shakespeare,1564～1616 年),被许多人认为是英国文学史和戏剧史上最杰出的诗人和剧作家,也是西方文艺史上最杰出的作家之一,全世界卓越的剧作家之一。他被誉为英国的民族诗人和"艾芬河的吟游诗人"(或直接称为"吟游诗人")。他流传下来的作品包括 38 部剧本、154 首十四行诗、两首长叙事诗和其他诗作。他的剧本被翻译成所有主要使用着的语言,并且表演次数远远超过其他任何剧作家。

莎士比亚在雅芳河畔斯特拉特福出生长大,18 岁时与安妮·哈瑟维结婚,两人共生育了三个孩子:苏珊娜、双胞胎哈姆内特和朱迪思。1585 年到 1592 年期间,莎士比亚在伦敦开始了成功的职业生涯,他不仅是演员、剧作家,还是宫内大臣剧团的合伙人之一,后来改名为国王剧团。1613 年左右,莎士比亚似乎退休回到雅芳河畔斯特拉特福,3 年后逝世。有关莎士比亚私人生活的记录流传下来的很少,关于他的性取向、宗教信仰以及他的著作是否出自他人之手都依然是谜。

1590 年到 1613 年是莎士比亚的创作高峰期。他的早期剧本主要是喜剧和历史剧,在 16 世纪末期达到了深度和艺术性的高峰。接下来到 1608 年他主要创作悲剧,包括《哈姆莱特》《李尔王》和《麦克白》,被认为属于英语最佳范例。在他人生最后阶段,他开始创作悲喜剧,又称为传奇剧,并与其他剧作家合作。在他有生之年,他的很多作品就以多种版本出版,质量和准确性参差不齐。1623 年,他所在剧团的两位同事出版了《第一对开本》,除两部作品外,目前已经被认可的莎士比亚作品均收录其中。

莎士比亚在世时被尊为诗人和剧作家,但直到 19 世纪他的声望才达到今日的高度。浪漫主义时期赞颂莎士比亚的才华,维多利亚时代像英雄一样地尊敬他,被萧伯纳称为"莎士比亚崇拜"。20 世纪,他的作品常常被新学术运动改编并重新发现价值。他的作品直至今日依旧广受欢迎,在全球以不同文化和政治形式演出和诠释。莎士比亚的创作生涯通常被分成四个阶段。到 16 世纪 90 年代中期之前,他主要创作喜剧,其风格受罗马和意大利影响,同时按照流行的编年史传统创作历史剧。他的第二个阶段开始于大约 1595 年的悲剧《罗密欧与朱丽叶》,结束于

1

1599 年的悲剧《朱利叶斯·恺撒》。在这段时期，他创作了他最著名的喜剧和历史剧。从大约 1600 年到 1608 年为他的"悲剧时期"，莎士比亚的创作以悲剧为主。从大约 1608 年到 1613 年，他主要创作悲喜剧，被称为莎士比亚晚期传奇剧。

最早流传下来的莎士比亚作品是《理查三世》和《亨利六世》三部曲，创作于 16 世纪 90 年代早期，当时历史剧风靡一时。然而，莎士比亚的作品很难确定创作时期，原文的分析研究表明《泰特斯·安特洛尼克斯》《错误的喜剧》《驯悍记》和《维洛那二绅士》可能也是莎士比亚早期作品。他的第一部历史剧，从拉斐尔·霍林斯赫德 1587 年版本的《英格兰、苏格兰和爱尔兰编年史》中汲取很多素材，将腐败统治的破坏性结果戏剧化，并被解释为都铎王朝起源的证明。它们的构成受伊丽莎白时期其他剧作家的作品影响，尤其是托马斯·基德和克里斯托夫·马洛，还受到中世纪戏剧的传统和塞内卡剧作的影响。《错误的喜剧》也是基于传统故事，但是没有找到《驯悍记》的来源，尽管这部作品的名称和另一个根据民间传说改编的剧本名字一样。如同《维洛那二绅士》中两位好朋友赞同强奸一样，《驯悍记》的故事中男子培养女子的独立精神有时候使现代的评论家和导演陷入困惑。

莎士比亚早期古典和意大利风格的喜剧，包含了紧凑的情节和精确的喜剧顺序，在 16 世纪 90 年代中期后转向他成功的浪漫喜剧风格。《仲夏夜之梦》是浪漫、仙女魔力、不过分夸张滑稽的综合。他的下一部戏剧，同样浪漫的《威尼斯商人》，描绘了报复心重的放高利贷的犹太商人夏洛克，反映了伊丽莎白时期观念，但是现代的观众可能会感受到种族主义观点。《无事生非》的风趣和俏皮、《皆大欢喜》中迷人的乡村风光、《第十二夜》生动的狂欢者构成了莎士比亚经典的喜剧系列。在几乎完全是用诗体写成的欢快的《理查二世》之后，16 世纪 90 年代后期莎士比亚将散文喜剧引入到历史剧《亨利四世》第一部、第二部和《亨利五世》中。他笔下的角色变得更复杂和细腻，他可以自如地在幽默和严肃的场景间切换，诗歌和散文中跳跃，来完成他叙述性的各种成熟作品。这段时期的创作开始和结束于两个悲剧：《罗密欧与朱丽叶》是一部著名的浪漫悲剧，描绘了性欲躁动的青春期、爱情和死亡；《朱利叶斯·恺撒》基于 1579 年托马斯·诺斯改编的罗马时代的希腊作家普鲁塔克作品《传记集》，创造了一种戏剧的新形式。莎士比亚的研究学者詹姆斯·夏皮罗认为，在《朱利叶斯·恺撒》中，各种政治、人物、本性、事件的线索，甚至莎士比亚自己在创作过程时的想法，交织在一起互相渗透。

大约 1600 年到 1608 年期间是莎士比亚的"悲剧时期"，尽管这段时期他还创作了一些"问题剧"如《一报还一报》《特洛伊罗斯与克瑞西达》和《终成眷属》。很多评论家认为莎士比亚伟大的悲剧作品代表了他的艺术高峰。第一位英雄当属哈姆莱特王子，可能是莎士比亚创作的角色中被谈论得最多的一个，尤其是那段著名的独白——"生存还是毁灭，这是一个值得考虑的问题"。和内向的哈姆莱特不同（其致命的错误是犹豫不决），接下来的悲剧英雄们奥赛罗和李尔王，失败的原因是做决定时犯下轻率的错误。莎士比亚悲剧的情节通常结合了这类致命的错误和缺点，破坏了原有的计划并毁灭了英雄和英雄的爱人们。在《奥赛罗》中，坏蛋伊阿古起了奥赛罗的性妒忌，导致他杀死了深爱他的无辜的妻子。在《李尔王》中，老国王放弃了他的权力，从而犯下了悲剧性的错误，导致他女儿的被害以及葛洛斯特公爵遭受酷刑并失明。剧评家弗兰克·克莫德认为，"剧本既没有表现良好的人物，也没有使观众从酷刑中解脱出来"。《麦克白》是莎士比亚最短最紧凑的悲剧，无法控制的野心刺激着麦克白和他的太太麦克白夫人，谋杀了正直的国王，并篡夺了王位，直到他们的罪行反过来毁灭了他们自己。在这个剧本中，莎士比亚在悲剧的架构中加入了超自然的元素。他最后的主要悲剧《安东尼与克莉奥佩特拉》和《科利奥兰纳斯》，包括了部分莎士比亚最好的诗作，被诗人和评论家托马斯·斯特恩斯·艾略特认为是莎士比亚最成功的悲剧。

在他最后的创作时期，莎士比亚转向传奇剧，又称为悲喜剧。这期间主要有三部戏剧作品:《辛白林》《冬天的故事》和《暴风雨》，还有与别人合作的《泰尔亲王配力克里斯》。这四部作品与悲剧相比没有那么阴郁，和 16 世纪 90 年代的喜剧相比更严肃一些，最后以对潜在的悲剧错误的和解与宽恕结束。一些评论家注意到了语气的变化，将它作为莎士比亚更祥和的人生观的证据，但是这可能仅仅反映了当时戏剧流行的风格而已。莎士比亚还与他人合作了另外两部作品《亨利八世》和《两个贵族亲戚》，极有可能是与约翰·弗莱彻共同完成。

# 知识链接

## 风格

　　莎士比亚最早的剧作是以当时常见的风格写成。他采用标准的语言书写,常常不能根据角色和剧情的需要而自然释放。诗文由扩展而定,有时含有精心的隐喻和巧妙构思,语言通常是华丽的,适合演员高声朗读而不是说话。一些评论家认为,《泰特斯·安特洛尼克斯》中庄重的演说词,经常阻碍了情节;《维洛那二绅士》的台词被评论为做作、不自然。

　　很快莎士比亚从传统风格转向他自己的特点。《理查三世》开幕时的独白开创了中世纪戏剧中的邪恶角色,同时,理查生动的充满自我意识的独白延续到莎士比亚成熟期剧作中的自言自语。没有单独一个剧本标志着从传统风格到自由风格的转换,莎士比亚的整个写作生涯中综合了这两种风格,《罗密欧与朱丽叶》可能是这种混合风格最好的诠释。到 16 世纪 90 年代中期创作《罗密欧与朱丽叶》《理查二世》和《仲夏夜之梦》时期,莎士比亚开始用更自然的文字写作。他渐渐将他的隐喻和象征转为剧情发展的需要。

　　莎士比亚惯用的诗的形式是无韵诗,同时结合抑扬格五音步。实际上,这意味着他的诗通常是不押韵的,每行有 10 个音节,在朗读时第二个音节为重音。他早期作品的无韵诗和后期作品有很大区别。诗句经常很优美,但是句子倾向于开始、停顿、并结束在行尾,这样有可能导致枯燥。当莎士比亚精通传统的无韵诗后,他开始打断和改变规律。这项技巧在《朱利叶斯·恺撒》和《哈姆莱特》等剧本的诗文中释放出新的力量和灵活性。

　　《哈姆莱特》之后,莎士比亚的文风变化更多,尤其是后期悲剧中更富有感情的段落。英国文学评论家安德鲁·塞西尔·布拉德利将这种风格描述为“更紧凑、明快、富有变化,并且在结构上比较不规则,往往错综复杂或者省略”。在他创作生涯后期,莎士比亚采用了很多技巧来达到这些效果,其中包括跨行连续、不规则停顿和结束以及句子结构和长度极富变化。完整地理解意思对听众是挑战。后期的传奇剧,情节及时而出人意料地变换,创造了一种末期的诗风,其特点是长短句互相综合、分句排列在一起、主语和宾语倒转、词语省略,产生了自然的效果。

莎士比亚诗文的特征和剧院实际效果有关。像那个时代所有的剧作家一样,莎士比亚将弗朗西斯克·彼特拉克和拉斐尔·霍林斯赫德等创作的故事戏剧化。他改编了每一个情节来创造出几个观众注意的中心,同时向观众展示尽可能多的故事片段。设计的特点保证了莎士比亚的剧作能够被翻译成其他语言、剪裁、宽松地诠释,而不会丢失核心剧情。当莎士比亚的技巧提高后,他赋予角色更清晰和更富有变化的动机以及说话时独一无二的风格。然而,后期的作品中他保留了前期风格的特点。在后期的传奇剧中,他故意转回到更虚假的风格,这种风格着重了剧院的效果。

## 影响

莎士比亚的著作对后来的戏剧和文学有持久的影响。实际上,他扩展了戏剧人物刻画、情节叙述、语言表达和文学体裁多个方面。例如,直到《罗密欧与朱丽叶》,传奇剧还没有被视作悲剧值得创作的主题。独白以前主要用于人物或场景的切换信息,但是莎士比亚用来探究人物的思想。他的作品对后来的诗歌影响重大。浪漫主义诗人试图振兴莎士比亚的诗剧,不过收效甚微。评论家乔治·斯泰纳认为从柯勒律治到丁尼生所有英国的诗剧为"莎士比亚作品主题的微小变化"。

莎士比亚还影响了托马斯·哈代、威廉·福克纳和查尔斯·狄更斯等小说家。狄更斯的作品中有25部引用莎士比亚的作品。美国小说家赫尔曼·梅尔维尔的独白很大程度上得益于莎士比亚:他的著作《白鲸记》里的亚哈船长是一个经典的悲剧英雄,含有李尔王的影子。学者们鉴定出2万首音乐和莎士比亚的作品相关,其中包括朱塞佩·威尔第的两部歌剧——《奥泰罗》和《法斯塔夫》,这两部作品和原著相比毫不逊色。莎士比亚对很多画家也有影响,包括浪漫主义和前拉斐尔派。威廉·布莱克的好友,瑞士浪漫主义艺术家约翰·亨利希·菲斯利,甚至将《麦克白》翻译成德语。精神分析学家齐格蒙德·弗洛伊德在他的人性理论中引用了莎士比亚作品的心理分析,尤其是《哈姆莱特》。

在莎士比亚时期,英语语法和拼写没有现在标准化,他对语言的运用影响了现代英语。塞缪尔·约翰逊在《约翰逊字典》中引用莎士比亚之处比任何其他作家都多，该字典是这个领域第一本专著。短语如"with bated breath"（意为"屏息地"，出自《威尼斯商人》）和"a foregone conclusion"（意为"预料中的结局"，出自《奥赛罗》）如今已经应用到日常英语中。

## 评价

莎士比亚在世时从未达到广被推崇的地位，但是他得到了应有的赞扬。1598年，作家弗朗西斯·米尔斯将他从一群英国作家中选出来，认为他在喜剧和悲剧两方面均是"最佳的"。剑桥大学圣约翰学院希腊神话剧的作者们将他与杰弗里·乔叟、约翰·高尔和埃德蒙·斯宾塞相提并论。尽管同时代的本·琼森在评论苏格兰诗人威廉·德拉蒙德时提到"莎士比亚缺少艺术"，然而在《第一对开本》中的献诗中，琼森毫不吝啬对莎士比亚的赞美，称他为"时代的灵魂"，并说："非凡的成就啊，我的不列颠，你有一个值得夸耀的臣民，全欧洲的舞台都应向他表示尊敬。他不属于一个时代，而是属于所有的世纪！"

从1660年英国君主复辟到17世纪末期，古典主义风靡一时。因而，当时的评论家大部分认为莎士比亚的成就不如约翰·弗莱彻和本·琼森。例如托马斯·赖默批评莎士比亚将悲剧和喜剧混合在一起。然而，诗人和评论家德莱顿却对莎士比亚评价很高，在谈论本·琼森的时候说，"我赞赏他，但是我喜欢莎士比亚。"几十年来，赖默的观点占了上风，但是到了18世纪，评论家开始以莎士比亚自己的风格来评论他，赞颂他的天分。一系列莎士比亚著作的学术评注版本，包括1765年塞缪尔·约翰逊版本和1790年埃德蒙·马隆版本，使他的声誉进一步提升。到了1800年，他已经被冠以"民族诗人"的称号。18世纪和19世纪，他的声望也在全球范围传播。拥护他的作家包括伏尔泰、歌德、司汤达和维克多·雨果。

在浪漫主义时期，莎士比亚被诗人及文评家柯勒律治称颂，评论家奥古斯特·威廉·施莱格尔将莎士比亚的作品翻译成德文版，富有德国浪漫主义精神。19世纪，对莎士比亚才华赞赏的评论往往近似于奉承。苏格兰散文家托马斯·卡莱尔1840年在论及英国国王日益式微之后，写道："这里我要说，有一个英国的国王，是任何议会不能把他赶下台的，他就是莎士比亚国王！难道他不是在我们所有人之上，以君王般的尊严，像一面最高贵、最文雅，并且最坚定的旗帜一样熠熠发光？他是那么无坚可摧，并且从任何一个角度讲都拥有无人可及的价值。"维多利亚时代大规模地上演了他的戏剧。剧作家和评论家萧伯纳嘲笑莎士比亚崇拜为"bardola-try"——"bardolatry"一词由"bard"（吟游诗人）和"idolatry"（盲目崇拜）合成，莎士比亚通常被称为"吟游诗人"，该词意味着对莎士比亚的过分崇拜。萧伯纳认为易卜生新兴的自然主义戏剧的出现使莎士比亚风格过时了。

　　20世纪初期的艺术现代主义运动并没有摒弃莎士比亚，而是将他的作品列入先锋派。德国表现派和莫斯科未来主义者将他的剧本搬上舞台。马克思主义剧作家和导演贝尔托·布莱希特在莎士比亚影响下设计了一座史诗剧场（Epic thea-ter）。艾略特和G.威尔逊爵士以及新批评主义的一些学者，倡导了一项更深入阅读莎士比亚作品的运动。20世纪50年代，新评论浪潮取代了现代主义，为莎士比亚后现代主义研究铺平道路。到了80年代，莎士比亚研究是结构主义、女权主义、非洲美洲研究和酷儿研究等研究对象。

仲夏夜之梦

# 剧中人物

提修斯　雅典公爵

伊及斯　黑美霞之父

莱散特
第米屈律斯 } 同恋黑美霞

菲劳士屈雷脱　提修斯的掌戏乐之官

衮斯　木匠

波顿　织工

史纳格　木匠

弗鲁脱　修风箱者

斯诺脱　补锅匠

司他巫林　裁缝

喜坡丽姐　亚美仲女王,提修斯之未婚妻

黑美霞　伊及斯之女,恋莱散特

海伦娜　恋第米屈律斯

奥白朗　仙王

蒂妲妮霞　仙后

迫克　又名好人儿罗宾

豆花
蛛网
飞蛾
芥子 } 小神仙

其他侍从仙王仙后的神仙们

提修斯及喜坡丽姐的侍从


# 地　点

雅典及附近的森林

# 第一幕

## 第一场　雅典。提修斯宫中

（提修斯、喜坡丽妲、菲劳士屈雷脱和侍从们上。）

**提：**漂亮的喜坡丽妲①，我们马上就要结婚了，幸福的四天过后，新月就会从天边升起；不过，哎！这轮残月消逝得是那么慢，它推迟了我的期望，就如一个老而不死的继母或寡妇，白白让年轻人供养着她们。

**喜：**四个白天转瞬就会成为黑夜，四个黑夜也会飞快地在美梦的陪伴下瞬间即逝，到时月亮就会如一弯新的银弓，在天上注视着我们的良辰美景。

**提：**去，菲劳士屈雷脱，激荡起雅典青年们狂欢的心情，呼唤起那活泼的乐观精神，让忧愁到坟墓里安歇去吧；那个脸色苍白的人，我不想在我们的婚礼上见到他。（菲下。）喜坡丽妲，我用我的宝剑向你求婚，用武力的征服赢得了你的青睐；但这一次我要换一种方式，我将用华丽、狂放、欢快来举行我们的婚礼。

（伊及斯、黑美霞、莱散特、第米屈律斯上。）

**伊：**大名远扬的提修斯公爵，向您问安！

**提：**非常感谢你，善良的伊及斯。你到我这儿有什么事？

**伊：**我怀着一腔怒气，来控告自己的女儿黑美霞。到前面来，第米屈律斯。殿下，这个人是和我女儿订立婚约的人。到前面来，莱散特。殿下，这个人勾引了我的女儿。你，你，莱散特，你写诗给我的女儿和她交换爱情的信物；你在晚上到她的窗下用你虚华的声调吟唱着做作煽情的诗篇；你用头发编织成的手链、戒指、无用的玩具、花朵、点心、其他小的饰物，这些可以强烈地蒙骗一个未谙世事的少女之心，并且偷走她的芳心；你用计谋偷取了她的心，煽动她对我进行倔强的抵抗。殿下，如果她现在当着您的面仍然不肯嫁给第米屈律斯的话，我就要求用雅典代代相传的权力，因为她是我的孩子，我可以随自己的意思处置她；依照我们的法律，她如果不嫁给这位绅士，就应当立即处死。

**提：**你有什么要说的，黑美霞？好好想想吧，美丽的女郎！你的父亲对于你就应该

———————————

① 提修斯远征亚美仲，克之，而娶其女王喜坡丽妲。

3

是一个神明；你的美貌是他所赐，你就是他亲手捏制的一尊蜡像，他能够创造你，也可以毁灭你。第米屈律斯是一个不错的绅士呢。

**黑：**莱散特难道不好吗？

**提：**就他个人来说当然毋庸置疑，但要是做你的夫君，他得不到你父亲的认可，相对第米屈律斯而言就会差一截了。

**黑：**我多希望我的父亲能与我的看法相同。

**提：**话说回来，还是你应该依从你父亲的意志才对。

**黑：**请殿下原谅我！我不知道一股神奇的力量让我如此大胆，也不知道在这里表白我的心思将会怎样影响到我的名誉，但是我还是要大胆问一下，殿下，要是我拒绝嫁给第米屈律斯，将会有什么最坏的命运降临到我的头上呢？

**提：**或者受死刑，或者是永远和男人阻隔。所以，漂亮的黑美霞，慎重考虑一下自己的心思吧！想一想你的青春，好好地感受一下你血脉中的跳动；假如不肯服从你父亲的选择，想想看能不能穿着尼姑的道服，终生禁闭在沉郁的庵院中，向着凄惨孤寂的月光唱着无聊的圣歌，做一个孤独的修道女终此一生？她们能这样压抑着激情，到死保持着处女的贞洁，上天按说应该格外地恩宠她们；不过结婚的女子如同被摘下炼制过的玫瑰，香气长久保存，比之寂寞地自开自谢，湮然消逝的花儿，在凡尘的眼光看来，肯定是要幸福百倍了。

**黑：**就让我这样自开自谢吧，殿下，我不愿意把我的贞操奉献给我心所不属的人。

**提：**回去仔细考虑一下。等到新月初升的时候，——我和我的爱人缔结永久婚约的一天，——你便当决定，假使不是因为违抗你父亲的意志而准备一死，便是听从他而嫁给第米屈律斯；否则就得在黛安娜①的神坛前立誓严守戒律，终身不嫁。

**第：**悔悟吧，可爱的黑美霞！莱散特，放弃你那无益的要求吧，不要再跟我的决定全力抗争了！

**莱：**你已经得到她父亲的爱，第米屈律斯，让我拥有黑美霞的爱吧，你去跟她的父亲结婚好了。

**伊：**无礼的莱散特！一点儿不错，我喜欢他，我愿意把属于我所有的给他；她是我的，我要把我在她身上的一切权利都授给第米屈律斯。

**莱：**殿下，我和他有一样好的出身；我和他一样有钱；我的爱情比他深得多；我的财产即使不比第米屈律斯多，也绝不会比他少；比这些更值得夸耀的是，美丽的黑美霞爱的是我。那么为什么我不能享有我的权利呢？讲到第米屈律斯，我可以当着他的面宣布，他曾经和奈达的女儿海伦娜调过情，把她勾上了手；这位可爱的女郎

---

① 黛安娜，月的女神，其实应当作亚蒂美丝，黛安娜是罗马名字。

痴心地恋着他，像崇拜偶像一样地恋着这个缺德的负心汉。

**提：**的确我也听到过不少闲话，曾经想和第米屈律斯谈谈；但因为事情一多，所以忘了。来，第米屈律斯，来，伊及斯。你们两人跟我来，我有些私话要对你们说。你，美丽的黑美霞，好好准备着依从你父亲的意思，否则雅典的法律将要把你处死，或者使你宣誓独身，我们没有法子变更这条法律。来，喜坡丽姐。怎样，我的爱人？第米屈律斯和伊及斯，走吧，我必须差你们为我们的婚礼办些事情，还要跟你们商量一些和你们有点儿关系的事。

**伊：**我们怎敢不欣然跟从殿下！（除莱、黑外均下。）

**莱：**怎么样，我的爱人！为什么你的脸颊这样惨白？你脸上的蔷薇为何会凋谢得这样快？

**黑：**多半是因为缺少雨露，但我眼中的泪水可以灌溉它们。

**莱：**唉！从我在书上读到的，在传说或历史中听到的，真心相爱的道路永远是崎岖多阻，不是因为血统的差异，——

**黑：**不幸啊，尊贵者要向卑微者屈节臣服！

**莱：**便是因为年龄上的悬殊，——

**黑：**可憎啊，年老的要与年轻人发生关系！

**莱：**或者因为信从了亲友们的选择，——

**黑：**倒霉啊，选择爱人要依赖他人的眼光！

**莱：**或者，即使彼此两情相悦，而战争、死亡，或疾病侵害着它，使它像一个声音，一个影子，一段梦，一阵黑夜中的闪电那样短促，在一刹那间它展现了天堂和地狱，但还来不及说一声"瞧啊！"黑暗早已张开巨口将它吞噬。光明的事物，总是那样很快地变成了混沌。

**黑：**既然真心的恋人们永远要受到折磨，似乎是一条命运的定律，那么让我们学着忍耐吧；因为这种折磨，正和相思、幻梦、叹息、希望和哭泣一样，都是可怜的爱情无法或缺的随从者。

**莱：**你说得很对。听我的，黑美霞。我有一个寡居的伯母，非常有钱，却没有儿女，她待我就像亲生的独子一样。她的家距离雅典有二十里路，温柔的黑美霞，我可以在那里和你结婚，雅典法律的利爪不能抓住我们。要是你爱我，请你在明天晚上溜出你父亲的屋子，走到郊外三里路的森林里，在那儿我曾经约会过你和海伦娜一同举行五月节①的，我将在那里等你。

---

① 旧俗于五月一日早起以露盥身，采花唱歌。

**黑**：我的好莱散特！凭着丘比特的最坚强的弓，凭着他的金镞的箭①，凭着维纳斯的鸽子的纯洁，凭着那结合灵魂，赐予爱情的神力，凭着古代迦泰基女王②焚身的烈火，当她看见她那负心的特洛伊人扬帆而去的时候，凭着所有男人都毁弃的盟誓，——那数目是远远超过于女子所曾说过的，我发誓明天一定会到你所指定的那地方和你相会。

**莱**：但愿你不会失约，爱人。瞧，海伦娜来了。

（海伦娜上。）

**黑**：上帝保佑美丽的海伦娜！你到哪里去了？

**海**：你称赞我"美丽"吗？请你把那个词收回去吧！第米屈律斯爱着你的美丽，幸福的美丽啊！你的眼睛是两颗明珠，你的甜蜜的声音比牧人耳中的云雀之歌还要动听，在麦苗青青，山楂蓓蕾的时节。疾病是传染的，唉！要是美貌也能传染的话，美丽的黑美霞，我但愿染上你的美丽：我要用我的耳朵捕获你的声音，用我的眼睛捕获你的睇视，用我的舌头捕获你那甜美的旋律。倘使除了第米屈律斯之外，整个世界都属于我，我也愿意把一切抛弃，但求化身为你。啊！教给我你怎样送出秋波，用怎么一种魔术操纵着第米屈律斯的心？

**黑**：我向他皱眉头，但是他仍旧爱我。

**海**：唉，要是你的颦蹙能把那种魅力传授给我的微笑就好了！

**黑**：我给他咒骂，但他给我爱情。

**海**：唉，要是我的祈祷也能这样引动他的爱情就好了！

**黑**：我越是恨他，他越是追着我。

**海**：我越是爱他，他越是讨厌我。

**黑**：海伦娜，他的傻并不是我的错。

**海**：但那是你的美貌的错误，要是那错误是我的就好了！

**黑**：放心吧，他不会再看见我的脸了；莱散特和我将要逃离此地。在我不曾遇见莱散特之前，雅典对于我就像是一座天堂；啊，在我的爱人身上有一种何等的神奇力量，使他能把天堂变成一座地狱！

**莱**：海伦娜，我们不打算对你隐瞒。明天夜里，当月亮在镜波中反映它的银色的容颜，晶莹的露珠点缀在草叶尖上的时候，——那往往是私奔最适当的时候，我们预备溜出雅典的城门。

**黑**：我的莱散特和我将要在林中会面，就是你我常常在那边长满淡雅的樱草花的花

---

① 丘比特，爱神，背生两翼，手持箭；他的金镞箭主爱，铅镞箭主爱情的冷淡。
② 古代迦泰基女王黛陀爱上特洛伊英雄伊尼阿斯，后因失恋自焚而死。

坛上躺着彼此吐露柔情衷曲的所在,从那里我们将离别雅典,去访寻新朋友和陌生人做伴了。再会吧,亲爱的伙伴! 请你为我们祈祷;愿你重新得到第米屈律斯的心! 不要失约,莱散特,我们现在必须暂时忍受一下离别的痛苦,到明晚夜深时再见吧!

**莱**:一定的,我的黑美霞。( 黑下。)海伦娜,别了;如同你爱着他一样,但愿第米屈律斯也爱着你! (下。)

**海**:有的人比起其他的人是多么幸福! 在全雅典中大家都认为我跟她一样美,但那又有什么用呢? 第米屈律斯是不以为如此的;除了他一个人之外,大家都知道的事情,他不会知道。正如他那样错误地迷恋着黑美霞一样,我也只知爱慕他的才智,一切卑劣的弱点,在恋爱中都变得微不足道,而变成美满和庄严。爱情是不用眼睛,而用心灵看的,因此生着翅膀的丘比特常被描成盲目;而且爱情的判断全然没有理性,鲁莽的急躁是用翅膀而不是眼睛表现出来,因此爱神据说是一个小孩儿,因为在选择方面他常会弄错。正如顽皮的孩子惯爱发假誓一样,专管爱情的小孩儿也到处赌着口不应心的咒。第米屈律斯在没有看见黑美霞之前,他的誓言也曾如同下冰雹,说他是完全属于我的,但这阵冰雹一感到身上的一丝热力,便立刻融化了,无数的誓言都化为乌有。我要将美丽的黑美霞出奔的消息透露给他,他知道了以后,明夜一定会到林中去追寻她。如果为这次的通报消息,我能得到一些酬谢,我的代价也一定不小;但我的目的是要增加我的痛苦,使我能再一次聆听他的音容。(下。)

## 第二场  雅典。衮斯的家中

( 衮斯、史纳格、波顿、弗鲁脱、斯诺脱、司他亚林上。)

**衮**:咱们大伙儿都到了吗?

**波**:你最好照着名单挨个儿地点一下名。

**衮**:这儿是每个人名字都在上头的名单,整个雅典都承认,在公爵跟公爵夫人结婚的那个晚上当着他们的面扮演咱们这一出戏,这张名单上的弟兄们是再合适不过的了。

**波**:第一,彼得·衮斯,说出来这出戏的大概内容,然后再把扮戏的人的名字念出来,好有个头绪。

**衮**:好,咱们的戏名是《最可悲的喜剧,以及匹拉麦斯和雪丝佩的最残酷的死》。

**波**:那一定是篇出色的东西,咱可以担保,而且是挺有趣的。现在,彼得·衮斯,照着名单把你的角儿们的名字念出来吧。列位，大家站开。

**衮**：我一叫谁的名字，谁就答应。聂克·波顿，织布的。

**波**：在。先说咱应该扮哪一个角儿，然后再挨次叫下去。

**衮**：你，聂克·波顿，扮匹拉麦斯。

**波**：匹拉麦斯是谁呀？一个情郎呢，还是一个霸王？

**衮**：是一个情郎，为了爱情，他勇敢地把自己毁了。

**波**：要是演得活灵活现，那准会引人掉下几滴泪来。要是咱演起来的话，让看客们留心着自个儿的眼泪吧；咱要痛哭流涕，保管风云失色，把其余的人叫下去吧。单是扮霸王已经挺适合咱的胃口了。咱会把厄克里斯①扮得非常好，或者什么吹牛的角色，管保吓破了人的胆。山岳狂怒地震动，裂开了牢狱的门；太阳在远方高升，慑服了神灵的魂。那真是了不起！现在继续念其余的名字吧。这是厄克里斯的神气，霸王的神气，情郎还得忧郁一点儿。

**衮**：法兰西斯·弗鲁脱，修风箱的。

**弗**：在，彼得·衮斯。

**衮**：你要扮成雪丝佩。

**弗**：谁是雪丝佩啊？是一个独行的大侠吗？

**衮**：她是匹拉麦斯一定要爱上的姑娘。

**弗**：哦，是这样啊，我可不能扮一个姑娘了，我的胡子都几尺长啦。

**衮**：那没关系，你只要套上面具，别大声说话就行了。

**波**：咱也可以把脸罩上，那就我扮雪丝佩吧。咱会拿着嗓子说话，"雪斯妮！雪斯妮！""哎哟！匹拉麦斯，我的情郎哥哥，我是你的雪丝佩，你最最心疼的姑娘！"

**衮**：错了，错了，你一定要扮匹拉麦斯。弗鲁脱，你一定要扮雪丝佩。

**波**：就这么说定了，继续念下去。

**衮**：罗宾·司他巫林，做裁缝的。

**司**：听您吩咐，彼得·衮斯。

**衮**：罗宾·司他巫林，你要扮成雪丝佩的母亲。汤姆·斯诺脱，补锅子的。

**斯**：听您吩咐，彼得·衮斯。

**衮**：你得扮成匹拉麦斯的父亲；我自己扮雪丝佩的父亲；史纳格，做木匠的，你扮成一头狮子，咱们这出戏的角色就这么定了。

**史**：我扮的这头狮子有没有台词？如果有的话，把它给我吧，我记性可不大好，怕给忘了。

---

① 厄克里斯为赫邱里斯之讹，古希腊著名英雄。

衮:没有台词,你只需要叫几声就行了。

波:让我来扮狮子吧。我可会叫了,我敢保证叫得让每个人都非常高兴;咱最会这手了,就连公爵都会传下谕旨来说,"叫他再嚷下去吧!叫他再嚷下去吧!"

衮:你要是真嚷得那么可怕,把公爵夫人和各位太太小姐们给吓坏了,惊得她们大叫起来,那一准会把咱们全都给吊死。

众人:那一准会把咱们全都给吊死,哪一个母亲的孩子都逃不了。

波:伙计们,你们说得太对了。要是你惊吓了太太们,她们可不管是谁呢,一准把咱们给吊死,不过咱可以把声音提得高一些儿,不对,压得低一些儿,咱会嚷得就如一只小鸽子那样温柔,嚷得就跟一只夜莺似的。

衮:你只能扮匹拉麦斯,匹拉麦斯可是一个讨人欢心的小白脸,一个有修养的人,就如你可以在夏天见到的那种人,他又是一个可爱的相貌堂堂有绅士模样的人,所以你必须扮匹拉麦斯。

波:好吧,我就扮匹拉麦斯。咱最好戴什么样的胡子?

衮:这个你自己做主。

波:咱可以挂那稻草色的胡子,那金黄色的胡子,那紫红色的胡子,或者那法国金洋钱色的胡子,纯黄色的胡子。

衮:你还是别戴胡子吧。几位,给你们的台词。我恳求你们,请求你们,要求你们,在明天夜里背会了,趁着月光,在郊外一里路地方的森林里咱们见面,咱们在那里要练习练习;因为如果咱们在城里练习,就可能有人盯上咱们,那样咱们的计划就泄露了。咱还要列一张咱们演戏所需东西的清单。请你们大家不要耽误了事。

波:咱们一定要在那里碰头,咱们在那里排练起来可以像回事儿,放心点儿。大家辛苦练一下,要做得特别好。再见吧。

衮:咱们就在公爵的橡树底下碰头吧。

波:那好,不见不散。(同下。)

# 第二幕

## 第一场　雅典附近的森林

（一神仙和迫克自相对方向登场。）

**迫**：哦，精灵！你飘逝到何方去？

**仙**：穿越了峡谷和山峰，

穿越了荆棘和丛林，

经过了牧场和庭院，

穿越了河流和篝火；

我在四方漂泊流浪，

轻快就像是月之光；

我为仙后奔走四方，

草环①上布满了轻露。

袅袅的莲馨花是她的侍从，

金黄的衣服饰着星点斑环；

那些是仙人们遗留的美玉，

蕴藏着丝丝缕缕芳香馥郁；

我要在这里寻找几滴玉露，

给每朵花佩上珍珠的耳环。

再见，再见吧，你这粗鄙的精灵！

因为仙后的辇驾就要降临。

**迫**：今晚大王要在这里大宴宾客，

千万不能让他们彼此碰面；

奥白朗可没有一副好脾气，

为着王后的倔强十分气恼；

她觅得了一个印度小王子，

---

① 草地上有时会发现成环形的茂草，传说是仙人夜间在此跳舞而成的。

就像宝贝一样怜爱和珍惜；
奥白朗看到了有些嫉妒，
想要把他招为自己的近侍；
可是她哪里肯随便就割爱，
她亲自为他插戴满头花朵。
从此树林、草地、泉畔和月下，
他们一见面就会破口大骂；
小妖们就被吓得心惊肉跳，
没命地钻向橡丛中间躲藏。

仙：如果我没有把你认错，你大概就是叫做罗宾好人儿狡猾、调皮的精灵了。你经常吓唬乡村的女孩，在农人的牛乳上吸去了乳脂，让那满头大汗的主妇整天都挤不出奶油；有时你会给人家磨谷，有时弄坏了酒让它发不了酵；夜里赶路的人，你把他们引入歧途，自己却躲在一旁看笑话；谁若叫你大仙或者好迫克，你就给他帮忙，带给他幸运。这不都是你干的吗？

迫：仙人，你说得对极了，我正是那个快乐的夜行者。我在奥白朗面前想出种种笑话来逗他一乐，看见一头膘肥体壮的马儿，我就学着雌马的叫声把它迷得晕头转向；有时我变成一颗成熟的野果，躺在老妇人的酒碗里，当她举起碗要喝的时候，我就"啪"地跳到她嘴唇上，把一碗麦酒都洒在她那干巴巴的喉皮上；有时我变作三脚凳，在满肚皮人情世故的婶婶刚要坐下来讲她那感伤的故事时，我便从她的屁股底下滑走，把她跌了一个"倒栽葱"，一边喊"好家伙！"，一边咳呛个不止，于是周围的人笑得前仰后合，他们越想越好笑，鼻涕眼泪都笑了出来，发誓说从来没遇到过比这更有趣的事。让开路来，仙人，奥白朗来了。

仙：娘娘也来了。要是他走开了才好！

（奥白朗及蒂妲妮霞各带侍从，自相对方向上。）

奥：真不巧又在月光下碰见你，骄傲的蒂妲妮霞！

蒂：嘿，嫉妒的奥白朗！神仙们，快快走开，我已经发誓不和他同游同寝了。

奥：等一下，坏脾气的女人！难道我不是你的夫君吗？

蒂：那么我也一定是你的夫人了。但是你从前溜出了仙境，扮作牧人的模样，整天吹着麦笛，向风骚的牧女调情，这些事我全知道。今天你为什么要从迢迢的印度平原赶到这里来呢？无非是为着那位高傲的亚美仲女王，你的勇武的爱人，要嫁给提修斯了，所以你得来向他们庆贺庆贺。

奥：你还好意思说出这种话来，蒂妲妮霞，把我的名字和喜坡丽妲牵涉在一起侮蔑我？你自己清楚你和提修斯的私情瞒不过我。不是你在朦胧的夜里引导他离开被他所俘掠的佩丽贡娜? 不是你使他负心地遗弃了美丽的哀葛梨,爱丽亚邓和安娣奥巴①?

蒂:这些都是因为嫉妒而捏造出来的谎言。自从仲夏之初,我们每次在山上、谷中、树林里、草场上、细石铺底的泉旁,或是海滨的沙滩上聚集,预备和着呼啸的风声跳环舞的时候,你的声音总是败坏我们的兴致。风因为我们不理会它的吹奏,一生气,便从海中吸起了毒雾;毒雾化成瘴雨降到土地上,使每一条小小的溪河都耀武扬威地泛滥到岸上:因此牛儿白白牵着轭,农夫枉费了他的血汗,青青的嫩禾还没有长上芒须便腐烂了;空了的羊厩暴露在一片汪洋的田中,乌鸦饱啖着瘟死了的羊群的尸体;草泥坂上满是湿泥,杂草乱生的曲径,因为无人行走,已经辨不出来。执掌潮汐的月亮,因为再也听不到夜间颂神的歌声,气得脸孔发白,在空气中充满了湿气,一沾染上它人就会害风湿症。因为天时不正,气候也变得反常:白头的寒霜倾倒在红颜的蔷薇的怀里,年迈的冬神薄脆的冰冠上,却嘲讽似的缀上了夏天芬芳的蓓蕾的花环。春季,夏季,丰收的秋季,暴怒的冬季,都改换了它们素来的装束,惊愕的世界不能再从它们的出产上辨别出谁是谁非。这是因为我们的不和所致,我们是一切灾难的根源。

奥:那么你就该设法补救,这都在你的掌握之中。为什么蒂妲妮霞要违拗她的奥白朗呢? 我所要求的,不过是一个小小的换儿②做我的侍童罢了。

蒂:你就死了这条心吧,整个仙境也不能从我手里换得这个孩子。他的母亲曾是我神坛前的一个信徒,在芬芳的印度的夜晚,她常常在我身旁闲谈,陪我坐在海边的沙滩上,凝望着水面的商船;我们一起笑话那些船帆因浪狂的风而怀孕,一个个凸起了肚皮;她那时正也怀着这个小宝贝,便学着船帆的样子,美妙而快速地凌风而行,为我往岸上寻取各种杂物,回来时是航海而归,带来了无数的商品。但因为她是一个凡人,所以在产下这孩子时便死了。为了她我才抚养她的孩子,也为了她我不愿舍弃他。

奥:你预备在这林中待多久?

蒂:也许要到提修斯的婚礼结束。要是你肯耐心地和我们一起跳舞,看看我们月光下的游戏,可以跟我们一块儿走;不然的话,请你不要见我,我也绝不到你的地方去。

奥:把那个孩子给我,我就和你一块儿走。

蒂:把你的仙国拿来调换都别想。神仙们,去吧! 要是我再多留一刻,我们就要吵

---

① 皆提修斯情人,先后为其所弃。

② 传说中仙人常于夜间将人间美丽小儿窃去,以愚蠢的妖童换置其处。

起来了。（率侍从等下。）

**奥:** 好，去你的吧！为着这次的侮辱，我一定要在你离开这座林子之前给你一些惩罚。我的好迫克，过来。你记得有一次我坐在一个海岬上，望见一个美人鱼骑在海豚背上，她的歌声是那般婉转而优美，镇静了狂怒的大海，好几颗星星都疯狂地跳出了它们的轨道，为的就是要听这海女的音乐？①

**迫:** 我记得。

**奥:** 就在那个时候，你看不见，但我能看见持着弓箭的丘比特在冷月和地球之间飞着，他瞄准了坐在西方宝座上的一个童贞女②，从他的弓上灵巧地射出他的爱情之箭，好像它有刺透十万颗心的力量。或许我可以看见小丘比特的火箭在如水的皎洁的月光中熄灭，那位童贞的女王心中一尘不染，在纯洁的思念中默然走去；但是我看见那支箭却落在西方一朵小小的花上，本来是乳白色的，现在已因爱情的创伤而被染成紫色，少女们把它称作"爱嫩花"。去给我把那花采来。我曾经让你看过它的样子，它的汁液如果滴在睡着的人的眼皮上，无论男女，醒来第一眼看见什么生物，都会发疯似的对它恋爱。给我把这种花采来，在鲸鱼还不曾游过三里路之前，必须回来复命。

**迫:** 我可以在四十分钟内环绕世界一周。（下。）

**奥:** 这种花汁一到手，我便留心着等蒂妲妮霞睡着的时候把它滴在她的眼皮上，她一醒来第一眼看见的东西，无论是狮子，或是熊，或是狼，或是公牛，或是好事的猕猴也好，忙碌的无尾猿也罢，她都会用最强烈的爱情追求它。我可以用另一种草解去这种魔力，但首先我要叫她把那个孩子让给我。可是谁到这儿来啦？他们看不见我，让我听听他们的谈话。

（第米屈律斯上，海伦娜随其后。）

**第:** 我不爱你，因此别跟着我。莱散特和美丽的黑美霞在哪儿？我要把莱散特杀死，但我的命却悬在黑美霞手中。你对我说他们私奔到这片林子里，所以我赶到这儿来，可是因为遇不见我的黑美霞，我简直要发疯啦！滚开！快走开，不许再跟着我！

**海:** 我是被你吸引才来的，你这硬心肠的磁石！可是你所吸的却不是铁，因为我的心像钢一般坚贞。要是你去掉你的吸引力，那么我也将没有力量再跟着你了。

**第:** 是我引诱你吗？我曾经向你说过好听的话吗？我不是曾经明明白白地告诉过

---

① 此段及一段中的寓意自来有各种猜测。据云美人鱼暗射苏格兰女王玛丽，玛丽才貌无双，为伊丽莎白女王所嫉杀，举世悼之。玛丽尝婚法国王太子，故云"骑在海豚的背上"，因法国王太子的称号 Darphin 与海豚（Dolphin）发音相似。"星星跳出轨道"云者，指英廷党玛的大臣，莎士比亚因恐犯忌讳，故特以隐语出之。

② 当指伊丽莎白女王，女王终身不嫁，故云。

你，我不爱你，而且也不能爱你吗？

**海**：即使那样，也只能使我对你爱得更加厉害。我是你的一条狗，第米屈律斯，你越是打我，我越是想讨好你。请你就像对待你的狗一样对待我吧，踢我，打我，冷淡我，不理我，都行，只要容许我跟随着你，虽然我是这么不好。在你的爱情里我还不能要求一条狗的地位吗？但那对于我已经是十分可贵了。

**第**：不要过分惹起我的厌恨，我一看见你就头痛。

**海**：可是我看不见你就心痛。

**第**：你太不顾及你自己的颜面了，离开了城中，把自己委身在一个不爱你的人手里，你也不考虑考虑你的贞操多么不值钱，就在黑夜中这么一个荒凉的所在盲目地听从着不可知的命运。

**海**：你能够使我安心，因为当我看见你面孔的时候，黑夜也变成了白昼，因此我并不觉得这是在夜晚。你在我的眼里是所有的一切，因此在这片林中我也不愁缺少伴侣，要是所有的一切都在这儿瞧着我，我怎么还会是单独的一个人呢？

**第**：我要逃开你，躲在丛林之中，任凭野兽把你处置。

**海**：最凶恶的野兽也不像你这样残酷。你要逃开我就逃开吧，从此以后，古老的故事要颠倒了：逃走的是阿波罗，追赶的是但芙妮①；鸽子追逐着鹰隼；温柔的牝鹿追捕着猛虎，然而弱者追求勇者，结果总是徒劳无益的。

**第**：我不想再听你唠叨下去。让我走吧，要是你再跟着我，相信我，在这片丛林中你要被我欺负的。

**海**：嗯，在寺庙中，在市镇上，在乡野里，你都到处欺负我。唉，第米屈律斯！你对我的虐待已经使我们女子蒙上了耻辱。我们是不会像男人一样为爱情而争斗的，我们应该被人家求爱，而不是向人家求爱。（第下。）

**奥**：再会吧，女郎！当他还没有离开这片树林，你将逃避他，他将追求你的爱情。

（迫克重上。）

**奥**：你已经把花采来了吗？欢迎啊，漫游者！

**迫**：是的，它就在这儿。

**奥**：你把它给我吧。

我知道一处茴香盛开的水滩，

长满着樱草和盈盈的紫罗兰，

馥郁的金银花，芳泽的野蔷薇，

漫天张起了一幅芬芳的锦帷。

---

① 阿波罗是太阳神，爱仙女但芙妮，但芙妮避之而化为月桂树。

有时蒂妲妮霞在群花中酣醉，
柔舞轻歌悄悄地使她安睡；
小花蛇在那里丢下发亮的皮，
小仙人拿来合身的外衣。
我要洒一点花汁在她的眼上，
让她充满了各种可憎的幻象。
其余的你带了去在林中访寻，
一个娇美的少女见弃于情人；
倘见那薄情的青年在她近前，
就把它轻轻地点在他的眼边。
他的身上穿着雅典人的装束，
你不许弄错须仔细辨认清楚；
小心地遵守着我谆谆的吩咐，
让他无限的柔情都向她倾吐。
等第一声雄鸡啼时我们再见。

**迫：**放心吧，主人，一切都将如你的心愿。（各下。）

## 第二场　林中的另一处

（蒂妲妮霞及侍从等上。）

**蒂：**来，跳一支舞，唱一曲神仙歌，然后在一分钟内余下来的三分之一的时间里，大家散开，有的去杀死麝香玫瑰苞中的蛀虫；有的去捉拿蝙蝠，剥下它们的翼革来为我的小妖儿们做外衣；其余的人去驱逐每夜啼叫，看见我们这些伶俐的小精灵们而惊骇的猫头鹰。现在唱歌给我催眠吧，唱罢之后，大家各干各的，让我休息一会儿。
神仙们唱：

　　（1）两条舌头的花蛇，多刺的刺猬，
　　　　不要打扰了她的安睡；
　　　　蝾螈和蜥蜴，不要靠近，
　　　　不要毒害了她的宁静。
　　　　夜莺，鼓起你的清弦，
　　　　为我们唱一首催眠曲：
　　　　睡啦，睡啦，睡睡吧！睡啦，睡啦，睡睡吧！
　　　　一切害物远走高飞，

远远离开她的身旁；

晚安，睡睡吧！

(2)织网的蜘蛛，不要过来；

长脚的蛛儿快快走开！

黑背的蜣螂，不许走近；

停住脚步，莽撞的蜗牛和蚯蚓。

夜莺，鼓起你的清弦，

为我们唱一首催眠曲：

睡啦，睡啦，睡睡吧！睡啦，睡啦，睡睡吧！

一切害物远走高飞，

远远离开她的身旁；

晚安，睡睡吧！

**一仙人：**去吧！现在一切都已完成，只需留着一个人做哨兵。(众神仙下，蒂妲妮霞睡。)

(奥白朗上，挤花汁滴蒂妲妮霞眼皮上。)

**奥：**等你眼睛一睁开，

你就看见你的爱，

为他担起相思债：

山猫、豹子、大狗熊，

野猪身上毛蓬蓬；

等你醒来一看见，

芳心可可将他恋。(下。)

(莱散特及黑美霞上。)

**莱：**好人，你在林中辛苦跋涉，疲乏得快要昏倒了。说老实话，我已经忘记了我们的路。如果你同意，黑美霞，让我们休息一下，停下来放松放松吧。

**黑：**我听你的，莱散特。我去给你找一处睡眠的所在，因为我要在这水滨安歇我的形骸。

**莱：**一块草地可以容下我俩的身体，两个胸膛一条心，应该合睡一个眠床。

**黑：**哎，不要，亲爱的莱散特，就算为了我，我的亲戚，再躺远一些，不要挨得那么近。

**莱：**啊，爱人！不要误会了我的无邪的本意，恋人们应该明白彼此的心意。我是说我的心和你的心已联结在一起，揉成了一团，分不开了；两颗心彼此用盟誓联系，共有着一片忠贞。因此，不要拒绝我睡在你的身旁，黑美霞，我没有一点儿坏心肠。

**黑：**莱散特你真会说话。要是黑美霞疑心莱散特有坏心肠，愿她从此不能堂堂正正做人。但是好朋友,为了爱情和礼貌缘故,请睡得远一些,在世俗的礼法上,这样的分隔对于洁身自好的未婚男女,是最为合适的。这么远就行了。睡吧,亲爱的朋友!愿爱情永无更改,直到你生命的尽头!

**莱:**依着你那祈祷,我应和着阿门!阿门!我将失去我的生命,如果我失去我的忠贞!(略。)就远处睡卧,这里是我的眠床了,但愿睡眠能给你充分的休养!

**黑:**那愿望我愿意和你分享!(二人入睡。)

(迫克上。)

**迫:**我已经在森林中间走遍,

但那雅典人还不曾瞧见。

我要将这花液滴在他眼上,

试一试激荡爱情的力量。

静寂的深宵!啊,谁在这厢?

他身上穿着雅典的衣裳。

正是我主人所说的家伙,

狠心地欺负那美貌娇娃;

她正在这一旁睡得酣熟,

没顾到地上的潮湿龌龊。

美丽的人儿!她竟然不敢

睡近这没有心肝的恶汉。(挤花汁滴莱散特眼上。)

我要在你眼睛上,坏东西!

倾注魔术那神奇的力量;

等你醒来的时候,让爱情

从此扰乱你睡眠的安宁!

别了,你醒来我早已走远,

奥白朗在盼着我和他见面。(下。)

(第米屈律斯及海伦娜奔驰上。)

**海:**你杀死我也好,但是请你停步吧,亲爱的第米屈律斯!

**第:**我命令你走开,不要这样缠着我!

**海:**啊!你要把我丢在黑暗中吗?请不要这样!

**第:**停下!不然叫你把命丧,我要一个人走自己的路。(下。)

**海:**唉!这痴心的追赶把我累得上气不接下气。我越是苦苦哀求,越是招他厌恶。黑美霞不论在哪个地方都那么快乐,因为老天爷赐给了她一双迷人的眼睛。她的眼睛为什么会那么璀璨呢?绝不是因为有泪水的原因,因为我的眼睛浸泡在泪水中的时候不知比她多多少倍。不,不,我比一头黑熊还难看,就是野兽见了我也会望影而逃,所以第米屈律斯这样逃避我毫不稀奇,就像逃避一只妖精似的。哪一面骗人的坏镜子使我居然敢把自己与黑美霞的朗星一样的眼睛相提并论呢?可是谁在这儿?莱散特躺在地上!是死了?还是睡着了?我没看到血,也不见伤口。莱散特,如果你没有死,我的朋友,醒来吧!

莱:(醒)我愿为你两肋插刀,美丽绝伦的海伦娜!上帝在你身上展示了他的本领,使我能够在你的胸前看穿你的心。第米屈律斯在哪啊?嘿!那个不堪入耳的名字,让他死在我的剑下正合适!

海:可别这么说,莱散特!千万不要这么说!就算你爱你的黑美霞也没什么关系,老天!那又有什么关系呢?黑美霞依然是非常爱你的,所以你也应该知足了。

莱:跟黑美霞心满意足吗?不,我真后悔和她在一起度过的那些厌恶的岁月。我根本不爱黑美霞,我爱的是海伦娜,有谁不愿意把一只乌鸦换成一只鸽子呢?人们的意志是受理智控制的,理智告诉我你比她更值得去爱。凡是永恒的东西,不到时候,就不能收获:一直因为年轻的原因,我的理智还没有成熟;不过现在我的智慧已经完全成长,理性控制着我的意志,把我带到了你的面前,在你的眼睛里我可以读到关于最华美的爱情的经典篇章。

海:我怎么忍受得了这种尖酸刻薄的嘲笑呢?我什么时候得罪过你,使你如此讥讽我呢?我从没有得到过,也将永远不会得到第米屈律斯的一缕爱怜的目光,难道还不够吗?难道还不够吗?年轻人,你为什么还要在我的伤口上非得再撒一把盐呢?真的,你羞辱了我;真的,用这种无耻的样子向我假献殷勤。但是再见吧!我还以为你是一个很有教养的绅士。唉!一个女人受到了这个男人的拒绝,还要忍受那个男子的欺骗。(下。)

莱:她没有发现黑美霞。黑美霞,安心睡吧,再不要靠近莱散特的身边了!一个吃足了太多的点心,能使胃里发生强烈的厌烦,皈依正教的人,最是痛恨于以前欺骗他的异端邪说,你就是这样。让所有的人憎恨你吧,不过我是最憎恶你的一个。我的所有生命之力啊,用爱和忠诚来尊崇海伦娜,做她的忠实的骑士吧!(下。)

黑:(醒)救救我,莱散特!救救我!把你浑身的力气都使出来,把我胸口上这条游动的蛇赶走。哎呀,上帝!我做了什么样的梦!莱散特,看看我怎样因害怕而战栗着。我觉得好像有一条蛇在啃噬我的心,而你坐在一边,任凭它冷酷地肆虐狂笑。莱散特!什么!不在身旁了?莱散特!爱人!什么!听不到?走了?没有动静,没有一句话?唉!你在哪啊?要是你听到了我的呼喊,回答一声呀!凭着所有爱情的名义,回答呀!我那么害怕,快要受不了了。还是一声不响!我明白你已不在身旁,要是我找不着你,我该如何活下去!(下。)

# 第三幕

## 第一场　林中。蒂妲妮霞正在熟睡

（衮斯、史纳格、波顿、弗鲁脱、斯诺脱、司他巫林进场。）

波：人全到齐了吗？

衮：太好了，太好了，这儿真是给咱们排演准备的一块再合适不过的场地了。这片草地正好做咱们的舞台，这一丛山楂树就做咱们的后场。咱们要用心排练一下，要像公爵殿下就在面前一样。

波：彼得·衮斯，——

衮：你说什么，波顿？

波：在这个匹拉麦斯和雪丝佩的戏文中，有几个地方肯定难叫人家满意。首先，匹拉麦斯得拔出剑来自尽，太太小姐们可受不了这个。你说是不是？

斯：凭着圣母娘娘的名义，这事可不是开玩笑的。

司：我看咱们把什么都完成了之后，拔剑自尽这一段就不需要表演了吧。

波：不用，我有一个好办法。给我写一段开场白，让这段开场白就这样说：咱们的剑是不会弄死人的，讲清楚匹拉麦斯并不真的把自己杀死了。最好再那么讲明一下，咱扮演的匹拉麦斯，并不是真的匹拉麦斯，只是织工波顿，这样一来就不会吓着她们了吧。

衮：那好，咱们就写这样一段开场白，咱能把它写成八六体①。

波：再给它加上两个字，把它弄成八八体吧。

斯：太太小姐们见到了狮子会不会害怕？

司：咱保证她们肯定会吓得打哆嗦。

波：各位，你们得认真想一想：把一头狮子，上帝保佑我们！带到太太小姐们的面前，还有比这更荒唐更可怕的事吗？狮子可是野兽之中最凶恶的，咱们可要想清楚了。

斯：如果这样，就需要再写一段开场白，说他并不是真狮子。

---

① 八音节六音节相间的一种诗体。

**波**：不，你应该把他的名字报出来，他的面孔的一半要露在狮子头颈的外面；你自己就应该说这样或者类似于此的话："太太小姐们，"也可以说，"尊敬的太太小姐们，我要求你们，"或者说，"我请求你们，"或者说，"我恳求你们，不要害怕，不用发抖，我以生命向你们保证。要是你们想我是一头真狮子，那我才算是真倒霉啦！不，咱根本就不是狮子，咱跟别人一样是个人。"这样再让他把自己的名字报出来，清清楚楚地告诉她们，他是木匠史纳格。

**袁**：那好，就这么定了。不过还有两件为难事：首先，我们要把月亮弄进屋子里来，你们应该清楚匹拉麦斯和雪丝佩是在月光下约会的。

**史**：咱们演戏的那天，天上有月亮吗？

**波**：把日历拿来，拿过日历来！看看日历上有没有月亮，有没有？

**袁**：有，那天晚上正好是满月。

**波**：啊，那么咱就可以把大厅上的一扇窗子打开，月光就能从窗子里照进来啦。

**袁**：对了，否则就得叫一个人一手拿着树枝，一手举着灯笼，登场说他是代表着月亮。现在还有一件事，咱们在大厅里还应该有一堵墙，因为故事上说，匹拉麦斯和雪丝佩在墙缝里讲话。

**史**：你可不能把一堵墙搬进来。你怎么说，波顿？

**波**：让什么人扮作墙头，让他身上带着些灰泥黏土之类，表明他是墙头；让他把手指举起做成那个样儿，匹拉麦斯和雪丝佩就可以在手指缝里低声谈话了。

**袁**：如此一来，一切就都齐全了。来，每个母亲的儿子都坐下来，念着你的台词。匹拉麦斯，你开头，你说完了之后，就走进那簇树后，这样大家可以按着尾白依次说下去。

（迫克自后上。）

**迫**：那一群凡夫俗子胆敢在仙后卧榻之旁鼓唇弄舌？哈，在那儿演戏！让我做一个观众吧；要是觑着机会的话，也许我还要做一个演员哩。

**袁**：说吧，匹拉麦斯。雪丝佩，站出来。

**波**：雪丝佩，花儿开得十分香，——

**袁**：十分香。

**波**：——开得十分香；你的气息，好人儿，也是一个样。听，那边有一个声音，你且等一等，一会儿咱再来和你讨衷情。（下。）

**迫**：请看匹拉麦斯变成了妖精。（下。）

**弗**：现在该咱说了吧？

**袁**：是的，该你说了。你得弄清楚，你是去瞧瞧什么声音的，等一会儿就要回来。

**弗**：最俊美的匹拉麦斯，脸孔红如玫瑰，

肌肤白得赛过纯白的百合花,

活泼的青年,最可爱的宝贝,

忠心耿耿像一匹顶好的马。

匹拉麦斯,咱们在尼内的坟头相会。

**衮:**"奈纳斯的坟头",老兄,你不要把这句话说出来,那是你要答应匹拉麦斯的;你把要你说的话不管什么尾白不尾白都一股脑儿说出来啦。匹拉麦斯,进来,你的尾白已经给你说过了,是"顶好的马"。

(迫克重上;波顿戴驴头随上。)

**波:**美丽的雪丝佩,咱是整个儿属于你的!

**衮:**怪事!怪事!咱们见了鬼啦!列位,快逃!快逃!救命啦!(众下。)

**迫:**我要把你们搞得团团乱转,

经过一处处沼池,草莽和林薮;

有时我变作马,有时变作猎犬,

变作野狸,没头的熊,或是磷火;

我要像马一样嘶,犬一样吠,猪一样嗅,

熊一样地咆哮,野火一样燃烧。(下。)

**波:**你们为什么都跑了呢?这准是他们的恶作剧,想把咱吓一跳。

(斯诺脱重上。)

**斯:**啊,波顿!你变了样子啦!你头上是什么东西呀?

**波:**是什么东西?你瞧你变成一头蠢驴了,是不是?(斯下。)

(衮斯重上。)

**衮:**天哪!波顿!天哪!你变啦!(下。)

**波:**咱看透了他们的鬼把戏,他们要把咱当作一头蠢驴,想出法子来吓咱。可是咱绝不离开这块地方,瞧他们怎么办。咱偏要在这儿跑来跑去;咱要唱个歌儿,让他们听听,咱可一点儿不怕。

(唱)

山鸟嘴巴黄澄澄,

浑身长满黑羽毛。

画眉唱得最认真,

声音尖细是欧鹪。

**蒂:**(醒)什么天使使我从百花的卧榻上醒来呢?

**波:**鸳鸯,麻雀,百灵鸟,

还有杜鹃①爱骂人,

大家听了心头恼,

可是谁也不回声。

真的,谁耐烦跟这么一头蠢鸟斗口舌呢?即使它骂你是乌龟,谁又愿意跟它争辩呢?

**蒂**:温柔的凡人,请你唱下去吧!我的耳朵沉醉在你的歌声里,我的眼睛又为你的相貌所迷惑②;在第一次见面的时候,你的美姿已使我不禁说出而且发誓着我爱你了。

**波**:咱想,您这可太没有理由。不过说老实话,如今世界上理性跟爱情碰头那可真是难能可贵;也没有哪位正直的邻居大叔给他俩撮合撮合做朋友,真是抱歉得很。哈,我有时也会说说笑话。

**蒂**:你真是又聪明又英俊。

**波**:不见得,不见得。可是咱要是有本事跑出这片林子,那已经是够了。

**蒂**:请不要跑出这片林子!不管你愿不愿意,你都要留在这里。我不是一个平常的精灵,夏天永远听从我的命令;我真的爱你,因此跟我去吧。我将让神仙们侍候你,他们会从海底里捞起珍宝献给你;当你在花茵上睡去的时候,他们会给你歌唱,而且我要把你俗体的污垢彻底清洗,使你轻得像个精灵一样。豆花!蛛网!飞蛾!芥子!

(四神仙上。)

**豆**:有。

**蛛**:有。

**飞**:有。

**芥**:有。

**四仙**:(合)差我们到什么地方去?

**蒂**:恭恭敬敬地侍候这位先生,

不离左右地追随着他前行;

给他吃杏子、鹅莓和桑葚,

紫葡萄还有无花果儿青青。

去把野蜂的蜜囊儿偷来,

---

① 杜鹃下卵他鸟的巢中,故用以喻奸夫,但其后 crckolb(由 cuckoo 化出)一字却用作奸妇本夫的代名词。杜鹃的鸣叫即为(cuckoo),不啻骂人为"乌龟"。但因闻者不能知其妻子是否贞洁,故虽恼而不敢作声。

② 你的歌声使我沉醉,你的相貌将我迷惑。

剪下蜂股的蜜蜡做蜡烛。

在流萤的眼睛里点着火，

照着我的爱人晨兴夜卧；

再摘下彩蝶儿粉翼娇红，

扇去它眼上的月光朦胧。

来，向他鞠一个深深的躬。

**四仙：**(合)万福，凡人！

**波：**请你们列位先生多多担待担待在下。请教大号是——

**蛛：**蛛网。

**波：**很希望跟您交个朋友，好蛛网先生；要是咱指头儿割破了的话，咱要大胆用用您。① 善良的先生，您的尊号是——

**豆：**豆花。

**波：**啊，请多多代咱向您令堂豆荚奶奶和令尊豆壳先生致意。好豆花先生，咱也很希望跟您交个朋友。先生，您的雅号是——

**芥：**芥子。

**波：**好芥子先生，咱知道您是个饱经艰辛的人；那块庞大无比的牛肉曾经把您您家里的好多人都吞下去了。不瞒您说，您的亲戚们曾经把咱辣得直冒眼泪。咱希望跟您交个朋友，好芥子先生。

**蒂：**来，侍候着他，引路到我的闺房。

月亮今夜有一颗多泪的眼睛，

小花们也都陪着她眼泪汪汪，

悲悼一些失去了的童贞。

吩咐那好人静静走不许作声。（同下。）


## 第二场　林中的另一处


（奥白朗上。）

**奥：**不知道蒂姐妮霞有没有醒来，等她一醒过来，也就要猛烈地爱上了她第一眼看到的无论什么东西了。这边来，我的使者。

（迫克上。）

**奥：**啊，疯狂的精灵！在这片夜的魔林里有什么事情正在发生？

---

① 俗云蛛丝能止血。

**迫**：娘娘爱上了一个怪物。当她昏昏熟睡之时,在她的隐秘的神圣的卧室之旁,来了一群村汉,他们都是在雅典市集上做工过活的粗鲁的手艺人。聚集在一起排练戏,预备在提修斯结婚的那天表演。在这群蠢货的中间,一个最蠢的蠢材扮演着匹拉麦斯,当他退下场走进一簇丛林里的时候,我就抓住了这个好机会,给他的头上罩上一只死驴的头壳。一会儿他因为必须去答应他的雪丝佩,所以这位可怜人又出来了。他们一看见了他,就像大雁望见了蹑足行进的猎人,又像一大群灰鸦听见了枪声,轰然乱叫飞起,四散着横扫过天空一样,大家没命地逃走了;又因为他们的跳震动了地面,一个个横卧竖倒,嘴里乱喊着救命。他们本来就非常糊涂,这回吓得完全丧失了神智,没有知觉的东西也都来欺侮他们了:野茨和荆棘抓破了他们的衣服,有的失了袖子,有的丢了帽子,败军之将,无论什么东西都是予取予求的。在这种惊惶中我领着他们走去,把变了模样的可爱的匹拉麦斯孤单地留下,就在那时候,蒂姐妮霞醒了过来,立刻就爱上了这头驴子。

**奥**：这比我所能想得到的计策还要好。但是你有没有照我的吩咐,把那爱汁滴在那个雅典人的眼皮上呢?

**迫**：这事我也已经乘他熟睡的时候办好了。那个雅典女人就在他的身边,因此他一醒来,一定会看见她。

（第米屈律斯及黑美霞上。）

**奥**：站住,这就是那雅典人。

**迫**：这女人真不错,那男人可不是。

**第**：唉! 为什么你这样骂着深爱你的人呢? 那种毒骂是应该加在你仇敌身上的。

**黑**：现在我只不过是在数落你,我应该更厉害地对付你,因为我相信你是可诅咒的。要是你已经乘着莱散特睡着的时候把他杀了,那么把我也杀了吧;既然两脚已踏在血泊中,索性让杀人的血淹没你的膝盖吧。太阳对于白昼,也没有像他对于我那般的忠心。当黑美霞睡熟的时候,他会悄悄地离开她吗? 我宁愿相信地球的中心可以穿过孔道,月亮①会从里面钻了过去,在地球的那一端跟她兄长的白昼捣乱。一定是你已经把他杀死了,因为只有杀人的凶手,脸上才会这样惨白而恐怖。

**第**：被杀者的脸色应该是这样的,你的残酷已经洞穿我的心,因此我应该有那样的脸色;但是你这杀人的,瞧上去却仍然是那么纯洁晶莹,就像那天边上闪耀着的维纳斯一样。

**黑**：你这种话跟我的莱散特有什么关系? 他在哪里呀? 啊,好第米屈律斯,把他还给我吧!

---

① 月神妃琵是太阳神腓勃斯的妹妹。

**第：**我倒想把他的尸体喂了我的猎犬。

**黑：**滚开，贱狗！滚开，恶狗！你让我忍无可忍。你真的把他杀了吗？从此之后，别再把你算作人吧！啊，看在我的面上，老老实实告诉我，告诉我，你，一个清醒的人，看见他睡着而把他杀了吗？哎哟，真勇敢！一条蛇，一条毒蛇都比不上你；因为它的分叉的毒舌，还不及你的心更毒！

**第：**你的脾气发得好没来由。我没有杀死莱散特，他也并没有死，据我所知。

**黑：**那么请你告诉我他是安全的。

**第：**要是我告诉你，你有什么好处给我呢？

**黑：**你可以得到永远不再看见我的权利。我从此离开你那可憎的脸，无论他死也罢活也罢，你再不要和我相见。（下。）

**第：**她这么盛怒，我还是不要跟着她。让我在这儿暂时停留一会儿。

睡眠欠下了担忧的债，①

心头加重了担忧的担；

我且把黑美霞暂时寻访，

还了些还不尽的糊涂账。（卧下睡去。）

**奥：**你都干了些什么呀？你已经大大地弄错了，把爱汁去滴在一个真心的恋人的眼上。因了这次错误，本来忠实的将要变了心肠，而不忠实的仍旧和以前一样。

**迫：**一切都是命运在做主，能保持忠心的不过一个人，变心的，把盟誓起了一个毁了一个的却有百万个人。

**奥：**比风还快地到林中各处去寻访名叫海伦娜的雅典女郎吧。她纯粹是因爱情而憔悴的，痴心的叹息耗去了她脸上的血色，用一些幻象把她引到这儿来：我将在她的眼睛上施展魔术，准备他们的见面。

**迫：**我去，我去，瞧我一会儿便没了踪迹，鞑靼人的飞都赶不上我的迅疾。（下。）

**奥：**这一朵紫色的小花，

尚留着爱神的箭疤，

让它那灵液的力量，

渗进他眸子的中央。

当他看见她的时光，

让她显出庄严妙相，

如同金星照亮天庭，

让他向她婉转求情。

---

① 此句意义很曲折，大意为担忧唯睡眠可以补偿，但因担忧过多，而睡眠不足，故睡眠负担忧之债。

（迫克重上。）

**迫**：报告神仙界的头脑，

海伦娜已被我带到，

她后面随着那少年，

正在哀求她的眷怜。

瞧瞧那痴傻的样子，

人们真蠢得够可以！

**奥**：走开些，他们的声音将要惊醒睡着的人。

**迫**：两男合爱着一女，

这把戏已够有趣；

最妙是颠颠倒倒，

看着才叫人发笑。

（莱散特及海伦娜上。）

**莱**：为什么你会以为我的求爱只是对你的嘲笑呢？嘲笑和戏谑是永不会伴着眼泪而来的；瞧，我在起誓的时候，是多么感泣！这样的誓言是不会被人认作虚诳的。明明有着可以证明是千真万确的标记，怎么你还以为我这一切都出于嘲笑呢？

**海**：你越来越俏皮了。要是人们所说的真话都是互相矛盾的，那么该相信哪一句呢？这些誓言都是应当向黑美霞说的，难道你把她丢弃了吗？把你对她和对我的誓言放在天平的两端，一定称不出轻重，因为它们都是像空话那样虚浮。

**莱**：当我向她起誓的时候，我实在一点儿见识都没有。

**海**：照我看来，你现在把她丢弃了也不像是有见识的。

**莱**：第米屈律斯爱着她，但他不爱你。

**第**：（醒）啊，海伦娜！完美的女神！圣洁的仙子！我要用什么来比喻你的秀眼呢，我的爱人？水晶是太昏暗了。啊，你的嘴唇，那吻人的樱桃，瞧上去是多么成熟，多么诱人！你一举起你那洁白的小手，被东风吹着的滔勒斯①高山上的积雪，就显得像乌鸦那么黯黑了。让我吻一吻那纯白的女王，这幸福的象征吧！

**海**：唉，倒霉！该死！我明白你们都在取笑我。假如你们是懂得礼貌和有教养的人，一定不会如此侮辱我。我知道你们都讨厌我，那么尽管讨厌我好了，为什么还要联合起来讥讽我呢？你们瞧上去都像堂堂男子汉，如果真是堂堂男子汉，就不该这样对待一个有身份的妇女：发着誓，赌着咒，赞誉着我的好处，但我可以断定你们的心里却在讨厌我。你们两人一同爱着黑美霞，现在转过身来一同把海伦娜嘲笑，

---

① 滔勒斯，小亚细亚山脉名。

真不失为大丈夫的行径,为了取笑而逼一个可怜的女人流泪!高尚的人绝不会如此欺侮一个姑娘,逼得她忍无可忍,只是因为给你们寻寻开心。

莱:你太残忍,第米屈律斯,不要这样,因为你爱着黑美霞,你知道我对此是十分明白的,现在我真心实意把我在黑美霞的爱情中的地位让给你;但你也得把海伦娜让给我,因为我爱她,并且要爱她爱到死。

海:从来不曾有过嘲笑者浪费这样无聊烦人的口舌。

第:莱散特,保留着你的黑美霞吧,我不要,要是我曾经爱过她,那爱情现在也已经消失了。我的爱只像过客一样暂时驻留在她的身上,现在它已经回到它的永远的家,海伦娜的身边,不会再到别处去了。

莱:海伦娜,他说的是假话。

第:不要侮蔑你所不知道的真理,否则你将以生命的危险重重补偿你的过失。瞧!你的爱人来了,她才是你的爱人。

(黑美霞上。)

黑:黑夜使眼睛失去它的作用,但却使耳朵的听觉更为灵敏。我的眼睛不能寻到你,莱散特;但多谢我的耳朵,使我能听见你的声音。你为什么狠心地离开我?

莱:爱情驱着一个人走的时候,他为什么要滞留呢?

黑:哪一种爱情能把莱散特从我的身边驱走?

莱:莱散特的爱情使他一刻也不能停留,美丽的海伦娜,她照耀着夜空,使天上的繁星黯然无色。为什么你要来寻找我呢?难道这还不能使你知道我是因为厌恶你,才这样离开了你吗?

黑:你说的不是真话,那不会是真的。

海:瞧!她跟他们是同党。现在我明白了,他们三个人一起联合起来用这种恶戏欺凌我。欺人的黑美霞!最没有良心的丫头!你竟然和这个家伙一同算计着向我开这种卑鄙的玩笑作弄我吗?难道我们两人从前的种种推心置腹,约为姐妹的盟誓,在一起怨恨嫉妒的时间这样快便把我们拆分了,啊!全都完了吗?我们在同学时的那种情谊,一切童年的天真,都完全抛在脑后了吗?黑美霞,我们两人曾经像两个精巧的针神,在一起绣着同一朵花,描着同一个图样,我们同坐在一个垫上,齐声地轻唱同一支歌曲,就像我们的手,我们的身体,我们的声音,我们的思想,都是连在一起不可分的样子。我们这样生长在一起,像那并蒂的樱桃,看似两个,其实却连在一起;我们是结在同一茎上的两颗可爱的果实,我们的身体虽然分开,我们的心却只有一颗。难道你竟把我们从前的友好丢弃不顾,而同男人们联合着嘲弄你的可怜朋友吗?这种行为太没有朋友的情谊,而且也不合一个少女的身份。不单是我,我们全体女人都可以攻击你,虽然受到委屈的只是我一个。

**黑**：你说这么愤激的话真让我吃惊。我并没有嘲弄你，倒是你在嘲弄我哩。

**海**：你不曾为爱使莱散特跟随我，假意称赞我的眼睛和面孔吗？你那另一个爱人，第米屈律斯，不久之前还曾要用他的脚踢开我，你不曾使他称我为女神，仙子，神圣而稀有的，珍贵的，超乎一切的人吗？为什么他要向他所讨厌的人说这种话？你的爱充满了莱散特的灵魂，为什么他反而要摈斥你，却要把他的热情奉献给我，难道不是因为你的指使，因为你们预先商量好？即使我不能像你那样被人爱怜，那样被人追求不舍，那样幸运，而是那样倒霉，因为得不到我所爱的人的爱情，那和你又有什么关系呢？你应该可怜我而不应该侮蔑我的。

**黑**：我不明白你这么说是什么意思。

**海**：好，尽管装腔作势，扮着这一副苦脸，等到我一转身，就要向我做鬼脸了，大家彼此挤挤眼睛，把这个绝妙的玩笑尽管开下去吧，将来会记载在历史上的。假如你们是有同情心，懂得礼貌的，就不该把我当作你们的笑柄。再会吧，一半也是因为我自己做错，死别或生离不久便可以补赎我的错误。

**莱**：不要走，温柔的海伦娜！听我解释。我的爱！我的生命！我的灵魂！美丽的海伦娜！

**海**：多好听的话！

**黑**：亲爱的，不要这样嘲笑她。

**第**：要是她的恳求不能使你不说那种话，我将强迫你闭嘴。

**莱**：她也不能恳求我，你也不能强迫她；你的威胁正和她的软弱的祈祷同样没有力量。海伦娜，我爱你！凭着我的生命起誓，我爱你！谁说我不爱你的，我愿意用我的生命证明他在说谎，为了你，我是愿意把生命摈弃的。

**第**：我说我比他爱你爱得更深。

**莱**：要是你这样说，那么把剑拔出来证明一下吧。

**第**：好，快些，来！

**黑**：莱散特，这一切到底是怎么一回事呢？

**莱**：走开，你这黑奴①！

**第**：你可不能骗我而自己逃走，假意说着会来，却伺机准备溜走。你是个不中用的汉子，去吧！

**莱**：(向黑)放开手，你这猫！你这牛蒡子②！贱东西，放开手！否则我要像撵走一

---

① 原文"You Etbiop!"因黑美霞肤色微黑，故云。第二幕中有"把一只乌鸦换一头白鸽"之语，亦此意；海伦娜肤色白皙，故云白鸽也。

② 牛蒡所结的子，上有针刺，易攀附人衣。

条蛇那样撵你走了。

**黑**：为什么你变得如此凶暴？究竟是什么缘故呢，爱人？

**莱**：你的爱人！走开，黑鞑子！走开！可恶的毒物，给我滚吧！

**黑**：你还是在开玩笑吗？

**海**：是的，你也是。

**莱**：第米屈律斯，我一定不失信于你。

**第**：你的话可有些不算数，因为人家的柔情在牵系着你，我可信不过你的话。

**莱**：什么！难道要我伤害她，打她，杀死她吗？虽然我厌恨她，我还不至于这样
残忍。

**黑**：啊！还有什么比你厌恨我更残忍的事情呢？厌恨我！为什么呢？天哪！究竟
是怎么一回事呢，我的好人？难道我不是黑美霞了吗？难道你不是莱散特了吗？
我现在长得仍旧像从前那样，就在这一夜里你还曾爱过我，但就在这一夜里你离开
了我。那么你真的——唉，天哪！——存心离开我吗？

**莱**：一点儿不错，而且再也不想看见你的脸了；因此你可以断了念头，不必疑心，我
的话是千真万确的：我厌恨你，我爱海伦娜，一点儿没开玩笑。

**黑**：天啊！你这骗子！你这花中的蛀虫！你这爱情的贼！哼！你乘着黑夜，悄悄地
把我的爱人的心偷了去吗？

**海**：真好！难道你连一个女人的羞耻都没有，一点儿不晓得难为情了吗？哼！你一
定要逼我破口说出难听的话来吗？哼！哼！你这装腔作势的人！你这给人家愚弄
的小玩偶！

**黑**：小玩偶！噢，原来如此。现在我终于明白了她为什么把她的身材跟我比较，她
自夸她生得高，用她那身材，那高高的身材，赢得了他的心。因为我生得矮小，所以
他便把你看得高不可及了吗？我到底有多矮？你这涂脂抹粉的花棒儿！你倒说说
看，我是怎样矮法？矮是矮，我的指甲还挖得着你的眼珠哩！

**海**：先生们，虽然你们都在嘲弄我，但我求你们别让她伤害我。我从来没使过性子，
我也完全不懂得怎样跟人家打架，我是一个胆小怕事的女子，别让她打我。也许你
们以为她比我生得矮些，我能打过她。

**黑**：生得矮些！听，又来了！

**海**：好黑美霞，不要对我这么凶！我一直是爱你的，黑美霞，有什么事总跟你商量，
从来没对你做过欺心的事，除了这次，出于我对第米屈律斯的爱，我把你们私奔到
这片林中的事告诉了他。他追踪着你，为了爱，我又追踪着他，但他一直是斥骂着
我，威吓着说要打我，踢我，甚至要杀死我。现在你让我悄悄地走吧，我愿带着我的
愚蠢回到雅典去，不再跟着你们了。让我走，你瞧我是多么傻多么痴心！

黑:好,你要走就走吧,谁会拦住你?

海:一颗发痴的心,但我把它丢弃在这里了。

黑:噢,给了莱散特了是不是?

海:不,是第米屈律斯。

莱:不要怕,她不会伤害你的,海伦娜。

第:当然不会的,先生,即使你帮着她也不要紧。

海:啊,她一发起怒来,真是又凶又狠。在学校里她就是出名的母老虎,还是很小的时候,便已是那么凶了。

黑:又是"很小"! 老是矮啊,小啊地说个不停! 为什么你任由她这样讥笑我呢? 让我跟她拼命去。

莱:滚开,你这矮子! 你这发育不全的三寸丁! 你这小珠子! 你这小青豆!

第:她用不着你的帮忙,你大可不必那样乱献殷勤。让她去;不许你嘴里再提到海伦娜。要是你再稍微向她献媚一下,就请你当心点儿吧!

莱:现在她已经不再拉着我,你要是有胆量,跟我来吧,我们倒要试试看究竟海伦娜该属于谁。

第:跟你来! 嘿,我要和你并着肩走呢。(莱、第下。)

黑:你,小姐,这一切的麻烦都是因为你的缘故。哎,别逃啊!

海:我怕你,我不敢跟脾气这么大的你在一起。打起架来,你的手要比我的手快得多;但我的脚比你大些,逃起来你追不上我。(下。)

黑:我简直莫名其妙,不知道说什么话好。(下。)

奥:这就是你的大意所致,倘不是因为你弄错了,就是你故意在捣蛋。

迫:相信我,仙王,是我弄错了,你不是对我说只要认清楚那人穿着雅典的衣裳? 照此说我完全不曾错,因为我是把花汁滴在一个雅典人的眼上。事情弄到这种地步我是满快活的,因为他们的吵闹看着怪有意思的。

奥:你瞧这两个恋人找地方打架去了。因此,罗宾,快去把夜空遮住了,用像冥河的水一样黑的浓雾盖住星空,再引这两个气势汹汹的仇人迷路,不要让他们碰头。时而你学着莱散特的声音痛骂第米屈律斯,时而学着第米屈律斯的样子斥责莱散特,用这种办法把他们两个分开,直到他们奔波得精疲力竭,让睡眠拖住沉睡的腿,让蝙蝠的翅膀遮在他们的额头上,然后你把这草挤出汁来涂在莱散特的眼睛上,它能够化解一切的错误,使他的眼睛恢复从前的眼光。等他们醒来之后,这一切的戏谑,就会像是一场梦境或是空虚的幻象,这一班恋人们便将回到雅典去,一同走着无穷的人生的路程直到死去。在我差遣你去做这件事的时候,我要去访问我的王后,向她讨那个印度孩子,然后我要解除她眼中所见的怪物的幻觉,一切事情都将和平解决。

**迫：**这事我们必须赶早办好，主公，

因为黑夜已经驾起它的飞龙，

晨星，黎明的先驱，已照亮苍穹；

一个个鬼魂四散地奔返殡宫，

还有那横死的幽灵抱恨长终；

道旁水底有它们的白骨成丛，

为怕白昼破了丑恶的形容，

早已向黄泉归寝相伴着蛆虫；

它们永远享受不到日光的融融，

每夜只在暗野里凭吊着凄风。

**奥：**它们可完全不能与我们相比，

晨光中我习惯和猎人一起游巡，

如同林居人一样踏访着丛林：

即使东方开启了火红的天门，

大海上射下万道灿烂的金针，

青碧的大海化成了一片黄金。

但我们应该早早办好这事情，

最好别把它拖延到天明。（下。）

**迫：**奔到这边来，跑到那边去；

我要领他们，东来又西去。

林间和世上，无人不怕我；

我要领他们，林中做游戏。

这儿来了一个。

（莱散特重上。）

**莱：**你在哪里，骄傲的第米屈律斯？说出来！

**迫：**在这儿，恶徒！把你的剑拔出来准备着吧。你在哪里？

**莱：**我立刻就过来。

**迫：**那么跟我来吧，到平坦一点儿的地方。（莱随声音下。）

（第米屈律斯重上。）

**第：**莱散特，你再开口啊！你逃走了，你这懦夫！你逃走了吗？说话呀！躲在那一堆树丛里吗？你躲在哪儿呀？

**迫：**你这个卑怯汉！你在向星星们吹牛，向树林子示威，但却没胆过来吗？来，懦

夫！来,你这小毛孩！我要好好教训你一顿,谁要跟你比剑真是倒大霉了！

第:喂,你在那儿吗？

迫:跟从我的声音过来吧,这儿可不是一个战斗的好地方。(同下。)

(莱散特重上。)

莱:他走在我的前面,老是挑拨着我追赶;可等我走到他叫喊着的地方,他又消失得无影无踪。这个混蛋比我走得快多了,我追得越快,他逃走得就越快,让我在黑暗坎坷的路上跌了一跤。我还是在这休息一会儿吧。(躺下。)来吧,我仁慈的太阳！只要你一露出你的一丝灰白的晨光,我就能找到第米屈律斯而洗雪冤仇了。(睡去。)

迫:哈！哈！哈！胆小鬼！你怎么不来？

第:要是你有种的话,等着我吧,我知道你就在我前面,从这儿逃到那儿,不敢停下,也不敢跟我见面,你现在跑哪去了？

迫:来啊,我在这儿。

第:哼,你在耍弄我。要是天亮了我找到了你,你好好地当点儿心;现在,走开吧你！疲倦使我倒在这冰冷的土地上,静待着白天的来临。(躺下睡去。)

海:疲惫的夜啊！暗长的黑夜啊！将你的时光缩短些吧！从东方升起的慰藉,赶快闪耀起来吧！好让我凭着阳光回到雅典去,离开这一伙人,他们大家都厌烦可悲的我。慈善的梦乡,只有你能使悲痛的眼睛合上稍许,求你暂时让我忘记自己的存在吧！(躺下睡去。)

迫:两男和两女四个正好；

三人俱在此,那人在何方？

哈哈她到了,满脸悲戚戚；

爱神真是的,总爱惹人恼！

(黑美霞重上。)

黑:从未如此疲惫过,从未如此痛心过！我的身上被露水打得湿透,我的衣襟被荆棘划破;我走也走不动,挪也挪不了;我的两条腿好似灌满了铅汁。让我在这儿歇息一会儿等待天明。如果他们真要决斗的话,愿上帝佑护莱散特吧！(躺下睡去。)

迫:梦将醒,睡正酣,

灵丹药,驱幻觉,

百般幻象都消却。(挤草汁于莱散特眼上。)

醒时见,故人颜,

满心欢,情难禁,

从此相爱更深深。

一句老话说得妙，
众人自有各爱好：
情郎爱情妹，
两两无差错；
失而复得之，
全当笑话过！（下。）

# 第四幕

## 第一场　林中。莱散特，第米屈律斯，海伦娜，黑美霞沉睡未醒

（蒂妲妮霞及波顿上，众仙跟从；奥白朗悄随其后。）

蒂：来，躺在这花床上。我要轻抚你的俊俏的面颊，我要在你柔软可爱的头颅上插上麝香玫瑰，我要亲吻你的漂亮的大耳朵，我的温软的甜心！

波：豆花呢？

豆：在。

波：给我把头挠挠，豆花，蛛网先生在什么地方？

蛛：来了。

波：蛛网先生，乖先生，拿着你的刀子，替我把那蓟草叶尖上的红肚子的野蜂儿宰了，然后，乖先生，给我把蜜囊儿送来。干那事的时候可不要太着急了，先生，并且，乖先生，小心不要把蜜囊儿给弄烂了，如果您在蜜囊里头淹死了，那我就不太高兴了，先生。芥子先生去哪了？

芥：在这呢。

波：把您的小手给我，芥子先生。请您就不必多礼了，好先生。

芥：能为您做些什么？

波：小事情，好先生，只是请你替蛛网君替我挠挠痒。我一定要理发去，先生，因为我觉得脸上痒得不行，我是一头感觉很敏锐的驴子，要是哪一根毛把咱搔痒了，我就非要挠一下子不可。

蒂：你要不要欣赏一段音乐，我的好人？

波：对于音乐我可不是一窍不通，就敲一阵子锣鼓吧。

**蒂：**好人，你想吃些什么呢？

**波：**说实话，来一捆刍秣草，上好的干草，香甜的干草，无论什么也比不上这。

**蒂：**我有一个喜欢冒险的小神仙，可以为你到松鼠的洞里拿些美味的榛栗来。

**波：**我宁愿吃一点干豌豆。不过得谢谢您，叮嘱您那些手下别打扰我吧，我想要好好地睡一觉。

**蒂：**睡吧，我要用双臂拥抱着你。神仙们，各归各处吧。（众仙下。）菟丝也就是这样温柔地依附着芳香的金银花；女萝也正是这样缠绵着榆树的臂膀。啊，我是如此爱你！我是如此眷恋着你！（同睡去。）

（迫克上。）

**奥：**（上前）欢迎，好罗宾！你看没看见这种可爱的情景？我对她的痴心开始有点心有同情了，刚才我在树林后面遇见她正在为这个可恶的蠢蛋寻找爱情的礼物，我就责怪她，因为那时她把芳香的花朵制成花环，缠绕着他那毛茸茸的额角；原来在嫩蕊上晶莹剔透，如同东方宝玉一样的露水，现在却含在那一朵朵娇艳的小花的眼中，像是潜然而下的泪滴，唏嘘着它们所受的羞辱。我把她尽情讥笑谩骂一顿之后，她小心翼翼地请求我原谅，于是我乘机向她要那个换儿，她马上把他给了我，让她的近侍把他送到了我的寝宫。现在这个孩子已经在我手上了，我要为她解开眼前这种可恶的幻象。好迫克，你去把这雅典村夫头上的变形的头盖揭下，好让他和大家一同醒来的时候，可以回到雅典去，把这晚间发生的一切事，只当做一场梦魇。还是先让我给仙后解除魔法吧。（以草触她的眼睛。）恢复你原来的本性，解去你眼前的幻景；这一朵女贞花采自月姊园庭，它会使爱情的小卉失去功能。喂，我的蒂姐妮霞，醒醒吧，我的好王后！

**蒂：**我的奥白朗，我看见了怎样的幻景！我好像爱上了一头驴子啦。

**奥：**那边就是你的爱人。

**蒂：**怎么会发生这种事呢？啊，现在我看见它的样子是多么生气！

**奥：**静一会儿。罗宾，把他的头壳揭去。蒂姐妮霞，叫他们奏起音乐来，让这五个人全部睡得失去知觉。

**蒂：**来，奏起催眠的柔婉乐声！（音乐。）

**迫：**等你一觉醒来的时候，蠢汉，用你自己的傻眼瞧瞧看。

**奥：**奏下去，音乐！来，我的王后，让我们携手同行，让我们的舞蹈震动这些人睡着的地面。现在我俩已言归于好，明天夜半将要一同到提修斯公爵的府中跳着庄严的舞蹈，祝福他家繁荣昌盛。这两对忠心的恋人也将在那里和提修斯同时举行婚礼，大家心中充满了欢喜。

**迫：**仙王，仙王，留心听，我听见云雀在歌吟。

**奥**：王后，让我们静静地追随着夜的踪影；我们环绕着地球，快过明月的光流。

**蒂**：夫君，请你在路上告诉我这一切的缘故，这些人来自何方，当我熟睡的时候。

（同下。幕内号角声。）

（提修斯，喜坡丽妲，伊及斯及侍从等上。）

**提**：你们中间谁去把猎奴唤来。我们已把五月节的仪式遵行，现在还只是清晨，我的爱人应当听一听猎犬的音乐，把它们放在西面的山谷里，快去把猎奴唤来。美丽的王后，让我们上到山顶，领略那猎犬们的吠叫和山谷中的回声应和在一起的妙乐吧。

**喜**：我曾经同赫邱里斯和凯特麦斯一起在克利脱①林中行猎。他们用斯巴达的猎犬追赶着巨熊，那种雄壮的吠声是我平生第一次听到，除了丛林之外，天空和群山，以及周围的一切范围，似乎混成了一片交互的呐喊。我从来不曾听见过那样谐美的喧声，那样悦耳的雷鸣。

**提**：我的猎犬也是斯巴达种，一样的颊肉下垂，一样的黄沙的毛色，它们的头上垂着两片挥拂晨露的耳朵，它们有着弯曲的膝盖，并且像西萨利②种的公牛一样喉头长着垂肉。它们在追逐时速度不太迅速，但它们的吠声彼此高低相应，就像钟声那样合调。无论在克利脱、斯巴达，或是西萨利亚，都不曾有过这么一队狗，回应着猎人的号角和召呼，吠声这样好听，你听见之后便可以自己判断。但是且慢，这些都是什么仙女？

**伊**：殿下，这儿躺着的是我的女儿；这是莱散特；这是第米屈律斯；这是海伦娜，奈达老人的女儿。我不知道他们怎么都在这儿。

**提**：他们一定早起守五月节，因为听说了我们的意旨，所以赶到这儿来参加我们的典礼。但是，伊及斯，今天不是黑美霞应该决定她的选择的日子了吗？

**伊**：是的，殿下。

**提**：去，叫猎奴们吹起号角来叫醒他们。（幕内号角及呐喊声；莱、第、黑、海四人惊醒跳起。）早安，朋友们！情人节③早已过去了，你们这一辈林鸟到现在才配起来吗？

**莱**：请殿下恕罪！（偕余人并跪下。）

**提**：请你们站起来吧。我知道你们两个是对头冤家，怎么会变得这样和气，大家睡在一块儿，没有一点儿猜忌了呢？

---

① 凯特麦斯是底比斯的第一个国王。克利脱为地中海岛名。

② 西萨利，希腊地名。

③ 情人节在二月十四日，据说众鸟于是日择偶。

莱：殿下，我现在还是糊里糊涂，不知道该如何回答您的问话；但是我敢发誓说我真的不知道怎么会在这儿；但是我想，——坦白地说，我现在记起来了，一点儿不错，我是和黑美霞一同到这儿来的；我们想逃出雅典，避过严峻的雅典法律，我们便可以——

伊：够了，够了，殿下，话已经说得够了。我要求依法，依法惩办他。他们打算，他们打算逃走，第米屈律斯，他们打算用那种手段欺弄我们，使你的妻子落空，使我给你的承诺也落空。

第：殿下，海伦娜把他们的出奔告诉了我，并且说了他们到这林中来的目的，我在盛怒之下追踪他们，同时海伦娜因为痴心的缘故也追踪着我。但是，殿下，我不知道有一种什么力量，——但一定是有一种力量，——使我对于黑美霞的爱情会像霜雪一样融消，现在想起来就像童年时所爱好的一件玩物的一段短暂的记忆一样，我一切的忠信，一切的心思，一切乐意的眼光，都属于海伦娜一个人了。我在没有认识黑美霞之前，殿下，就已经和她订过盟约；但就像一个人在生病的时候一样，我厌弃着这一道珍馐，等到恢复健康，正常的胃口也就随之恢复。现在我稀罕着她，珍爱着她，思慕着她，将要永远忠心于她。

提：俊美的恋人们，我们相遇得很巧，再等一会儿我们便可以再听你们把这段话讲下去。伊及斯，你的意志不得不屈服一下了，这两对少年不久便将跟我们一起在庙堂中缔结永久的鸳盟。现在清晨将快过去，我们准备的行猎只好中止。跟我们一起到雅典去吧，两两成对地，我们将要盛宴大张。米，喜坡丽姐。（提、喜、伊及侍从下。）

第：这些事似乎微细而无从捉摸，好像化为云雾的远山一样。

黑：我好像觉得这些事情发生时，我的眼睛变得昏花了，一切都化作了层叠的两重似的。

海：我也觉得是这样。我得到了第米屈律斯，像是得到了一颗宝石，好像是我的，又好像不是我的。

第：你们真能断定我们现在是醒着的吗？我觉得我们还是在睡着做梦。你们是不是认为公爵在这儿，叫我们跟他走吗？

黑：是的，我的父亲也在。

海：还有喜坡丽姐。

莱：他确实叫我们跟他到庙里去。

第：那么我们真的已经醒了。让我们跟着他走，在路上讲述我们的梦。（同下。）

波：（醒）轮到咱的尾白的时候，麻烦你们叫咱一声，咱就会答应，咱下面的一句是，"最美丽的匹拉麦斯。"喂！喂！彼得·衮斯！弗鲁脱，修风箱的！斯诺脱，补锅子的！司他巫林！他妈的！悄悄地溜走了，把咱一个人撇在这儿睡觉吗？咱做了一个奇怪得奇的梦。没有人说得出那是怎样的一个梦，如果是谁愿意把这个梦解释一下，那他肯定是一头驴子。咱好像是——不会有人说得出那是什么玩意儿，咱好像是——咱好像是——，但假如谁敢说出来咱好像是什么玩意儿，那他肯定是一个蠢货。咱这个梦啊，谁的眼睛都从未曾看到过，谁的耳朵都从未曾听到过，谁的嘴也品不出来是什么滋味，谁的鼻子也闻不出来是什么味道，谁的心也说不出来那究竟是怎样的一个梦。咱要叫彼得·衮斯给咱写一首诗咏唱一下这个梦，题目就是"波顿的梦"，咱要在戏演完后当着公爵大人的面唱它，——不过还是等咱死了之后再唱吧。（同下。）

## 第二场　雅典。衮斯的家中

（衮斯、弗鲁脱、斯诺脱、司他巫林上。）

衮：你们派人去波顿家里看了吗？他还不在家吗？

司：没有一点消息。他肯定让妖精给拐跑了。

弗：如果他不回来，那么咱们的戏就要黄啦，就不能再演下去了，对不对？

衮：那肯定演不下去啰，整个雅典城可以演匹拉麦斯的除了他以外就找不到第二个人了。

弗：任何人也演不了，他是雅典手艺人当中最最聪明的一个。

衮：对，并且也是顶好的人，他有一副好嗓子，吊起膀子来那真是一流的。

弗：你说错了，应该说"吊嗓子"，吊膀子，上帝啊！那真让人难为情。

（史纳格上。）

史：诸位，公爵大人刚从寺里出来，还有两三位贵族和小姐们也一块儿结了婚。如果咱们的玩意儿能够做下去，我们大家一定都有好处。

弗：哎呀，可爱的波顿，好家伙！他从此以后就可以拿到六便士一天的俸禄了。他一定可以拿到六便士一天的。咱可以发誓公爵大人观看了他扮演的匹拉麦斯，一准会赏给他六便士一天。他应当可以拿到六便士一天的，扮演了匹拉麦斯，应当拿六便士一天，少一点儿都不行。

（波顿上。）

波：孩子在哪儿？心肝们在哪儿？

衮：波顿！哎哟，最好最好的日子，最最吉利的时辰！

波：诸位，咱要讲件稀奇事儿给你们听，可不要问是什么事；要是咱给你们说了，咱就不算是真的雅典人。咱要把所有都告诉你们，一字不落地。

37

衮：讲给我们听吧，好波顿。

波：关于咱自己的事半个字也不能告诉你们。咱要告诉大家的是，公爵大人已经用过正膳了。把你们的道具收拾起来吧，胡须上绑上结实的穿绳，舞靴上要结崭新的绸带，在宫门前会合，各人背会了自己的台词，说到底一句话，咱们的戏已经呈上去了。不管怎样，也得叫雪丝佩穿一件爽利一点儿的衬衣；还有扮演狮子的那位不要把指甲剪去，因为那要露出在外面来当做狮子的脚爪。最要紧的，诸位老板们，千万别吃洋葱和大蒜，咱们可不要把老爷太太们熏到了，咱肯定会听见他们说，"风雅的戏剧结束了，走吧！走吧！"（同下。）

# 第五幕

## 第一场　雅典。提修斯宫廷

（提修斯、喜坡丽妲，菲劳士屈雷脱及大臣侍从等上。）

喜：提修斯，这些恋人们说的这些话真是太不可思议了。

提：奇怪得像不是真实的。我永远都不能相信这种奇怪的传说和神仙的把戏。情人们和疯子们都有着扰乱的思想和成堆的幻觉，他们所在乎的永远都不是用冷静的理智所能充分了解的。疯子，情人和诗人，都是空想的产物：疯子眼中看到的鬼，比无底的冥府所能容纳的都要多；情人，一样的疯狂，能从埃及人黝黑的脸上看到海伦的容貌；诗人的眼睛在奇怪狂妄的一转中，便能从天堂看到地狱，又从地狱看到天堂。想象会把子虚乌有的事物以某种方式显现出来，诗人的笔会使它们变成事实，空虚的无物也会有了居所和名字。热烈的想象往往具备这种本领，只要尝到一丝欢乐，就会相信那种欢乐的背后有一个给予的人；夜间一转变为恐惧的念头，一株灌木就会一下子变成一头野兽。

喜：不过他们所说的这一夜间的所有经历，和他们大家心理上都受到同样感受的一个事实，可以证明那并不是幻想。虽然那故事听起来荒诞而骇人，却并不令人以为全是胡扯。

提：这一群恋人们欢欢喜喜地来了。

（莱散特、第米屈律斯、黑美霞、海伦娜上。）

提：祝贺，我的朋友们！祝贺！愿你们心灵里永远沉浸着没有阴郁的爱情时光里！

莱：愿更大的幸福永远伴随着殿下的生活！

提：来，我们应该用哪种假面具或是舞蹈来消磨在尾餐和就寝之前的那三个小时悠长的时光呢？我们那一直掌管戏乐的人在哪儿？准备了几种方式？有没有一出戏剧来祛除难挨的时光里按捺不住的焦急呢？叫菲劳士屈雷脱到这来。

（菲劳士屈雷脱上。）

菲：来了，尊贵的提修斯。

提：说，你有些哪些乐子可以消磨这黄昏？有哪些假面具？有什么样的音乐？要是没有一点戏乐，这难挨的时间我们该如何消磨过去呢？

菲：这儿有一张准备好的各种戏乐的单子，请殿下自己来选择先唱哪出吧。（呈上单子。）

提："身毒①之战，由一个雅典太监伴着竖琴而唱。"这个我们不听了；我已经给我的爱人说过这一段表彰我的姻兄赫邱里斯②武功的旧事了。"醉酒者的狂暴，色累斯歌人③惨遭肢裂的始末。"那是老故事，在我上一次征服底比斯凯旋时已经看过了。"九缪斯神④痛悼学术的沦亡。"那是一段犀利刻薄的讽刺，在婚礼上表演不适合。"关于年轻的匹拉麦斯及其爱人雪丝佩的冗长的短戏，非常悲哀的趣剧。"悲哀的趣剧！冗长的短戏！那简直是说炽热的冰，发烫的雪。这种矛盾如何能够调和呢？

菲：殿下，一出统共只有十来个字那么长的戏，当然是再短不过了；即使只有十个字，也会嫌太长，叫人看了厌倦；因为在全剧之中，没有一个字用得恰如其分，没有一个演员分派得恰到好处。那本戏的确很悲哀，殿下，因为匹拉麦斯在戏里要把自己杀死。那一场我看他们预演的时候，我得承认确实使我的眼里充满了眼泪；但那些泪都是在纵声大笑的时候忍俊不禁而流的，再没有流过比那更开心的泪了。

提：这戏的演员是些什么人呢？

菲：都是在这雅典城里做工过活的胖手胼足的汉子。他们从来不曾用过脑子，这次为了准备参加殿下的婚礼，才辛辛苦苦地把这本戏背诵起来。

提：好，就让我们听一听吧。

菲：不，殿下，那是不配劳烦您的耳朵的。我已经听过一次，简直一无所取；除非你嘉许他们的一片诚心和苦苦背诵的辛勤。

提：我要把那出戏听一次，因为淳朴和忠诚所呈献的礼物，总是可取的。去把他们带来。各位夫人女士们，大家都请坐。

---

① 身毒一名乃借译，是希腊神话中一种半人半马的怪物，赫邱里斯曾战胜过他。

② 普卢塔克希腊传记家，他以提修斯及赫邱里斯为母系亲属。

③ 色累斯歌人系指奥菲厄斯，其歌声可感动百兽草木，后来被酗酒妇人所肢裂而死。

④ 九缪斯神，即掌管文学艺术之女神。

（菲下。）

**喜**：我不欢喜看见微贱的人做他们力所不及的事，忠诚会因为努力的狂妄而变得毫无价值。

**提**：啊，亲爱的，你不会看到他们糟到那种地步的。

**喜**：他说他们压根儿不会演戏。

**提**：那就更显得我们宽宏大度，虽然他们的劳动毫无价值，他们仍能得到我们的嘉许。他们的错误可以作为我们取笑的来源。我们不必计较他们那可怜的忠诚所不能达到的成就，而该重视他们的辛勤。凡是我所到的地方，那些有学问的人都预先准备好欢迎词迎接我，但是一看见了我，便浑身发抖脸色变白，句子没有说完便中途顿住，话儿哽在喉中，吓得说不出来，结果是一句欢迎我的话都没有说。相信我，亲爱的，从这种无言中我却领受了他们一片欢迎的诚意；在诚惶诚恐的忠诚的畏怯上表示出来的意味，并不少于一条娓娓动听的辩舌。因此，爱人，依照我的经验看来，无言的淳朴所表示的情感，才是最丰富的。

（菲劳士屈雷脱上。）

**菲**：请殿下注意，念开场诗的预备登场了。

**提**：让他上来吧。（喇叭奏花腔。）

（衮斯上，念开场诗。）

**衮**：要是咱们，得罪了请原谅。

咱们本来是，一片的好意，

想要显一显，薄薄的伎俩，

那才是咱们原来的本意。

因此列位让咱们到这儿来，

为的要让列位欢笑，

否则就是不曾，到这儿来。

如果咱们，惹得列位生气，

一个个演员，都将要登场，

你们可以仔细听个端详。①

**提**：这家伙简直乱来。

**莱**：他念他的开场诗就像一头被人骑着的顽劣的马驹，乱冲乱撞，该停的地方不停，不该停的地方却停。殿下，这是一个好教训：仅仅会讲话不能算数，要讲话总该有个路数。

---

① 此段句读完全错误。

喜:真的,他就像一个小孩子学吹笛,呜哩呜哩了一下,可是全不入调。

提:他的话像是一段纠缠在一起的索链,毛病倒没有,可是全弄乱了。接下来是谁登场呢?

(匹拉麦斯及雪丝佩、墙、月光、狮子上。)

衮:列位大人,也许你们会奇怪这一班人跑出来干什么,不必追根究底,自然而然地总会明白过来,这个人是匹拉麦斯,如果你们想要知道的话,这位美丽的姑娘不用说便是雪丝佩啦。这个人手里拿着灰石和黏土,是代表着墙头,那堵隔开这两个情人的坏墙头,他们这两个可怜的人只好在墙缝里低声谈话,这是要告知大家的。这个人提着灯笼,牵着犬,拿着柴枝,是代表着月亮,你们要知道,这两个情人只在月光底下才肯在奈纳斯的坟头聚首谈情。这一头可怕的畜生名叫狮子,那晚上忠实的雪丝佩先到了约会的地点,被它吓跑了,或者不如说是被它惊走了,在逃走的时候她脱落了她的外套,那件外套因为被那恶狮子咬在它那血盆大口中,所以沾满了血斑。隔了不久,匹拉麦斯,那个高个儿的美少年也来了,一见他那忠实的雪丝佩的外套放在地上,便刺棱棱的一声拔出一把血淋淋的剑来,对准自己那热辣辣的胸脯豁拉拉地刺了进去,那时雪丝佩却躺在桑树的树荫里,等到她发现了这一切,便把他身上的剑拔出来,也结果了自己的性命。至于其余的一切,可以让狮子,月光,墙头和两个情人详详细细地告诉你们,当他们上场的时候。(衮斯及匹拉麦斯、雪丝佩、狮子、月光同下。)

提:我不知道狮子该不该说话。

第:殿下,这可用不着怀疑,要是一班驴子都会讲人话,狮子当然也会说话啦。

墙:小子斯诺脱是也,在这本戏文里扮作墙头;须知此墙不是他墙,乃是一堵有裂缝的墙,在那条裂缝里匹拉麦斯和雪丝佩两个情人常常偷偷地低声谈话。这一把石灰,这一撮黏土,这一块砖头,表明咱是一堵真正的墙头,并非滑头冒牌之流。这便是那个鬼缝儿,这两个胆小的情人在那儿谈着体己的话。

提:沙石和泥土筑成的东西,居然这样会说话,难得难得。

第:殿下,这是我所听到的其中最俏皮的一段。

提:匹拉麦斯走近墙边来了。静听!

(匹拉麦斯重上。)

匹:板着脸孔的夜啊!漆黑的夜啊!

夜啊,白天一走,你就来啦!

夜啊!夜啊!唉呀!唉呀!唉呀!

咱担心咱的雪丝佩要失约啦!

墙啊!亲爱的,可爱的墙啊!

你硬生生地隔开了咱们两人的家!

墙啊! 亲爱的,可爱的墙啊!

露出你的裂缝,让咱向里头瞧瞧吧! (墙举手叠指作裂缝状。)

谢谢你,殷勤的墙! 上帝大大保佑你!

但是咱瞧见些什么呢? 咱瞧不见伊。

刁恶的墙啊! 不让咱瞧见可爱的伊,

愿你倒霉吧,因为你竟这样把咱欺!

**提**:这墙并不是没有知觉的,我想它应当反骂一下。

**匹**:没有的事,殿下,真的,它不能。"把咱欺"是该雪丝佩接下去的尾白;她现在就要上场啦,咱就要在墙缝里看她。你们瞧见吧,下面演得正跟咱告诉你们的完全一样,那边她来啦。

(雪丝佩重上。)

**雪**:墙啊! 你常常听得见咱的呻吟,怨你生生把咱与他两两分拆! 咱的樱唇常跟你的砖石亲吻,你那用泥胶得紧紧的砖石。

**匹**:咱听见一个声音,让咱去望望,不知能不能瞧见雪丝佩的脸庞。雪丝佩!

**雪**:那是咱的好人儿,咱想。

**匹**:尽你想吧,咱是你风流的情郎。好像李芒特,咱此心永无变更。

**雪**:咱就像海伦,到死也绝不变心。

**匹**:沙发勒斯对待普洛克勒斯不过如此。

**雪**:你就是普洛克勒斯,咱就是沙发勒斯。

**匹**:啊,在这堵万恶的墙缝中请给咱一吻!

**雪**:咱吻着墙缝,可全然吻不到你的嘴唇。

**匹**:你肯不肯到奈纳斯的坟头去跟咱相聚?

**雪**:活也好,死也好,咱一准立刻动身前去。(二人下。)

**墙**:现在咱已把墙头扮好,因此咱便要拔脚去了。(下。)

**提**:现在隔在这两家人家之间的墙头已经倒下了。

**第**:殿下,墙头要是都像这样随随便便偷听人家的谈话,可真没法想。

**喜**:我从来没有听到过比这再蠢的东西。

**提**:最好的戏剧也不过是人生的一个缩影,不好的只要用想象补足一下,也就不会坏到什么地方去。

**喜**:那该是你的想象,而不是他们的想象。

**提**:要是我们对于他们的想象并不比他们对于自己的想象更坏,那么他们也可以算得上顶好的人。两只好东西登场了,一只是人,一只是狮子。

（狮子及月光重上。）

狮：各位太太小姐们，你们那柔弱的心一见了地板上爬着的一头顶小的老鼠就会害怕，现在看见一头凶暴的狮子发狂地怒吼，多少要发起抖来的吧？但是请你们放心，咱实际是细木工匠史纳格，既不是凶猛的公狮，也不是一头母狮，要是咱真的是一头狮子而冲到这儿来，那咱才大倒其霉！

提：一头非常善良的畜生，有一颗好心肠。

第：殿下，这是我所看见过的最好的畜生了。

莱：这头狮子按勇气说只能算是一只狐狸。

提：对了，而且按他那小心翼翼的样子说起来倒像是一只鹅，好，别管他吧，让我们听月亮说话。

月：这盏灯笼代表着角儿弯弯的新月——

第：他应当把角装在头上。①

提：他并不是新月，圆圆的哪里有个角儿？

月：这盏灯笼代表着角儿弯弯的新月，咱好像就是月亮里的仙人。

提：这该是最大的错误了。应该把这个人放进灯笼里去，否则他怎么会是月亮里的仙人呢？

第：他因为怕蜡烛不敢进去。瞧，他恼了。

喜：这月亮真使我厌倦，他应该变化变化才好！

提：照他那知觉欠缺的样子看起来，他大概是一个缺月，但是为着礼貌和一切的理由，我们得忍耐一下。

莱：说下去，月亮。

月：总而言之，咱要告诉你们的是，这灯笼便是月亮，咱便是月亮里的仙人，这柴枝是咱的柴枝，这狗是咱的狗。

第：嗨，这些都应该放进灯笼里去才对，因为它们都是在月亮里的。但是静些，雪丝佩来了。

（雪丝佩重上。）

雪：这是尼内老人的坟，咱的好人儿呢？

狮：（吼）呜——（雪丝佩奔下。）

第：吼得好，狮子！

提：奔得好，雪丝佩！

喜：照得好，月亮！真的，月亮照的姿势很好。（狮子撕破雪丝佩的外套后下。）

---

① 头上出角是西方讥人作"乌龟"的俗话。

43

提：撕得好，狮子！

第：狮子不见了。

（匹拉麦斯重上。）

匹：可爱的月亮，咱多谢你的阳光；

谢谢你，因为你照得这么皎洁！

靠着你那慈和的闪烁的金光，

咱将要饱餐着雪丝佩的秀色。

但是且住，啊该死！

瞧哪，可怜的武士，

这是一场什么惨景！

眼睛，你看没看见？

这种事怎么会出现？

可爱的宝贝啊，亲亲！

你的一件好外套，

怎么全都是血点？

过来吧，狰狞的凶神！

快把生命的羁缠，

从此后一刀割断；

今朝咱了结了残生！

提：这一种情感再加上一个好朋友的死，很可以使一个人脸带愁容。

喜：该死！我倒真有点儿可怜这个人。

匹：苍天啊！你为什么要造下狮子，

让它在这里蹂躏了咱的爱人？

她在一切活着爱着的人中，

是一个最美最美最最美的美人。

淋漓地流吧，眼泪！

咱要把宝剑一挥，

对着咱的胸膛刺破：

一剑刺过了左胸，

叫心儿莫再跳动，

这样咱就死啰死啰！（以剑自刺。）

现在咱已经身死，

现在咱已经去世，

咱灵魂儿升到天堂;

太阳,不要再照耀!

月亮,给咱拔脚跑!(月下。)

咱已一命,一命丧亡。(死。)

第:不是双亡,是单亡,因为他是孤零零地死去。

莱:他现在死,不但成不了双,而且成不了单,他已经变成"没有"啦。

提:要是现在就去请外科医生来,也许还可以把他医活过来,叫他做一头驴子。

喜:雪丝佩还要回来看她的爱人,月亮怎么这样性急便去了呢?

提:她可以在星光底下看见他的,现在她来了。她再痛哭流涕一下子,戏文也就完了。

(雪丝佩重上。)

喜:我想对于这样一个珍贵的匹拉麦斯,她可以不必浪费口舌,我希望她说得短一点儿。

第:她跟匹拉麦斯较量起来真是半斤对八两。上帝保佑我们不要嫁到这种男人,也保佑我们不要娶到这种妻子!

莱:她那秋波已经看见他了。

第:于是悲声而言曰:——

雷:睡着了吗,好人儿?

啊!死了,咱的鸽子?

匹拉麦斯啊,快醒醒!

说呀!说呀!哑了吗?

唉,死了!一堆黄沙,

将要盖住你的美眼。

嘴唇像百合花开,

鼻子像樱桃可爱,

黄花像是你的脸孔,

一齐消失,消失了,

有情人同声哀悼!

他眼睛绿得像青葱。

舌头,不许再多言!

凭着这一柄好剑,

赶快把咱胸膛刺穿。(以剑自刺。)

再会,亲爱的朋友!

雪丝佩已经毙命，

再见吧，再见吧，再见！（死。）

**提：**他们的葬事要让月亮和狮子来料理了吧？

**第：**是的，还有墙头。

**波：**（跳起）不，咱对你们说，那堵隔开他们两家的墙早已经倒了。你们要不要瞧瞧收场诗，或者听一场咱们两个伙计的贝格摩①舞？

**提：**请把收场诗免了吧，因为你们的戏剧无须再有什么解释。扮戏的人一个个死了，我们还能责怪谁不成？真的，要是写那本戏的人自己来扮匹拉麦斯，把他自己吊死在雪丝佩的袜带上，那倒真是一出绝妙的悲剧。你们这次演得实在很不错。现在把你们的收场诗搁在一旁，还是跳起你们的贝格摩舞来吧。（跳舞。）夜钟已经敲过了十二点，恋人们，睡觉去吧，现在已经差不多是神仙们游戏的时间了。我担心我们明天早晨会起不来，因为今天晚上睡得太迟，这出粗劣的戏剧却使我们不觉得时间的过去，好朋友们，去睡吧。我们要用半月工夫把这喜庆延续，夜夜有不同的寻欢作乐。（众下。）

## 第二场　同前

（迫克上。）

**迫：**饿狮在高声咆哮，

豺狼在向月长嗥，

农夫们鼾息沉沉，

完毕一天的辛勤。

火把还留着残红，

鸱鸮叫得人胆战，

传进愁人的耳中，

仿佛见殓衾飘飐。

现在夜已经深深，

坟墓都裂开大口，

吐出了百千幽灵，

荒野里四散奔走。

---

① 贝格摩为密兰东北地名，以产小丑著名。

我们跟着赫凯提①，
离开了阳光赫奕，
像一场梦境幽凄，
追随黑暗的踪迹。
且把这闲屋清扫，
供大伙一场欢笑；
赶走烦人的老鼠，
还要擦干净窗户。
（奥白朗、蒂妲妮霞及随从等上。）
**奥：**屋里渐消的火星
稀稀地还在闪耀；
闪耀着个个精灵
像鸟儿栖在花枝；
随我浅吟一小调，
携手轻轻共舞蹈。
**蒂：**先来把歌儿唱熟，
字字珠圆又玉润；
再来齐声唱祝福，
手牵手缥缈回转。（歌舞。）
**奥：**趁着晨光还没来，
我们先随处看看。
先来瞧一瞧新床，
祝愿它如意吉祥。
这三对新婚佳偶，
愿他们永结同心。
诞生下小小儿郎，
一个个健健康康。
没有黑痣无兔唇，
也没一点小瘢痕。
用这圣洁的玉露，
你们去倾洒门户。

---

① 赫凯提为下界的女神，其有时为三个身体三个头，有时为一个身体三个头，相背而立。

莎士比亚戏剧集

祝愿房子的主人，
永享着寿康福禄。
赶快去，莫迟豫，
天明我们再重聚。
（除迫克外皆下。）

迫：（向观众）

如果我们这辈影子，
有忤了各位的尊意，
就请这样想一想，
万物都可得到补偿；
万千幻景所以显现，
不过是梦里的妄念，
这一段无趣的情节，
就像怪梦一样无力。
先生们，可不要见笑！
如蒙原宥，定不补报，
万一我们幸而得脱，
这一遭嘘嘘的指责，
我们定不忘您大恩，
迫克从来不会蒙人。
再见了！肯赏个薄面的话，
就请鼓两下掌，谢谢谢谢！
（下。）

# 剧中人物

公爵　在放逐中

弗雷特力克　公爵弟,篡位者

阿米恩斯  
杰克斯 } 逐公的从臣

勒·波　弗雷特力克的侍臣

查尔斯　拳师

岳力佛  
贾克斯 } 罗兰·特·鲍埃爵士之子  
鄂兰陀

亚丹  
丹尼斯 } 岳力佛之仆

试金石　小丑

岳力佛·马退克斯脱师傅　牧师

库林  
薛维厄斯 } 牧人

威廉　乡下人,恋奥菊蕾

扮看门者

罗瑟琳　逐公之女

西莉霞　弗雷特力克之女

菲琶　牧女

奥菊蕾　村女

众臣,侍童,林居人及侍从等

## 地　点

岳力佛宅旁庭园  
篡公的宫廷  
亚登森林

# 第一幕

## 第一场　岳力佛宅旁园中

(鄂兰陀及亚丹上。)

鄂：亚丹，我记得遗嘱上只留给我数目不大的一千块钱，而且正如你所说的，嘱咐我的大哥把我好好教养，不然他就不能得到他的遗产，我的不幸就是这样开始的。他把我的二哥贾克斯送去学校，据说成绩不错；但是我呢，他却让我像个庄稼汉似的住在家里，或者再说得准确一点儿，他把我一点儿不管不问地关在家里。你说像我这种出身的世家子弟，怎么可以像一头牛那样养着呢？他对他的马匹也比对我好，因为除了保证食物充足外，你还得调教它们，因此花了重金聘请了骑师；但是我，他的亲兄弟，却从没有从他那儿得到一丁点儿好处，除了把我养大以外，可是我跟他那些粪堆上的畜生一样要感谢他的。他除了这样大度地什么也不给我之外，还要消磨去我本有的一点点天资；他叫我和雇工们一起干活，全然不把我当兄弟看，用这种教育来摧残我的高贵的素质，这是让我伤心的原因，亚丹，我觉得在我体内的我父亲的血液已经因为忍受不了这种非人的生活而开始反抗。我一刻也不会再忍受下去了，虽然我还没有想到怎样避免它的稳妥的办法。

亚：少爷，您的哥哥从那边过来了。

鄂：到一边去，亚丹，你就会听到他将怎样欺负我。

(岳力佛上。)

岳：嘿，少爷！你来干什么？

鄂：不干什么，我从没有学习过干什么。

岳：那么你现在作践些什么呢，少爷？

鄂：哼，大爷，我在给你帮忙，把一个上帝创造出来，您的可怜的毫无用处的兄弟用闲荡来作践哩。

岳：这样你得给我做事去，别待在这儿了，少爷。

鄂：我要去喂您的猪，跟它们一起吃秕糠吗？我浪费什么了，要受到这种惩罚？

岳：你知道你在哪儿吗，少爷？

鄂：噢，大爷，我知道得一清二楚，我是在这里您的园子里。

**岳**：你清楚你是当着谁的面说话吗，少爷？

**鄂**：哎，我清楚我面前这个人，比你知道得更明白些。我知道你是我的大哥，按照你的高贵的血统说起来，你也应该知道我是谁，按照世间的俗礼，你的身份要比我高些，就因为你是长子，可是同样的礼法却不能抹去我的血统，就算我们之间还有二十个兄弟也一样。我的血管里有着和你一样多的我们父亲的血液，虽然我承认你的地位在名分上应该更受人尊重一些。

**岳**：什么，孩子！

**鄂**：得了吧，得了吧，大哥，你不用这样明知故问啊。

**岳**：你想要跟我作对吗，混蛋？

**鄂**：谁是混蛋？我是罗兰·特·鲍埃爵士的幼子，他是我的父亲，谁要是敢说这样一位父亲会有一个混蛋儿子的话，那他才是个大混蛋。你要不是我的哥哥，我一定会死死掐住你的喉咙，直到我那另一只手把你的舌头拔出来为止，因为你竟敢说这样的话，你是在骂你自己。

**亚**：（上前）好爷爷们，别生气，看在去世老爷的分上，大家和和气气的吧！

**岳**：放开我！

**鄂**：等我高兴放你的时候再放你，你一定要听我说话，父亲在遗嘱上吩咐你对我好好地教育，你却把我训练得像个农夫，不让我跟上流社会接触，父亲的血液在我心中炽烈起来，我再也忍受不下去了。你得允许我去学习那种适合上流身份的技艺，否则把父亲在遗嘱里指定给的那笔小小的钱给了我，也好让我去自寻生路。

**岳**：等到那笔钱用完了你便怎样？去做叫花子吗？哼，少爷，给我进去吧，别再给我找麻烦了，你可以得到你所要的一部分，请你走吧。

**鄂**：我不愿过分冒犯你，除了为我自身的利益。

**岳**：你跟着他去吧，你这老狗！

**亚**："老狗"便是您给我的谢意吗？一点儿不错，我服侍你们已经服侍得牙齿都落光了。上帝和我的老爷同在！他是绝不会说出这种话来的。（鄂、亚下。）

**岳**：竟有这种事吗？你不归我管了吗？我要把你的傲气去掉，却不给你那一千块钱。喂，丹尼斯！

（丹尼斯上。）

**丹**：大爷叫我吗？

**岳**：公爵手下那个拳师查尔斯不是在这儿要跟我说话吗？

**丹**：禀大爷，他就在门口，要求见您哪。

**岳**：叫他进来。（丹下。）这是一个妙计，明天就是摔跤的日子。

（查尔斯上。）

**查**:早安,大爷!

**岳**:查尔斯好朋友,新朝廷里有些什么新消息?

**查**:朝廷里没有什么消息,大爷,只有一些老消息,那就是老公爵被他的弟弟新公爵放逐了,三四个忠心的大臣自愿跟着他流亡,他们的地产收入都被新公爵没收了,因此他巴不得他们一个个滚蛋。

**岳**:你知道公爵的女儿罗瑟琳是不是也跟她的父亲一起被放逐了?

**查**:啊,不。因为公爵的女儿,她的族妹,自小便跟她在一个摇篮里长大,非常爱她,一定要跟她一起流亡,否则便要寻死,所以她现在仍旧在宫里,她的叔父把她像自家女儿一样看待着,从来不曾有两位小姐像她们这样要好的了。

**岳**:老公爵预备住在什么地方呢?

**查**:据说他已经住在亚登森林①了,有许多人跟着他,他们在那边过着英国的老罗宾·荷德②那样的生活。据说每天有许多青年贵人投奔到他那儿去,逍遥自在地把时间消磨过去,像是置身在古昔的黄金时代里一样。

**岳**:喂,你明天要在新公爵面前摔跤吗?

**查**:正是,大爷。我来就是要通知您一件事情,我得到了风声,大爷,说令弟鄂兰陀想要化装了明天来跟我交手。明天这一场摔跤,大爷,是与我的名誉有关的,谁都别想不断一根骨头而安然逃出。必须好好留点儿神才行,令弟年纪太轻,顾念着咱们的交情,我不能下手把他打败;可是为了我自己的名誉起见,他如果要来,我却非得给他一点儿厉害不可。为此,看在咱们的交情上,我来通报您一声:您或者劝他打断了这个念头,或者请您不用为了他所将要遭到的羞辱而生气,这全然是他自取其咎,并非我的本意。

**岳**:查尔斯,多谢你对我的好意,我一定会重重报答你的。我自己也已经注意到舍弟的意思,曾经用婉言劝阻过他,可是他执意不改,我告诉你,查尔斯,他是在全法国范围内,顶不可理喻的一个人,野心勃勃,一见人家有什么好处,心里总是不服,而且老是在阴谋设计陷害我,他的同胞兄长。一切悉听你的尊意吧,我巴不得你把他的头颈和手指一起折断了呢。你得留心一些,要是你略微削了他一点儿面子,或者他不能大大地削你的面子,他就会用毒药毒死你,用奸谋陷害你,非把你的性命用卑鄙的手段除掉了不肯罢休。不瞒你说,我一说起来也忍不住要流泪,在现今世界上没有比他更奸恶的年轻人了。为了自己兄弟的关系,我还不好怎样说他,假如

---

① 亚登森林在比利时与法国的东北部,即 Forest of Ardennes。但莎士比亚意中所写的亚登森林,则为英国沃里克郡的 Forest of Ardennes。

② 罗宾·荷德,英国传说中十四世纪时的著名侠盗。

我把他的真相完全告诉了你,那我一定因惭愧而哭泣,你也要脸色发白而大吃一惊的。

查:我真庆幸上您这儿来。假如他明天来,我一定要给他一顿教训,倘若不叫他瘸了腿我以后再不跟人用摔跤赌锦标了。好,上帝保佑您,大爷!(下。)

岳:再见,好查尔斯。——现在我要去挑拨这位好勇斗狠的家伙了。我希望他送命,我自己也不明白为什么我是那么恨他,说起来他很善良,从来不曾受过教育,然而却很有学问,充满了高贵的思想,无论哪一等人都爱戴他。真的,大家都是这样喜欢他,尤其是我自己手下的人,以至于我倒被人家轻视起来。可是情形不会持续太久的,这个拳师可以给我解决一切。现在我只消把那孩子鼓动去就是了,我就去。(下。)

## 第二场　公爵宫门前草地

(罗瑟琳及西莉霞上。)

西:罗瑟琳,我的好姐姐,请你快活些吧。

罗:亲爱的西莉霞,我已经强作欢容,你还要我再快活一些吗?除非你能够教我怎样忘掉一个放逐的父亲,否则你是不能叫我记住无论怎样有趣的事情的。

西:我看得出你爱我抵不上我爱你那样深。要是我的伯父,你的放逐的父亲,放逐了你的叔父,我的父亲,只要你仍旧跟我在一起,我可以爱你的父亲就像爱我自己的父亲一样。假如你爱我也像我爱你一样真纯,那么你也一定会这样的。

罗:好,我愿意忘记我自己的处境,为了你而高兴起来。

西:你知道我父亲只有我一个孩子,看来也不见得会再有了,等他去世之后,你便可以继承他的王位,因为是他用暴力从你父亲手里夺了来的,我便要用爱心归还给你。凭着我的名誉起誓,我一定会这样,要是我背了誓,让我变成个妖怪。所以,我的好罗瑟琳,我的亲爱的罗瑟琳,快活起来吧。

罗:妹妹,从此以后我要高兴起来,想出一些消遣的法子。让我看,你认为来一下子恋爱怎样?

西:好了,不妨作为消遣,可是不要认真爱起人来,而且玩笑也总不要开得过度,羞答答地脸红了一下子就算了,不要弄到丢了脸摆不脱身。

罗:那么我们用什么消遣呢?

**西**:让我们坐下来嘲笑那位好管家太太命运之神①,叫她羞得离开了纺车,免得她的赏赐老是不公平。

**罗**:我希望我们能够这样做,因为她的恩典完全是滥给的。这位慷慨的瞎眼婆子在对于女人的赏赐上尤其是乱来。

**西**:一点儿不错,因为被她给了美貌的,她总不让她们贞洁;被她给了贞洁的,她便叫她们生得很难看。

**罗**:不,现在你把命运的职务拉扯到相貌上去了,命运管理着人间的赏罚,可是管不了天生的相貌。

(试金石上。)

**西**:管不了吗?造物主生下了一个美貌的人儿来,命运不会把她推到火里去而损坏了她的容貌吗?造物主虽然给我们智慧,可以把命运取笑,可是命运不已经差这个傻瓜来打断我们的谈话了吗?

**罗**:真的,那么命运太对不起造物主了,她会叫一个天生的傻瓜来打断天生的智慧。

**西**:也许这也不干命运的事,而是造物主的意思,因为看到我们的天生的智慧太迟钝了,不配议论神明,所以才叫这傻瓜来做我们的砺石,因为傻瓜的愚蠢往往是聪明人的砺石。喂,聪明人!你到哪儿去?

**试**:小姐,快到您父亲那儿去。

**西**:你做起差人来了吗?

**试**:不,我以名誉为誓,我是奉命来请您去的。

**罗**:傻瓜,你从哪儿学来的这一句誓?

**试**:从一个武士那儿学来的,他以名誉为誓说煎饼很好,又以名誉为誓说芥末不行,可是我知道煎饼不行,芥末很好,然而那武士却也不曾发假誓。

**西**:你怎样用你那一大堆的学问证明他不曾发假誓呢?

**罗**:哦,对了,请把你的聪明施展出来吧。

**试**:您两人都站出来,摸摸你们的下巴,以你们的胡须为誓说我是个坏蛋。

**西**:以我们的胡须起誓,要是我们有胡须的话,你是个坏蛋。

**试**:以我的坏蛋的身份为誓,要是我有坏蛋的身份的话,那么我便是个坏蛋。可是假如你用你们所没有的东西起誓,你们便不算是发假誓。这个武士用他的名誉起誓,因为他从来不曾有过什么名誉,所以他也不算是发假誓;即使他曾经有过名誉,也早已在他看见这些煎饼和芥末之前发誓发掉了。

**西**:请问你说的是谁?

---

① 命运之神于纺车上织人类的命运,因命运赏罚毫无定准,故下文云"瞎眼婆子"。

**试：**是您的父亲老弗雷特力克所喜欢的一个人。

**西：**我的父亲喜欢他，他也就够有名誉的了。够了，别再说起他，你总有一天会因为被人厌恶而吃鞭子的。

**试：**这就可发一叹了，聪明人可以做傻事，傻子却不准说聪明话。

**西：**真的，你说得对，自从把傻子的一点点小聪明禁止发表之后，聪明人的一点点小小的傻气却大大地显起身手来。——勒·波先生来啦。

**罗：**含着满嘴的新闻。

**西：**他会把他的新闻向我们倾吐出来，就像鸽子哺雏一样。

**罗：**那么我们要有一肚子的新闻了。

**西：**那再好没有，塞得胖胖的，更好卖啦。

（勒·波上。）

**西：**您好，勒·波先生，有什么新闻？

**勒：**好郡主，您错过一场很好的玩意儿了。

**西：**玩意儿！什么花色的？

**勒：**什么花色的？小姐，我怎么回答您呢。

**罗：**凭着您的聪明和您的机缘吧。

**试：**或者按照着命运女神的旨意。

**西：**说得好，极堆砌之能事了。

**勒：**两位小姐，你们叫我莫名其妙。我是要来告诉你们有一场很好的摔跤，你们错过机会了。

**罗：**那就把那场摔跤的情形讲给我们听吧。

**勒：**我可以把开场的情形告诉你们，假如两位小姐听着乐意，收场的情形你们可以自己看一个明白，精彩的部分还不曾开始呢，他们就要到这儿来表演了。

**西：**好，就把那个老套的开场说说看。

**勒：**有一个老人带着他的三个儿子到来，——

**西：**我可以把这个开头接上一个老故事。

**勒：**三个漂亮的青年，长得一表人才，——

**罗：**间颈里挂着招贴"特此布告，俾众周知"。

**勒：**老大跟公爵的拳师查尔斯摔跤，查尔斯一下子就把他摔倒了，打断了三根肋骨，生命已无希望，老二老三也都这样给他对付过去。他们都躺在那边，那个可怜的老头子，他们的父亲，在为他们痛哭，惹得旁观的人都陪他落泪。

**罗：**哎哟！

**试：**但是，先生，您说小姐们错过了的玩意儿是什么呢？

勒:啊,就是我说的这件事啊。

试:所以人们每天都可以增进一些见识,我今天才第一次听见折断肋骨是小姐们的玩意儿。

西:我也是第一次呢。

罗:可是还有谁想要听自己肋下清脆动人的一声呢?还有谁喜欢让他的肋骨给人敲断呢?妹妹,我们要不要去看他们摔跤?

勒:要是你们不走开,那么不看也得看,因为这儿正是指定摔跤的地方,他们就要来表演了。

西:真的,他们从那边来了,我们不要走开,看一下子。

(喇叭奏花腔。弗雷特力克公爵、群臣、鄂兰陀、查尔斯及侍从等上。)

弗:来吧,那年轻人既然不肯听劝,就让他吃些苦头,也是他自不量力的报应。

罗:那边就是那个人吗?

勒:就是他,小姐。

西:唉!他太年轻啦,可是瞧上去倒好像会得胜的神气。

弗:啊,吾儿和侄女!你们也溜到这儿来看摔跤吗?

罗:是的,殿下,请您准许我们。

弗:我可以断定你们一定不会感兴趣的,两方的实力太不平均了。我因为可怜这个挑战的人年纪轻轻,想劝阻他,可是他不肯听劝。小姐们,你们去对他说去,看能不能说得动他。

西:叫他过来,勒·波先生。

弗:好吧,我就走过去。(退至一旁。)

勒:挑战的先生,两位郡主有请。

鄂:敢不从命?

罗:年轻人,你向拳师查尔斯挑战了吗?

鄂:不,美貌的郡主,他才是向众人挑战的人。我不过像别人一样来到这儿,想要跟他较量较量我的青春的力量。

西:年轻的先生,照您的年纪而论,您的胆量是太大了。您已经看见了这个人的无情的蛮力,要是您能够用您的眼睛瞧见您自己的身材,或者用您的理智判断您自己的能力,那么您对于这回冒险所怀的戒惧一定会劝您另外找一件比较适宜于您的事情来做。为了您自己的缘故,我们请求您顾虑您自身的安全,放弃这种尝试吧。

罗:是的,年轻的先生,您的名誉不会因此受损,我们可以去请求公爵停止这场摔跤。

鄂:我要请你们原谅,我觉得我自己十分有罪,胆敢拒绝这么两位美貌出众的小姐的要求。可是让你们的美目和好意伴送着我去作这场决斗吧。假如我被打败了，那不过是一个从来不曾给人看重过的人丢了脸；假如我死了，也不过死了一个自己愿意寻死的人。我不会辜负我的朋友们，因为没有人会哀悼我；我不会对世间有什么损害，因为我在世上一无所有，我不过在世间占了一个位置，也许死后可让给更好的人来补充。

罗：我但愿我所有的一点点微弱的气力也加在您身上。

西：我也愿意把我的气力再加在她的气力上面。

罗：再会。但愿我错看了您！

西：愿您的希望成真！

查：来，这个想要来送死的哥们儿在什么地方？

鄂：已经预备好了，朋友，可是他却不像你这样傲慢。

弗：你们斗一个回合就够了。

查：不，启禀殿下，您第一次已经规劝过他，第二次就可以不必再劝他了。

鄂：你要以后嘲笑我，可不必事先就嘲笑起来。来吧。

罗：赫邱里斯默保佑你，年轻人！

西：我希望我有隐身术，去拉住那强徒的腿。（查、鄂二人摔跤。）

罗：啊，出色的青年！

西：假如我的眼睛里会打雷，我知道谁是要被打倒的。（查被摔倒，欢呼声。）

弗：算了，算了。

鄂：请殿下准许我再试，我的一口气还不曾透完哩。

弗：你怎样啦，查尔斯？

勒：他说不出话来了，殿下。

弗：把他抬下去，你叫什么名字，年轻人？（查被抬下。）

鄂：禀殿下，我是鄂兰陀，罗兰·特·鲍埃的幼子。

弗：我希望你是别人的儿子。世间都以为你的父亲是个好人，但他却是我的永远的仇敌，假如你是别族的子孙，你今天的行事一定可以使我更喜欢你一些。再见吧，你是个勇敢的青年，我愿你向我说起的是另外一个父亲。（弗、勒及随从下。）

西：姐姐，假如我在我父亲的地位，我会做这种事吗？

鄂：我以做罗兰爵士的儿子为荣，即使只是他的幼子，我不愿改变我的地位，过继给弗雷特力克做后嗣。

罗：我的父亲宠爱罗兰爵士，就像他的灵魂一样，全世界都抱着和我父亲同样的意见。要是我本来就已知道这位青年便是他的儿子，我一定含着眼泪劝谏他不要做这种冒险。

西:好姐姐,让我们到他跟前去鼓励鼓励他。我父亲的无礼猜忌的脾气,使我十分痛心。——先生,您很值得尊敬,要是您在恋爱上也像在别的事情上一样守信,那么您的情人一定是很有福气的。

罗:先生,(自颈下取下项链赠鄂。)为了我的缘故,请戴上这个吧,我是个失爱于命运的人,心有余而力不足,不过略表微忱而已。我们去吧,妹妹。

西:好,再见,好先生。

鄂:我不能说一句谢谢您吗?我的勇气都已丧失,站在这儿的只是一个人形的枪杆,一块没有生命的木石。

罗:他在叫我们回去。我的矜傲随着我的命运一起摧毁了,我且去问他有什么话说。您叫我们吗,先生?先生,您摔跤摔得很好,给您征服了的,不单是您的敌人。

西:去吧,姐姐。

罗:你先走,我跟着你。再会。(罗、西下。)

鄂:一种什么情感重压住我的舌头?虽然她想跟我交谈,我却想不出话来对她说。可怜的鄂兰陀啊,你给征服了!取胜了你的,不是查尔斯,却是比他更柔弱的人儿。

(勒·波重上。)

勒:先生,我劝您还是离开这地方吧。虽然您很值得恭维赞扬和敬爱,但是公爵的脾气太坏,他会把您一切的行事都误会了。公爵的心性有点儿捉摸不定,他的为人怎样我不便说,还是您自己去忖度吧。

鄂:谢谢您,先生。我还是要请您告诉我,这两位小姐中间哪一位是在场的公爵的女儿?

勒:要是我们照行为举止看起来,两个可说都不是他的女儿,但是那位矮小一点儿的是他的女儿。另外一个便是放逐在外的公爵所生,被她这位篡位的叔父留在这儿陪伴他的女儿,她们两人的相爱是远过于同胞姐妹的。但是我可以告诉您,新近公爵对于他这位温柔的侄女有点儿不喜欢。毫无理由,只是因为人民都称赞她的品德,为了她那位好父亲的缘故而同情她,我可以断定他对于这位小姐的恶意就会显露出来的。再会吧,先生,我希望在另外一个较好的世界里可以再跟您多多结识。

鄂:我非常感谢您的好意,再会。(勒下。)才穿过浓烟,又钻进烈火,一边是专制的公爵,一边是暴虐的哥哥。可是天仙一样的罗瑟琳啊!(下。)

## 第三场　宫中一室

（西莉霞及罗瑟琳上。）

**西**：喂，姐姐，喂，罗瑟琳！爱神哪！没有一句话吗？

**罗**：连可以丢给一条狗的一句话也没有。

**西**：不，你的话是太宝贵了，怎么可以丢给贱狗呢？丢给我几句吧。来，讲一些道理来叫我浑身瘫痪。

**罗**：那么姐妹两人都害了病了：一个给道理害得浑身瘫痪，一个是因为想不出什么道理来而发了疯。

**西**：但这是不是全然为了你的父亲？

**罗**：不，一部分是为了我的父亲。唉，这个平凡的世间是充满了多少荆棘呀！

**西**：姐姐，这不过是些有刺的果壳，我为了取笑玩玩而丢在你身上的，要是我们不在步道上走，我们的裙子就要给它们抓住。

**罗**：在衣裳上的，我可以把它们抖去，但是这些刺是在我的心里呢。

**西**：你咳嗽一声就咳出来了。

**罗**：要是我咳嗽一声，它就会应声而来，那么我倒会试一下的。

**西**：算了算了，使劲地把你的爱情克服下来吧。

**罗**：唉！我的爱情比我的气力大得多啊！

**西**：啊，那么我替你祝福吧！即使你会失败，也得试一下。但是把笑话搁在一旁，让我们正正经经地谈谈。你真的会突然这样猛烈地爱上老罗兰爵士的小儿子吗？因此你也必须和他的儿子非常要好吗？照这样说起来，那么我的父亲非常恨他的父亲，因此我也应当恨他了，可是我却不恨鄂兰陀。

**罗**：不，看在我的面上，不要恨他。

**西**：为什么不呢？他不是值得恨的吗？

**罗**：因为他是值得爱的，所以让我爱他；因为我爱他，所以你也要爱了。瞧，公爵来了。

**西**：他满眼都是怒气。

（弗雷特力克公爵率众臣上。）

**弗**：姑娘，为了你的安全，你得赶快收拾起来，离开我们的宫廷。

**罗**：我吗，叔父？

**弗**：你，侄女。在这十天之内，要是在离我们宫廷二十里之内发现你，我就会把你处死。

罗：请殿下明示我，我犯了什么罪过？要是我有自知之明，要是我并没有做梦，也不曾发疯，——我相信我没有——那么，亲爱的叔父，我从来不曾起过半分触犯您老人家的念头。

弗：一切叛徒都是这样的，要是他们凭着口头的话便可以免罪，那么他们都是再清白没有的了。可是我不能信任你，这一句话就够了。

罗：但是您的不信任不能使我变成叛徒，请告诉我您有什么证据？

弗：你是你父亲的女儿，还用得着别的话吗？

罗：当殿下您夺去了我父亲的王位的时候，我就是他的女儿；当殿下您把他放逐的时候，我也还是他的女儿。叛逆并不是遗传的，殿下。即使我们受到亲友的牵连，那与我又有什么相干？我的父亲并不是个叛徒呀。所以，殿下，别看错了我，把我的穷迫看成了奸慝。

西：好殿下，听我说。

弗：嗯，西莉霞，我让她留在这儿，只是为了你的缘故，否则她早已跟她的父亲流浪去了。

西：那时我没有请您让她留下，那是您自己的主意，因为您自己觉得过意不去。那时我还太小，不曾知道她的好处，但现在我知道了。如果她是个叛逆，那么我也是。像朱诺的一双天鹅，永远成双成对，永不分开。

弗：她这人太狡诈，你斗不过她。她的温和、她的沉默和她的坚忍都能打动人心，叫人们怜悯她。你是个傻瓜，她已经夺走了你的名声。她走了之后，你就能显得分外光彩而贤德了。所以不要再说了，我对她所下的判决是正确并且不可动摇的，她一定要被驱逐。

西：那么请您把这句判决也给我吧，殿下，没有她做伴我是活不下去的。

弗：你是个傻瓜。侄女，你得严肃起来，如果误了时期，依我的名誉和我的言出必行的命令，就要把你处死。（偕众臣下。）

西：哎，我那可怜的罗瑟琳！你去哪了呢？您愿不愿换一个父亲？我把我的父亲给予你吧。请你不要比我更难过。

罗：我比你有更多的难过的理由。

西：你没有，姐姐。请你乐观一些；你不知道吗，公爵的女儿也被公爵放逐了？

罗：他没有。

西：没有？难道罗瑟琳还没有那种爱情，使你明白我们犹如一个人。难道我们要分开了吗？难道我们要分离了吗？可爱的姑娘。不，让我的父亲再去找一个子嗣吧。你应该和我商量我们应该怎样飞走，到什么地方去，带上哪些东西。不要因为环境的改变而黯然神伤，让我替你分担心事吧。我对着因为同情我们而惨白的天空发誓,无论你说些什么,我都要跟你一块走。

**罗**:可是我们到哪里去呢?

**西**:去亚登森林找我的伯父去。

**罗**:唉,可是像我们这样的姑娘家,走那么远的路,该是多么的危险!美貌比财宝更容易引起贼心呢。

**西**:我可以穿上破旧的衣服,用些泥巴抹在脸上,你也这样弄,我们就可以到达那儿,不会遭人家惦记了。

**罗**:我长得特别高,穿戴完全跟个男人一样不是更好吗?腰里别一把锋利的匕首,手拿一柄刺野猪的长叉,心里就算隐藏着姑娘家的胆怯,但要在表面上装出一副毫无畏惧的样子来,就像那些冒充好汉的懦夫一样。

**西**:你扮作男人之后,我该怎样叫你呢?

**罗**:我要取一个和乔武的侍童相同的名字,这样你就叫我盖尼密①吧。不过你叫什么呢?

**西**:我要取一个能表示我情况的名字,不能再叫西莉霞,叫做爱莲娜②吧。

**罗**:不过妹妹,我们想办法去把你父亲宫廷的小丑偷过来好吗?让他在我们的旅途中给我们打发无聊的时间,好吗?

**西**:他要跟着我走遍大千世界,让我自己去跟他说吧。我们先把珠宝钱物藏起来,我出走之后,他们肯定要寻找,我们该想出一个最适宜的时间和最安全的办法来躲过他们。现在我们是满心欢喜,去追寻自由,不是流亡。(同下。)

# 第二幕

## 第一场　亚登森林

(公爵、阿米恩斯及众臣作林居人装束上。)

**公**:我的流放生涯中的朋友和弟兄们,我们不都已经习惯了这种生活,觉得它比虚荣浮华更充实吗?这些草木不比猜疑的朝廷更加安全吗?我们在这儿所能觉察到的,只是时节的轮转,那是上帝对于亚当③的惩罚。那冬天的风挥舞着冰雪的利

---

① 盖尼密,乔武之持爵童子。
② 爱莲娜原文 Aliena,表示 Alienated(远隔)之意。
③ 亚当(Adam,《圣经》中记载的人类的始祖)未逐出伊甸园之前,四季如春。

爪,发出阵阵狂呼,即使是它侵凌着我的体肤,使我因寒冷而瑟瑟发抖的时候,我也会微笑着说,"这不是虚伪啊,它们就像是正直的大臣一样,时刻提醒我所处的地位"。厄运也有它的好处,就像丑陋且有毒的癞蛤蟆,它的头上却顶着一颗珍奇的宝石。我们的这种生活,虽然被世间所遗弃,却可以与草木对话,溪中的潺潺流水更是大好的文章,一石之小,也暗藏着知识;每一件事物里面,都可以找到有用的东西来。我不想改变这种生活。

阿:殿下真是幸运,能把命运的坎坷说成这样宁静而可爱的样子。

公:走,我们去猎鹿吧。可是我有些不忍心,这种可怜的花斑的动物,本来是这荒凉的森林中的主人,在它们自己的家园之内,我们却用锋利的箭镞刺伤它们肥圆的腰肉。

甲臣:不错,那忧郁的杰克斯很为那事伤心,赌咒说您在那上面比之您那篡权的兄弟是一个更大的篡权者。今天阿米恩斯大人跟我悄悄地躲在后面,看见他躲在一株橡树底下,那苍老的树根显露在沿着林旁潺潺流去的溪水面上,有一头可怜的失群的母鹿被猎人射中了,跑到那边去喘气。真的,殿下,这头不幸的畜生发出了痛苦的呻吟,简直要把它的皮囊都撑破了,一粒粒又大又圆的泪珠怪可怜地涌流到它的无辜的鼻子上。忧郁的杰克斯看着这头可怜的牲畜这样站在急流的小溪边,眼泪止不住地落在溪水里。

公:但是杰克斯有什么反应呢? 他见了这幅情景,免不了又要讲起一番道理来吧?

甲臣:啊,正是如此,他作了一千种比喻。起初他看到那鹿把泪水无谓地流向溪流之中,就说,"可怜的鹿,你就跟世人立遗嘱一样,把自己所有的一切都给了那已经得到太多的人"。于是,看它孤苦伶仃,被它那些皮柔毛滑的朋友们所抛弃,便说,"不错,人走了背运,朋友也都离你而去了"。一会儿又有一群吃饱喝足的、无忧无虑的鹿路过它的身旁,也不停下来跟它打个招呼。"嗯,"杰克斯说,"都走吧,你们这些肠肥脑满的市民们,世事就是如此,那个可悲的破产的家伙,看他干什么呢?"他这样用最尖酸刻薄的话来辱骂着乡村、城市和宫廷里的一切,甚至于骂着我们的这种生活。赌咒说我们都是些篡位者、暴君,或者比这更坏的家伙,到这些畜生们的土地上来惊扰它们,残杀它们。

公:你们就在他在那胡思乱想的时候离开了他吗?

甲臣:是的,殿下,就在他为了这头哭泣的鹿而流泪发牢骚的时候。

公:带我到那地方去,我喜欢趁他发愁的时候去见他,因为那时他最富于见识。

甲臣:我这就领您去见他。(同下。)

## 第二场　宫中一室

（弗雷特力克公爵、群臣及侍从上。）

**弗**：难道没有一个人看见她们吗？绝不会的，一定在我的宫廷里有奸人知情串通。

**甲臣**：我不曾听谁说曾经看见她。她寝室里的侍女们看她上了床，可是一早就看见床上没有她们的郡主了。

**乙臣**：殿下，那个常常逗您发笑的下贱小丑也失踪了。郡主的侍女雪丝卑梨霞供认她曾经偷听到郡主跟她的姐姐常常称赞最近在摔跤赛中打败了强有力的查尔斯的那个汉子的技艺和人品，她说她相信不论她们到哪里去，那个少年一定是跟她们在一起的。

**弗**：差人到他哥哥家里去，把那家伙抓来。要是他不在，就带他的哥哥来见我，我要叫他去找他。马上去，这两个逃走的傻子一定要用心搜寻探访，非把她们寻回来不可。（众下。）

## 第三场　岳力佛家门前

（鄂兰陀及亚丹自相对方向上。）

**鄂**：那边是谁？

**亚**：啊！我的少爷吗？啊，我的善良的少爷！我的好少爷！啊，您叫人想起了老罗兰爵爷！唉，您为什么到这里来呢？您为什么是这样好呢？为什么人家要爱您呢？为什么您是这样仁善，这样健壮，这样勇敢呢？为什么您这么傻要去把那怪僻的公爵手下那个壮大的拳师打败呢？您的声誉是来得太快了。您不知道吗，少爷，有些人常会因为他们太好了，反而害了自己？您也正是这样，您的好处，好少爷，就是陷害您自身的圣洁的叛徒。唉，这算是一个什么世界，怀德的人会因为他们的德行而反遭毒手！

**鄂**：啊，怎么回事？

**亚**：唉，不幸的青年！不要走进这扇门来，在这屋子里潜伏着您一切美德的敌人呢。您的哥哥——不，不是哥哥，然而却是您父亲的儿子——不，他也不能称为他的儿子——他听见了人家称赞您的话，预备在今夜放火去烧您所住的屋子。要是这计划不成功，他还会想出别的法子来除掉您。他的阴谋被我偷听到了。这儿不是安身之处，这屋子不过是一所屠场，您要回避，您要警戒，别走进去。

**鄂**：什么，亚丹，你要我到哪儿去？

亚:随您到哪儿去都好,只要不在这儿。

鄂:什么,你要我去做个要饭的吗?还是在大路上用下贱无耻的剑做一个强盗,我只好走这种路,否则我就不知道怎么办。可是即使我有这种本事,我也不愿这样干,我宁愿忍受一个不念手足之情的凶狠的哥哥的恶意。

亚:可是不要这样。我在您父亲手下侍候了这许多年,曾经辛辛苦苦把工钱省下了五百块;我把那笔钱存下,本来是预备等我没有气力做不动事的时候做养老之本,人一老不中用了,是会给人踢在角落里的。您拿去吧,上帝把食物给乌鸦,他也不会忘记喂饱麻雀,我这一把年纪,就悉听他的慈悲吧!钱就在这儿,我把它全给您了。让我做您的仆人,我虽然瞧上去这么老,可是我的气力还不错,因为我在年轻时候从不曾灌下过一滴猛烈的酒,也不曾鲁莽地贪欲伤身,所以我的老年就像是个生气勃勃的冬天,虽然结着严霜,却并不惨淡。让我跟着您去,我可以像一个年轻人一样,为您照料一切。

鄂:啊,好老人家!在你身上明白地表现出来古时那种忠心的服侍,不是为了报酬,只是为了尽职而流着血汗!你是太不合时了,现在的人们努力工作,只是为得到高升,等到目的一达到,便耽于安逸,你却不是这样。但是,可怜的老人家,你虽然这样辛辛苦苦地费尽培植的工夫,但你培植的却是一株不成材的树木,开不出一朵花来酬答你的殷勤。赶路吧,我们要在一块儿走,在我们没有把你年轻时的积蓄花完之前,一定要找到一处小小的安身的地方。

亚:少爷,走吧。我愿意忠心地跟着您,直至喘尽最后一口气。从十七岁起我到这儿来,到现在快八十了,却要离开我的老地方。许多人在十七岁的时候都去追求幸运,但八十岁的人是不济的了,可是我只需能够有个好死,对得住我的主人,那么命运对我也不算无恩。(同下。)

## 第四场　亚登森林

(罗瑟琳男装、西莉霞作牧羊女装束及试金石上。)

罗:天哪!我的精神多么疲乏啊。

试:假如我的两腿不疲乏,我可不管我的精神。

罗:我简直想丢了我这身男装的脸而像一个女人一样哭起来,可是我必须安慰安慰这位小娘子,穿褐衫短裤的,总该向穿裙子的显出一点儿勇气来才是。好,提起精神来吧,好爱莲娜。

西:请你担待担待我吧,我再也走不动了。

罗:好,这儿就是亚登森林了。

**试**：哎，现在我到了亚登了。我真是个大傻瓜！在家里舒服得多哩，可是旅行只好知足一点。

**罗**：对了，好试金石。你们瞧，谁来了，一个年轻人和一个老头子在一本正经地讲话。

（库林及薛维厄斯上。）

**库**：你那样不过叫她永远把你笑骂而已。

**薛**：啊，库林，你要是知道我是多么爱她！

**库**：我有点儿猜得出来，因为我也曾经恋爱过呢。

**薛**：不，库林，你现在老了，也就不能猜想了。虽然在你年轻的时候，你好像那些半夜三更在枕上翻来覆去的情人们一样真心。可是假如你的爱也是跟我差不多的，——我想一定没有人会像我那样爱法，——那么你为了你的痴心妄想，一定做出过很多可笑的事情来呢！

**库**：我做过一千种傻事，现在都已忘记了。

**薛**：噢！那么你就是不曾诚心爱过。假如你记不得你为了爱情而做出来的一件最琐细的傻事，你就不算真的恋爱过。假如你不曾像我现在这样坐着絮絮讲你的姑娘的好处，使听的人不耐烦，你就不算真的恋爱过。假如你不曾突然离开你的同伴，像我的热情现在驱使我一样，你也不算真的恋爱过。啊，菲琵！菲琵！菲琵！（下。）

**罗**：唉，可怜的牧人！我在诊断你的痛处的时候，却不幸地找到我自己的创伤了。

**试**：我也是这样。我记得我在恋爱的时候，曾经把一柄剑在石头上摔断，叫那趁夜里来和琴·史美尔幽会的家伙留心着我；我记得我曾经吻过她的洗衣棒，也吻过被她那双皲裂的手挤过的母牛乳头；我记得我曾经把一颗豌豆荚当做她而向她求婚，我剥出了两颗豆子，又把它们放进去，边流泪边说，"为了我的缘故，请您留着做个纪念吧"。我们这种多情种子都会做出一些古怪事儿来，但是我们既然都是凡人，一着了情魔是免不得要大发其痴劲的。

**罗**：你的话聪明得出于你自己意料之外。

**试**：哦，我总不知道自己的聪明，除非有一天我给它绊住跌断了我的腿骨。

**罗**：天神，天神！这个牧人的痴心，很有几分像我自己的情形。

**试**：也有点像我的情形，可是在我这似乎有点儿陈腐了。

**西**：请你们随便哪一位去问问那边的人，肯不肯让我们用金子向他买一点儿吃的东西，我简直昏得要死了。

**试**：喂，你这蠢货！

**罗**：别叫，傻子，他并不是你的一家人。

**库**：谁叫？

**试**：比你好一点儿的人，朋友。

**库**：要是他们不比我好一点儿，那可寒酸得太不成话啦。

**罗**：对你说，别叫。——您晚安，朋友。

**库**：晚安，好先生。各位晚安，朋友。

**罗**：牧人，假如人情或是金银可以在这种荒野里换到一点儿款待的话，请你带我们到一处可以休息一下吃些东西的地方去好不好？这位小姑娘赶路疲乏，快要晕过去了。

**库**：好先生，我可怜她，不是为我自己打算，只是为了她的缘故，我希望我有能力帮助她。可是我只是给别人看羊的，羊儿虽然归我饲养，羊毛却不归我剪。我的东家很小气，从不会修修福做点儿好事，而且他的草屋，他的羊群，他的牧场，现在都要出卖了。现在我们的牧舍里因为他不在家，没有一点儿可以给你们吃的东西，但是别管他有些什么，请你们来瞧瞧看，我对你们是极其欢迎的。

**罗**：他的羊群和牧场预备卖给谁呢？

**库**：就是刚才你们看见的那个年轻汉子，他是从来不想要买什么东西的。

**西**：我们还要加你的工钱。我欢喜这地方，很愿意在这儿消度我的时光。

**库**：这桩家私一定可以成交，跟我来，要是你们打听过后，对于这块地皮，这种收益，和这样的生活觉得中意的话，我愿意做你们十分忠心的仆人，马上用你们的钱去把它买来。（同下。）

## 第五场　林中的另一部分

（阿米恩斯、杰克斯及余人等上。）

**阿**：（唱）

> 绿树高张翠幕，
> 谁来偕我仰卧？
> 翻将欢乐心声，
> 学唱枝头鸟鸣：
> 盖来此？盖来此？盖来此？
> 目之所接，
> 精神契一，
> 唯忧雨雪之将至。

**杰**：再来一个，再来一个，请你再唱下去。

阿:那会叫您发起愁来的,杰克斯先生。

杰:再好没有。请你再唱下去!我可以从←曲歌中抽出愁绪来,就像黄鼠狼吮啜鸡蛋一样。请你再唱下去吧!

阿:我的喉咙很粗,我知道一定不能讨您的欢喜。

杰:我不要你讨我的欢喜,我只要你唱。来,再唱一阕,你是不是把它们叫做一阕一阕的?

阿:随您高兴怎样吧,杰克斯先生。

杰:不,我倒不去管它们叫什么名字,它们又不借我的钱。你唱起来吧!

阿:既蒙敦促,我就勉为其难了。

杰:那么好,要是我会感谢什么人,我一定会感谢你。可是人家所说的恭维就像是两只狗猿碰了头,倘使有人诚心感谢我,我就觉得好像我给了他一个铜子,所以他一个劲儿向我道谢。来,唱起来吧,你们不唱的都不要作声。

阿:好,我就唱完这支歌。列位,铺起食桌来吧,公爵就要到这株树下来喝酒了,他已经找了您整整一天。

杰:我已经躲避了他整整一天。他太喜欢辩论了,我不高兴跟他在一起;我想到的事情像他一样多,可是谢天谢地,我却不像他那样会说话。来,唱吧。

阿:(唱,众和)

 孰能敝屣尊荣,

 来沐丽日光风,

 觅食自求果腹,

 一饱欣然意足:

 盖来此?盖来此?盖来此?

 日之所接,

 精神契一,

 唯忧雨雪之将至。

杰:昨天我曾经按着这调子作了一节,倒要献丑献丑。

阿:我可以把它唱起来。

杰:是这样的:

 倘有痴愚之徒,

 忽然变成蠢驴,

 趁着心性癫狂,

 撇却财富安康,

 特达米,特达米,特达米,

为何来此？

举目一视，

唯见傻瓜之遍地。

阿："特达米"是什么意思？

杰：这是希腊文中召唤傻子们排成圆圈的一种咒语。——假如睡得成觉的话，我要睡觉去，假如睡不成，我就要把埃及一切头胎生的痛骂一顿。

阿：我可要找公爵去，他的点心已经预备好了。（各下。）

## 第六场　林中的另一部分

（鄂兰陀及亚丹上。）

亚：好少爷，我再也走不动了。唉！我要饿死了。让我在这儿躺下吧。再会了，好心的少爷！

鄂：啊，怎么啦，亚丹！你再没有勇气了吗？再撑一些时候，提起一点儿精神来，高兴点儿。要是这座古怪的林中有什么野东西，那么我俩不是给它吃了，一定会把它杀了来给你吃的。你并不是真就要死了，不过是在胡思乱想而已。为了我的缘故，提起精神来吧。把死神拖住，我去一去就回来看你，要是我找不到什么可以给你吃的，我一定答应你死去。可是假如你在我没有回来之前便死去，那你就是看不起我的辛苦了。说得好！你瞧上去很高兴，我立刻就来。可是你躺在寒风里呢，来，我把你背到遮风的地方去。只要这块儿荒地里有活东西，你一定不会因为没有饭吃而饿死。高兴起来吧，好亚丹。（同下。）

## 第七场　林中的另一部分

（食桌铺就。公爵、阿米恩斯及亡命诸臣上。）

公：我想他一定已经变成一头畜生了，因为我到处找不到他的人影。

甲臣：殿下，他刚刚走开去，方才他还在这儿很高兴地听人家唱歌。

公：要是浑身都不和谐的他居然也会变得爱好起音乐来，那么天地上不久就要大起骚闹了。去找他来，对他说我要跟他谈谈。

甲臣：他自己来了，省了我一番跋涉。

（杰克斯上。）

公：啊，怎么啦，先生！这算什么，您的可怜的朋友们一定要千求万唤才把您请得来吗？啊，您的神情很高兴哩！

**杰**：一个傻子，一个傻子！我在林中遇见一个傻子，一个身穿彩衣的傻子；唉，苦恼的世界！我遇见了一个傻子，正如我是靠着食物而活命的；他躺着晒太阳，用头头是道的话辱骂着命运女神，然而他仍旧不过是个穿彩衣的傻子。"早安，傻子。"我说。"不，先生，"他说，"等到老天保佑我发了财，您再叫我傻子吧。"于是他从袋里掏出一只表来，用没有光彩的眼睛瞧着它，很聪明地说，"现在是十点钟了，我们可以从这里看出世界是怎样在变迁的：一个小时之前是九点钟，而再过一小时便是十一点了；照这样一小时一小时地下去，我们越长越老，越老越不中用，这上面就可大发感慨了。"我听见这个穿彩衣的傻子对着时间说了一番这样的话，我的胸口要像公鸡一样叫起来了，奇怪着傻子居然会有这样深刻的思想，我笑个不停，在他的表上整整笑去了一个小时。啊，高贵的傻子！可敬的傻子！彩衣是最好的装束。

**公**：这是个怎样的傻子？

**杰**：啊，可敬的傻子！他曾经出入宫廷，他说凡是年轻貌美的小姐们，都是有自知之明的。他的头脑就像航海回来剩下的饼干那样干燥，其中的每个角落里却塞满了人生经验，他都要用杂乱的话随口说了出来。啊，但愿我也是个傻子，我想要穿一件花花的外套。

**公**：你可以有一件。

**杰**：这是我唯一要求的一身服装，只要您愿意把一切以为我是个聪明人的这种观念除掉，别让它蒙蔽了您的明鉴；同时要准许我有像风那样广大的自由，高兴吹着谁便吹着谁；傻子们是有这种权利的，被我的傻话所挖苦的，最应该笑。殿下，为什么他们必须这样呢？这理由正和到教区礼拜堂去的路一样明白：被一个傻子用俏皮话讥讽了的，即使刺痛了，假如不装出一副若无其事的态度来，那么就显出聪明人的傻气，可以被傻子不经意一箭就刺穿，未免太傻了。给我穿一件彩衣，准许我说我心里的话，我一定会痛痛快快地把这染病的世界的丑恶的身体清洗个干净，假如他们肯耐心接受我的药方。

**公**：算了吧！我知道你会做出些什么来。

**杰**：我可以赌一把，我做的事会不好吗？

**公**：最坏不过的罪恶，就是指斥他人的罪恶，因为你自己也曾经是一个放纵你的兽欲的浪子；你要把你那身为了你的荒唐而起的臃肿的脓疮，溃烂的恶病，向全世界播散。

**杰**：什么？痛斥人间的骄傲，难道便是对于个人的攻击吗？人们的骄傲不是像海潮一样浩瀚地流着，直到它枯竭而消退？假如我说城里的那些小户人家的妇女穿扮得像王公大人的女眷一样，我指明是哪一个女人了吗？谁能挺身出来说我说的是她，假如她的邻居也是和她一个样子？一个从事着最微贱行业的人，假如心想我讥讽了他，好衣服不是我出的钱，那不是恰恰把他的愚蠢合上了我，说的话吗？照此看来，又有什么关系呢？让我想想我说的话伤害了他什么地方：要是说得对，那是他自取其咎；假如他问心无愧，那么我的责骂就像是一头野鸭飞过，不干谁的事。——那是谁来了？

（鄂兰陀拔剑上。）

**鄂：** 停住，不准吃！

**杰：** 嘿，我还不曾吃过。

**鄂：** 而且也会不给你吃，除非让饿肚子的人先吃过了。

**杰：** 这只公鸡是哪儿来的？

**公：** 朋友，你是因为落难而变得这样强横吗？还是因为生来就是瞧不起礼貌的粗汉子，一点儿不懂规矩？

**鄂：** 你第一下就猜中我了，困苦逼迫着我，使我不得不把温文的礼貌抛开一旁。可是我却是在都市生长，受过一点儿教养的。但是我吩咐你们停住，在我的事情没有办完之前，谁碰一碰这些果子，就得死。

**杰：** 我要是无可理喻，那么我准得死。

**公：** 你要什么？假如你不用暴力，客客气气地向我们说，我们一定会更客客气气地对待你。

**鄂：** 我快饿死了，给我吃的。

**公：** 请坐请坐，随便吃吧。

**鄂：** 请你原谅我，我以为这儿的一切都是野蛮的，因此才装出这副暴横的威胁的神气来。可是不论你们是些什么人，在这人迹罕见的荒野里，躺在凄凉的树荫下，不理会时间的消逝；假如你们曾经见过较好的日子，假如你们曾经到过鸣钟召集礼拜的地方，假如你们曾经参加过上流人的宴会，假如你们曾经揩过你们脸上的泪水，懂得怜悯和被怜悯的，那么让我的温文的态度格外感动你们——我抱着这样的希望，惭愧地藏好我的剑。

**公：** 我们确实见过好日子，曾经被神圣的钟声召集到教堂里去，参加过上流人的宴会，从我们的脸上揩去被神圣的怜悯所感动而流下的眼泪，所以你不妨和和气气地坐下来，凡是我们可以帮忙满足你需要的地方，一定愿意效劳。

**鄂：** 那么请你们暂时不要把东西吃掉，我就像一只母鹿一样找寻我的小鹿，把食物喂给他吃。有一位可怜的老人家，全然出于好心，跟着我一瘸一拐地走了许多颠簸的路，两星期的劳累，他的高龄和饥饿累倒了他。除非等他饱了之后，否则，我绝不接触一口食物。

**公：** 快去找他，我们绝对不把东西吃掉，等着你回来。

**鄂**：谢谢,愿你好心有好报!（下。）

**公**：你们可以看见不幸的不只是我们,这个广大的宇宙的舞台上,还有比我们所扮演的更悲惨的场景呢。

**杰**：整个世界就是一个舞台,全部的人都是一些演员:他们有的粉墨登场,也有的黯然离去,一个人在一生中要扮演好几种角色,他们的表演可分成七个阶段,开始是婴儿,在母亲的怀抱里号哭。接着是进了学堂,满面童真的学童,如蜗牛一般慢悠悠地挪着脚步,心不甘情不愿地上着学。接着是恋人,如风箱一般唉声叹气,写下一首哀伤的诗篇咏叹着他恋人的眉眼。再接着是一个士兵,呼喊着奇怪的口号,胡子长得如豹子一样,珍惜名声,是不是就要动手,在炮火中追求着水月镜花般的名声。再接着成了一个法官,圆滚滚的腹部填满了肥肠,威严的面孔,漂亮的胡子,张嘴就是些俗套的格言,就这样扮演着他的角色。第六个阶段成了干瘦的穿着拖鞋的老头,眼镜架在鼻子上,钱袋悬在腰旁;他那小心翼翼保存下来的青年时候的袜子套在他干瘦的小腿上显得异常宽大;他那清晰明亮的男中音又转换为孩子般的尖声,如风笛与哨子般。结束了这段稀奇古怪的戏剧的最后一幕,是幼儿时光的重现,通通地忘却,没有味觉,没有视觉,没有感觉,一切皆无。

（鄂兰陀背亚丹重上。）

**公**：欢迎! 把你背上那位尊敬的老人放下吧,给他点东西吃吧。

**鄂**：我代他向你表示真诚的感谢。

**亚**：您真应该代我谢谢他,我真不能为自己向您道谢了。

**公**：欢迎,请吃吧。我不会现在就来打扰你,询问你的经历。给我们演奏音乐,来吧,唱吧。

**阿**：（唱）

> 不怕冬之阴冷,
>
> 寒风怎能比得,
>
> 人情之淡薄;
>
> 其气虽也凌厉,
>
> 其牙却不甚利,
>
> 风却本无踪。
>
> 噫吁兮! 且对冬青歌一曲:
>
> 友情皆虚幻,爱情痴人念。
>
> 唯有此冬青! 伴乐随一生。
>
> 莫愁寒天雪冰,
>
> 其寒怎能比及,

忘恩与负义；

风破一池春水，

刀枪也难比及，

诽谤昔日故友。

噫吁兮！且对冬青歌一曲：

友情皆虚幻，爱情痴人念。

唯有此冬青！伴乐随一生。

公：按照您刚才给我说的，你说你是好罗兰爵士之子，我看你的容貌与他也有几分相似。如果这是真的，那么我对你的到来真诚欢迎。我就是尊敬令尊的那个公爵。至于你其他的经历，来我的洞里对我诉说吧。尊敬的老人家，我们像欢迎您的主人一样欢迎你。让我来搀扶着你的手，告诉我你们一切的经过。（众下。）

# 第三幕

## 第一场　宫中一室

（弗雷特力克公爵，岳力佛，群臣及侍从等上。）

弗：再也没有见过他！哼，不是这样吧。倘若不是我心存仁念，有你在我跟前我毫无必要找一个不在的人来发火的。但是你当心点吧，无论你的兄弟在哪儿，都要给我找回来，去好好寻找吧，一年为限，不管他是死是活都得给我找到，不然你就离开我的领土。你的田产和你所有的一切，我们都要统统没收，除非你找到你兄弟让他来招供，这样才能让我们不再怀疑你。

岳：求殿下明察！我根本就未曾亲近过我的兄弟。

弗：这更说明你是个坏蛋。来，把他赶走，告诉衙门的官吏没收他的房屋田产。快点做好这件事，叫他快滚。（众下。）

## 第二场  亚登森林

（鄂兰陀携纸上。）

**鄂：**挂在这儿吧，我以我的诗来证明我的爱情。你是三重王冠的女王①，请注视，从高高的苍穹，用你贞洁的目光，那支撑我生命的，是你那猎伴②名字。哦，罗瑟琳这些树木将是我的信纸，在每一片树皮上留下相思的诗篇，要让每一个来到此处的林中旅客，处处都看得到称颂她贤德的语句。来，来，鄂兰陀，到每棵树去刻下她娴静的，优美的，无与伦比的名儿。（下。）

（库林及试金石上。）

**库：**您喜欢这种牧羊人的生活吗，试金石先生？

**试：**说实话，牧人，就这种生活本身来说，倒是一种不错的生活。可要按照这一种牧人的生活，那就毫无可取之处了。就它的清净来说，我很享受这种生活；可就它的寂寞而言，却又是一种很坏的生活。看到这儿的田园风光，让我非常满意；可是这儿远离宫廷，又让人觉得很孤独。你看，这是一种非常简朴的生活，与我的脾气相投；可它又未免太简陋了，所以并不适合我。你懂得一点儿哲学吗，牧人？

**库：**我只明白一点儿：一个人要是得病，他就会不好过；财物，资产和自足，是人们必不可少的三样东西；天上下雨地上湿，水沸因为柴火旺；好羊出自好牧场；天黑因为没太阳；生来愚钝怪爹娘，学而不会因师懒。

**试：**你具有哲学家的天资。去没去过宫廷，牧人？

**库：**实不相瞒，没有。

**试：**那么你这人就该死了。

**库：**不至于吧？

**试：**真的，你这人该死，就像一个煎得不好一面焦的鸡蛋。

**库：**因为没有到过宫廷吗？请问您的理由。

**试：**喏，要是你从来没有到过宫廷，你就不曾见过礼貌；要是你从来没有见过礼貌，你的举止一定很坏；坏人就是有罪的人，有罪的人就是该死。你的情形很危险呢，牧人。

**库：**一点儿不，试金石。在宫廷里算是礼貌的，在乡野里就会变得可笑，正像乡下人

---

① 三重王冠的女王为黛安娜享神，因为她在天堂为琉娜，在人间为黛安娜，在冥府为普洛色嫔娜。

② 黛安娜又为司狩猎的女神，又是处女的庇护神，故鄂兰陀以罗瑟琳为她的猎伴。

的行为一到了宫廷里就显得寒碜一样。您对我说过你们在宫廷里并不打恭作揖，却是要吻手；要是宫廷里的老爷们都是牧人，那么这种礼貌就显得太龌龊了。

试：有什么证据？简单地说来，说出理由来。

库：喏，我们的手常常要去碰着母羊，它们的毛，您知道，是很油腻的。

试：嘿，廷臣们的手上不是也要出汗的吗？羊身上的脂肪比起人身上的汗腻来，不是一样干净的吗？浅薄！浅薄！说出一个好一点儿的理由来，说吧。

库：而且，我们的手很粗糙。

试：那么，你们的嘴唇格外容易感受到它们。还是浅薄！再说一个充分一点儿的理由，说吧。

库：我们的手在给羊们包扎伤处的时候总是涂满了焦油，您要我们跟焦油亲吻吗？宫廷里的老爷们手上都是涂着麝香的。

试：浅薄不堪的家伙！把你跟一块好肉比起来，你简直是一块生着蛆虫的臭肉！用心听聪明人的教训吧，麝香是一只鹿身上流出来的龌龊东西，它的来源比焦油脏得多呢。把你的理由修正修正吧，牧人。

库：您太会讲了，我说不过您，我不说了。

试：你就甘心去死吗？上帝保佑你，浅薄的人！愿上帝把你好好针砭一下！你太不懂世事了。

库：先生，我是一个地道的做活人，我用自己的力量换饭吃换衣服穿；不跟别人结怨，也不妒羡别人的福气；瞧着人家得意我也高兴，自己倒了霉就自宽自解；我最大的骄傲就是瞧我的母羊吃草，我的羔羊啜奶。

试：这又是你的一桩因为傻气而造下的孽，你把母羊和公羊拉拢在一起，靠着它们的配对来维持你的生活；给挂铃的羊当龟奴，替一头歪脖的老王八公羊把才一岁的雌儿骗诱失身，也不想合配不合配；要是你不会因此而下地狱，那么魔鬼也没有人给它牧羊了。我想不出你有什么豁免的希望。

库：盖尼密大官人来了，他是我的新主妇的哥哥。

罗瑟琳读一张字纸。

罗："从东印度到西印度找遍奇珍，

　　没有一颗珠玉比得上罗瑟琳。

　　她的名声随着好风播满诸城，

　　整个世界都在仰慕着罗瑟琳。

　　勾画描摹下一幅幅倩影真真，

　　一见了罗瑟琳都要黯然失色。

　　任何的脸貌都不用铭记在心，

单单牢记住了美丽的罗瑟琳。"

**试**：我可以给您这样凑韵下去凑它整整的八年,吃饭和睡觉的时间除外,这好像是一连串上市去卖奶油的好大娘。

**罗**：唉,傻子!

**试**：试一下看:

　　要是公鹿找不到母鹿很伤心,
　　不妨叫它前去寻找那罗瑟琳。
　　倘说是没有一只猫儿不叫春,
　　心同此情有谁能责怪罗瑟琳?
　　冬天的衣裳棉花应该衬得温,
　　免得冻坏了娇怯怯的罗瑟琳。
　　割下的田禾必须捆得端端整,
　　一车的禾捆上装着个罗瑟琳。
　　最甜蜜的果子皮儿酸痛了唇,
　　这种果子的名字便是罗瑟琳。
　　有谁看见了玫瑰花开香喷喷,
　　留心着爱情的辣刺和罗瑟琳。

这简直是胡扯的歪诗,您怎么也会给这种东西黏上了呢?

**罗**：多嘴,你这蠢傻瓜! 我是在一株树上找到它们的。

**试**：真的,这株树生的果子太坏。

西莉霞读一张字纸。

**罗**：静些! 我的妹妹读着些什么来了,站旁边去。

**西**："为什么这里一片荒芜?

　　因为没有人居住吗? 不然,
　　我要叫每株树长起喉舌,
　　吐露出温文典雅的语言:
　　或是慨叹着生命为何短,
　　匆匆跑完了游子的行程,
　　只需把手掌轻轻翻个转,
　　便早已终结了人们的一生;
　　或是感怀着旧盟今已冷,
　　同心的契友忘却了故交,
　　但我要把最好树枝选定,

攀附在每行诗句的终梢，
罗瑟琳三个字小名美妙，
向普世的读者遍告周知。
莫看她苗条的身姿娇小，
宇宙间的精华尽萃于兹。
造物当时曾向自然诏示，
吩咐把所有的绝世姿才，
向纤纤一躯中合炉熔制，
累天工费去少少的安排：
负心的海伦①醉人的脸蛋，
克莉奥佩特拉②威仪丰容，
哀脱兰塔③的柳腰儿款摆，
琉克莉细霞④的节操贞松：
劳动起玉殿上诸天仙众，
造成这十全十美罗瑟琳。
荟萃了各式的妍媚万种，
造出一副俊脸目秀精神。
上天给她这般恩赐优渥，
我命该终身做她的臣仆。"

**罗**：啊，最温柔的宣教师！您的恋爱说教啰唆得叫您的教民听了厌烦，可是您却也不喊一声，"请耐心一点儿，好人们"。

**西**：啊！朋友们，退后去！牧人，稍微走开一点儿跟他去，小子。

**试**：来，牧人，让我们堂堂退却，大小箱笼都不带，只带一个头陀袋。（库、试下。）

**西**：你有没有听见这种诗句？

**罗**：啊，是的，我都听见了。

**西**：但是你听见你的名字被人家悬挂起来，还刻在这种树上，不觉得奇怪吗？

**罗**：人们说一件奇事过了九天便不足为奇。在你没有来之前，我已经过了第七天。瞧，这是我在一株棕榈树上找到的。自从毕达哥拉斯的时候以来，我从不曾被人这

---

① 海伦即 Helen of Troy，因失贞于其夫米尼劳斯，故云"负心"。
② 克莉奥佩屈拉，埃及女王，参看莎士比亚悲剧《安东尼与克莉奥佩特拉》。
③ 哀脱兰塔，希腊传说中善疾走美女。
④ 琉克莉细霞，莎士比亚叙事诗《琉克丽思之辱》中的主角。

样用诗句咒过,那时我是一只爱尔兰的老鼠①,现在简直记也记不起来了。

西:你想这是谁干的?

罗:是个男人吗?

西:而且有一根链条,是你从前戴过的,套在他的颈上。你脸红了吗?

罗:请你告诉我是谁?

西:主啊! 主啊! 朋友们见面真不容易,可是两座高山也许会被地震搬了家而碰起头来。

罗:哎,但是究竟是谁呀?

西:真的猜不出来吗?

罗:哎,我使劲地央求你告诉我,他是谁?

西:奇怪啊! 奇怪啊! 奇怪到不能再奇怪的奇怪! 奇怪而又奇怪! 说不出来的奇怪!

罗:我要脸红起来了! 你以为我打扮得像个男人,就会在精神上也穿起男装来了吗? 你再耽延一刻下去不肯说出来,就要让我在汪洋大海里做茫茫的探索了。请你快告诉我他是谁,不要吞吞吐吐。我倒希望你是个口吃的,那么你也许会把这个保守着秘密的名字不期而然地打你嘴里吐了出来,就像酒从狭口的瓶里倒出来一样,不是一点儿都倒不出,就是一下子出来了许多。求求你拔去你嘴里的塞子,让我饮着你的消息吧。

西:那么你要把那人儿一口气吞下肚子里去是不是?

罗:他是上帝造下来的吗? 是个什么样子的人? 他的头戴上一顶帽子显不显得寒碜? 他的下巴留着一撮胡须像不像个样儿?

西:不,他只有一点点儿胡须。

罗:哦,要是这家伙知道好歹,上帝会再给他一些的。要是你立刻告诉我他的下巴是怎么一个样子,我愿意等候他长起胡须来。

西:他就是年轻的鄂兰陀,一下子把那拳师的脚后跟和你的心一起绊跌了个跟斗的人。

罗:哎,取笑人的让魔鬼抓了去。像一个老老实实的好姑娘似的,规规矩矩说吧。

西:真的,姐姐,是他。

罗:鄂兰陀?

西:鄂兰陀。

罗:哎哟! 我这一身大衫短裤该怎么办呢? 你看见他的时候他在做些什么? 他说

---

① 念咒驱除老鼠为爱尔兰人一种迷信习俗。

些什么？他瞧上去怎样？他穿着些什么？他为什么到这儿来？他问起了我吗？他住在哪儿？他怎样跟你分别的？你什么时候再去看他？用一个字回答我。

**西**：你一定要先给我向卡岗都亚①借一张嘴来才行，像我们这时代的人，一张嘴里是装不下这么大的一个字的。要是一句句都用"是"和"不"回答起来，也比考问教理还麻烦呢。

**罗**：可是他知道我在这林子里，打扮作男子的样子吗？他是不是跟摔跤的那天一样有精神？

**西**：回答情人的问题，就像数微尘的粒数一般为难。你好好听我讲我怎样找到他的情形，静静地体味着吧。我看见他在一株树底下，像一颗落下来的橡果。

**罗**：树上会落下这样果子来，那真可以说是神树了。

**西**：好小姐，听我说。

**罗**：讲下去。

**西**：他直挺挺地躺在那儿，像一个受伤的武士。

**罗**：虽然这种样子有点儿可怜相，可是地上躺着这样一个人，倒也是很合适的。

**西**：叫你的舌头停步吧，它简直随处乱跳。——他穿得像个猎人。

**罗**：哎哟，糟了！他要来猎取我的心了。

**西**：我唱歌的时候不要别人和着唱，你缠得我弄错了拍子。

**罗**：你不知道我是个女人吗？我心里想到什么，便要说出口来，好人儿，说下去吧。

**西**：你已经打断了我的话头。且慢！他不是来了吗？

**罗**：是他，我们躲在一旁瞧着他吧。

（鄂兰陀及杰克斯上。）

**杰**：多谢相陪，可是说老实话，我倒是喜欢一个人清静些。

**鄂**：我也是这样，可是为了礼貌的关系，我多谢您的陪伴。

**杰**：上帝和您同在！让我们越少见面越好。

**鄂**：我希望我们还是不要相识的好。

**杰**：请您别再在树皮上写情诗糟蹋树木了。

**鄂**：请您别再用难听的声调念我的诗，把它们糟蹋了。

**杰**：您的情人的名字是罗瑟琳吗？

**鄂**：正是。

**杰**：我不喜欢她的名字。

**鄂**：她取名的时候，并没有打算要您喜欢。

---

① 卡岗都亚，法国文学家拉伯雷著作中的巨人，能一口吞下五个香客。

杰：她的身材怎样？

鄂：恰恰够得到我的心头那样高。

杰：您怪会作俏皮回答的，您是不是跟金匠们的妻子有点儿交情，因此把戒指上的警句都默记下来了。

鄂：不，我都是用油漆的挂帷上的话儿来回答您，您的问题也是从那儿学来的？

杰：您的口才很敏捷，我想是用哀脱兰塔的脚跟做成的。我们一块儿坐下来好不好？我们两人要把世界痛骂一顿，大发一下牢骚。

鄂：我不愿意骂世上的有生之伦，除了我自己，因为我最清楚自己的错处。

杰：您的最坏的错处就是要恋爱。

鄂：我不愿把这个错处来换取您的最好的美德，您真叫我厌烦。

杰：说老实话，我遇见您的时候，本来是在找一个傻子。

鄂：他掉在溪水里淹死了，您向水里一望，就可以瞧见他。

杰：我只瞧见我自己的影子。

鄂：那我以为倘不是个傻子，定然是个废物。

杰：我不要再跟您在一起了。再见，多情的公子。

鄂：我巴不得您走。再会，忧愁的先生。（杰下。）

罗：我要像一个无礼的小厮一样去向他说话，跟他捣乱捣乱。——听见我的话了吗，树林里的人？

鄂：很好，你有什么话说？

罗：请问现在是几点钟？

鄂：你应该问我现在是什么时辰，树林里哪来的钟？

罗：那么树林里也不会有真心的情人了，否则每分钟的叹气，每点钟的呻吟，该会像时钟一样计算出时间的慢慢的脚步来的。

鄂：为什么不说时间的快步呢？那样说不对吗？

罗：不对，先生。时间对于各种人有不同的步法。我可以告诉你时间对于谁是走慢步的，对于谁是跨着细步走的，对于谁是奔着走的，对于谁是立定不动的。

鄂：请问它对于谁是跨着细步走的？

罗：呃，对于一个订了婚还没有成婚的姑娘，时间是跨着细步有气无力地走着；即使这中间只有一星期，也似乎有七年那样难过。

鄂：对于谁时间是走着慢步的？

罗：对于一个不懂拉丁文的牧师，或是一个不害痛风的富翁：一个因为不能读书而睡得很酣畅，一个因为没有痛苦而活得很高兴；一个可以不必辛辛苦苦地费尽钻研，一个不知道有贫穷的艰困。对于这种人，时间是走着慢步的。

鄂:对于谁它是走着快步的?

罗:对于一个上绞架的贼人,因为虽然他尽力放慢脚步,他还是觉得到得太快了。

鄂:对于谁它是静止不动的?

罗:对于在休假中的律师,因为他们在前后开庭的时间之间,完全昏睡过去,感觉不到时间的移动。

鄂:可爱的少年,你住在哪儿?

罗:跟这位牧羊姑娘,我的妹妹,住在这儿的树林边。

鄂:你是本地人吗?

罗:跟那头你看见的兔一样,它的住处就是它生长的地方。

鄂:住在这种穷乡僻壤,你的谈吐却很高雅。

罗:好多人都曾经这样说我,其实是因为我有一个有修养的老伯父,他本来是在城市里生长的,是他教我讲话;他曾经在宫廷里谈过恋爱,因此很懂得交际的门槛。我曾经听他发过许多反对恋爱的议论,多谢上帝我不是个女人,不会犯到他所归咎于一般女性的那许多心性轻浮的罪恶。

鄂:你记不记得他所说的女人的罪恶当中主要的几桩?

罗:没有什么主要不主要的,跟两个铜子相比一样,全差不多,每一件过失似乎都十分严重,可是立刻又有一件出来可以赛过它。

鄂:请你说几件看。

罗:不,我的药是只给病人吃的。这座树林里常常有一个人来往,在我们的嫩树皮上刻满了"罗瑟琳"的名字,把树木糟蹋得不成样子;山楂树上挂起了诗篇,荆棘枝上吊悬着哀歌,说来说去都是把罗瑟琳的名字捧作神明。要是我碰见那个卖弄风情的家伙,我一定要好好给他一番教训,因为他似乎害着相思病。

鄂:我就是那个给爱情折磨的他,请你告诉我你有什么医治的方法。

罗:我伯父所说的那种记号在你身上全找不出来,他曾经告诉我怎样可以看出来一个人是在恋爱着,我可以断定你一定不是那个草扎的笼中的囚人。

鄂:什么是他所说的那种记号呢?

罗:一张瘦瘦的脸庞,你没有;一双眼圈发黑的凹陷的眼睛,你没有;一副懒得跟人家交谈的神气,你没有;一脸忘记了修剪的胡子,你没有;——可是我可以原谅你,因为你的胡子本来就像小兄弟的产业一样少得可怜。而且你的袜子上应当是不套袜带的,你的帽子上应当是不结帽纽的,你的袖口的纽扣应当是脱开的,你的鞋子上的带子应当是松散的,你身上的每一处都要表示出一种不经心的疏懒。可是你却不是这样一个人,你把自己打扮得这么齐整,瞧你倒有点儿顾影自怜,全不像在爱着什么人。

鄂:美貌少年，我希望我能使你相信我是在恋爱。

罗:我相信！你还是叫你的爱人相信吧。我可以断定,她即使容易相信你,她嘴里也是不肯承认的,这也是女人们不老实的一点。可是说老实话,你真的是把那恭维着罗瑟琳的诗句悬挂在树上的那家伙吗?

鄂:少年,我凭着罗瑟琳的玉手向你起誓,我就是他,那个不幸的他。

罗:可是你真的像你诗上所说的那样热恋着吗?

鄂:什么也不能表达我的爱情的深切。

罗:爱情不过是一种疯狂,我对你说,有了爱情的人,是应该像对待一个疯子一样,把他关在黑屋子里用鞭子抽一顿。那么为什么他们不用这种处罚的方法来医治爱情呢?因为那种疯病是极其平常的,就是拿鞭子的人也在恋爱哩,可是我有医治它的法子。

鄂:你曾经医治过什么人吗?

罗:是的,医治过一个,法子是这样的:他假想我是他的爱人,他的情妇,我叫他每天都来向我求爱;那时我是一个善变的少年,便一会儿伤心,一会儿温存,一会儿翻脸,一会儿思慕,一会儿难受;骄傲,古怪,刁钻,浅薄,轻浮,有时满眼的泪,有时满脸的笑。什么情感都来一点儿,但没有一种是真切的,就像大多数的孩子们和女人们一样:有时喜欢他,有时讨厌他,有时讨好他,有时冷淡他,有时为他哭泣,有时把他唾弃,我这样把我这位求爱者从疯狂的爱逼到真的疯狂起来,以至于抛弃人世,做起隐士来了。我用这种方法治好了他,我也可以用这种方法把你的心肝洗得干干净净,像一颗没有毛病的羊心一样,再没有一点儿爱情的痕迹。

鄂:我不愿意治好,少年。

罗:我可以把你治好,假如你把我叫做罗瑟琳,每天到我的草屋里来向我求爱。

鄂:凭着我的恋爱的真诚,我愿意。告诉我你住在什么地方。

罗:跟我去,我可以指点给你看,一路上你也要告诉我你住在林中的什么地方。

鄂:很好,好孩子。

罗:不,你一定要叫我罗瑟琳。来,妹妹,我们去吧。(同下。)


# 第三场　林中的另一部分


(试金石及奥菊蕾上;杰克斯随后。)

试:快来,好奥菊蕾,我去把你的山羊赶来。怎样,奥菊蕾?我还不曾是你的好人儿吗?我这副粗鲁的神气你中意吗?

奥:您的神气!天老爷保佑我们!什么神气?

**试**：我陪着你和你的山羊在这里，就像那最会梦想的诗人奥维特在一群哥斯人中间一样。

**杰**：(旁白)唉，学问装在这么一副躯壳里，比乔武住在草棚里还坏！

**试**：要是一个人写的诗不能叫人懂，他的才情不能叫人理解，那比之小客栈里开出一张大账单来还要命。真的，我希望天神们把你变得诗意一点儿。

**奥**：我不懂得什么叫做"诗意一点儿"。那是一句好话，一件好事情吗？那是诚实的吗？

**试**：老实说，不，因为最真实的诗是最虚妄的，情人们都富于诗意，他们在诗里发的誓，可以说都是情人们的假话。

**奥**：那么您愿意天神们把我变得诗意一点儿吗？

**试**：是的，不错。因为你发誓说你是贞洁的，假如你是个诗人，我就可以希望你说的是假话了。

**奥**：您不愿意我贞洁吗？

**试**：对了，除非你生得难看。因为贞洁跟美貌碰在一起，就像在糖里再加蜜。

**奥**：好，我生得不好看，因此我求求天神们让我贞洁。

**试**：真的，把贞洁丢给一个丑陋的懒女人，就像把一块好肉盛在醯醲的盆子里。

**奥**：我不是个懒女人，虽然我谢谢天神们我是丑陋的。

**试**：好吧，感谢天神们把丑陋赏给了你！懒惰也许会跟着来的。可是不管这些，我一定要跟你结婚，为了这事我已经去见过邻村的牧师岳力佛·马退克斯脱师傅，他已经答应在这儿树林里会我，给我们配对。

**杰**：(旁白)我倒要瞧瞧这场热闹。

**奥**：好，天神们保佑我们快活吧！

**试**：阿门！倘使是一个胆小的人，也许不敢贸然从事，因为这儿没有庙宇，只有树林，没有宾众，只有一些出色的畜生。但这有什么要紧呢？放出勇气来！角虽然讨厌，却也是少不了的。人家说，"许多人有数不清的家私"，对了，许多人也有数不清的好角儿。好在那是他老婆陪嫁来的妆奁，不是他自己弄到手的。出角吗？有什么要紧？只有苦人儿才出角呢？不，不，最高贵的鹿和最寒碜的鹿长的角儿一样大呢。那么单身汉便算是好福气吗？不，城市总比乡村好些，已婚者隆起的额角，也要比未婚者平坦的额角体面得多。懂得几手击剑法的，总比一点儿不会的好些，因此有角也总比没有角强。岳力佛师傅来啦。

(岳力佛·马退克斯脱师傅上。)

**试**：岳力佛·马退克斯脱师傅，你来得巧极了。您是就在这树下替我们把事情办了呢，还是让我们跟您到您的教堂里去？

**岳**：这儿没有人可以为这女人做主嫁出去吗？

**试**：我不要别人把她布施给我。

**岳**：真的，她一定要有人做主许嫁，否则这种婚姻便不合法。

**杰**：(近前)进行下去，进行下去，我可以把她许嫁。

**试**：晚安，某某先生，您好，先生，欢迎欢迎！上次多蒙照顾，不胜感激，我很高兴看见您。我现在有一点点儿小事，先生。哎，请戴上帽子。

**杰**：你要结婚了吗，傻瓜？

**试**：先生，牛有轭，马有勒，猎鹰腿上挂金铃，人非木石岂无情？鸽子也要亲个嘴儿；女大当嫁，男大当婚。

**杰**：像你这样有教养的人，却愿意在一棵树底下像叫花子那样成亲吗？到教堂里去，找一位可以告诉你们婚姻的意义的好牧师。要是让这个家伙把你们像钉墙板似的钉在一起，你们中间总有一个人会像没有晒干的木板一样干缩起来，越变越弯的。

**试**：(旁白)我倒以为让他给我主婚比别人好一点儿，因为瞧他的样子是不会像样样地主持婚礼的，假如结婚结得草率一些，以后我可以借口离弃我的妻子。

**杰**：你跟我来，让我指教指教你。

**试**：好，好奥菊蕾。我们一定得结婚，否则我们只好偷偷摸摸。再见，好岳力佛师傅，不是：亲爱的岳力佛！勇敢的岳力佛！请你不要把我丢弃；①而是：走开去，岳力佛！滚开去，岳力佛！我们不要你主持婚礼。(杰、试、奥同下。)

**岳**：不要紧，这一批荒唐的混蛋谁也不能讥笑掉我的饭碗。(下。)


## 第四场　林中的另一部分


(罗瑟琳及西荔霞上。)

**罗**：别跟我讲话；我要哭了。

**西**：请你哭吧，可是你还得想一想男人是不该流眼泪的。

**罗**：但我岂不是应该有哭的理由吗？

**西**：理由是再充分也没有的了，所以你哭吧。

**罗**：瞧他的头发的颜色，就可以看出来他是个坏东西。

**西**：比犹大的头发颜色略为深些，他的接吻就是犹大一脉相传下来的。

---

① "亲爱的岳力佛"三句为俗歌中的断句。

**罗：**凭良心说一句，他的头发颜色很好。

**西：**那颜色好极了，栗色的最好的颜色。

**罗：**他的接吻神圣得就像圣餐面包触到唇边一样。

**西：**他买来了一对黛安娜用过的嘴唇，一个冷若冰霜的尼姑也不会吻得像他那样虔诚，他的嘴唇里就有着冷冰冰的贞洁。

**罗：**可是他为什么发誓说今天早上要来，却偏偏不来呢？

**西：**不用说，他这人没有半分真心。

**罗：**你是这样想吗？

**西：**是的。我想他不是个扒手，也不是个盗马贼，可是要说起他的爱情的真不真，那么我想他就像一只盖好了的空杯子或是一颗蛀空了的硬壳果一样空心。

**罗：**他的恋爱不是真的吗？

**西：**他在恋爱的时候，他是真心的，可是我以为他并不在恋爱。

**罗：**你不是听见他发誓说他的的确确在恋爱吗？

**西：**从前说是，现在却不一定是。而且情人们发的誓，是和堂倌嘴里的话一样靠不住的，他们都是惯报虚账的家伙，他在这儿树林子里跟公爵你的父亲在一块儿呢。

**罗：**昨天我碰见公爵，跟他谈了好久。他问我的父母是怎样的人，我对他说，我的父母跟他一样高贵，他大笑着让我走了。可是我们现在有像鄂兰陀这么一个人，还要谈父亲做什么呢？

**西：**啊，好一个出色的人！他写得一手好诗，讲得一口漂亮话，发着动听的誓，再堂而皇之地毁了誓，同时毁碎了他情人的心；正如一个拙劣的枪手，骑在马上一面歪，像一头好鹅一样把他的枪杆折断了。但是年轻人凭着血气和痴劲做出来的事，总是很出色的。——谁来了。

（库林上。）

**库：**姑娘和大官人，你们不是常常问起那个害相思病的牧人，那天你们不是看见他和我坐在草地上，称赞着他的情人，那个盛气凌人的牧羊女吗？

**西：**嗯，他怎样啦？

**库：**要是你们想看一出好戏，一面是因为情痴而容颜惨白，一面是因为傲慢而满脸绯红。只要稍走几步路，我可以领你们去，看一个痛快。

**罗：**啊！来，让我们去吧。在恋爱中的人，喜欢看人家相恋。带我们去看，我将要在他们的戏文里当一名重要的角色。（同下。）

## 第五场　林中的另一部分

（薛维厄斯及菲琵上。）

**薛:** 亲爱的菲琵，不要讥笑我。请不要，菲琵！您可以说您不爱我，但不要说得那么狠，习惯于杀人的硬心肠的刽子手，在把斧头向低俯的颈项上劈下的时候也要先说一声对不起，难道您会比这种靠着流血为生的人更心硬吗？

（罗瑟琳、西莉霞及库林自后上。）

**菲:** 我不愿做你的刽子手，我逃避你，因为我不愿伤害你。你对我说我的眼睛会杀人，这种话当然说得很好听，很动人，眼睛本来是最柔弱的东西，一见了些微尘就会胆小得关起门来，居然也会给人叫做暴君、屠夫和凶手！现在我使劲地抢起白眼瞧着你，假如我的眼睛能够伤人，那么让它们把你杀死了吧，现在你可以假装晕过去了啊。嘿，现在你可以倒下去了呀。假如你并没倒下去，哼！羞啊，羞啊，你可别再胡说，说我的眼睛是凶手了。现在你且把我的眼睛加在你身上的伤痕拿出来看。单单用一枚针儿划了一下，也会有一点疤痕；握着一根灯芯草，你的手掌上也会有一些留着痕迹；可是我的眼光现在向你投射，却不曾伤了你，我相信眼睛里是绝没有可以伤人的力量的。

**薛:** 啊，亲爱的菲琵，要是有一天——也许那一天就近在眼前——您在谁清秀的脸庞上看出了爱情的力量，那时您就会感觉到爱情的利箭所加在您心上的无形的创伤了。

**菲:** 可是在那一天没有到来之前，你不要走近我。如真有那一天，那么你可以用你的讥笑来凌虐我，却不用可怜我，因为不到那时候，我总不会可怜你。

**罗:** （上前）为什么呢，请问？谁是你的母亲，生下了你，把这个不幸的人这般侮辱，如此欺凌？你生得不漂亮，——老实说，我看你还是晚上不用点蜡烛就钻到被窝里去的好，——难道就该这样骄傲而无情吗？——怎么，这是什么意思？你望着我做什么？我瞧你不过是一件天生的粗货罢了。蠢货！我想她打算迷住我哩。不，老实说，骄傲的姑娘，你别做梦了！凭着你的墨水一样的眉毛，你的乌丝一样的头发，你的黑玻璃球一样的眼睛，或是你的乳脂一样的脸庞，可不能叫我为你倾倒呀。——你这蠢牧人儿，干吗要追随着她，像是挟着雾雨而来的南风？你是比她漂亮一千倍的男人，都是因为有了你们这种傻瓜，世上才有那许多难看的孩子。叫她得意的是你的恭维，不是她的镜子，听了你的话，她便觉得她自己比她本来的容貌美得多了。——可是，姑娘，你自己得放明白些。跪下来，斋戒谢天，赐给你这么好的一个爱人。我得向你耳边讲句体己的话，有买主的时候赶快卖去了吧，你不是到处都有销路的。求求这位大哥恕了你，爱他，接受他的好意。生得丑再要瞧不起人，那才是奇丑无比了。——好，牧人，你一定追得到。再见吧。

菲：可爱的青年，请您把我骂一整年吧。我宁愿听您的骂，不要听这人的恭维。

罗：他爱上了她的丑样子，她爱上了我的怒气。倘使真有这种事，那么她一份起了怒容来答复你，我便会用刻薄的话去治她——你为什么这样瞧着我？

菲：我对您没有怀着恶意呀。

罗：我请你不要爱我，我这个人比酒后发的誓更不可靠，并且我也不喜欢你。如果你们想知道我家在哪儿，就到这儿附近的那片橄榄树的地方来找就行了。——我们走吧，妹妹。——牧人，全力追求她。——走，妹妹，——牧女，对他好一点儿，不要那么高傲，整个世上长眼睛的人儿，没一个会如他那般把你当做仙女的。——走，看看我们的羊群去。（罗、西、库同下。）

菲：旧时的诗人，现在我终于明白了你的话是真的，"哪个情人不是一见钟情？"

薛：亲爱的菲琵，——

菲：啊！你说什么，薛维厄斯？

薛：亲爱的菲琵，怜悯我吧！

菲：唉，我正为你难过呢，可爱的薛维厄斯。

薛：同情过后，接着是安慰吧。如果您是因为见我为爱伤心而同情我，那么只要您给予我您的爱，您就无须再同情我，我也不用再伤心了。

菲：我也给予了你我的爱，我们不是如邻居那般要好吗？

薛：把您给我。

菲：啊，那就是贪得无厌了。薛维厄斯，以前我厌恶你，现在我对你的也不是什么爱情；但是既然你说爱情那么好，我原本是讨厌和你在一起的，现在我能忍受你了。我还有事情要让你干呢，不过除了你自己因能供我差遣而感到欣慰之外，可不要期望我会拿什么来答谢你。

薛：我的爱情是这样圣洁而完全，我又是这样承蒙眷顾，所以只要能收集些人家收过后掉下的麦穗，我也会觉得是一次最多的丰收了；不时稍微送我一个不经意的笑容，就能成为我活下去的动力。

菲：你认识刚刚和我说话的那个年轻人吗？

薛：不太熟悉，不过我经常见到他，他买下了本来属于那个老头的草屋和地产。

菲：虽然我问起他，但不要认为我爱他。他只不过是个淘气的孩子，不过倒很会说话，不过我才不会理会那些空话呢，但是说话的人如果能讨听话人的欢心，那么空话也是不错的。他是个漂亮的年轻人，算不上最漂亮。虽然他太骄傲了，不过他的骄傲和他很般配。他长大了会成为一个好看的汉子，他的脸色是最招人喜爱的地方,他说的话刚刚得罪了人,再用眼神一看就补偿过来了。他的个子不太高,不过照他说起来也足够了。他的腿有些一般,但也不错。他的嘴唇红得很好看,比他那张苍白的脸庞上带着的红色更娇艳些,一个是深红,一个是浅红。薛维厄斯,假如有些人也像我这样品评起来,肯定会立刻就爱上他的,不过我呢,我不爱他,也不恨他,不过我应该有恨他的理由。他凭什么要骂我呢?他说我的瞳孔黑,我的头发黑,现在我想起来了,他是在嘲笑我呢。我不知道自己为什么不骂他,不过这没关系,一声不响并不代表就此善罢甘休。我得写一封信来辱骂他,你可以给我送去,你愿不愿,薛维厄斯?

薛:菲琵,非常乐意为你效劳。

菲:我这就写去,这件事一直萦绕在我心间,我要好好地把他嘲笑一番。随我去,薛维厄斯。(同下。)

# 第四幕

## 第一场　亚登森林

(罗瑟琳、西莉霞及杰克斯上。)

杰:风流的年轻人,我愿与你认识一下。

罗:他们说你是个多愁善感的人。

杰:正是,我发愁的时候远多于欢笑。

罗:这两件事都走了极端,都会招人厌恶,就好比醉汉更容易受人指责一样。

杰:发愁时沉默不语,又有什么错呢?

罗:那还不如做一根木头呢。

杰:我没有学者那种争强好胜的忧愁,也没有音乐家的那种天马行空的忧愁,也没有官吏们的那种鱼肉百姓的忧愁,也没有军官们的那种争名夺利的忧愁,也没有律师们的那种舞唇弄舌的忧愁,也没女子们的那种吹毛求疵的忧愁,也没有恋人们的生离死别的烦恼。我的烦恼是独一无二的,它由许多部分组合而成,从很多食物中提取而来,那是我旅途中所得到的各种感受,因为不停地思考而使我拥有了十分奇怪的烦恼。

罗:你是一个旅行家啊?噢,那你就更应该感到悲哀了,我猜你肯定是卖了自己的土地去看别人的土地,看到的不少,自己却还是一无所有,两眼是享福了,两手还是空空如也。

**杰:**正是,我已经有了自己的经验。

**罗:**但你的经验让你感到悲哀。我宁肯让一个傻子来使我发笑,也不想让经验来使我悲哀,而且还要流浪四方来找寻它!

(鄂兰陀上。)

**鄂:**早上好,我的好罗瑟琳!

**杰:**如果你要吟起诗来,那我可要失陪了。(下。)

**罗:**再见,尊敬的旅行家。你该说起各地方言,穿些奇怪的服装,看不起本国的所有好处,憎恨你的家乡,甚至要埋怨上天为什么不给你一副异乡人的相貌,不然我怎么能相信你曾在威尼斯待过。——啊,什么,鄂兰陀!你这段时间都去了哪儿?你算是一个恋人!如果你再给我来这套,你就再不用来找我了。

**鄂:**亲爱的罗瑟琳,我不过来迟了不到一个小时。

**罗:**耽误了一个小时的恋人的幽会!如果谁要是把一分钟分成了一千份,而在恋爱上耽误了一千分之一分钟的十分之一的话,这种人别人或许会说爱神曾经与他擦肩而过,可是我敢保证他的心是没有中过丘比特之箭的。

**鄂:**请原谅我,我的好罗瑟琳!

**罗:**哼,如果你再这样漫不经心的,往后不要再见我了,我宁可让一只蜗牛来向我献殷勤。

**鄂:**一只蜗牛!

**罗:**是的,一只蜗牛。因为它走得虽然慢,可是却把它的房子顶在身上,我觉得这是一份比你所能给予我的更好的家产,并且它还随身带着自己的命运呢。

**鄂:**那是什么东西?

**罗:**嘿,角儿哪。那正是你所要谢谢你的妻子的,可是它却自己随身带了它做武器,免得人家说他妻子的坏话。

**鄂:**贤德的女子不会叫她的丈夫当王八,我的罗瑟琳是贤德的。

**罗:**而我是你的罗瑟琳吗?

**西:**他喜欢这样叫你,可是他有一个长得比你漂亮的罗瑟琳哩。

**罗:**来,向我求婚,向我求婚,我现在很高兴,多半会答应你。假如我真是你的罗瑟琳,你现在要向我说些什么话?

**鄂:**我要在没有说话之前先接个吻。

**罗:**不,你最好先说话,等到所有的话都说完了,讲不出什么来的时候,你就可以借此接吻。善于演说的人,当他们一时无话可说之际,他们会吐一口痰;情人们呢,上帝保佑我们！暂时缺少了说话的内容,接吻是最便当的补救办法。

鄂：谁见了他的心爱的情人而会说不出话来呢？

罗：哼,假如我是你的情人,你就会说不出话来,我不是你的罗瑟琳吗？

鄂：我很愿意把你当做罗瑟琳,因为这样我就可以讲给她听了。

罗：好,我代表她说我不愿接受你。

鄂：那么我代表我自己说我要死去。

罗：不,真的,还是请个人代死吧。这个可怜的世界差不多有六千年的岁数了,可是从来不曾有过一个人亲自殉情而死。特洛埃勒斯是被一个希腊人的棍棒砸出了脑浆的,可是在这以前他就已经寻过死,而他是一个模范情人。即使希罗当了尼姑,李昂特也会活下去,活了好多年的,倘不是因为一个酷热的仲夏之夜,因为,好孩子,他本来只是要到赫勒斯滂海峡里去洗个澡的,可是在水中抽起了筋,因而淹死了,那时的愚蠢的史家却说他是为了塞斯滔斯的希罗而死。这些全都是谎言人们一代一代地死去,他们的尸体都给蛆虫吃了,可是绝不会为爱情而死。

鄂：我不愿我的真正的罗瑟琳也有这样的想法,因为我可以发誓说她只要皱一皱眉头就会把我杀死。

罗：我凭着此手发誓,那是连一只苍蝇也杀不死的。但是来吧,现在我要做你的一个乖乖的罗瑟琳,你向我要求什么,我一定答应你。

鄂：那么爱我吧,罗瑟琳！

罗：好,我就爱你,星期五,星期六,以及一切的日子。

鄂：你肯接受我吗？

罗：肯的,我肯接受这样二十个男人。

鄂：你怎么这么说？

罗：你不是个好人吗？

鄂：我希望是的。

罗：那么,好的东西会嫌太多吗？——来,妹妹,你要扮作牧师,给我们主婚。——把你的手给我,鄂兰陀。你怎么说,妹妹？

鄂：请你给我们主婚。

西：我不会说。

罗：你可以这样开始："鄂兰陀,你愿不愿——"

西：好吧——鄂兰陀,你愿不愿娶这个罗瑟琳为妻？

鄂：我愿意。

罗：嗯,但是什么时候才娶呢？

鄂：当然现在啊,只要她能替我们完成婚礼。

**罗**：那么你必须说，"罗瑟琳，我娶你为妻"。

**鄂**：罗瑟琳，我娶你为妻。

**罗**：我本来可以问你凭着什么来娶我的，可是鄂兰陀，我愿意接受你做我的丈夫。——这丫头等不到牧师问起，就冲口说了出来。真的，女人的思想总是比行动跑得更快。

**鄂**：一切的思想都是这样，它们是生着翅膀的。

**罗**：现在你告诉我你占有了她之后，打算保留到什么时候？

**鄂**：永久再加上一天。

**罗**：说一天，不用说永久。不，不，鄂兰陀，男人们在未婚的时候是四月天，结婚的时候是十二月天，姑娘们做姑娘的时候是五月天，一做了妻子，季候便改变了。我要比一头巴巴里雄鸽对待它的雌鸽格外多疑地对待你；我要比下雨前的鹦鹉格外吵闹，比猢狲格外弃旧怜新，比猴子格外反复无常；我要在你高兴的时候像喷泉上的黛安娜女神雕像一样无端哭泣；我要在你想睡的时候像土狼一样纵声大笑。

**鄂**：但是我的罗瑟琳会做出这种事来吗？

**罗**：我可以发誓她会像我一样做出来的。

**鄂**：啊！但是她是个聪明人。

**罗**：她倘不聪明，怎么有本领做这等事？越是聪明，越是淘气。假如用一扇门把一个女人的才情关起来，它会从窗子里钻出来的；关了窗，它会从钥匙孔里钻出来的；塞住了钥匙孔，它会跟着一道烟从烟囱里飞出来的。

**鄂**：男人娶到了这种有才情的老婆，就难免要感慨："才情才情，看你横行到什么地方了。"

**罗**：不，你可以把那句骂人的话留起来，等你瞧见你妻子的才情爬上了你邻人的床上去的时候再说。

**鄂**：那时这位多才的妻子又将用怎样的才情来辩解呢？

**罗**：呃，她会说她是到哪儿找你去的。你捉住她，她总有话要说，除非你把她的舌头割掉。唉！要是一个女人不会把她的错处推到她男人的身上去，那种女人千万不要让她抚养她自己的孩子，因为她会把他抚养成一个傻子的。

**鄂**：罗瑟琳，这两小时我要离开你。

**罗**：唉！爱人，我两小时都离不开你哪。

**鄂**：我一定要陪公爵吃饭去，到两点钟我就会回来。

**罗**：好，你去吧，你去吧！我知道你会变成怎样的人，我的朋友们这样对我说过，我也这样相信着，你是用你那种花言巧语来把我骗上了手的。不过又是一个给人丢弃的罢了，好，死就死吧！你说是两点钟吗？

鄂：是的，亲爱的罗瑟琳。

罗：凭着良心，一本正经，上帝保佑我，我可以向你发一切无关紧要的誓，要是你失了一点点儿的约，或是比约定的时间来迟了一分钟，我就要把你当做在一大堆无义的人们中间一个最可怜的背信者，最空心的情人，最不配被我叫做罗瑟琳的那人所爱的。所以，留心我的责骂，守你的约吧。

鄂：我一定恪遵，就像你真是我的罗瑟琳一样。好，再见。

罗：好，时间是审判一切这一类罪人的老法官，让它来审判吧。再见。（鄂下。）

西：你在你那种情话中间简直是侮辱我们女性。我们一定要把你的衫裤揭到你的头上，让全世界的人看看鸟儿是怎样作践她自己的。

罗：啊，小妹妹，小妹妹，我的可爱的小妹妹，你要知道我是爱得多么深！可是我的爱是无从测量深度的，因为它有一个渊深莫测的底，像葡萄牙海湾一样。

西：或者不如说是没有底的吧，你刚把你的爱倒进去，它就漏了出来。

罗：不，维纳斯的那个坏蛋私生子①，那个因为忧郁而感孕，因为冲动而受胎，因为疯狂而诞生的，那个瞎眼的坏孩子，因为自己没有眼睛而把每个人的眼睛都欺蒙了的，让他来判断我是爱得多么深吧。我告诉你，西莉霞，我看不见鄂兰陀便活不下去。我要找一处树荫，到那儿长吁短叹地等着他回来。

西：我要去睡一个觉。（同下。）

## 第二场　林中的另一部分

（杰克斯、群臣及林居人等上。）

杰：是谁把鹿杀死的？

甲臣：先生，是我。

杰：让我们引他去见公爵，像一个罗马的凯旋将军一样，最好把鹿角插在他头上，表示胜利的光荣。林居人，你们没有个应景的歌儿吗？

甲臣：有的，先生。

杰：那么唱起来吧，不要管它调子怎样，只要可以热闹热闹就行了。

　（唱）

　　　杀鹿的人好幸福，

　　　穿它的皮顶它的角，

　　　唱个歌儿送送他。（众和。）

———————————

① 指丘比特。

顶了鹿角莫讥笑,

古时便已当冠帽;

你的祖父戴过它,

你的阿爹顶过它;

鹿角鹿角壮而美,

你们取笑真不对。(众下。)

## 第三场　林中的另一部分

(罗瑟琳及西莉霞上。)

**罗:**你现在怎么说?不是过了两点钟了吗?这儿有许多的鄂兰陀呢!

**西:**我对你说,他怀着纯洁的爱情和忧虑的头脑,带了弓箭出去睡觉去了。瞧,谁来了。

(薛维厄斯上。)

**薛:**我奉命来见您,美貌的少年;我的温柔的菲琵要我把这信送给您。(将信交罗。)里面说的是什么话我也不知道,但是照她写这封信的时候那发怒的神气看来,多半是一些气恼的话。原谅我,我只是个不知情的送信人。

**罗:**(阅信)最有耐性的人见了这封信也要暴跳如雷,是可忍,孰不可忍。她说我不漂亮;说我没有礼貌;说我骄傲,说即使男人像凤凰那样稀罕,她也不会爱我。天哪!我并不曾要追求她的爱,她为什么写这种话给我呢?好,牧人,这封信一定是你捣的鬼。

**薛:**不,我发誓我不知道里面写些什么,这封信是菲琵写的。

**罗:**算了吧,算了吧,你是个傻瓜,为了爱情颠倒到这等地步。我看见过她的手,她的手就像一块牛皮那样粗糙,像一块砂石那样的颜色;我以为她戴着一副旧手套,哪知道原来那是她的手;她有一双做粗工的手,但这可不用管它。我说她从来不曾想到过写这封信,这是男人出的花样,是一个男人的笔迹。

**薛:**真的,那是她的笔迹。

**罗:**嘿,这是粗暴的凶狠的口气,全然是挑战的口气,嘿,她就像土耳其人向基督徒那样向我挑战呢。女人家的温柔的头脑里,绝不会想出这种恋睚暴力的念头来,这种狠恶的字句,含着比字面更狠恶的用意。你要不要听听这封信?

**薛:**假如您愿意,请您念给我听听吧。因为我还不曾听到过它呢,虽然关于菲琵的凶狠的话,已经听了不少了。

**罗:**她要向我撒野呢。听那只雌老虎怎样写的:(读)

"你是不是天神的化身，

　　来燃烧一个少女的心？"

女人会这样骂人吗？

薛：您把这种话叫做骂人吗？

罗：（读）

　　"撇下了你神圣的殿堂，

　　虐弄一个痴心的姑娘？"

你听见过这种骂人的话吗？

　　"人们的眼睛向我求爱，

　　从不曾给我丝毫损害。"

意思说我是个畜生。

　　"你一双美目中的轻蔑，

　　倘能勾起我这般情热；

　　唉！假如你能青眼相加，

　　我更将怎样意乱如麻！

　　你一边骂，我一边爱你，

　　你倘求我，我何事不依？

　　代我传达情意的来使，

　　并不知道我这段心事；

　　让他带下了你的回报，

　　告诉我你的青春年少，

　　肯不肯接受我的奉献，

　　把我的一切听你调遣；

　　否则就请把拒绝明言，

　　我准备一死了却情缘。"

薛：您把这叫做骂吗？

西：唉，可怜的牧人！

罗：你可怜他吗？不，他是不值得怜悯的。你会爱这种女人吗？嘿，利用你做工具，那样玩弄你！怎么受得住！好，你到她那儿去吧，因为我知道爱情已经把你变成一条驯服的蛇了。你去对她说：要是她爱我，我吩咐她爱你；要是她不肯爱你，那么我绝不要她，除非你代她恳求。假如你是个真心的恋人，去吧，别说一句话。瞧又有人来了。（薛下。）

（岳力佛上。）

岳:早安,两位。请问你们知不知道在这座树林的边界有一所用橄榄树围绕着的羊栏?

西:在这儿的西面,附近的山谷之下,从那微语喃喃的泉水旁边那一列柳树的地方向右出发,便可以到那边去。但现在那边只有一所空屋,没有人在里面。

岳:假如听了人家嘴里的叙述便可以用眼睛认识出来,那么你们的模样正是我所听人说起的,穿着这样的衣服,这样的年纪。"那少年生得很俊,脸孔像个女人,行为举动像个老大姐似的;那女人是矮矮的,比她的哥哥黝黑些。"你们正就是我所要寻访的那屋子的主人吗?

西:既蒙下问,那么我们说我们正是那屋子的主人,也不算是自己夸口了。

岳:鄂兰陀要我向你们两位致意,这一方染着血迹的手帕,他叫我送给他称为他的罗瑟琳的那位少年。您就是他吗?

罗:正是,这是什么意思呢?

岳:说起来徒增我的惭愧,假如你们要知道我是谁,这一方手帕是怎么回事,为什么,在哪里沾上这些血迹。

西:请您说吧。

岳:年轻的鄂兰陀上次跟你们分别的时候,曾经答应过,在两小时之内回来。他正在林中走过品味着爱情的甜蜜和苦涩,瞧,什么事发生了! 他把眼睛向旁边一望,听着他看见了些什么东。

西:在一株满覆着苍苔的秃顶的老橡树之下,有一个不幸的衣衫褴褛须发蓬松的人仰面睡着;一条金绿的蛇缠在他的头上,正预备把它的头敏捷地伸进他的张开的嘴里去,可是突然看见了鄂兰陀,它便松了开来,蜿蜒地溜进黑暗林莽中去了;在那林荫下有一头乳房干瘪的母狮,头贴着地面蹲伏着,像猫那样看着熟睡的人的一举一动,因为那野兽有一种高贵的素养,不会去吃看上去已经死了的东西。鄂兰陀看到了这种情景,就走到那人的跟前,看见的人却是他的大哥,他的兄长。

西:啊! 我听他提起过那个兄长,他说他是一个心狠手辣,有够伤天害理的人。

岳:他可以那么说,据我所知他确实是伤天害理的。

罗:不过我们谈谈鄂兰陀吧,他把他扔在那里,他被那头狮子给吃了吗?

岳:他几次想转身离去,不过仁慈比报复更可贵,人性克制了他的私心,使他去和那头狮子搏斗,立刻那狮子就向他扑了过来,我听见格斗的声响,便从烦恼的睡梦中醒来了。

西:你就是他的那位兄长吗?

罗:他救的人就是你吗?

西:一直设计陷害他的人就是你吗?

岳：那是以前的我，而非现在的我。我现在已经旧貌换新颜了，所以我可以毫无愧疚地向你坦诚我以前的为人。

罗：不过那块有血迹的手帕是怎么回事？

岳：不要着急。那时我们正诉说着各自的经历，及我来到这荒野的原因，一边说一边泪流不止。简短地说，他带我去见了那位仁慈的公爵，公爵赏赐给了我新衣服，招待了我，叮嘱我的弟弟照顾我。于是他马上领我去了洞里，在换衣服时，我看到他的臂上给狮子抓去了一块肉。血流不止，那时他就晕了过去，嘴里还念念不停叫着罗瑟琳。简单地说，我把他救了过来，包扎好他的伤口。过不多时，状态恢复了，他就叫我这个陌路人来这儿通知你们这件事情，请你们谅解他的失约。这一块手帕浸过他的血，他让我送给他戏称之罗瑟琳的那位青年牧人。（罗晕去。）

西：啊，出什么事了，盖尼密！我的盖尼密！

岳：有很多人见了血就要发晕。

西：还有其他的原因呢。哥哥！盖尼密！

岳：看，他苏醒了。

罗：我要回去。

西：我们陪着你回去。——请您扶着他的手臂好吗？

岳：打起精神来，小子。你还算个男人吗？你太缺乏男子气了。

罗：说得不错，我知道。喂，好小子！别人还以为我是假装的呢。请您告诉令弟我装得多像。哎哟！

岳：这不是装的，你的脸色已经清清楚楚地证明了，这是出于真情实意的。

罗：挺清楚吧，真的是在伪装。

岳：那好，振作起来吧，假装成个男子汉吧。

罗：我不正在假装吗？不过凭良心说，我本应该是个娘们。

西：来，你看上去脸色越来越差了。回去吧，尊敬的先生，陪同我们走吧。

岳：好的，我还要把你是否原谅舍弟的话带回去呢，罗瑟琳。

罗：我会想出些什么话的，不过我请您就把我假装的样子转告他吧。我们走吧。（同下。）

# 第五幕

## 第一场　亚登森林

（试金石及奥菊蕾上。）

试：我们总能找到一个时机的,奥菊蕾。多些耐心吧,可爱的奥菊蕾。

奥：那个老先生虽然那么说,其实这个牧师也不错啊。

试：再坏不过的岳力佛师傅,奥菊蕾,再好不过的马退克斯脱。不过,奥菊蕾,森林里的一个青年要向你求婚呢。

奥：嗯,我知道是谁,他跟我没有任何关系。说曹操曹操就来了。

（威廉上。）

试：看到一个庄稼汉对我是习以为常。说句良心话,我们这些聪明人真是作恶不浅,我们总忍不住要拿别人开心。

威：晚上好,奥菊蕾。

奥：晚上好,威廉。

威：向你问安,先生。

试：也向您问安,我的朋友。戴上帽子吧,戴上帽子吧,请不要客气,把帽子戴上吧。你多大岁数了,朋友?

威：二十有五,先生。

试：风华正茂。威廉是你的名字吧?

威：是的,先生。

试：多好的名字,是在这林子里生活吗?

威：正是,先生,上帝保佑。

试："上帝保佑",多好的回答。钱很多吗?

威：哦,先生,一般而已。

试："一般而已",不错不错,很不错。不过也不算太好,一般而已。你聪慧吗?

威：哦,先生,我还算聪慧。

试：啊,你说得不错。我现在想起一句话来了,"笨蛋自以为聪慧,但聪明人明白他自己是个傻子"。异教的哲学家如果想吃一颗葡萄的时候,就把嘴张开,把葡萄放进嘴里,那意思是说葡萄本来就是给人吃的,嘴唇本来就是要张开的。你喜欢这位姑娘?

**威:**正是,先生。

**试:**给我你的手,你有知识吗?

**威:**没有,先生。

**试:**那让我来告诉你:有者有也,修辞学上有这样一个比喻,把水从一个杯子里倒进另一个杯子,一个满了,另一个就要空了。做学问的人们都承认"彼"就是他,嗯,你非彼,因为我是他。

**威:**先生,哪一个他?

**试:**先生,就是要和这个姑娘结婚的他。所以,你这庄稼汉,莫——在你们的俗话里就是不要,——与此妇——在你们的土话里就是这个女人——交游,——在你们的方言里就是来往;合起来说就是莫与此妇交游,不然,年轻人,你就要被毁灭。或者说得直白些你就要死亡。也就是说,我要杀了你,把你干掉,让你活不成,让你当奴才。我要用毒药毒死你,一顿棒儿打死你,或者用钢刀搠死你,我要跟你打架,我要想出计策来打倒你,我要用一百五十种法子杀死你,所以赶快发着抖滚吧。

**奥:**你快走吧,好威廉。

**威:**上帝保佑您快活,先生。(下。)

(库林上。)

**库:**我们的大官人和小娘子找着你哪,来,走啊!走啊!

**试:**走,奥菊蕾!走,奥菊蕾!我就来,我就来。(同下。)

## 第二场　林中的另一部分

(鄂兰陀及岳力佛上。)

**鄂:**你跟她相识只有这么浅便会喜欢起她来了吗?一看见了她,便会爱起她来了吗?一爱了她,便会求起婚来了吗?一求了婚,她便会答应了你吗?你一定要得到她吗?

**岳:**这件事进行得匆促,她的贫穷,相识的不久,我的突然的求婚和她的突然的允许,这些你都不用怀疑,只要你承认我是爱着爱莲娜的,承认她是爱着我的,允许我们两人的结合,这样你也会有好处。因为我愿意把你父亲老罗兰爵士的房屋和一切收入都让给你,我自己在这里终生做一个牧人。

**鄂:**你可以得到我的允许。你们的婚礼就在明天举行吧,我可以去把公爵和他的一切乐意的从者都请了来。你去吩咐爱莲娜预备一切。瞧,我的罗瑟琳来了。

（罗瑟琳上。）

罗：上帝保佑你，哥哥。

岳：也保佑你，好妹妹。（下。）

罗：啊！我的亲爱的鄂兰陀，我瞧见你把我的心裹在绷带里，我是多么难过呀。

鄂：那是我的臂膀。

罗：我以为是你的心给狮子抓伤了。

鄂：他的确是受了伤，但是却给一位姑娘的眼睛伤害的。

罗：你的哥哥有没有告诉你当他把你的手帕给我的时候，我假装晕过去了的情形？

鄂：是的，而且还有更奇怪的事情呢。

罗：噢！我知道你说的是什么，哎，那倒是真的。从来不曾有过这么快的事情，除了两头公羊的打架和恺撒那句"我来，我看见，我征服"①的傲语。令兄和舍妹刚见了面，大家便瞧起来了；一瞧便相爱了；一相爱便叹气了；一叹气便彼此问为的是什么；一知道了为的是什么，便要想补救的办法：这样一步一步地踏到了结婚的阶段，不久他们便要成其好事了，否则他们等不到结婚便要放肆起来的。他们简直爱得发慌了，一定要在一块儿，用棒儿也打不散他们。

鄂：他们明天便要成婚，我就要去请公爵参加婚礼。但是，唉！从别人的眼中看见幸福，多么令人烦闷。明天我越是想到我的哥哥满足了心愿多么快活，我便将越是伤心。

罗：难道我明天不能仍旧充作你的罗瑟琳了吗？

鄂：我不能老是靠着幻想而生存了。

罗：那么我不再用空话来叫你心烦了。告诉你吧，现在我不是说着玩儿，我知道你是一个有见识的上等人。我并不是因为希望你赞美我的本领而恭维你，我要使你相信我的话，也不是图自己的名气，只是为着你的好处，假如你肯相信，那么我告诉你，我会创造奇迹。从三岁起我就和一个术士结识，他的法术非常高深，可是并不作恶害人。要是你爱罗瑟琳真是爱得那么深，就像你瞧上去的那样，那么你哥哥和爱莲娜结婚的时候，你就可以和她结婚。我知道她现在的处境是多么不幸，只要你没有什么不方便，我一定能够明天叫她亲自出现在你的面前，一点儿没有危险。

鄂：你说的是真话吗？

罗：我以生命为誓，我说的是真话，虽然我说我是个术士，可是我很重视我的生命。所以你得穿上你最好的衣服，邀请你的朋友们来，只要你愿意在明天结婚，你一定可以结婚，和罗瑟琳结婚，要是你愿意。瞧，我的一个爱人和她的一个爱

① "我来，我看见，我征服"，为恺撒征服邦都斯王法那瑟斯后告知罗马贵族院之有名豪语。

人来了。

（薛维厄斯及菲琶上。）

菲：少年人，你很对不起我，把我写给你的信宣布了出来。

罗：要是我把它宣布了，我也不管，我存心要对你傲慢不客气。你背后跟着一个忠心的牧人，瞧着他吧，爱他吧，他崇拜着你哩。

菲：好牧人，告诉这个少年人恋爱是怎样的。

薛：它是充满了叹息和眼泪的，我正是这样爱着菲琶。

菲：我也是这样爱着盖尼密。

鄂：我也是这样爱着罗瑟琳。

罗：我可是一个女人也不爱。

薛：它是全然的忠心和服务，我正是这样爱着菲琶。

菲：我也是这样爱着盖尼密。

鄂：我也是这样爱着罗瑟琳。

罗：我可是一个女人也不爱。

薛：它是全然的空想，全然的热情，全然的愿望；全然的崇拜，恭顺和尊敬；全然的谦卑；全然的忍耐和焦心；全然的纯洁；全然的磨炼；全然的服从；我正是这样爱着菲琶。

菲：我也是这样爱着盖尼密。

鄂：我也是这样爱着罗瑟琳。

罗：我可是一个女人也不爱。

菲：（向罗）假如真是这样，那么你为什么责备我爱你呢？

鄂：假如真是这样，那么你为什么责备我爱你呢？

罗：你在跟谁说话，你为什么责备我爱你呢？

薛：（向菲）假如真是这样，那么你为什么责备我爱你呢？

鄂：跟那个不在这里，也听不见我的说话的她。

罗：请你们别再说下去了，这简直像是一群爱尔兰的狼向着月亮嗥叫。（向薛）要是我能够，我一定帮助你。（向菲）要是我有可能，我一定会爱你，明天大家来和我相会。（向菲）假如我会跟女人结婚，我一定跟你结婚，我要在明天结婚了。（向鄂）假如我会使男人满足，我一定使你满足，你要在明天结婚了。（向薛）假如使你喜欢的东西能使你满意，我一定使你满意，你要在明天结婚了。（向鄂）你既然爱着罗瑟琳，请你赴约。（向薛）你既然爱菲琶，请你赴约。我既然不爱什么女人，我也赴约。现在再见吧，我已经吩咐过你们了。

薛：只要我活着，我一定不失约。

**菲**:我也不失约。

**鄂**:我也不失约。（各下。）

# 第三场　林中的另一部分

（试金石及奥菊蕾上。）

**试**:明天是快乐的好日子,奥菊蕾,明天我们要结婚了。

**奥**:我满心盼望着呢,我希望盼望出嫁并不是一个不正当的愿望。有两个放逐的公爵的童儿来了。

（二童上。）

**甲童**:遇见得巧啊,好先生。

**试**:巧得很,巧得很,来,请坐,唱个歌儿。

**乙童**:遵命遵命。居中坐下吧。

**甲童**:一副坏喉咙未唱之前,总少不了来些老套子,例如咳嗽吐痰或是说嗓子有点儿哑了之类,我们还是免了这些,马上唱起来怎样?

**乙童**:好的,好的。两人齐声同唱,就像两个吉卜赛人骑在一匹马上。

（唱）

　　一对情人并着肩,

　　哎唷哎唷哎哎唷,

　　走过了青青稻麦田,

　　春天是最好的结婚天,

　　听嘤嘤歌唱枝头鸟,

　　姐郎们最爱春光好。

　　小麦青青大麦鲜,

　　哎唷哎唷哎哎唷,

　　乡女村男交颈儿眠,

　　春天是最好的结婚天。

　　新歌一曲意缠绵,

　　哎唷哎唷哎哎唷,

　　人生美满像好花艳,

　　春天是最好的结婚天。

　　劝君莫负艳阳天,

　　哎唷哎唷哎哎唷,

恩爱欢娱要趁少年，

　　春天是最好的结婚天。

**试**：老实说，年轻的先生们，这首歌词固然没有多大意思，那调子却也很不入调。

**甲童**：您弄错了，先生。我们是照着板眼唱的，一拍也没有漏过。

**试**：凭良心说，我来听这么一首傻气的歌儿，真算是白糟蹋了时间。上帝和你们同在，愿上帝把你们的喉咙补好吧。来，奥菊蕾。（各下。）

## 第四场　林中的另一部分

（公爵、阿米恩斯、杰克斯、鄂兰陀、岳力佛及西莉霞同上。）

**公**：鄂兰陀，你相信那孩子果真有他所说的那种本领吗？

**鄂**：我有时相信，有时不相信。就像那些因恐结果无望而心中惴惴的人，一面希望一面担着心事。

（罗瑟琳、薛维厄斯及菲琵上。）

**罗**：再请耐心听我说一遍我们所约定的条件。（向公爵）您不是说，假如我把您的罗瑟琳带了来，您愿意把她赏给这位鄂兰陀做妻子吗？

**公**：即使再要我把几个王国作为陪嫁，我也愿意。

**罗**：（向鄂）您不是说，假如我带了她来，您愿意娶她吗？

**鄂**：即使我是统治万国的君王，我也愿意。

**罗**：（向菲）您不是说，假如说愿意，您便愿意嫁我吗？

**菲**：即使我在一小时后就要丧亡，我也愿意。

**罗**：但是假如您不愿意嫁我，您不是要嫁给这位忠心无比的牧人吗？

**菲**：是这样约定的。

**罗**：（向薛）您不是说，假如菲琵愿意，您便愿意娶她吗？

**薛**：即使娶了她等于送死，我也愿意。

**罗**：我答应要把这一切事情安排得好好的。公爵，请您守约许嫁您的女儿；鄂兰陀，请您守约娶他的女儿；菲琵，请您守约嫁我，假如不肯嫁我，便得嫁给这位牧人；薛维厄斯，请您守约娶她，假如她不肯嫁我，现在我就去给你们解释这些疑惑。（罗、西下。）

**公**：这个牧童使我记起了我的女儿的相貌，有几分像她。

**鄂**：殿下，我初次见他的时候，也以为他是郡主的兄弟呢。但是殿下，这孩子是在林中生长的，他的伯父曾经教过他一些魔术的原理，据说他那伯父是一个隐居在这林中的大术士。

（试金石及奥菊蕾上。）

**杰：**一定又有一次洪水来啦，这一对一对都要准备躲到方舟①里去。又来了一对奇怪的畜生，傻瓜是他们公认的名字。

**试：**列位这厢有礼了！

**杰：**殿下，请您欢迎他。这就是我在林中常常遇见的那位傻头傻脑的先生，据他说他还出入过宫廷呢。

**试：**要是有人不相信，尽管把我质问好了。我曾经跳过高雅的舞，我曾经恭维过一位贵妇，我曾经和我的朋友掰过手腕，跟我的仇家们装亲热，我曾经毁了三个裁缝，闹过四回口角，有一次几乎大打出手。

**杰：**那是怎样闹起来的呢？

**试：**呃，我们碰见了，这场争吵是根据第七个原因。

**杰：**怎么叫第七个原因？——殿下，请您喜欢这个家伙。

**公：**我很喜欢他。

**试：**上帝保佑您，殿下，我希望您喜欢我。殿下，我挤在这一对对乡村的姐儿郎儿中间到这里来，也是想在宣了誓然后毁誓，让婚姻把我们结合，再让血气把我们拆开。她是个寒碜的姑娘，殿下，样子又难看。可是殿下，她是我的。我有一个坏脾气，殿下，人家不要的我偏要。宝贵的贞洁，殿下，就像是住在破屋子里的守财奴，又像是丑蚌壳里的明珠。

**公：**我说，他倒很伶俐机警呢。

**杰：**但是且说那么七个原因，你怎么知道这场争吵是根据第七个原因呢？

**试：**因为那是根据一句经过七次演变后的谎话。——把你的身体站端正些，奥菊蕾。——是这样的，先生，我不喜欢某位廷臣的胡须的式样，他回我说假如我说他的胡须的式样不好，他却自以为很好，这叫做"有礼的驳斥"。假如我再去对他说那式样不好，他就回我说，他自己喜欢要这样，这叫做"谦恭的讥讽"。要是再说那式样不好，他便蔑视我的意见，这叫做"粗暴的答复"。要是再说那式样不好，他就回答说我讲得不对，这叫做"大胆的谴责"。要是再说那式样不好，他就要说我说谎，这就叫做"挑衅的反攻"。于是就到了"委婉的说谎"和"公然的说谎"。

**杰：**你说了几次他的胡须式样不好呢？

**试：**我只敢说到"委婉的说谎"为止，他也不敢给我"公然的说谎"，因为我们较了较剑，便走开了。

**杰：**你能不能把一句谎话的各种程度按着次序说出来？

---

① 指《创世记》中发洪水时诺亚造方舟之事。

**试**：先生啊，我们争吵都是根据书本的，就像你们有讲礼貌的书一样。我可以把各种程序列举出来。第一，有礼的驳斥；第二，谦恭的讥讽；第三，粗暴的答复；第四，大胆的谴责；第五，挑衅的反攻；第六，委婉的说谎；第七，公然的说谎。除了"公然的说谎"之外，其余的都可以避免；但是"公然的说谎"只要用"假如"两个字，也就可以一切云散。我知道有一场七个法官都处断不了的争吵，当两方相遇时，其中的一个单单想起了"假如"两字，"假如你这样说，那么我便要这样说"，于是两人便彼此握手，结为兄弟。"假如"是唯一的和事佬，"假如"之为用大矣哉！

**杰**：殿下，这不是一个很难得的人吗？他什么都懂，然而仍然是一个傻瓜。

**公**：他把他的傻气当做了藏身的烟幕，在它的荫蔽之下放出他的机智来。

（柔和的音乐。亥门领罗瑟琳穿女装及西莉霞上。）

**亥**：天上有喜气融融，人间万事尽亨通，和合无嫌猜。

**公爵**：接受你女儿。

**亥**：门一路带着伊，远从天上来。请你为她做主，嫁给她心上情郎。

**罗**：（向公爵）我把我自己交给您，因为我是您的。（向鄂）我把我自己交给您，因为我是您的。

**公**：要是眼前所见的并不是虚假，那么你是我的女儿了。

**鄂**：要是眼前所见的并不是虚假，那么你是我的罗瑟琳了。

**菲**：要是眼前的情形是真的，那么永别了，我的爱人！

**罗**：（向公爵）要是您不是我的父亲，那么我不要有什么父亲。（向鄂）要是您不是我的丈夫，那么我不要有什么丈夫。（向菲）要是我不跟你结婚，那么我再不跟别的女人结婚。

**亥**：请不要喧闹纷纷！

这种种古怪事情，

都得让亥门断清。

这里有四对恋人，

说的话儿倘应心，

该携手共缔鸳盟。

你们患难不相弃，（向鄂、罗）

你们俩同心永系；（向岳、西）

你和他宜室宜家，（向菲）

再莫恋镜里空花；

你两人形影相从，（向试、奥）

像风雪跟着严冬。

等一曲婚歌奏起，
尽你们寻根觅底，
莫惊讶咄咄怪事，
细想想原来如此。

（唱）

人间添美眷，

天后爱团圆；

席上同心侣，

枕边并蒂莲。

不有亥门力，

何缘众庶生？

同声齐赞颂，

亥门①最堪称！

公：啊，我的亲爱的侄女！我欢迎你，就像你是我自己的女儿。

菲：(向薛)我不愿食言，现在你已经是我的，你的忠心使我爱上了你。

（贾克斯上。）

贾：我要给大家说句话，我是老罗兰爵士的次子，特地带来了消息要告诉大家。弗雷特力克公爵因为听说每天有奇人异士投奔至此林中，所以亲自统率军队，准备前来擒拿他的哥哥，把他杀死除掉。他走到这座树林边界时，碰见一位高龄的修道士，经过交谈，幡然悔悟，立即停止进兵，同时看透红尘，把他的位置让给他的被放逐的哥哥，一起流亡在外的各人的田产也都各归其主，这不是谎言，我愿用生命来担保。

公：欢迎，青年人！你给你的朋友们送来了最好的新婚礼物：一个是被他扣押的田产；一个是偌大的领地，拥有着绝对的主权。我们先在林中把我们准备好的事情完成，接着，在这幸运的一伙中，每一个曾跟随我忍受过艰苦日子的人，都要按照各人的贡献，分享我恢复了的荣华富贵，我们现在先暂时把这种才得来的尊荣置之一旁，开始我们山野的狂欢吧。响起来，音乐！你们各位男男女女，大家都欢欢快快地跳起舞来吧！

杰：先生，恕我打扰。刚才要是没听错，您说的那位公爵好像已经潜心修道，抛弃尊崇的宫廷了。

贾：正是。

---

① 亥门，希腊神话中司婚姻之神。

**杰**：我这就去找他，从这种修道者的身上，我可以得到极好的经验。（向公爵）你去享受你那以前的光荣吧，那是对你忍耐和贤德的报酬。（向鄂）去享受你用忠贞赢得的爱情吧。（向岳）去享受你的田产、爱情和权位吧。（向薛）你去享用你用辛苦换来的老婆吧。（向试）至于你呢，你就去口角吧，因为在你的爱情的旅途中，你只带了两个月的干粮。好，大家各寻各的乐了，跳舞可不对我的胃口。

**公**：不要走，杰克斯，不要走！

**杰**：我不愿看你们作乐，你们有什么未来，我在被你们丢弃在山洞时就一目了然了。（下。）

**公**：继续进行吧，开始我们的典礼，从头到尾每个人都要欢乐。（跳舞，众下。）

**罗**：让女人来说收场白，似乎有些不妥，但让一个老头子来念也不见得会更好。如果好酒不怕巷子深，那么好戏也无须收场白；不过好酒不在深巷，好戏再有一段好的收场白，岂不是锦上添花？那么我现在的情景是什么样呢？既然不能念一段好收场白，又不能用一出好戏来讨你们欢心！我又没有穿得像个乞丐一样，所以我不能向你们乞求，那我唯一的办法就是恳请。我要先从女士们开始。女士们！围着你们对于男人的爱情，请你们尽可能地喜欢这出戏。男人们啊！围着你们对于女人的爱情，——看你们那副痴笑的表情，我就看出你们都不会厌倦她们的，——请你们学着女人那样，也喜爱这出戏。如果我是一个女人，①你们之中要是谁的胡子长得让我满意，脸儿长得讨我欢心，并且气息不让我倒胃口的，我都愿意送他一吻。为了我这种大度的奉献，我相信但凡长着一撮好胡子，生着一副漂亮脸蛋，或有一口好气息的诸位，当我屈膝致敬的时候，都会向我挥手道别。（下。）

---

① 伊丽莎白时代舞台上女角都用男童扮演。

第十二夜

# 剧中人物

鄂西诺　伊利里亚公爵

瑟巴士显　薇俄拉之兄

安东尼奥　船长,瑟巴士显之友

另一船长　薇俄拉之友

伐伦泰因 ⎫
邱里奥 ⎭ 公爵侍臣

托培·贝尔区爵士　奥丽薇霞的叔父

盎厥鲁·埃求启克爵士

马伏里奥　奥丽薇霞的管家

费边 ⎫
斐斯脱　小丑 ⎭ 奥丽薇霞之仆

奥丽薇霞　富有的伯爵小姐

薇俄拉　热恋公爵者

玛莉霞　奥丽薇霞的侍女

群臣,牧师,水手,警吏,乐工及其他侍从等

# 地　点

伊利里亚某城及其附近海滨

# 第一幕

## 第一场　公爵府中一室

（公爵、邱里奥、众臣同上；乐工随从。）

公：如果音乐是爱情的粮食，那就奏下去吧，尽情地奏下去，好让爱情因过度饱食而死，又奏起了这个曲调！它的节奏好似渐渐消沉下去。哦！它飘过我的耳旁，就如吹在一丛蔷薇上奏出的轻轻之声，一面把花香掠去，一面又把花香分赠。够了！停下来吧！现在已不如从前那么甜蜜了。爱之精灵啊！你是多么灵敏而好动，你虽有大海一般的容量，可不论多么高贵超群的东西，一旦落入了你的罗网，都会在瞬间失去了价值。爱情是这样充满了意象，在所有事物中是最富于幻想的。

邱：殿下，您要去打猎吗？

公：你说什么，邱里奥？

邱：去猎鹿。

公：啊，说得不错，我就像一头鹿似的呢。唉！当我第一眼看到奥丽薇霞的时候，我觉得空气都被她给澄清了。从那时起我就变成了一头鹿，我的欲望就像凶残贪婪的猎狗一样，不停追逐着我。

（伐伦泰因上。）

公：怎么样！她那边有什么消息没有？

伐：禀报殿下，他们不准我进去，只是她的侍女给了这样一个答复：在七个冬夏过去之前，就是上天也不能看到她的全貌；她要如一个修女一样，遮面而行，每日用痛苦的泪水浇洒她的卧室：所有这一切都是为了纪念她一个死去的哥哥，她要将他永远鲜活地保留在她的伤痛的记忆里。

公：唉！她有一颗这么善良的心，对于她的兄长也会挚爱到这种地步。如果丘比特那支金箭把她心里的其他情感都射掉，如果只有一个唯一的君王占据着她的心思——这些尊崇的御座，只有他充满在她的一切优秀的品德之中，那时她该怎样恋爱着啊！引领着我到芳香的花丛，情思在花丛下格外的浓。（同下。）

## 第二场　海　滨

（薇俄拉、船长及水手等上。）

**薇**：我的朋友，这是哪儿？

**船长**：这里是伊利里亚，姑娘。

**薇**：我在伊利里亚做什么呢？我的兄长已经归西了。或许他侥幸没有淹死，水手们，你们觉得呢？

**船长**：您也是侥幸才得以保住生命的。

**薇**：唉，我的可怜的哥哥！但愿他也侥幸无恙！

**船长**：不错，姑娘，您可以用侥幸的希望来宽慰您自己。我告诉您，当我们的船撞破了之后，您和那几个跟您一同脱险的人坐在我们那只被风涛所颠摇的小船上，那时我瞧见您的哥哥很有理智地把自己捆在一根浮在海面的桅杆上，勇敢和希望教给了他这个计策；我见他像阿赖温①骑在海豚背上似的浮沉在波浪之间，直到我的眼睛望不见他。

**薇**：这样的话赛过黄金。我自己的脱险使我抱着他也能够同样脱险的希望，你的话更把我的希望证实了几分。你知道这国土吗？

**船长**：是的，姑娘，很熟悉，因为我就是在离这儿不到三小时旅程的地方生长的。

**薇**：谁统治着这地方？

**船长**：一位名实相符的高贵公爵。

**薇**：他叫什么名字？

**船长**：鄂西诺。

**薇**：鄂西诺！我曾经听我父亲说起过他，那时他还没有娶亲。

**船长**：现在他还是这样，至少在最近我还不曾听见他娶亲的消息。因为只一个月之前我从这儿出发，那时刚刚有一种新鲜的风传，——您知道大人物的一举一动，都会被一般人纷纷议论着的，——说他在向美貌的奥丽薇霞求爱。

**薇**：她是谁呀？

**船长**：她是一位品德高尚的姑娘，她的父亲是位伯爵，大约在一年前死去，把她交给他的儿子，她的哥哥照顾，可是他不久又死了。他们说为了对于她哥哥的深切的友爱，她已经发誓不再跟男人们在一起或是见他们的面。

---

① 阿赖温，希腊诗人和音乐家，传说他在某次乘船途中为水手所迫害，因跃入海中，为海豚负至岸上，盖深感其音乐之力云。

薇：唉！要是我能够侍候这位小姐，就可以不用在时机没有成熟之前泄露我的身份了。

船长：那很难办到，因为她不肯接纳无论哪一种请求，就是公爵的请求她也是拒绝的。

薇：船长，你瞧上去是个好人，虽然造物常常用一层美丽的墙来围蔽住内中的污秽，但是我可以相信你的心地跟你的外表一样好。请你替我保守秘密，不要把我的身份泄露出去，我以后会重谢你的，你得帮助我伪装起来，好让我达到我的目的。我要去侍候这位公爵，你要把我送给他做近侍，也许你会得到些好处的，因为我会唱歌，用各种的音乐向他说话，使他重用我。以后有什么事以后再说，我会使计谋，你只需静默。

船长：我便当哑巴，你去做近侍，倘多话挖去我的眼珠子。

薇：谢谢你，领着我去吧。（同下。）

## 第三场　奥丽薇霞宅中一室

（托培·贝尔区爵士及玛莉霞上。）

托：我的侄女见什么鬼把她哥哥的死看得那么重？悲哀是要损寿的。

玛：真的，托培老爷，您晚上得早点儿回来，您侄女很反对您深夜不归呢。

托：哼，让她今天反对，明天反对，尽管反对下去吧。

玛：噢，但是您总得有个分寸，不要太失了身份才是。

托：身份！我这身衣服难道不合身份吗？穿了这种衣服去喝酒，也很有身份的了；还是这双靴子，要是它们不合身份，就叫它们在靴带上吊死了吧。

玛：您这样酗酒会作践了您自己的，我昨天听见小姐说起过，她还说起您有一晚带那个傻骑士到这儿来向她求婚。

托：谁？盎厥鲁·埃求启克爵士吗？

玛：噢，就是他。

托：他在伊利里亚也算是一表人才了。

玛：那又有什么相干？

托：哼，他一年有三千块钱收入呢。

玛：噢，可是一年之内就把这些钱全花光了。他是个大傻瓜，而且是个浪子。

托：呸！你说出这种话来！他会拉低音提琴；他会不看书本讲三四国文字，一个字都不模糊；他有一切很好的天分。

玛：是的，傻子都是得天独厚的。因为他除了是个傻瓜之外，还是一个经常惹是招非的家伙。要是他没有懦夫的天分来缓和一下他那喜欢吵架的脾气，有见识的人都以为他就会有棺材睡的。

托：我举手发誓，这样说他的人，都是一批坏蛋，信口雌黄的东西。他们是谁啊？

玛：他们又说您每夜跟他在一块儿喝酒。

托：我们都喝酒祝我的侄女健康呢。只要我的喉咙里有食道，伊利里亚有酒，我便要为她举杯祝饮。谁要是不愿为我的侄女举杯祝饮，喝到像抽陀螺似的天旋地转的，他就是个不中用的汉子，是个卑鄙小人。嘿，丫头！盎厥鲁·埃求启克爵士来啦。

（盎厥鲁·埃求启克爵士上。）

盎：您好，托培·贝尔区爵士！

托：亲爱的盎厥鲁爵士！

盎：您好，美貌的小泼妇！

玛：您好，大人。

托：寒暄几句，盎厥鲁爵士，寒暄几句。

盎：您说什么？

托：这是舍侄女的丫鬟。

盎：好寒暄姐姐，我希望咱们多多结识。

玛：我的名字是玛莉，大人。

盎：好玛莉。寒暄姐姐，——

托：你弄错了，骑士。"寒暄几句"就是跑上去向她应酬一下，招呼一下，客套一下的意思。

盎：哎哟，我可不要跟她打交道。"寒暄"就是这个意思吗？

玛：再见，先生们。

托：要是你让她这样走了，盎厥鲁爵士，你以后再不用充汉子了。

盎：要是你这样走了，姑娘，我以后再不用充汉子了。好小姐，你以为你在跟傻瓜们周旋吗？

玛：大人，可是我还不曾跟您握手呢。

盎：好，让我们握手。

玛：现在，大人，我可以想我是在跟谁周旋了。（下。）

托：骑士啊！你应该喝杯酒。几时我见你这样给人愚弄过？

盎：我想你从来没有见过，除非你见我给酒弄昏了头。有时我觉得我跟平常人一样

112

笨,可是我是个吃牛肉的老饕,我相信那对于我的聪明很有妨害。

托:一定一定。

盘:要是我那样想的话,那么我发誓否认。托培爵士,明天我要骑马回家去了。

托:Pourquoi①,我亲爱的骑士?

盘:什么叫 Pourquoi? 好还是不好? 我理该把我花在击剑、跳舞和耍熊上面的工夫学几种外国话的。唉! 要是我读了文学该多么好!

托:要是你花些工夫在你的卷发钳上头,你就可以有一头很好的头发了。

盘:怎么,那跟我的头发有什么关系?

托:很明白,因为你瞧,你的头发不用些工夫上去是不会卷曲起来的。

盘:可是我的头发不也已经够好看了吗?

托:好得很,它披下来就像纺杆上的麻线一样,我希望有哪位奶奶把你夹在大腿里纺它一纺。

盘:真的,我明天要回家去了,托培爵士。你侄女不肯接见我,即使接见我,多半她也不会要我。这儿的公爵也向她求婚呢。

托:她不要什么公爵不公爵,她不愿嫁给比她身份大、地位高、年龄高、智慧高的人,我听见她这样发过誓。嘿,老兄,还有希望呢。

盘:我再耽搁一个月。我是世上心思最古怪的人,我有时老是喜欢喝酒跳舞。

托:这种玩意儿你很擅长吗,骑士?

盘:可以比得过伊利里亚无论哪个不比我高明的人,可是我不愿跟老手比。

托:你跳舞的本领怎样?

盘:不骗你,我很会跳两下子。讲到我的倒跳的本事,简直可以比得上伊利里亚的任何人。

托:为什么你要把这种本领藏匿起来呢? 为什么这种天赋要覆上一块幕布? 难道它们也会沾上灰尘,像灶下的烧饭丫头一样? 为什么不跳着"加里阿"到教堂里去,跳着"科兰多"一路回家? 假如是我的话,我要走路也是"捷格"舞,撒泡尿也是"五步"舞呢。你是什么意思? 这世界上是应该把才能隐藏起来的吗? 照你那双出色的好腿看来,我想它们是在一个跳舞的星光底下生下来的。

盘:噢,我这双腿很有气力,穿了火黄色的袜子倒也十分漂亮。我们喝酒去吧。

托:除了喝酒,咱们还有什么事好做? 咱们的命宫不是金牛星吗?

盘:金牛星! 金牛星管的是腰和心。

托:不,老兄,是腿和股。跳个舞给我看。哈哈! 跳得高些! 哈哈! 好极了!

---

① Pourquoi 为法文"为什么"之意。

（同下。）

## 第四场　公爵府中一室

（伐伦泰因及薇俄拉着男装上。）

伐：要是公爵继续这样宠幸你，西萨拉里奥，你多半就要高升起来了，他认识你还才有三天，你就跟他这样熟了。

薇：你说继续这样宠幸我，你的意思是不是说他的心性有点儿捉摸不定，或是担心我的疏忽？先生，他待人是不是有始无终的？

伐：不，相信我。

薇：谢谢你。公爵来了。

（公爵、邱里奥及侍从等上。）

公：喂！有谁看见西萨拉里了奥吗？

薇：在这儿，殿下，听候您的吩咐。

公：你们暂时走开些。西萨拉里奥，你已经知道了一切，我已经把我秘密的内心向你展示过了；因此，好孩子，到她那边去，别让他们把你拒之门外，站在她的门口，对他们说，你要站到脚底下生了根，直等她看见你为止。

薇：殿下，要是她真像人家所说的那样沉浸在悲哀里，她一定不会允许我进去的。

公：你可以跟他们吵闹，不用顾虑一切礼貌，但一定不要毫无结果而归。

薇：假定我能够和她见面谈话，殿下，那么又怎样呢？

公：噢！那么就向她宣布我的恋爱的热情，把我的一片挚诚说给她听让她吃惊。你表演起我的伤心来一定很出色，你这样的青年一定比那些脸孔死板的使者们更能引起她的注意。

薇：我想不见得吧，殿下。

公：好孩子，相信我的话。因为像你这样妙龄，还不能算是个成人，黛安娜的嘴唇也不比你的更柔滑而红润，你的娇细的喉咙像女人一样尖锐而清朗，在各方面你都像个女人。我知道你的性格很容易对付这件事情。四五个人陪着她去，要是你们愿意，全去也好，因为我喜欢孤寂。你倘能成功，那么你主人的财产你也可以有份。

薇：我愿意尽力去向您的爱人求婚。（旁白）唉，怨只怨多阻碍的前程！但我一定要做他的夫人。（各下。）

## 第五场　奥丽薇霞宅中一室

（玛莉霞及小丑上。）

玛：不，你要是不告诉我你到哪里去，我便把我的嘴唇抿得紧紧的，连一根毛发也钻不进去，不给你说一句好话。小姐因为你不在，要吊死你呢。

丑：让她吊死我吧，好好地吊死的人，在这世上可以不怕敌人。

玛：把你的话解释解释。

丑：因为他看不见敌人了。

玛：好一句无聊的回答。

丑：好吧，上帝给予聪明人聪明；至于傻子们呢，那只好靠他们的本事了。

玛：可是你这么久在外边鬼混，小姐一定要把你吊死呢，否则把你赶出去，那不是跟把你吊死一样好吗？

丑：好好地吊死常常可以防止坏的婚姻，至于赶出去，那在夏天倒还没什么要紧。

玛：那么你已经下定决心了吗？

丑：不，没有，可是我决定了两端。

玛：假如一端断了，一端还连着。假如两端都断了，你的裤子也落下来了。

丑：妙，真的很妙。好，去你的吧。要是托培老爷戒了酒，你在伊利里亚的雌儿中间也算是个调皮的角色了。

玛：闭嘴，你这坏蛋，别胡说了。小姐来啦，你还是好好地想出个借口来。（下。）

丑：才情呀，请你帮我好好地装一下傻瓜！那些自负才情的人，实际上往往是些傻瓜；我知道我自己没有才情，因此也许可以算作聪明人。昆那柏勒斯①怎么说的？"与其做愚蠢的智人，不如做聪明的愚人。"

（奥丽薇霞偕马伏里奥上。）

丑：上帝祝福你，小姐！

奥：把这傻子撵出去！

丑：喂，你们没听见吗？把这位小姐撵出去。

奥：算了吧！你是个干燥无味的傻子，我不要再看见你了，而且你已经变得不老实起来了。

丑：我的小姐，这两个毛病用酒和忠告都可以治好。只要给干燥无味的傻子一点酒喝，他就不干燥了。只要劝不老实的人洗心革面，弥补他从前的过失：假如他能够

---

① 杜撰的人名。

弥补的话,他就不会不老实了;假如他不能弥补,那么叫裁缝把他补一补也就得了。弥补者,弥而补之也,道德的失足无非补上了一块罪恶;罪恶悔改之后,也无非补上了一块道德。假如这种简单的理论可以说得过去,很好;假如说不过去,还有什么办法?当王八是一件倒霉的事,美人好比鲜花,这都是无可怀疑的。小姐吩咐把傻子撵出去,因此我再说一句,把她撵出去吧。

奥:尊驾,我吩咐他们把你撵出去呢。

丑:这就是大错而特错了!小姐,"戴了和尚帽,不一定是和尚",那就好比是说,我身上虽然穿着愚人的彩衣,可是我并不一定连头脑里也穿着它呀。我的好小姐,准许我证明您是个傻子。

奥:你能吗?

丑:再简单也没有了,我的好小姐。

奥:那么证明一下看。

丑:小姐,我必须要把您盘问,我的贤淑的小乖乖,回答我。

奥:好吧,先生,反正没有别的消遣,我就等候着你的证明吧。

丑:我的好小姐,你为什么悲伤?

奥:好傻子,为了我的哥哥的死。

丑:小姐,我想他的灵魂是在地狱里。

奥:傻子,我知道他的灵魂是在天上。

丑:这就越显得你的傻了,我的小姐。你哥哥的灵魂既然在天上,为什么要悲伤呢?列位,把这傻子撵出去。

奥:马伏里奥,你以为这傻子怎样?他弥补得好不好?

马:是的,他到死都要在弥补里过着日子,意志薄弱可以毁了一个聪明人,可是对于傻子却能使他变得格外傻起来。

丑:大爷,上帝保佑您快快意志薄弱起来,好让您傻得格外厉害!托培老爷可以发誓说我不是狐狸,可是他不愿跟人家打赌说您不是个傻子。

奥:你怎么说,马伏里奥?

马:我不懂小姐您怎么会喜欢这种没有头脑的混账东西。前天我看见他给一个像石头一样冥顽不灵的下等的傻子算计了去。您瞧,他已经毫无招架之力了;要是您不笑笑给他一点话题,他便要无话可说。我说,听见这种傻子的话也会那么高兴的聪明人们,都不过是些傻子们的应声虫罢了。

奥:啊!你是太自命不凡了,马伏里奥,你缺少一副健全的胃口。宽容慷慨,气度汪洋的人,把炮弹也不过看成了鸟箭。傻子有特许放肆的权利,虽然他满口骂人,人家不会见怪于他。君子出言必有分量,虽然他老是指摘人家的错处,也不能算为谩骂。

丑:让迈邱利①赏给你说谎的本领吧,因为你给傻子说了好话!

(玛莉霞重上。)

玛:小姐,门口有一位年轻的先生很想跟您说话。

奥:从鄂西诺公爵那儿来吧?

玛:我不知道,小姐,他是一位漂亮的青年,随从很多。

奥:我家里有谁在跟他周旋呢?

玛:是令亲托培老爷,小姐。

奥:你去叫他走开,他满口都是些疯话。不害羞的!(玛下。)马伏里奥,你给我去,假若是公爵差来的,说我病了,或是不在家,随你怎样说,把他打发走。(马下。)你瞧,先生,你的打诨已经陈腐起来,人家不喜欢了。

丑:我的小姐,你帮我说话就像你的大儿子也会是个傻子一般,愿上帝在他的头颅里塞满脑子吧!瞧你那位有一副最不中用的头脑的令亲来了。

(托培·贝尔区爵士上。)

奥:哎哟,又已经半醉了。叔叔,门口是谁?

托:一个绅士。

奥:一个绅士!什么绅士?

托:有一个绅士在这儿,——这种该死的咸鱼!怎样,蠢货!

丑:好托培爷爷。

奥:叔叔,叔叔,你怎么这么早就昏天黑地了?

托:声天色地!我打倒声天色地!有一个人在门口。

丑:是呀,他是谁呢?

托:让他是魔鬼也好,我不管,我说,我心里耿耿三尺有神明。好,都是一样。(下。)

丑:像个溺死鬼,像个傻瓜,又像个疯子。多喝了一口就会把他变成个傻瓜,再喝一口就发了疯,喝了第三口就把他溺死了。

奥:你去找个验尸的来吧,让他来验验我的叔叔,因为他已经喝酒喝到了第三阶段,他已经溺死了。瞧瞧他去。

丑:他才不过发疯呢,我的小姐,傻子该去照顾疯子。(下。)

(马伏里奥重上。)

马:小姐,那个少年发誓说要见您说话。我对他说您有病,他说他知道,所以要来见

<hr>

① 迈邱利,商神,又为盗贼等的保护神。

您说话。我对他说您睡了,他似乎也早已知道了,所以要来见您说话。还有什么话好对他说呢,小姐? 什么托词都挡不了他。

**奥**:对他说我不要见他说话。

**马**:这也已经对他说过了,他说,他要像州官衙门前竖着的旗杆那样立在您的门前不走,像凳子脚一样直挺挺地站着,非得见您说话不可。

**奥**:他是怎样一个人?

**马**:呃,就像一个人那样的。

**奥**:可是是什么样子呢?

**马**:很无礼的样子,不管您愿不愿意,他一定要见您说话。

**奥**:他的人品怎样? 多大年纪?

**马**:说是个大人吧,年纪还太轻;说是个孩子吧,又显大些;说像是一颗没有成熟的豆荚,或是一个半生的苹果,所谓介乎两者之间。他长得很漂亮,说话也很刁钻,看他的样子,似乎有些未脱乳臭。

**奥**:叫他进来,把我的侍女唤来。

**马**:姑娘,小姐叫着你呢。(下。)

(玛莉霞重上。)

**奥**:把我的面纱拿来,来,罩住我的脸。我们要再听一次鄂西诺来使的说话。

(薇俄拉及侍从等上。)

**薇**:哪一位是这里府中的贵小姐?

**奥**:有什么话就对我说吧,我可以代她回答。你来有什么见教?

**薇**:最辉煌的,卓越的,无双的美人! 请您指示我这位是不是就是这里府中的小姐,因为我没有见过她。我不大甘心浪掷我的言辞,因为它不但写得非常出色,而且我费了好大的劲才把它背熟。两位大人,不要把我取笑,我是个非常敏感的人,一点点轻侮都受不了的。

**奥**:你是从什么地方来的,先生?

**薇**:除了我背熟了的以外,我不能说别的话,您的问题是我所不曾预备回答的。温柔的好人儿,好好儿地告诉我您是不是府里的小姐,好让我陈说我的来意。

**奥**:您是个小丑吗?

**薇**:不,我的深心的人儿,可是我发誓那并不是我所扮演的角色。您是这府中的小姐吗?

**奥**:是的,要是我没有篡夺了我自己。

**薇**:假如您就是她,那么您的确是篡夺了您自己了,因为您有权力给予别人的,您却没有权力把它藏匿起来。但是这种话跟我来此的使命无关,我要继续着恭维您的言辞,然后告知您我的来意。

奥:把重要的话说出来,恭维免了吧。

薇:唉!我好容易才把它背熟,而且它又是很诗意的。

奥:那么多半是些鬼话,请你留着不用说了吧,我听说你在我门口一味顶撞,让你进来只是要看你究竟是个什么人,并不是要听你说话。要是你没有发疯,那么回去吧;要是你明白事理,那么说得简单一些:我现在没有那种心思去理会一段没有意思的谈话。

玛:请你动身吧,先生,这儿便是你的路。

薇:不,我还要在这儿闲荡一会儿呢,亲爱的小姐,请您劝劝您这位"彪形大汉"别那么神气活现。

奥:把你的尊意告诉我。

薇:我是一个使者。

奥:你那种礼貌那么可怕,你带来的信息一定是些坏事情,有什么话说出来。

薇:除了您之外不能让别人听见。我不是来向您宣战,也不是来要求您臣服,我手里握着橄榄枝,我的话里充满了和平,也充满了意义。

奥:可是你一开始就不讲理。你是谁?你要的是什么?

薇:我的不讲理是我从你们对我的接待上学来的。我是谁,我要些什么,是个秘密,在您的耳中是神圣的,别人听起来就是亵渎。

奥:你们都走开吧,我们要听一听这句神圣的话。(玛及侍从等下。)现在,先生,请教你的经文?

薇:最可爱的小姐,——

奥:倒是一种叫人听了怪舒服的教理,可以大发议论呢。你的经文呢?

薇:在鄂西诺的心头。

奥:在他的心头!在他的心头的哪一章?

薇:照目录上排起来,是他心头的第一章。

奥:噢!那我已经读过了,无非是些旁门左道。你没有别的话要说了吗?

薇:好小姐,让我瞧瞧您的脸。

奥:贵主人有什么事要差你来跟我的脸接洽的吗?你现在岔开你的正文了:可是我们不妨拉开幕儿,让你看看这幅图画。(解除面幕。)你瞧,先生,我就是这个样子,它不是画得很好吗?

薇:要是一切都出于上帝的手,那真是绝妙之笔。

**奥：**它的色彩很耐人，先生，受得起风霜的侵蚀。

**薇：**那真是各种色彩精妙的调和而成的美貌，那红红的、白白的都是造化亲自用他的可爱的巧手敷上去的。小姐，您是世上最狠心的女人，要是您甘心让这种美埋没在坟墓里，不给世间留下一份副本。

**奥：**啊！先生，我不会那样狠心，我可以列下一张我的美貌的清单，一一写明白，把每一件明细都写在我的遗嘱上，比如：浓淡适宜的红唇两片；灰色的明眸一双，双眼皮；玉颈一个，柔肩一条，等等。你是专门来这里奉承我的吗？

**薇：**我清楚你是个怎样的人。您太高傲了，不过就算您是个魔鬼，您是美丽的。我的主人深爱着您。啊！这样一种爱情，就算您是人间的绝色，也应该回应他的。

**奥：**他是怎样地爱我呢？

**薇：**用敬仰，大把的泪水，响动着爱情的呼喊，吞吐着火焰的愁叹。

**奥：**你的主人明白我的心思，我不能爱他。虽然我知道他修养很高，知道他很尊贵，很有地位，年轻而忠贞，名声也很好，大方、渊博、勇敢，长得也不错。可是我就是不能爱他，他很早就已经得到我的回应了。

**薇：**如果我也如我的主人那样热烈地爱着你，如是这般地受苦，这样毫无生趣地拖延着生命，我不会明白你的拒绝代表着什么。

**奥：**哦，那你将怎样呢？

**薇：**我要用柳枝在你的门前搭一所小屋，不时到府中拜访我的灵魂；我要吟唱着被冷淡的忠诚与爱情的诗篇，不管夜多么黑我要把它们高声吟唱；我要对着回声的山谷呼唤您的名字，让呼啸的风都喊着"奥丽薇霞"。啊！您在哪儿都将得不到安宁，除非您可怜了我！

**奥：**你可以这么做的。你的家世如何？

**薇：**比我目前的情况要好，不过我是个有身份的人。

**奥：**回到你主人那儿去，我不能爱他，让他不要再派人来了。除非你再来找我，告诉他对我的答复怎么样。再见！谢谢你的辛劳，这几个钱赏赐于你。

**薇：**我不是个要钱的邮差，小姐，收起你的钱吧，没有得到报酬的，是我的主人，而不是我，但愿爱神让您所爱的人也心如顽石，好让您的热情也跟我的主人一样得到轻视！再见，狠心的！（下。）

**奥：**"你的家世如何？""比我目前的情况要好，不过我是个有身份的人。"我可以确定你一定是的，你的语气，你的面庞，你的身体、动作、气质，各方面都能证明你的高贵。——不要这么着急。且慢！且慢！除非主仆的名分颠倒了。——什么！这么快就染上了那种病？我觉得这个少年的美正无声无息地悄步进入我的脑海。好，让他走吧。喂！马伏里奥！

（马伏里奥重上。）

**马：**是，小姐，您有何吩咐？

**奥：**去赶上那个无礼的使者，公爵派来的人，他不管我愿不愿，硬是留下了这个戒指。给他说我不要，让他不要向他的主人邀功，叫他死了心，我和他没有缘分，要是那少年明天还从这儿过，我会告诉他为什么。去吧，马伏里奥。

**马：**是，小姐。（下。）

**奥：**我也不懂自己的心思，怎会一下子把他看中？一切但凭命运做主，谁又能掌控得了自己！（下。）

# 第二幕

## 第一场　海　滨

（安东尼奥及瑟巴士显上。）

**安：**您不想再住下去了吗？您也不想让我陪伴您去吗？

**瑟：**请您谅解，我不想。我是个不走运的人，也许我的晦气会连累了你，所以请您离开我吧，我要自己承担厄运。如果连累到了您身上，那就辜负您一番美意了。

**安：**可是请您告诉我您的去向吧。

**瑟：**实不相瞒，先生，我实难相告，因为我所决定的旅行都是毫无目的的漫游。我看您这样有修养，一定不会强我所难非让我说出自己的秘密，按理来说我该向你坦诚自己。安东尼奥，您要知道我的名字本是瑟巴士显，罗特烈谷只是我的化名。我的父亲就是梅萨琳的瑟巴士显，我想您一定听说过他的名字。他去世后留下我和一个妹妹，我们两人是双胞胎，在同一个时辰出生。我多么愿意我们也能在同一个时辰离开人世！不过您，先生，却改变了我的命运。因为在您把我从海浪里救出来的那一刻，我的妹妹已经葬身海底了。

**安：**唉，多可惜！

**瑟：**先生，人们都说她非常像我，很多人都说她是个美丽的姑娘。我虽不好意思承认这句话，但可以问心无愧地说一句，即便妒忌她的人也不得不承认她有一颗善良的心。她已经永沉海底了，先生，虽然似乎我应该用更多的泪水来冲淡对她的记忆。

**安**：先生,请您原谅我招待不周。

**瑟**：啊,好安东尼奥! 是我打扰了您才对啊!

**安**：如果您看在我俩交情的分上,不想让我难过的话,请您答应让我做您的仆人吧。

**瑟**：您已经救了我一命,如果您不想让我抱愧而死的话,那就请不要提出这样的要求,免得您白救了我。我要马上告辞了,我是个软心肠,还没有退去我母亲的气质,为了一点小事,我的眼睛就会控制不住自己的弱点。我要到鄂西诺公爵的宫廷里去,再见了。(下。)

**安**：愿上帝保佑您! 在鄂西诺的宫廷我有很多对头,不然我会很快就到那里见你;——无论如何我对你情谊深,踏破铁鞋我也定要将您寻。(下。)

## 第二场　街　道

(薇俄拉上;马伏里奥随上。)

**马**：您不是刚刚从奥丽薇霞伯爵小姐那儿离开吗?

**薇**：正是,先生。因为我走得不快,所以现在才到这儿。

**马**：先生,这是她给您的戒指,你自己拿回去吧,省得麻烦我。她还说请您务必告诉你家主人她不想跟他来往。还有,您不能再那么鲁莽地来我家了,除非来回禀一声你的主人有没有把这戒指拿回去。好,拿走吧。

**薇**：是她自己拿走这只戒指的,我不要。

**马**：好了吧,先生,您任性把它扔给了她,她的意思也要我把它照样丢还给您。假如它是值得弯下身子拾起来的话,它就在您的眼前,不然的话,让什么人看见就让什么人拿去吧。(下。)

**薇**：我没有留下戒指呀,这位小姐是什么意思? 但愿她不要迷恋了我的外貌才好! 她把我打量得那么仔细,真的,我觉得她看我看得那么出神,连自己讲的什么话儿也不顾了,那么没头没脑,颠颠倒倒的。一定的,她爱上我了,情急智生,才差这个无礼的使者来邀请我。不要我主人的戒指! 嘿,他并没有把什么戒指送给她呀! 我才是她的意中人,真是这样的话,——事实上确实是这样,——那么,可怜的小姐,她真是做梦了! 我现在才明白假扮的确不是一桩好事情,魔鬼会乘机大显它的身手。一个又漂亮又靠不住的男人,多么容易占据了女人家柔弱的心! 唉! 这都是我们生性脆弱的缘故,不是我们自身的错处。因为上天造下我们是哪样的人,我们就是哪样的人。这种事情怎么了结呢? 我的主人深深地爱着她,我呢,可怜的小鬼,也是那样恋着他,她呢,认错了人,似乎在想念着我。这怎么得了呢?我若算是一个男人,我的地位使我绝不能叫我的主人爱上我。我若算是一个女人,唉!可怜的奥丽薇霞也要白费无数的叹息了!这纠纷要让时间来理清,叫我打开这结儿怎么成!(下。)

## 第三场　奥丽薇霞宅中一室

(托培·贝尔区爵士及盎厥鲁·埃求启克爵士上。)

**托:**过来,盎厥鲁爵士。深夜不睡即是起身得早,"起身早,身体好",你知道的。

**盎:**不,老实说,我不知道,我知道的是深夜不睡便是深夜不睡。

**托:**一个错误的结论,我听见这种话就像看见一个空酒瓶那么头痛。深夜不睡,过了半夜才睡,那就是到了大清早才睡,岂不是睡得很早?我们的生命不是由四大元素组成的吗?

**盎:**不错,他们是这样说,可是我以为我们的生命不过是吃吃和喝喝而已。

**托:**你真有学问,那么让我们吃吃喝喝吧。玛莉霞,喂!开一瓶酒来!

(小丑上。)

**盎:**那个傻子来啦。

**丑:**啊,我的心肝们!咱们刚好凑成一幅"三星图"。

**托:**欢迎,驴子!现在我们来一首轮唱歌吧。

**盎:**说老实话,这傻子有一副很好的喉咙。我宁愿拿四十个先令去换他这么一条腿和这么一副可爱的声音。真的,你昨夜打诨打得很好,说什么匹格罗格罗密忒斯哪,吠比亚人越过了邱勃斯的赤道线哪,真是好得很。我送了六便士给你,不是吗?

**丑:**你的恩典我已经放进了我的口袋里,因为马伏里奥的鼻子不是鞭柄,我的小姐有一双玉手,她的跟班们不是开酒馆的。

**盎:**好极了!嗯,无论如何这要算是最好的打诨了。现在唱首歌吧。

**托:**来,给你六便士,唱首歌吧。

**盎:**我也有六便士给你呢。要是他会给你,我也会给你。

**丑:**你们要我唱首爱情的歌呢,还是唱首劝人为善的歌?

**托:**唱首情歌,唱首情歌。

**盎:**是的,是的,劝人为善有什么意思。

**丑:**(唱)

　　你到哪儿去,啊我的姑娘?

123

听呀,那边来了你的情郎,

嘴里吟着抑扬的曲调。

不要再走了,美貌的亲亲;

恋人的相遇终结了行程,

每个聪明人全都知晓。

盎:真好极了!

托:好,好!

丑:(唱)

什么是爱情? 它不在明天;

欢笑嬉游莫放过了眼前,

将来的事有谁能猜料?

人要蹉跎了大好的年华;

来吻着我吧,你这娇娃,

转眼青春早化成衰老。

盎:凭良心说话,好一副流利的歌喉!

托:好一股恶臭的气息!

盎:真的,很甜蜜又很恶臭。

托:用鼻子听起来,那么恶臭也很动听。可是我们要不要让天空跳起舞来呢? 我们要不要唱一首轮唱歌,把夜枭吵醒? 那曲调会叫一个织工听了灵魂出窍。

盎:要是你爱我,让我们来一下吧,唱轮唱歌我挺拿手的。

丑:对啦,大人,有许多狗也唱得很好。

盎:不错不错。让我们唱《你这坏蛋》吧。

托:"闭住你的嘴,你这坏蛋",是不是这一首,骑士? 那么我可不得不叫你做坏蛋啦,骑士。

盎:人家不得不叫我做坏蛋,这也不是第一次。你开头,傻子;第一句是"闭住你的嘴"。

丑:要是我闭住我的嘴,我就再也开不了头啦。

盎:说得好,真的。来,唱起来吧。(三人唱轮唱歌。)

(玛莉霞上。)

玛:你们在这里猫儿叫春似的闹什么呀! 要是小姐不会叫起她的管家马伏里奥来把你们赶出门外去,以后就再不用相信我的话。

托:小姐是个骗子,我们都是阴谋家,马伏里奥是拉姆齐的佩格姑娘,"我们是三个快活的人"。我不是同宗吗？我不是她的一家人吗？胡说八道,姑娘!"巴比伦有一个人,姑娘,姑娘!"

丑:要命,这位老爷真会开玩笑。

盘:啾,他高兴的时候开起玩笑来,真的开得很好,我也是这样。不过他的玩笑开得富于风趣,而我比较自然一点。

托:"啊! 十二月的十二,——"

玛:看在上帝的面上,别闹了吧!

(马伏里奥上。)

马:我的爷爷们,你们疯了吗？还是怎么啦？难道你们没有脑子,不懂规矩,全无礼貌,在这种夜深的时候还要像一群发酒疯的补锅匠似的乱吵？你们把小姐的屋子当做一间酒馆,好让你们扯着喉咙,唱那种鞋匠的歌儿吗？难道你们全不想想这是什么地方,这儿有的是什么人,或者现在是什么时候了吗？

托:你去上吊吧!

马:托培老爷,莫怪我说句不怕忌讳的话。小姐吩咐我告诉您说,她虽然把您当个亲戚留您住在这儿,可是她不能容忍您那样胡闹。要是您能够循规蹈矩,我们这儿是十分欢迎您的。否则的话,要是您愿意向她告别,她一定肯让您走。

托:"既然我非去不可,那么再会吧,亲亲!"

玛:别这样,好托培老爷。

丑:"他的眼睛显示出来他末日将要来临。"

马:岂有此理!

托:"可是我绝不会死亡。"

丑:托培老爷,您在说谎。

马:真有体统!

托:"我要不要叫他滚蛋?"

丑:"不叫他滚蛋又怎样?"

托:"要不要叫他滚蛋,毫无留待?"

丑:"啊! 不,不,不,你没有这种胆量。"

托:唱得不入调吗？先生,你说谎! 除了是一个管家之外,你还有什么可以神气的呢？你以为你自己道德高尚,人家便不能喝酒取乐了吗？去,朋友,用面包屑去擦你的项链吧。开一瓶酒来,玛莉霞!

马:玛莉霞姑娘,要是你不愿小姐对你生气,你可不要帮助他们胡闹,我一定会去告诉她的。(下。)

玛:滚你的吧!

盘:向他挑战,然后失他的约,愚弄他一下子,倒是个很好的办法,就像人肚子饿了喝酒一样。

托:好,骑士,我给你写挑战书,或者给你口头去向他表示你的愤怒。

玛:亲爱的托培老爷,今夜忍耐一下子吧。今天公爵那边来的少年会见了小姐之后,她心里很烦。至于马伏里奥先生,我去对付他好了。要是我不把他愚弄得给人当做笑柄,让大家取乐儿,我便是个连直挺挺躺在床上都不会的蠢东西。我知道我一定能行。

托:告诉我们,告诉我们,告诉我们一些关于他的事情。

玛:好,老爷,有时候他有点儿像个清教徒。

盘:啊!要是我早想到了这一点,我要把他像狗一样打一顿呢。

托:什么,为了是个清教徒吗?你有什么绝妙的理由,亲爱的骑士?

玛:我没有什么绝妙的理由,可是我有相当的理由。

盘:他是个鬼清教徒,反复无常,逢迎取巧是他的本领。一头装腔作势的驴子,背熟了几句官话,便倒了出来。自信非凡,以为自己很了不得,谁看见他都会爱他;我可以凭着那个弱点堂堂正正地给他一顿教训。

托:你预备怎样?

玛:我要在他的路上丢下一封暧昧的情书,里面活生生地描写着他的胡须的颜色,他的腿的形状,他的走路的姿势,他的眼睛,额角和脸上的表情。让他一见就会觉得是写给他的。我会学您侄女的笔迹写字,在一件已经忘记了的文件上,简直辨不出来是谁写的一手字。

托:好极了,我嗅到一个计策了。

盘:我鼻子里也闻到了呢。

托:他见了你丢下的这封信,便会以为是我的侄女写的,以为她爱上了他。

玛:我的意思正是这样。

盘:你的意思要叫他变成一头驴子。

玛:驴子,那是毫无疑问的。

盘:啊!那好极了!

玛:出色的把戏,你们瞧着好了,我知道我的计策对他一定有效。我可以把你们两人连那傻子安顿在他拾着那信的地方,瞧他怎么解释。今夜呢,大家上床睡去,梦着那回事吧,再见。(下。)

托:晚安,好姑娘!

**盘**：我说，她是个好丫头。

**托**：她是头纯种的小猎犬，很爱我，怎样？

**盘**：我也曾经被人爱过呢。

**托**：让我们去睡吧，骑士。你应该叫家里再寄些钱来。

**盘**：要是我不能得到你的侄女，我就大上其当了。

**托**：去要钱吧，骑士。要是你最终都不能得到她，你叫我傻子。

**盘**：要是我不去要，就再不要相信我，随你怎么办。

**托**：来，来，我去烫些酒来，现在去睡太晚了。来，骑士，来，骑士。（同下。）

## 第四场　公爵府中一室

（公爵、薇俄拉、邱里奥及余人等上。）

**公**：给我奏些音乐。早安，朋友们。好西萨拉里奥，我只要听昨晚我们所听见的那支古曲，我觉得它比讲究轻快急速的近代的那种轻松的乐调和精练的字句更能慰解我的痴情。来，只唱一节吧。

**邱**：启禀殿下，会唱这歌儿的人不在这儿。

**公**：他是谁？

**邱**：是那个仆人斐斯脱，殿下。他是奥丽薇霞小姐的尊翁所宠幸的傻子。他就在这儿附近。

**公**：去找他来，现在先把那曲调奏起来吧。（邱下。）过来，孩子。要是你有一天发生了恋爱，在那种甜蜜的痛苦中请记着我。因为真心的恋人都像我一样，在其他一切情感上都是轻浮易变，但他所爱的人儿的影像，却是永远铭刻在他心头的。你喜不喜欢这个曲调？

**薇**：它传出了爱情的宝座上的回声。

**公**：你说得很好。我相信你虽然这样年轻，你的眼睛一定曾经看中过什么人，是不是，孩子？

**薇**：略微有点，请您恕我。

**公**：是个什么样子的女人呢？

**薇**：相貌跟您差不多。

**公**：那么她是不配被你爱的，什么年纪呢？

**薇**：年纪也跟您差不多，殿下。

**公**：啊，那太老了！女人应当拣一个比她年纪大些的男人，这样她才可以跟他合得来,不会失去她丈夫的欢心。因为,孩子,不论我们怎样自称自赞,我们的爱情总比女人们流动不定些,富于希求,易于反复,更容易消失而生厌。

薇:这一层我也想到了,殿下。

公:那么选一个比你年轻一点的姑娘做你的爱人吧,否则你的爱情便不能维持常态;——女人正像是娇艳的蔷薇,花开才不久便转眼枯萎。

薇:是啊,可叹她刹那的光荣,早枝头零落留不住东风!

(邱里奥偕小丑重上。)

公:啊,朋友!来,把我们昨夜所听见的那支歌儿再唱一遍。听好,西萨拉里奥。那是个古老而平凡的歌儿,晒着太阳的织布工人,以及无忧无虑的纺纱女郎们常常唱着它。歌里的话儿都是些平常不过的真理,描述着淳朴的古代的那种爱情的纯洁。

丑:您预备好了吗,殿下?

公:好,请你唱吧。(奏乐。)

丑:(唱)

  过来吧,过来吧,死神!
  让我横陈在凄凉的柏棺①的中央;
  飞去吧,飞去吧,浮生!
  我被害于一个狠心的美貌姑娘。
  为我罩上白色的殓衾铺满紫杉;
  没有一个真心的人为我而悲哀。
  莫让一朵花儿甜柔,
  撒上了我那黑色的棺材;
  没有一个朋友逅候我尸身,不久我的骨骼将会散开。
  免得多情的人们千万次地感伤,
  请把我埋葬在无从凭吊的荒场。

公:这是赏给你的辛苦钱。

丑:一点儿不辛苦,殿下,我以唱歌为快乐呢。

公:那么就算赏给你的快乐吧。

丑:不错,殿下,快乐总是要付代价的。

公:现在请不要再让我看到你。

丑:好,忧愁之神保佑着你!但愿裁缝用闪缎给你裁一身衫子,因为你的心就像猫

---

  ① 此处"柏棺"原文为 Cypress,自来注家均肯定应作 Crape(丧礼用之黑色绉纱)解释,按字面解 Cypress 为一种杉柏之属,径译"柏棺",在语调上似乎更为适当,故仍将错就错,据字臆译。

眼石那样闪烁不定。我希望像这种没有恒心的人都航海去,好让他们过着五湖四海,千变万化的生活,因为这样的人才有冒险进取的精神。再会。(下。)

公:大家都退开去。(邱及侍从等下。)西萨拉里奥,你再给我到那位狠心的女王那边去。对她说,我的爱情是超越世间的,泥污的土地不是我所看重的事物;命运所赐给她的尊荣财富,你对她说,在我的眼中都像命运一样无常;吸引我的灵魂的是她的天赋的灵奇,绝世的仙姿。

薇:可是假如她不能爱您呢,殿下?

公:我不能得到这样的回音。

薇:可是您不能不得到这样的回音。假如有一位姑娘,也许真有那么一个,也像您爱着奥丽薇霞一样痛苦地爱着您。您不能爱她,您这样告诉她,那么她就不得不以这样的答复为满足了吗?

公:女人的小小的身体里一定受不住像爱情给予我心的那种激烈的搏跳,女人的心没有这样广大,可以藏得下这许多,她们缺少忍耐的能力。唉,她们的爱就像一个人的口味一样,不是从脏腑里,而是从舌尖上感觉到的,过饱了便会食伤呕吐,可是我的爱就像饥饿的大海,能够消化一切。不要把一个女人所能对我发生的爱情跟我对于奥丽薇霞的爱情相提并论。

薇:哦,可是我知道——

公:你知道什么?

薇:我知道女人对于男人会怀着怎样的爱情,真的,她们是跟我们一样真心的。我的父亲有一个女儿,她爱上了一个男人,正像假如我是个女人,也许会爱上了殿下您一样。

公:她的恋爱史怎样?

薇:一片空白而已,殿下。她从来不向人诉说她的爱情,让隐藏在内心中的抑郁,像蓓蕾中的蛀虫一样,侵蚀着她的绯红的脸颊。她因相思而憔悴,疾病和忧愁折磨着她,像是墓碑上刻着的"忍耐"的化身,默坐着向悲哀微笑。这不是真的爱情吗?我们男人也许更多话,更会发誓,可是我们所表示的,总多于我们所决心实行的,不论我们怎样山盟海誓,我们的爱情总不过如此。

公:但是你的姐姐有没有殉情而死,我的孩子?

薇:我父亲的孩子只有我一个。可是我不知道,殿下,我要不要就去见这位小姐?

公:对了,这是正事。——快去,送给她这颗珍珠,说我的爱情永不会认输。(各下。)

## 第五场　奥丽薇霞的花园

（托培·贝尔区爵士、盎厥鲁·埃求启克爵士及费边上。）

托：来吧，费边先生。

费：噢，我就来。要是我把这场好把戏略微错过了一点点儿，让我在懊恼里熬死吧。

托：让这个卑鄙龌龊的丑东西出一场丑，你高兴不高兴？

费：我才要快活死哩！您知道那次我因为耍熊被他在小姐跟前说我坏话。

托：我们再把那头熊牵来激他发怒，我们要把他作弄得体无完肤，你说怎样，盎厥鲁爵士？

盎：要是我们不那么做，那才是终身的憾事呢。

托：小坏东西来了。

（玛莉霞上。）

托：啊，我的小宝贝！

玛：你们三人都躲到黄杨树后面去。马伏里奥要从这条走道上跑过来了，他已经在那边太阳光底下对他自己的影子练习了半个钟头仪法。谁要是喜欢笑话，就留心瞧着他吧，我知道这封信一定会叫他变成一个发痴的呆子的。凭着玩笑的名义，躲起来吧！你躺在那边，（丢下信。）这条鲟鱼已经来了，你不去挠挠他的痒处是捉不上手的。（下。）

（马伏里奥上。）

马：不过是运气，一切都是运气。玛莉霞曾经对我说她喜欢我，我也曾经听见她说过那样的话，说要是她爱上了别人的话，一定要选像我这种相貌的人。而且，她待我比待其他的下人好得异乎寻常。我看怎么样呢？

托：瞧这个自命不凡的混蛋！

费：静些！他已经痴心妄想得变成一头出色的火鸡了，瞧他那蓬起了羽毛昂首阔步的样子！

盎：他妈的，我可以把这混蛋痛打一顿！

托：别闹啦！

马：做了马伏里奥伯爵！

托：啊，混蛋！

盎：给他吃手枪！给他吃手枪！

托：别闹！别闹！

马:这种事情是有前例的,史厥拉契夫人也下嫁给家臣。

盎:该死,这畜生!

费:静些! 现在他着了魔啦,瞧他越想越得意。

马:跟她结婚过了三个月,我坐在我的宝座上,——

托:啊! 我要弹一颗石子到他的眼睛里去!

马:身上披着雕花的丝绒袍子,召唤我的臣僚过来,那时我刚睡罢午觉,撇下奥丽薇霞酣睡未醒,——

托:大火硫黄烧死了他!

费:静些! 静些!

马:那时我装出一副威严的神气,先目光凛凛地向众人瞟视一周,然后对他们说我知道我的地位,他们也须要明白自己的身份,吩咐他们去请我的托培老叔过来,——

托:把他铐起来!

费:别闹! 别闹! 别闹! 好啦! 好啦!

马:我的七个仆人恭恭敬敬地前去找他。我皱了皱眉头,或者看了看表,或者抚弄着我的,——什么珠宝之类。托培来了,向我行了个礼,——

托:这家伙可以让他活命吗?

费:即使几辆马车要把我们的静默拉走,可是还是不要闹吧!

马:我这样向他伸出手去,用一副庄严的威势来抑住我的亲昵的笑容,——

托:那时托培不就给了你一个嘴巴子吗?

马:说,"托培叔父,我已蒙令侄女不弃下嫁,请您准许我这样说话,——"

托:什么? 什么?

马:"你必须把喝酒的习惯戒掉。"

托:他妈的,这狗东西!

费:嗳,别生气,否则我们的计策就要失败了。

马:"而且,您还把您的宝贵的光阴跟一个傻瓜骑士在一块儿浪费,——"

盎:说的是我,一定的啦。

马:"那个盎厥鲁爵士,——"

盎:我知道是我,因为许多人都叫我傻瓜。

马:(见信)这儿有些什么东西呢?

费:现在那蠢鸟走到陷阱旁边来了。

托:啊,静些! 但愿开玩笑的神灵叫他高声朗读。

马:（拾信）哎哟，这是小姐的手笔！瞧这一句一弯一横一直，那不正是她的笔锋吗？没有问题，一定是她写的。

盎:她的一句一弯一横一直，那是什么意思？

马:（读）"给不知名的恋人，至诚的祝福。"完全是她的口气！对不住，封蜡。且慢！这封口上的钤记不就是她一直用作封印的琉克丽思的肖像吗？一定是我的小姐。可是那是写给谁的呢？

费:这叫他心窝儿里都痒起来了。

马:"知我者天，

　　我爱为谁？

　　慎莫多言，

　　莫令人知，

　　莫令人知。"

下面还写些什么？又换了句调子！"莫令人知"说的也许是你哩，马伏里奥！

托:嘿，该死，这豹子！

马:"我可以向我所爱的人发号施令；

　　但隐秘的衷情如琉克丽思之刀，

　　杀人不见血地把我的深心戳刃：

　　我的命在 M、O、A、I 的手里飘摇。"

费:无聊的谜语！

托:我说是个好丫头。

马:"我的命在 M、O、A、I 的手里飘摇。"不，让我先想一想，让我想一想，让我想一想。

费:她给他吃了一服多好的毒药！

托:瞧那头鹰儿多么饿急似的想一口吞下去！

马:"我可以向我所爱的人发号施令。"噢，她可以命令我，我侍候着她，她是我的小姐。这是无论哪个有一点点脑子的人都看得出来的，全然合得拢。可是那结尾一句，那几个字母又是什么意思呢？能不能牵附到我的身上？——慢！M、O、A、I，——

托:哎，这应该想个法儿，他弄糊涂了。

费:即使像一头狐狸那样臊气冲天，这狗子也会大惊小怪地叫起来的。

托:M，马伏里奥。M，嘿，那正是我的名字的第一个字母哩。

费:我不是说他会想出来的吗？这狗的鼻子什么都嗅得出来。

**马**：M，——可是这次序不大对。倒是想一想看，跟着来的应该是个字，可是却是个O字。

**费**：我想O字应该是放在结尾的吧？

**托**：对了，否则我要捧他一顿，让他喊出一个"O"来。

**马**：A的背后又跟着个I。

**费**：哼，要是你在背后生 eye① 的话，你就知道你眼前并没有什么幸运，你的背后却有倒霉的事跟着呢。

**马**：M、O、A、I，这隐语可跟前面所说的不很合辙，可是稍微把它颠倒一下，也就没有什么可疑的地方，因为这几个字母都在我的名字里，且慢！这儿还有散文呢。

> "要是这封信落到你的手里，请你想一想。照我的命运而论，我是在你之上，可是你不用惧怕富贵：有的人是生来的富贵，有的人是挣来的富贵，有的人是送上来的富贵。你的好运已经向你伸出手来，赶快用你的全部精神抱住它。你应该练习一下怎样才合乎你所将要做的那种人的身份，脱去你卑恭的旧习，放出一些活泼的神态来。对亲戚不妨分庭抗礼，对仆人不妨摆出架子；你要唇枪舌剑地讨论国家大事，装出一副矜持的样子。为你感叹的人这样叮嘱过你。记住谁曾称赞过你的黄袜子，愿意看见你永久扎着十字交叉的袜带，我给你说，你记住吧。好，只要你自己愿意，你就能出人头地，不然叫我见你一辈子做个管家，和众奴仆为伍，不值一提。再见！我愿意跟你交换地位，幸运的不幸者。"

苍天白日也没这么清楚，平原荒野也没这么豁朗。我如果端起架子来，论起时政来，我要让托培灰心，我要和那些卑鄙之人绝交，我要一本正经地做起个人来，我没有自欺欺人，让想象愚弄自己。因为每一个理由都提醒着我，我的小姐喜欢我。她最近赞美过我的黄袜子和我的十字交叉的袜带，这就暗示着她爱我，用一种命令的方式让我打扮成她所喜欢的样子。感谢我的命运之神，我真幸运！我要带着骄傲的神气来，穿上黄袜子，扎着十字交叉的袜带，马上就去装扮起来。称颂上帝和我的命运之神！这里还有附启：

> "你一准猜得到我是谁。如果你接受我的爱情，请你用你的微笑来告诉我。你的微笑多么好看，亲爱的，请您在我面前永远微笑来表示你的意思。"

感谢上帝！我要微笑，我要做你吩咐我的每一件事。（下。）

**费**：就算波斯王给我几千块的俸禄，我也不想错过这场好戏。

---

① 英文"眼睛"。

**托：**这姑娘能想得出这种主意，我真可以娶了她。

**盎：**我也想娶她呢。

**托：**我不要她什么嫁妆，只要能再给我想出这样一个乐子就行了。

**盎：**我也不要她什么嫁妆。

**费：**我那位捉蠢鹅的好手过来了。

（玛莉霞重上。）

**托：**你愿把你的脚放在我头顶上吗？

**盎：**也可以放在我的头顶上。

**托：**我愿意把我的自由抛弃，做你的奴隶。

**盎：**我也愿意做你的奴隶。

**托：**你已经让他陷入痴迷，如果那种幻想离开了他，他肯定会发疯的。

**玛：**您老实对我说他中计了没有？

**托：**就如接生婆喝了烧酒一样。

**玛：**如果你们要看看这场闹剧如何收场，就好好看看他怎样到小姐面前去，他会穿着黄袜子，那正是她最讨厌的颜色；还会扎着十字交叉的袜带，那正是她最讨厌的样式；他还会对她微笑，照她现在阴郁的心情，肯定会不高兴，保证让他讨个没趣。如果你们想看的话，就跟我来吧。

**托：**好，到地府门口去，你这个机灵鬼！（同下。）

# 第三幕

## 第一场　奥丽薇霞的园中

（薇俄拉及小丑持手鼓上。）

**薇：**上帝佑护你，我的朋友！你是个打手鼓的音乐家吧？

**丑：**不，先生，我在教堂混日子。

**薇：**你是个神父吗？

**丑：**不是，先生。我家离教堂很近，我在我家里住，而我的家离教堂不远。

**薇：**也可以这样说，国王住在乞丐棚旁边，因为乞丐住在王宫旁边；教堂盖在你手鼓的旁边，因为你的手鼓放在教堂附近。

丑:正是如此,先生。人们越来越聪明了!对聪明人来说一句话就好比一副山羊皮手套,很容易就可以翻转过来。

薇:嗯,那是肯定的。擅长在字面上玩花样的,非常容易流于浅薄。

丑:那么,先生,我但愿我的妹妹没有名字。

薇:这是为何呢,朋友?

丑:先生,她的名字也是个字啊。在那个字上面玩弄花样,或许我的妹妹就会浅薄起来。不过自从失去自由之后它也是个非常危险的家伙。

薇:你有什么道理,朋友?

丑:实不相瞒,先生,我要是给你说出道理来,那就离不了文字;不过文字现在变得这么坏,我真不愿意用它们来表达我的道理。

薇:我敢保证你是个乐观的人,什么事都不关心。

丑:您错了,先生,我倒有点儿关心的事儿。不过说良心话,先生,我对您可一点儿也不关心。

薇:你就是奥丽薇霞小姐家里的傻瓜吧?

丑:不是的,先生。奥丽薇霞小姐不喜欢傻瓜,她要是嫁人了才会在家里养傻瓜呢,傻瓜比起丈夫,好比小鱼比起大鱼,丈夫就是一个大一点儿的傻瓜罢了。我真不是她的傻瓜,我只是个给她讲笑话的人。

薇:我近来曾在鄂西诺公爵的府上见过你。

丑:先生,杀气就好比太阳围绕着地球,处处发散它的光辉。如果傻瓜不经常到您主人那儿去,如同他在我的小姐这儿一般,那么,先生,我可真对不住。我想我也曾在那里见过您这样的聪明人。

薇:哼,你若想取笑我,我可懒得搭理你了。拿着,这几个钱收着吧。

丑:好,上帝保佑你长出来好胡子!

薇:实话告诉你,我还真为了胡子而烦恼呢,虽然我不要在自己脸上长起来。小姐在府上吗?

丑:先生,这几个钱能不能养儿子?

薇:可以的,你只需拿着它们放高利贷就行了。

丑:先生,我倒想做个弗立基亚的潘达勒斯,给这个特洛伊罗斯寻一个克瑞西达来。①

薇:我明白了,朋友,你对乞讨很在行。

---

① 关于特洛伊罗斯与克瑞西达恋爱的故事可参看莎士比亚所著悲剧《特洛伊罗斯与克瑞西达》。潘达勒斯系克瑞西达之叔,为他们的撮合者。

135

**丑**：小姐就在里面，先生。我可以对他们说明您是从那儿来的，至于您是谁，您有什么事，那就不属于我的领域之内了，——我应当说"范围"，可是那两个字已经给人用得太熟了。（下。）

**薇**：这家伙扮傻子很有点儿聪明。装傻装得好也是要靠才情的，他必须窥伺被他所取笑的人们的心绪，了解他们的身份，还得看准了时机。然后像不择目的的野鹰一样，每个机会都不放松，这是一种和聪明人的艺术一样艰难的工作。傻子不妨说几句聪明话，聪明人说傻话难免被人笑骂。

（托培·贝尔区爵士、盎厥鲁·埃求启克爵士同上。）

**托**：您好，先生。

**薇**：您好，爵士。

**盎**：上帝保佑您，先生。

**薇**：上帝保佑您，我是您的仆人。

**盎**：先生，我希望您是我的仆人，我也是您的仆人。

**托**：请您进去吧。舍侄女有请，要是您是来看她的话。

**薇**：我来正是要拜见令侄女，爵士，她是我航行的目标。

**托**：请您试试您的腿吧，先生，把它们移动起来。

**薇**：我的腿也许会听得懂我的话，爵士，可是我却不懂您叫我试试我的腿是什么意思？

**托**：我的意思是，先生，请您走，请您进去。

**薇**：好，我就移步前进。可是有人走来了。

（奥丽薇霞及玛莉霞上。）

**薇**：最卓越最完美的小姐，愿诸天为您散下芬芳的香雾！

**盎**：那年轻人是一个出色的廷臣，"散下芬芳的香雾！"好得很。

**薇**：我的来意，小姐，只能让您自己的玉耳眷听。

**盎**："香雾""玉耳""眷听"，我已经学会了三句话了。

**奥**：关上园门，让我们两人谈话。（托、盎、玛同下。）把你的手给我，先生。

**薇**：小姐，我愿意奉献我的绵薄之力为您效劳。

**奥**：你叫什么名字？

**薇**：您仆人的名字是西萨拉里奥，美貌的公主。

**奥**：我的仆人，先生！自从假作卑恭认为是一种恭维之后，世界上从此不曾有过乐趣。你是鄂西诺公爵的仆人，年轻人？

**薇**：他是您的仆人，他的仆人自然也是您的仆人；您的仆人的仆人便是您的仆人，小姐。

**奥**：我不高兴说他，我希望他心里空无所有，不要充满着我。

**薇**：小姐，我来是要替他说动您那颗温柔的心。

**奥**：啊，对不起，请你不要再说起他了。可是如果你换一个人向我说，我愿意听你的请求，胜过于听天乐。

**薇**：亲爱的小姐，——

**奥**：对不起，让我说句话，上次你到这儿来把我迷醉了之后，我叫人拿了个戒指追你，我欺骗了我自己，欺骗了我的仆人，也许欺骗了你，我用那种无耻的计策把你明知道不属于你的东西强放在你手里，一定会使你看不起我。你会怎样想呢？你不曾把我的名誉拴在桩桩上，让你那残酷的心所想得到的一切思想恣意地把它虐弄？像你这样敏慧的人，我已经表示得太露骨了。掩藏着我的心事的，只是一层薄薄的蝉纱。所以，让我听你的意见吧。

**薇**：我可怜你。

**奥**：那是到达恋爱的一个阶段。

**薇**：不是，我们常常对于敌人也往往会发生怜悯的。

**奥**：啊，那么我想现在是应该再微笑起来的时候了。世界啊！微贱的人多么容易骄傲！要是做了俘虏，那么落于狮子的爪下比之豺狼的吻中要幸运多少啊！（钟鸣。）时钟在谴责我把时间浪费了。别担心，好孩子，我不会留住你。可是等到才情和青春成熟之后，你的妻子将会得到一个出色的男人。向西是你的路。

**薇**：那么向西开步走！愿小姐称心如意！您没有什么话要我向我的主人说吗，小姐？

**奥**：且慢，请你告诉我你认为我这人怎样？

**薇**：我以为你以为你不是你自己。

**奥**：要是我以为这样，我以为你也是这样。

**薇**：你猜想得不错，我不是我自己。

**奥**：我希望你是我所希望于你的那种人！

**薇**：那是不是比现在的我要好些，小姐？我希望好一些，因为现在的我不过是你的仆人。

**奥**：唉！他嘴角的轻蔑和怒气，

冷然的神态多么美丽！

爱比杀人重罪更难隐藏；

西萨拉里奥，凭着春日蔷薇，

贞操,忠信与一切,我爱你,

这样真诚,不愿你的骄傲,

理智拦不住热情的宣告。

别以为我这样向你求情,

你就可以无须再献殷勤;

须知求得的爱虽费心力,

不劳而获的更应该珍惜。

**薇:**我起誓,凭着天真与青春,

我只有一条心一片忠诚,

没有女人能够把它占有,

只有我是我自己的君后。

别了,小姐,我从此不再来

为我主人向你苦苦陈哀。

**奥:**你不妨再来,也许能感动我释去憎嫌,把感情珍重。(同下。)

## 第二场　奥丽薇霞宅中一室

(托培·贝尔区爵士、盎厥鲁·埃求启克爵士及费边上。)

**盎:**不,真的,我再不能住下去了。

**托:**为什么呢,亲爱的坏东西? 说出你的理由来。

**盎:**嘿,我见你的侄女对待那个公爵的佣人比对待我好得多,我在花园里瞧见的。

**托:**她那时也看见你吗,孩子? 告诉我。

**盎:**就像我现在看见你一样明白。

**费:**那正是她爱您的一个很好的证据。

**盎:**啐! 你把我当做一头驴子吗?

**费:**大人,我可能用判断和推理来证明这句话不错。她当着您的脸对那个少年献殷勤,是要叫您发急,唤醒您那打瞌睡的勇气,给您的心里生起火来,在您的肝脏里加点儿硫黄罢了。您那时就该走上去向她招呼,说几句崭新的俏皮话儿叫那年轻人哑口无言。她盼望您这样,可是您却大意错过了。您放过了这么一个大好的机会,我的小姐自然要冷淡您啦,您在她的心里像荷兰人胡须上悬着冰柱一样,除非您能用勇气或是手段来干出一些出色的事情,才可以挽回过来。

**盎:**无论如何,我宁愿用勇气,因为我挺讨厌使手段。叫我做个政客,还不如做个勃朗派①的教徒。

**托**：好啊，那么把你的命运建立在勇气上吧。去向那公爵差来的少年挑战，把他身上戳十来个窟窿，我的侄女一定会注意到。你可以相信，世上没有一个媒人会比一个勇敢的名声更能打动女人的心了。

**费**：此外可没有别的办法了，盎厥鲁大人。

**盎**：你们谁肯给我向他下战书？

**托**：快去用一手虎虎有威的笔法写起来，要干脆简单，不用说俏皮话，只要言之有理，别出心裁就得了。尽你的笔墨能把他嘲骂，要是你把他"你啊""你的""你"了三四次，那不会有错，再把纸上写满了谎，即使你的纸大得可以铺满英国威耳地方的那张大床。快去写吧。把你的墨水里掺满怨毒，虽然你用的是一支鹅毛笔。去吧。

**盎**：我到什么地方来见你们？

**托**：我们会到你房间里来看你，去吧。（盎下。）

**费**：这是您的一个宝藏，托培老爷。

**托**：我倒累他破费过不少呢，孩儿，大约有两千多块钱的样子。

**费**：我们就可以看到他的一封妙信了！可是您不会给他送去吧？

**托**：要是我不送去，你别相信我，我一定要把那年轻人激出一个回音来，我想就是叫牛儿拉着车绳也拉不拢他们两人在一起。要是把盎厥鲁解剖开来，你在他肝脏里找得出一滴可以沾沥一只跳蚤的脚的血，我愿意把他那副臭皮囊一起吃下去。

**费**：他那个对头的年轻人，照那副相貌看来，也不像是会下棘手的。

**托**：瞧，一窠九只的鹪鹩中顶小的一只来了。

（玛莉霞上。）

**玛**：要是你们愿意捧腹大笑，不怕笑到腰酸背痛，那么跟我来吧。那只蠢鹅马伏里奥已经信了邪道，变成了一个十足的异教徒了。因为没有一个相信正道而希望得救的基督徒，会做出这种丑恶不堪的事情来的。他穿着黄袜子呢。

**托**：袜带是十字交叉的吗？

**玛**：再恶心不过的了，就像是个在寺院里开学堂的塾师先生，我像是他的刺客一样紧跟着他。我故意掉下来诱他的那封信上的话，他每一句都听从，他把脸笑得皱纹比新添上东印度群岛的增订地图上的线纹还多，你们从来不曾见过这样一个东西，我真忍不住要向他丢东西过去。我知道小姐一定会打他，要是她打了他，他一定仍然会笑，以为是一件大恩典。

---

① 勃朗派为英国伊丽莎白时代清教徒勃朗所创的教派。

**托:** 来,同我们去,同我们到他那儿去。(同下。)

# 第三场　街　道

(瑟巴士显及安东尼奥上。)

**瑟:** 我本来不愿意麻烦你,可是你既然这样喜欢自己劳碌,那么我也不再向你多话了。

**安:** 我抛不下你,我的愿望比磨过的刀还要锐利地驱迫着我。虽然为了要看见你起见,再远的路我也会跟着你去,可并不全然为着这个理由,我担心你在这些地方是个陌生人,路上也许会碰到些什么,一路没有朋友的异乡客,出门总有许多不方便。我的诚心的爱再加上这些使我忧虑的理由,才触动我来追赶你。

**瑟:** 我的善良的安东尼奥,除了感谢,感谢,永远的感谢之外,我再没有别的话好回答你。一件好事常常只换得一声空口的道谢,可是我的钱财如能跟我的衷心的感谢一样多,你的好心一定不会得不到重重的酬报。我们干些什么呢? 要不要去瞧瞧这城里的古迹。

**安:** 明天吧,先生,还是先去找个住处。

**瑟:** 我没有疲倦,等天黑还有许多时候,让我们去瞧瞧这儿的名胜,一饱眼福吧。

**安:** 请你原谅我,我在这一带街道上走路是冒着危险的。从前我曾经参加海战,和公爵的舰队作过对,那时我立了一点儿功,假如在这儿给捉到了,可不知要怎样抵罪哩。

**瑟:** 大概你杀死了很多人吧?

**安:** 我的罪名并不是这么一种杀人流血的性质,虽然照那时的情形和争执的激烈程度看来,很容易有流血的可能。本来也许以后我们把夺去了的还给他们,就可以和平解决,为了商业的缘故,我们大多数的城市都是这样的,可是我却不肯屈服。因此,要是我在这儿被捉到了的话,他们绝不会轻易放过我。

**瑟:** 那么你不要常常出来吧。

**安:** 那的确不大妥当。先生,这儿是我的钱袋,请你拿着吧。南郊的哀勒芬旅店是最好的住宿的地方,我先去订好膳宿。你可以在城里逛着见识见识,再到那边来见我好了。

**瑟:** 为什么你要把你的钱袋交给我?

**安:** 也许你会看中什么玩意儿想要买下。我知道你的钱不够,先生。

**瑟:** 好,我就替你保管你的钱袋。过一个钟头再见吧。

**安**:在哀勒芬旅店。

**瑟**:我记得。(各下。)

# 第四场　奥丽薇霞的园中

(奥丽薇霞及玛莉霞上。)

**奥**:我已经差人去请他了。假如他肯来,我要怎样款待他呢?我要给他些什么呢?因为年轻人常常是买来的,而不是讨来或借来的。我说得太高声了。马伏里奥在哪儿呢?他这人很严肃,懂得规矩,很配做我家里的仆人。马伏里奥在什么地方?

**玛**:他就来了,小姐,可是他的样子古怪得很。他一定给鬼迷了,小姐。

**奥**:啊,怎么啦?他在说胡话吗?

**玛**:不,小姐,他只是一味笑。他来的时候,小姐,您最好叫人保护着您。因为这人的神经有点儿不正常呢。

**奥**:去叫他来。(玛下。)他是痴汉,我也是个疯婆。他欢喜,我忧愁,一样糊涂。

(玛莉霞及马伏里奥重上。)

**奥**:怎样,马伏里奥!

**马**:亲爱的小姐,哈哈!

**奥**:你笑吗?我要差你做一件正经事呢,别那么快活。

**马**:不快活,小姐!我当然可以不快活,这种十字交叉的袜带扎得我血脉不通,可是那有什么要紧呢?只要能叫一个人看了欢喜,那就像诗上所说的“一人欢喜,人人欢喜”了。

**奥**:什么,你怎么啦,究竟是怎么一回事?

**马**:我的腿儿虽然是黄的,我的心儿却不黑。那话他已经懂得了,命令一定要服从。我想那一手簪花妙楷我们都是认得出来的。

**奥**:你还是睡觉去吧,马伏里奥。

**马**:睡觉去!好了,好人儿,我一定奉陪。

**奥**:上帝保佑你!为什么你这样笑着老是吻你的手?

**玛**:您怎么啦,马伏里奥?

**马**:多承见问!是的,夜莺应该回答乌鸦的问话。

**玛**:您为什么当着小姐的面这样放肆?

**马**:“不用惧怕富贵”,写得很好!

**奥**:你说那话是什么意思,马伏里奥?

**马**:"有的人是生来的富贵——"

**奥**:嘿!

**马**:"有的人是挣来的富贵——"

**奥**:你说什么?

**马**:"有的人是送上来的富贵"。

**奥**:上天保佑你!

**马**:"记着谁曾经赞美过你的黄袜子——"

**奥**:你的黄袜子!

**马**:"愿意看见你永远扎着十字交叉的袜带!"

**奥**:扎着十字交叉的袜带!

**马**:"好,只要你自己愿意,你就能出人头地。"

**奥**:我就可以出人头地?

**马**:"不然让我见你一辈子做个管家吧。"

**奥**:哎哟,这家伙简直中了暑在发疯了。

(一仆人上。)

**仆**:小姐,鄂西诺公爵的那位青年使者回来了,我好容易才请他过来。他在等候着小姐的意旨。

**奥**:我就去见他。(仆下。)好玛莉霞,这家伙要好好看管,我的叔父呢?

**托**:叫几个人加意留心着他,我希望他不要有什么意外。(奥、玛下。)

**马**:啊,哈哈!你现在走近我来了吗?不叫别人,却叫托培爵士来照看我!这正合信上所说的:她有意叫他来,好让我跟他顶撞一下,因为她信里正要我这样。"脱去你卑恭的旧习",她说,"对亲戚不妨分庭抗礼,对仆人不妨摆摆架子;你唇枪舌剑地讨论国家大事,装出一副矜持的样子",于是写着怎样扮起一副严肃的面孔,庄重的举止,慢声慢气的说话腔调,学着大人先生的样子,诸如此类。我已经捉到她了,可是那是上帝的功劳,感谢上帝!而且她刚才临去的时候,她说,"这家伙要好好照看。"不说马伏里奥,也不照我的地位称呼我,而叫我家伙。哈哈,一切都符合,一点儿没有疑惑,一点儿没有阻碍,一点儿没有不放心的地方。还有什么好说的呢?什么也不能阻止我达到我的全部的希望。好,干这种事情的是上帝,不是我,感谢上帝!

(玛莉霞、托培·贝尔区爵士、费边及马伏里奥上。)

**托**:凭着神圣的名义,他在哪儿?要是地狱里的群鬼都缩小了身子,一起走进他的身体里去,我也要跟他说话。

**费**:他在这儿,他在这儿。您怎么啦,大爷?您怎么啦,老兄?

马:走开,我用不着你,别搅扰了我的安静。走开!

玛:听,魔鬼在他嘴里说着鬼话了!我不是对您说过吗?托培老爷,小姐请您看顾看顾他。

马:啊!啊!她这样说吗?

托:好了,好了,别闹了吧!我们一定要客客气气对付他,让我一个人来吧。——你好,马伏里奥。你怎么啦?嘿,老兄!抵抗魔鬼呀!你想,你是人类的仇敌呢。

马:你知道你在说些什么话吗?

玛:你们瞧!你们一说了魔鬼的坏话,他就生气了。求求上帝,不要让他中了鬼迷才好!

费:把他的小便送到巫婆那边去吧。

玛:好,明天早晨一定送去。我的小姐舍不得他哩。

马:怎么,姑娘!

玛:主啊!

托:请你别闹,这不是个办法,你不见你惹他生气了吗?让我来对付他。

费:除了用软劲之外,没有别的法子。轻轻地,轻轻地,魔鬼是个粗坯,你要是跟他动粗是不行的。

托:喂,怎么啦,我的好家伙!你好,好人儿。

马:爵士!

托:哎,小鸡,跟我来吧。嘿,老兄!跟魔鬼在一起玩可不对。死的黑鬼!

玛:叫他念祈祷,好托培老爷,叫他祈祷。

马:念祈祷,小淫妇!

玛:你们听着,跟他讲到关于上帝的话,他就听不进去了。

马:你们全给我去上吊吧!你们都是些浅薄无聊的东西,我不是跟你们一样的人。你们就会知道的。(下。)

托:有这等事吗?

费:要是这种情形在舞台表演起来,我一定要批评它捏造得出乎情理之外。

托:他已经中计了,老兄。

玛:还是追上他去吧;也许这计策一漏了风,就会坏掉。

费:我们真的要叫他发起疯来。

玛:那时屋子里可以清静些。

托:来,我们要把他捆起来关在一间暗室里。我的侄女已经相信他疯了,我们可以这样依计而行,让我们开开心,叫他吃吃苦头。等到我们这玩笑开完了之后,再向他发起慈悲来，那时我们宣布我们的计策，把你封作疯人的发现者。可是瞧，瞧！

（盎厥鲁·埃求启克爵士上。）

费：又有别的花样来了。

盎：挑战书已经写好在此，你读读看，念上去就像酸醋胡椒的味道呢。

费：是这样厉害吗？

盎：对了，我向他保证的，你只要读着好了。

托：给我。

（读）"年轻人，不管你是谁，你不过是个下贱的东西。"

费：好，真勇敢！

托："不要吃惊，也不要奇怪为什么我这样称呼你，因为我不愿告诉你是什么理由。"

费：一句很好的话，这样您就可以不受法律的攻击了。

托："你来见奥丽薇霞小姐，她当着我的面把你厚待；可是你说谎，那并不是我要向你挑战的理由。"

费：很简单明白，而且不通极了。

托："我要在你回去的时候埋伏着等候你；要是命该你把我杀死的话——"

费：很好。

托："你便是个坏蛋和恶人。"

费：您仍旧避过了法律方面的责任，很好。

托："再会吧，上帝超度我们两人中一人的灵魂吧！也许他会超度我的灵魂，可是我比你有希望一些，所以你留心着自己吧。你的朋友，和你的势不两立的仇敌，盎厥鲁·埃求启克上。"——要是这封信不能触动他，那么他的两条腿也不能走动了。我去送给他。

玛：您有很凑巧的机会，他现在正在跟小姐谈话，等会儿就要出来了。

托：去，盎厥鲁大人，给我在园子角落里等着他，像个衙役似的，一看见他，便拔出剑来；一拔剑，就高声咒骂；一句可怕的咒骂，神气活现地从嘴里狂声傲气地发了出来，比真才实艺更能叫人相信他是个了不得的家伙。去吧！

盎：好，骂人的事情我自己会来。（下。）

托：我可不去送这封信。因为照这位青年的举止看来，是个很有资格很有教养的人，否则他的主人不会差他来拉拢我的侄女的。这封信写得那么奇妙不通，一定不会叫这青年害怕，他一定会以为这是一个呆子写的。可是，老兄，我要口头去替他挑战，故意夸张埃求启克的勇气，让这位仁兄相信他是个勇猛暴躁的家伙，我知道他那样年轻一定会害怕起来的。这样他们两人便会彼此害怕，一见面就像见了毒蜥蜴一样掉了魂魄。

费：他和您的侄女来了，让我们回避他们，等他告别之后再追上去。

托：我可以想出几句可怕的挑战话来。（托、玛下。）

（奥丽薇霞及薇俄拉重上。）

奥：我对一颗石子样的心太多费唇舌了，鲁莽地把我的名誉下了赌注。我心里有些埋怨自己的错，可那是个极其倔强的错，埋怨只能招来它一阵讪笑。

薇：我主人的悲哀也正和您这种痴情的样子相同。

奥：拿着，为我的缘故把这玩意儿带在你身上吧，那上面有我的小像，不要拒绝它，它不会多话讨你厌的，请你明天再过来。你无论向我要什么，只要对我的名誉没有妨碍，我都可以给你。

薇：我向您要的，只是请您把真心的爱给我的主人。

奥：那我已经给了你了，怎么还能凭着我的名誉再给他呢？

薇：我要去了。

奥：好，明天再来吧。再见！像你这样一个恶魔，我甘愿被你向地狱里拖。（下。）

（托培·贝尔区爵士及费边重上。）

托：先生，上帝保佑你！

薇：上帝保佑您，爵士！

托：准备着防御吧。我不知道你做了什么对不起他的事情，可是你那位对头满心怀恨，一股子的杀气在园子尽头等着你呢。拔出你的剑来，赶快预备好，因为你的敌人是个敏捷精明而可怕的人。

薇：您弄错了，爵士，我相信没人会跟我争吵，我完全不记得我曾经得罪过什么人。

托：你会知道事情是恰恰相反的，我告诉你，所以要是你看重你的生命的话，留点儿神吧，因为你的冤家年轻力壮，武艺不凡，火气又那么大。

薇：请问爵士，他是谁呀？

托：他是个不靠军功而受封的骑士，可是跟人吵起架来，那简直是个魔鬼，他已经叫三个人的灵魂出壳了。现在他的怒气已经一发而不可收，不把人杀死送进坟墓里去绝不肯甘心。他的格言是不管三七二十一，拼个你死我活。

薇：我要回到府里去请小姐派几个人给我保驾。我不会跟人打架，我听说有些人故意向别人寻事，试验他们的勇气，这个人大概也是这一类的。

托：不，先生，他的发怒是有充分理由的，因为你得罪了他，所以你还是上去答应他的要求吧。你不能回到屋子里去，除非你在没有跟他交手之前先跟我比个高低。所以上去吧，把你的剑赤条条地拔出来，无论如何你非得动一下手不可，否则以后你再不用带剑了。

薇：这真是既无礼又古怪，请您帮我一个忙，去问问那骑士看我得罪了他什么。那一定是我偶然的疏忽，绝不是有意的。

托：我就去问他。费边先生，你陪着这位先生等我回来。（下。）

薇：先生，请问您知道这是怎么一回事吗？

费：我知道那骑士对您很不乐意，抱着拼命的决心，可是详细的情形却不知道。

薇：请您告诉我他是个什么样子的人？

费：照他的外表上看起来，并没有什么惊人的地方，可是您跟他一交手，就知道他的厉害了。他，先生，的确是您在伊利里亚无论哪个地方所碰得到的最有本领最凶狠最厉害的敌手。您就过去见他好不好？我愿意替您跟他讲和，要是能够的话。

薇：那多谢您了。我是个宁愿亲近教士不愿亲近骑士的人，我不喜欢跟人争强斗胜。（同下。）

（托培及盎厥鲁重上。）

托：嘿，老兄，他才是个魔鬼呢，我从来不曾见过这么一个泼货。我跟他连剑带鞘较量了一回，他给我这么致命的一刺，简直无从招架，至于他还起手来，那简直像是你的脚踏在地上一样万无一失。他们说他曾经在波斯王宫里当过剑师。

盎：糟了！我不高兴跟他动手。

托：好，但是他可不肯善罢甘休呢，费边在那边简直拦不住他。

盎：该死！早知道他有这种本领，我应该不去惹他的。假如他肯放过这回，我情愿把我的灰色马儿送给他。

托：我去跟他说去。站在这儿，摆出些威势来，这件事情总可以和平了结的。（旁白）你的马儿少不得要让我来骑，你可大大地被我捉弄了。

（费边及薇俄拉重上。）

托：（向费）我已经叫他把他的马儿送上议和，我已经叫他相信这孩子是个魔鬼。

费：他也是大大地害怕着他，吓得心惊肉跳脸色发白，像是一头熊追在背后似的。

托：（向薇）没有法子，先生，他因为已经发过了誓，非得跟你决斗一下不可。他已经把这回吵闹考虑过，认为现在没有什么话好说的了，所以为了他所发的誓起见，拔出你的剑来吧，他声明他不会伤害你的。

薇：（旁白）求上帝保佑我！一点点事情就会让他们知道我是不配做个男人的。

费：要是你见他势不可当，就让让他吧。

托：来，盎厥鲁爵士，没有办法，这位先生为了他的名誉起见，不得不跟你较量一下，按着决斗的规则，他不能规避这一回事，可是他已经答应我，因为他是个堂堂君子又是个军人,他不会伤害你的。来吧,上去!

盎:求上帝让他不要背誓!(拔剑。)

薇:相信我,这全然不是出于我的本意。(拔剑。)

(安东尼奥上。)

安:放下你的剑。要是这位年轻的先生得罪了你,我替他担个不是;要是你得罪了他,我可不肯对你善罢甘休。(拔剑。)

托:你,朋友!咦,你是谁呀?

安:先生,我是他的好朋友,为了他的缘故,无论什么事情说得出的便做得到。

托:好吧,你既然这样喜欢管人家的闲事,我就奉陪了。(拔剑。)

费:啊,好托培老爷,住手吧!警官们来了。

托:过会儿再跟你算账。

薇:(向盎)先生,请你放下你的剑吧。

盎:好,放下就放下,朋友,我可以向你担保,我的话说过就算数。我是个听话受管束的人。

(二警吏上。)

甲吏:就是这个人,执行你的任务吧。

乙吏:安东尼奥,我奉鄂西诺公爵之命把你逮捕。

安:你看错人了,朋友。

甲吏:不,先生,一点没有错。我认识你的脸,虽然你现在头上不戴着水手的帽子。——把他带走,他知道我认识他的。

安:我只好服从。(向薇)这场祸事都是因为要来寻找你而起,不过没有办法,我必须认罪。现在我必须向你要回我的钱袋了,你准备怎样呢?让我伤心的不是我自个儿的遭遇,而是不能为你尽一点力。你奇怪吗?请你别难过了。

乙吏:不,朋友,走吧。

安:那些钱我得问你取些来。

薇:什么钱,先生?为了您在这里对我的善意相助,又见您现在的不幸,我愿意尽我的微薄之力借给你几个钱,我是个穷光蛋,我随身带着的钱,愿意和你平分。拿去吧,这是我一半的财产。

安:你现在不认得我了吗?难道我给你的好处还不够多吗?别以为我倒霉好欺负,要是我发起火来,我会什么也不顾的,向你一一诉说你的忘恩负义。

薇:我全然不知,你的音容笑貌我完全不熟悉。我恨人们的忘恩负义,比痛恨谎言、虚伪、多嘴、酗酒或者其他的人类所有的恶德都要厉害。

**乙吏**:好了,对不起,朋友,去吧。

**安**:我再说一句话,你们看看这个小子,他的命是我救的,我用我的爱心照顾着他,我还以为他是个好人,对他那样好。

**甲吏**:那跟我们有什么关系呢?别耽搁时间了,快走吧!

**安**:可是啊!这是天使一样的人,原来却是个魔鬼!瑟巴士显,我未免太羞辱你这副好容貌了。

心中之瑕疵才是真污垢,

无情之人才是败坏之流。

善就是美,但漂亮的罪恶,

是撒旦雕就文采的空匣。

**甲吏**:这个人疯了,带他走吧!来,过来,先生。

**安**:带我走吧。(警吏带安下。)

**薇**:他的话语句句出自真心;

但愿幻想的事不是虚幻,

是他将妹妹错认为哥哥!

**托**:过来,骑士,过来,费边,让我来给你们说几句聪明话。

**薇**:他提起瑟巴士显的名字。

我兄长正是我镜中影子,

兄妹俩生就得一模一样,

再加上穿衣打扮无差别;

但愿暴风雨改变了心肠,

无情的波涛变为了仁慈!(下。)

**托**:真是一个刁钻卑鄙的孩子,比兔子还胆小!他看着朋友有难而无动于衷,还要装作从不相识,由此可见他的恶习,至于他的懦弱呢,就去问费边好了。

**费**:一个懦夫,一个尊敬、畏惧上帝的懦夫。

**盎**:这个混蛋,我要赶上去揍他一顿。

**托**:好,狠狠地揍他一顿,但是不要用你的剑。

**盎**:如果我不——(下。)

**费**:走,让我们看看去。

**托**:我可以赌咒,到头来什么事也不会发生。(同下。)

# 第四幕

## 第一场　奥丽薇霞宅旁街道

（瑟巴士显及小丑上。）

丑：你要我相信我不是派来请你的吗？

瑟：行了，行了，你这个傻子，给我一边去。

丑：样子装得真好！好吧，我不认得你，我的小姐也没有派我来请你前去讲话，你也不叫西萨拉里奥大爷。什么都不是。

瑟：请你到别的地方胡言乱语去吧，你根本不认识我。

丑：胡言乱语！你从哪个大人物身上听了这句话，却用在一个傻瓜身上。胡言乱语！我担忧整个混乱的世界都要拿腔作调起来了。请你别那么怯懦，告诉我应该对我的小姐胡什么言乱什么语吧。是不是她说你就来？

瑟：傻瓜，请你到一边去吧，少不了给你钱的，要是你再不走，我就不给你那么多了。

丑：说实话，你倒是很大方。这样的聪明人把钱给一个傻瓜，就好比把多年的积蓄来换一句好话。

（盎厥鲁上。）

盎：啊，朋友，我们又见面了？吃这一下。（击瑟。）

瑟：好啊，给你也尝尝这一个，这一下，这一下！（打盎。）全部的人都疯狂了吗？

（托培·贝尔区爵士和费边上。）

托：住手，朋友，不然我要把你的刀子扔进屋里去了。

丑：我这就去把这件事告诉小姐。我不想费两便士换你们的一件衣服穿。（下。）

托：（拉瑟。）算了，朋友，停下吧。

盎：不，让他走吧。我要换一个办法来对付他。如果伊利里亚还有律条的话，我要告他非法殴打，虽然是我先动的手，不过那没有关系的。

瑟：把你的手放下！

托：行了，朋友，我不能让你走。来，我年轻的勇士，丢掉你的武器。你已经火冒三丈了，来吧。

瑟：你休想抓住我。（挣脱。）你现在想怎么样？如果你有胆量话，抽出你的剑吧。

**托**：怎么！怎么！那我就要让你流几滴鲁莽的血。（拔剑。）

（奥丽薇霞上。）

**奥**：停下，托培！我命令你！

**托**：小姐！

**奥**：有这样的事吗？忘恩负义之人！只配住在没有礼貌和修养的深山老林里。走开！——不要生气，我的西萨拉里奥。——蠢货，滚开！（托、盎、费同下。）我的朋友，你是个宽宏大量的人，这次的惊扰实在是太无礼了，太不像话了，请您不要动气。随我到寒舍去吧，我实话告诉你，你这个坏蛋曾多少次毫无缘由地惹弄是非，你听了就可以把这回事情一笑置之了。你一定要去，别推托！他的灵魂该受天戮，为你惊起了我心头的小鹿。

**瑟**：滋味难名，不识其中奥妙，是疯眼昏迷？是梦魂颠倒？心愿魂永远在忘河沉浸，有这般好梦再不需醒！

**奥**：请你来吧，你得听我的话。

**瑟**：小姐，遵命。

**奥**：但愿这回非假！（同下。）

## 第二场　奥丽薇霞宅中一室

（玛莉霞及小丑上；马伏里奥在相接的暗室内。）

**玛**：我请你把这件袍子穿上，这把胡须套上，让他相信你是副牧师托伯斯师傅。快些，我就去叫托培老爷来。（下。）

**丑**：好，我就穿起来，假装一下，我希望我是第一个扮作这种样子的。我的身材不够高，穿起来不怎么神气。略微胖一点儿，也不像个用功念书的，可是给人称赞一声是个老实汉子和很好的当家人，也就跟一个用功的读书人一样好了。——那两个同党来了。

（托培·贝尔区爵士及玛莉霞上。）

**托**：上帝祝福你，牧师先生！

**丑**：早安，托培大人！目不识丁的泊来格的老隐士曾经向高波得克王的侄女说过这么一句聪明话："是什么，就是什么。"因此我是牧师先生，我便是牧师先生；因为"什么"即是"什么"，"是"即是"是"。

**托**：走过去，托伯斯师傅。

**丑**：呃哼，喂！这监狱里平安呀！

托:这小子装得很像,好小子。

马:(在内)谁在叫?

丑:副牧师托伯斯师傅来看疯人马伏里奥来了。

马:托伯斯牧师,托伯斯师傅,托伯斯师傅,请您到我小姐那儿去一趟。

丑:滚你的,大魔鬼!瞧这个人给你缠的这样子!只晓得嚷小姐吗?

托:说得好,牧师先生。

马:(在内)托伯斯师傅,我从来不曾被这样冤枉过。托伯斯好师傅,别以为我疯了。他们把我关在这个暗无天日的地方。

丑:啐,你这不老实的撒旦!我用最客气的称呼叫着你,因为我是个最有礼貌的人,即使对于魔鬼也不肯失礼。你说这屋子是黑的吗?

马:像地狱一样,托伯斯师傅。

丑:嘿,它的凸窗像壁垒一样透明,它的向着南方、北方的顶窗像乌木一样发光呢,你还说看不见吗?

马:我没有发疯,托伯斯师傅。我对您说,这屋子是黑的。

丑:疯子,你错了。我对你说,世间并无黑暗,只有愚昧。埃及人在大雾中辨不清方向,还不及你在愚昧里那样发昏。

马:我说,这座屋子简直像愚昧一样黑暗,即使愚昧是像地狱一样黑暗。我说,从来不曾有人给人这样欺侮过。我并不比您更疯,您不妨提出几个合理的问题来问我,试试我疯不疯。

丑:毕达哥拉斯对于野鸟有什么意见?

马:他说我们祖母的灵魂也许曾经在鸟儿的身体里寄住过。

丑:你对于他的意见觉得怎样?

马:我认为灵魂是高贵的,绝对不赞成他的说法。

丑:再见,你在黑暗里住下去吧。等到你赞成了毕达哥拉斯的说法之后,我才可以承认你的头脑健全。留心别打山鹬,因为也许你要害得你祖母的灵魂流离失所了。再见。

马:托伯斯师傅!托伯斯师傅!

托:我了不得的托伯斯师傅!

丑:嘿,我可真是多才多艺呢。

玛:你就是不挂胡须不穿道袍也没有关系,他又看不见你。

托:你再用你自己的口音去跟他说话,看清情形再来告诉我。我希望这场恶作剧快快告个段落,要是不妨把他释放,我看就放了他吧,因为我已经大大地失去了我侄

151

女的欢心,倘把这玩意儿继续闹下去,恐怕不大妥当。等会儿到我的屋子里来吧。(托、玛下。)

丑:嗨,罗宾,快活的罗宾哥,问你的姑娘近况如何?

马:傻子!

丑:不骗你,她心肠有点硬。

马:傻子!

丑:唉,为了什么原因,请问?

马:喂,傻子!

丑:她已经爱上了别人。——嘿!谁叫我?

马:好傻子,谢谢你给我送一支蜡烛,笔,墨水和纸张来,以后我不会亏待你的。君子不撒谎,我永远感你的恩。

丑:马伏里奥大爷吗?

马:是的,好傻子。

丑:唉,大爷,您怎么会发起疯来呢?

马:傻子,从来不曾被这样欺侮过。我的头脑跟你一样清醒呢,傻子。

丑:跟我一样?那么您真的是疯了,要是您的头脑跟傻子差不多。

马:他们把我当做一件家具看待,把我关在黑暗里,差牧师们,那些蠢驴子来看我,千方百计地想把我弄昏头。

丑:您说话留点儿神吧,牧师就在这儿呢。——马伏里奥,马伏里奥,上天保佑你明白过来吧!好好地睡睡觉儿,别啰里啰唆地讲空话。

马:托伯斯师傅!

丑:别跟他说话,好伙计。——谁?我吗,师傅?我可不要跟他说话哩,师傅上帝和您同在,好托伯斯师傅!——呃,阿门!——好的,师傅。

马:傻子,傻子,傻子,我对你说!

丑:唉,先生,您耐心点吧!您说什么,师傅?——师傅埋怨我跟您说话呢。

马:傻瓜,拿给我一点儿纸和灯火吧。我给你说,我和伊利里亚不论哪个人都一样头脑清醒呢。

丑:唉,但愿如此呢,先生!

马:我对上帝发誓我没有疯。傻瓜,找些墨水来,纸张和灯火,我写完之后,麻烦你把它送给小姐。你把这封信送到,我会给你一笔很大的酬劳。

丑:我很乐意为您效劳。不过说实话,您到底是真疯了还是在装疯?

马:实话告诉你,我真的没有疯。

**丑**:唉,我可不相信一个疯子的话,除非我看见了他的脑子。我去给你拿墨水、纸张和蜡烛来。

**马**:好傻子,我定会重重酬谢你的。请赶快去吧。

**丑**:先生我走了,

请少安毋躁,

用不了一会儿的时光,

小妖再来见魔王;

手提木板刀,如火胸中烧,

对着魔王乐呵呵,

样子像个疯孩子,

大人不要恼,

给您剪指甲,

再会,魔王爷爷!(下。)


## 第三场　奥丽薇霞的花园

(瑟巴士显上。)

**瑟**:这是天空,那是辉煌的太阳,就是她赠与我的宝石,我看得见摸得着,虽然怪事一桩桩,不过却不是疯狂。安东尼奥去哪里了? 我在哀勒芬旅店里寻他不见,不过他曾去过那里,听说他到城中各处找我去了。我现在非常需要他的指点,因为虽然我觉得这也是开始于错误,但并不是疯狂之举,但是这种意外与不期而降的好运未免太突然了,太让人难以理解了,我真不敢相信自己的眼睛,不论我的理智怎样对我解释,我总认为我和这位小姐一定有一个是发疯的。可是,如果真是如此的话,她断然不会那样有条不紊,那么气定神闲地做她的家务,指使她的仆人,打理所有的事情,如同我亲眼目睹那样,其中必有原因。她来了。

(奥丽薇霞及一牧师上。)

**奥**:不要怪我太心急。如果你没有坏主意的话,我们现在就和这位神父到我家的礼拜堂去吧。当着他的面,在那座圣堂的屋檐下,你要向我毫无保留地证明你的忠诚,好安定我小心多疑的心。他能保守我们的秘密,直到你愿意宣布按照着我的身份婚礼将什么时候举行。你说如何?

**瑟**:我愿意与二位前往,发过的誓言永不能欺冈。

**奥**:走吧,神父,愿上帝保佑,让阳光照着我们大醉!(同下。)

153

# 第五幕

## 第一场　奥丽薇霞门前街道

（小丑及费边上。）

**费**：看在咱俩交情的分上，让我看一看他的信吧。

**丑**：我的费边先生，答应我一个请求。

**费**：说吧。

**丑**：不要向我要这封信。

**费**：这就好比说，送给别人一条狗，然后为了报偿他，再把那条狗送回去。

（公爵、薇俄拉、邱里奥及侍从等上。）

**公**：我的朋友们，你们都是奥丽薇霞小姐府中的人吗？

**丑**：正是，殿下，我们都是。

**公**：我见过你，你好吗，我的朋友？

**丑**：实不相瞒，殿下，我的对头让我好些，我的朋友让我坏些。

**公**：正好相反，你的朋友让你好些。

**丑**：不是，殿下，坏些。

**公**：这是为何呢？

**丑**：哦，殿下，他们夸奖我，把我当成一头驴子耍弄，但我的对头却明明白白地告诉我，我是一头驴子。所以，殿下，多亏我的对头我才能明白自己，而我的朋友却使我被蒙骗。因此，两个男女合起来就是一个亲吻，双重否定就等于一个肯定。如果四个否定就是两个肯定，所以仇敌好而朋友坏了。

**公**：哦，这样说对极了！

**丑**：说良心话，殿下，这半点儿都不好，虽然您肯做我的朋友。

**公**：我不会让你坏些，给你钱。

**丑**：假如不是怕犯了诈骗钱财的罪名，殿下，我真希望这个数目能增加一倍。

**公**：啊，你的这个主意真好。

**丑**：把您大方的手放进您的钱袋里去，殿下，只此一回，不要犹豫了吧。

**公**：好的，给你。

丑：掷骰子有一二三，俗话说，"再一再二不能再三"，跳舞要用三拍子，您只要听一下圣裴乃脱教堂的钟声就行了，殿下——一，二，三。

公：这次你骗不走我的钱了。如果你愿意去对你的小姐说我在这儿等着她，和她一块来这儿的话，那或许我会再慷慨一次的。

丑：好吧，殿下，为您的慷慨唱个安眠曲，在这等着吧。我去了，殿下，但是我希望您能清楚我要钱并不是贪婪。好吧，殿下，就按您说的，让您的慷慨休息一会儿，一会儿我再来叫醒它吧。（下。）

薇：殿下，这个来的人就是打了我的。

（安东尼奥及警吏上。）

公：我很清楚地记得他那张脸，不过上次我见到他的时候，他脸上涂得很黑，就如硝烟里的佛尔坎一般。他是一个小小的舰长，可是却使我们舰队中最好的船只大遭损失，就是给他打败的人也不得不佩服他。为了什么事？

吏：启禀殿下，这就是在坎迪地方把"凤凰号"和它的货物劫了去的安东尼奥，也就是在"猛虎号"上把您的侄子泰脱斯削去了腿的那人。我们在这儿的街道上看见他穷极无赖，在跟人家打架，因此抓了来了。

薇：殿下，他曾经拔刀相助，帮过我忙，可是后来却对我说了一番奇怪的话，似乎发了疯似的。

公：好一个海盗！你怎么敢凭着你的愚勇，投身到被你用血肉和巨量的代价结下冤仇的人们的手里呢？

安：尊贵的鄂西诺，请允许我洗刷去您给我的称呼，安东尼奥从来不曾做过海盗，虽然我有充分的理由和原因承认我是鄂西诺的敌人。一种魔法把我吸引到这儿来。在您身边的那个最没有良心的孩子，是我从汹涌的怒海的吞噬中救出来的，否则他已经毫无希望了。我给了他生命，又把我的友情无条件地完全给了他，为了他的缘故，纯粹出于爱心，我冒着危险出现在这么倒运的城里，见他给人包围了，就拔剑相助，可是我遭了难，他的邪恶的心肠因恐我连累他受罪，便假装不认识我，一霎眼就像已经暌违了二十年似的，甚至于我在半点钟前给他任意使用的我自己的钱袋，也不肯还给我。

薇：怎么会有这种事呢？

公：他是什么时候到这城里来的？

安：今天，殿下，三个月来，我们朝朝夜夜都在一起，不曾有一分钟分离过。

（奥丽薇霞及侍从等上。）

公：这里来的是伯爵小姐，天神降临人世了！——可是你这家伙，完全在说疯话，这

155

孩子已经侍候我三个月了。那种话等会儿再说吧。把他带到一旁去。

**奥:** 殿下有什么指示？除了断难遵命的一件事之外，凡是奥丽薇霞力所能及的，一定愿意效劳。——西萨拉里奥，你失了我的约啦。

**薇:** 小姐！

**公:** 温柔的奥丽薇霞！——

**奥:** 你怎么说，西萨拉里奥？——殿下，——

**薇:** 我的主人要跟您说话，因为地位关系我不能开口。

**奥:** 殿下，要是您说的仍旧是那么一套，我可已经听厌了，就像奏过音乐以后的叫号一样令人不耐烦。

**公:** 仍旧是那么残酷吗？

**奥:** 仍旧是那么坚定，殿下。

**公:** 什么，坚定得不肯改变一下你的怪僻吗？你这无礼的女郎！向着你的无情的不仁的祭坛，我的灵魂已经用无比的虔诚吐露出最忠心的献礼。我还有什么办法呢？

**奥:** 办法就请殿下自己斟酌吧。

**公:** 假如我狠得起那么一条心，为什么我不可以像临死时的埃及大盗一样，把我所爱的人杀死了呢？蛮性的嫉妒有时也带着几分高贵的气质。但是你听着我吧，既然你漠视我的诚意，我也有些知道谁在你的心中夺去了我的位置。你就继续做你的铁石心肠的暴君吧，可是你所爱着的这个宝贝，我指天发誓我曾经那样宠爱着他，我要把他从你的那双冷酷的眼睛里除去，免得他傲视他的主人。来，孩子，跟我来。我的恶念已经成熟，我要牺牲我钟爱的羔羊，白鸽的外貌、乌鸦的心肠。（走。）

**薇:** 我甘心情愿受一千次死罪，只要您的心里得到安慰。（随行。）

**奥:** 西萨拉里奥到哪儿去？

**薇:** 追随我所爱的人，

我爱他甚于生命和眼睛，

远过于对于妻子的爱情。

愿上天监察我一片诚挚，

倘有虚谎我绝不辞一死！

**奥:** 哎哟，他厌弃了我！我受了欺骗了！

**薇:** 谁把你欺骗？谁给你受气？

**奥:** 才不久你难道已经忘记？——请神父来。（一侍从下。）

**公:** （向薇）去吧！

**奥:** 到哪里去，殿下？西萨拉里奥，我的夫，别去！

公：你的夫？

奥：是的，我的夫，他能抵赖吗？

公：她的夫？嘿！

薇：不，殿下，我不是。

奥：唉！是你的卑怯的恐惧使你否认了自己的身份。不要害怕，西萨拉里奥，别放弃你的地位。你知道你是什么人，要是承认了出来，你就跟你所害怕的人并肩相垮了。

（牧师上。）

奥：啊，欢迎，神父！神父，我请你凭着你的可尊敬的身份，到这里来宣布你所知道的关于这位少年和我之间不久前的事情，虽然我们本来预备保守秘密，但现在不得不在时机未到之前公布了。

牧：一个永久相爱的盟约，已经由你们两人握手缔结，用神圣的吻证明，用戒指的交换确定了。这婚约的一切仪式，都由我主持作证，照我的表上所指示，距离现在我不过向我的坟墓走了两小时的行程。

公：唉，你这骗人的小畜生！等你年纪大了起来，你会是个怎样的人呢？

也许你过分早熟的奸诡，

反会害你自己身败名毁。

别了，你尽管和她论嫁娶，

可留心以后别和我相遇。

薇：殿下，我要声明，——

奥：不要发誓，放大胆些，别亵渎了神祇！

（盎厥鲁·埃求启克爵士头破流血上。）

盎：看在上帝的分上，叫个外科医生来吧！立刻去请一个来瞧瞧托培爵士。

奥：什么事？

盎：他把我的头给打破了，托培爵士也给他弄得满头是血。看在上帝的分上，救救命吧！谁要是给我四十镑钱，我也宁愿回到家里去。

奥：谁干了这种事，盎厥鲁爵士？

盎：公爵的跟班，名叫西萨拉里奥的。我们把他当做一个孱头，哪晓得他简直是个魔鬼。

公：我的跟班西萨拉里奥？

盎：他妈的！他就在这儿。你无缘无故敲破我的头！我不过是在托培爵士的怂恿下才动手的。

157

**薇**：你为什么对我说这种话呢？我没有伤害你呀。你自己无缘无故向我拔剑，可是我对你很客气，并没有伤害你。

**盅**：假如一颗血淋淋的头可以算得是伤害的话，你已经把我伤害了，我想你以为满头是血，是不算什么一回事的。托培爵士一瘸一拐地来了——

（托培·贝尔区爵士由小丑搀扶醉步上。）

**盅**：还有话要跟你说呢，可是倘不是因为他喝醉了酒的话，他一定不会那样招惹你的。

**公**：怎么，老兄！你怎么啦？

**托**：有什么关系？他把我打坏了，还有什么别的说的？傻瓜，你有没有看见狄克医生，傻瓜？

**丑**：喔！他在一个钟头之前喝醉了，托培老爷，他的眼睛在早上八点钟就昏花了。

**托**：那么他便是个踱着八字步的混蛋，我顶讨厌酒鬼。

**奥**：把他带走！谁把他们弄成这样子的？

**盅**：我来扶着您吧，托培爵士，咱们一块儿裹伤口去。

**托**：你来扶着我，蠢驴，傻瓜，混蛋，笨鹅！

**奥**：招呼他上床去，他的伤口好好看顾一下。（丑、费、托、盅同下。）

（瑟巴士显上。）

**瑟**：小姐，我很抱歉伤了令亲，可是即使他是我的同胞兄弟，为了自卫起见我也只好出此手段。您用那样冷淡的眼光瞧着我，我知道我一定冒犯您了，原谅我吧，好人，看在不久以前我们彼此立下的盟誓分上。

**公**：一样的面孔，一样的声音，一样的装束，化成了两个身体，一副天然的幻境，真实和虚妄的对照！

**瑟**：安东尼奥！啊，我的亲爱的安东尼奥！自从我不见了你之后，我的时间过得多么痛苦啊！

**安**：你是瑟巴士显吗？

**瑟**：难道你不相信是我吗，安东尼奥？

**安**：你怎么会分身呢？把一个苹果切成两半，也不会比这两人更为相像。哪一个是瑟巴士显？

**奥**：真奇怪呀！

**瑟**：那边站着的是我吗？我从来不曾有过一个兄弟，我又不是一尊无所不在的神明。我只有一个妹妹，但已经被汹涌的波涛卷去了。对不起，请问你我之间有什么关系？你是哪一国人？叫什么名字？谁是你的父母？

158

**薇**:我是梅萨琳人。瑟巴士显是我的父亲,我的哥哥也是一个像你一样的瑟巴士显,他葬身于海洋中的时候也穿着像你一样的衣服。要是灵魂能够照着在生时的形状和服饰而出现,那么你是来吓我们的。

**瑟**:我的确是一个灵魂,可是还没有脱离我的生而具有的物质的皮囊。你的一切都能符合,只要你是个女人,我一定会让我的眼泪滴在你的脸上,而说:"大大地欢迎,溺死了的薇俄拉!"

**薇**:我的父亲额角上有一颗黑痣。

**瑟**:我的父亲也有。

**薇**:他死的时候薇俄拉才十三岁。

**瑟**:唉!那记忆还鲜明地留在我的灵魂里。他的确在我妹妹刚满十三岁的时候完成了他人世的任务。

**薇**:假如只是我这一身佞妄的男装阻碍了我们彼此的欢欣,那么等一切关于地点、时间、遭遇的枝节完全衔接,证明我确实是薇俄拉之后,再拥抱我吧。我可以叫一个在这城中的船长来为我证明,我的女衣便是寄放在他那里的。多亏他的帮忙,我才侥幸保全了生命,能够来侍候这位尊贵的公爵。此后我便一直奔走于这位小姐和这位贵人之间。

**瑟**:(向奥)小姐,原来您是弄错了,但那也是心理上的自然的倾向。您本来要跟一个女孩子订婚,可是您认错了人,现在同时成为一个女人和一个男人的未婚妻子。

**公**:不要惊骇,他的血统也很高贵。要是这回事情果然是真,看来似乎不是一面骗人的镜子,那么在这番最幸运的覆舟里我也要沾一点儿光。(向薇)孩子,你曾经向我说过一千次绝不会爱一个女人像爱我一样。

**薇**:那一切的话我愿意再发誓证明,那一切的誓言我都要坚守在心中,就像分隔昼夜的天球中蕴藏着烈火一样。

**公**:把你的手给我,让我瞧你穿了女人的衣服是什么样子。

**薇**:把我带上岸来的船长那里存放着我的女服,可是他现在跟这儿小姐府上的管家马伏里奥有点讼事,被拘留起来了。

**奥**:一定要放他出来,去叫马伏里奥来。——唉,我现在记起来了,他们说,可怜的人,他的神经病很厉害呢。因为我自己在大发其疯,所以把他完全忘记了。

(小丑持信及费边上。)

**奥**:你怎么啦,狗才?

**丑**:启禀小姐,我总算很尽力抵挡着魔鬼。他写了一封信给您,我本该今天早上就给您的,可是疯人的信不比福音,送没送到都没有关系。

莎士比亚戏剧集

奥:拆开来读给我听。

丑:傻子要念疯子的话了,请你们洗耳恭听。(读)"凭着上帝的名义,小姐,——"

奥:怎么!你疯了吗?

丑:不,小姐,我在读疯话呢。小姐您既然要我读这种东西,那么您就得准许我疯声疯气地读。

奥:(向费)喂,还是你读吧。

费:(读)"凭着上帝的名义,小姐,你屈待我了。全世界都要知道这回事,虽然您已经把我幽闭在黑暗里,叫您的醉酒的叔叔看管我,可是我的头脑跟小姐您一样清楚呢。您自己骗我打扮成那个样子,您的信还在我手里,我可以用它来证明我自己的无辜,可是您的脸上却不好看哩。随您把我怎样想吧。因为冤枉难明,不得不暂时僭越了奴仆的身份,请您原谅。被虐待的马伏里奥上。"

奥:这封信是他写的吗?

丑:是的,小姐。

公:这倒不像是个疯子的话哩。

奥:去把他放出来,费边,带他到这儿来。(费下。)殿下,看到了这种事情,我们虽然没有缘分,可是假如您肯把我当个妹妹看待,大家不仍旧是一家人吗?倘不嫌弃,请就在这儿住下,容我略尽地主之谊。

公:小姐,多蒙厚意,敢不领情。(向薇)你的主人解除你的职务了。为了你的事主的勤劳,不顾到那种事情多么不适于你的娇弱的身份和优雅的教养,你既然一直把我称作主人,从此以后,你便是你主人的主妇了。握着我的手吧。

奥:你是我的妹妹了!

(费边偕马伏里奥重上。)

公:这便是那个疯子吗?

奥:是的,殿下,就是他。——怎样,马伏里奥!

马:小姐,您屈待了我,大大地屈待了我!

奥:我屈待了你吗,马伏里奥?没有的事。

马:小姐,您屈待了我。请您瞧这封信,您能抵赖说那不是您写的吗?您能写几笔跟这不同的字,几句跟这不同的句子吗?您能说这不是您的笔迹,不是您的大作吗?您可不能否认。好,那么承认了吧,凭着您的贞洁告诉我:为什么您向我表示这种露骨的恩意,吩咐我见您的时候面带笑容,扎着十字交叉的袜带,穿着黄袜子,对托培大人和下人要皱眉头?我怀着满心希望,一切服从您,怎么您要把我关起来,禁锢在暗室里,叫牧师来看我,给人当做大傻瓜愚弄?告诉我为什么?

奥：唉！马伏里奥，这不是我写的，虽然我承认很像我的笔迹，可这肯定是玛莉霞所写。我现在想起来了，她是头一个告诉我你发疯的，那时你就一路狂笑而来，那情形就跟信里所说的一模一样，别烦恼了，这场阴谋未免太恶作剧了，等我们调查清楚了缘由和主谋之后，你可以既做原告也当审判官来审这件案子。

费：好小姐，听我一言，休要让争吵和口角败坏了当前的兴会。我坦诚是我和托培老爷因看不上这个马伏里奥的放肆无礼，才想出的这个办法。只因抵挡不住托培老爷的请求，玛莉霞才写的那封信，为了报答她，他已经和她结婚了。如果把两方所受的难堪综合判断起来，那这种恶作剧般的戏谑就当一个笑话，不必计较了吧。

奥：唉，可怜的傻瓜，他们太欺负你了！

丑：呃，"有人的富贵是生来就有的，有人的富贵是辛苦挣来的，有人的富贵是天上掉下来的"。我在这出戏文里也是一个角色呢，大爷，托伯斯师傅就是我，大爷，但这可没什么关系。"以上帝的名义发誓，傻瓜，我没疯。"可是您还记得吗？"小姐，为什么您要对这么一个呆头呆脑的傻瓜发笑？您若是不笑，他就无法开口了。"六十年风水轮流转，这次也该轮到您了。

马：我一定要出这口恶气，你们这些人我一个也不会放过。（下。）

奥：他太受别人欺负了。

公：把他追回来，和他讲和，他还没有把那船长的故事给我们说哩。等我们明白了以后，选择良辰吉时，我们就可以举行庄重的结合的仪式。贤妹，现在我们还不会离开这里。西萨拉里奥，过来吧。当你还是个男子汉时，你就是西萨拉里奥。——当你换上了别的衣装，你才是鄂西诺的心上人。（除小丑外众下。）

  （唱）

  当初我是个年幼郎，

  嗨，呵，一霎儿雨一霎儿风；

  做些傻事毫无思量，

  日日雨雨哟又风风。

  年岁日增不思进取，

  嗨，呵，一霎儿雨一霎儿风；

  处处饱吃了闭门羹，

  日日雨雨哟又风风。

  娶妻生子匆忙奔波，

  嗨，呵，一霎儿雨一霎儿风；

  法螺难医那肚子饿，

日日雨雨哟又风风。

半壶浊酒往嘴里灌，

嗨，呵，一霎儿雨一霎儿风；

掀开了被窝三不管，

日日雨雨哟又风风

天地混沌几多岁年，

嗨，呵，一霎儿雨一霎儿风；

咱们的戏文已完篇，

愿君观后舒眉展颜！（下。）

# 剧中人物

法国国王

佛罗伦斯公爵

贝特兰　罗西昂伯爵

拉敷　法国宫廷中的老臣

巴洛　贝特兰的侍从

罗西昂　伯爵夫人的管家

拉伐契　伯爵夫人府中的弄人

一侍童

罗西昂伯爵夫人　贝特兰之母

海伦娜　寄养于伯爵夫人府中的少女

佛罗伦斯一老寡妇

黛安娜　寡妇之女

梵奥伦泰 ⎫
玛丽安娜 ⎭ 寡妇的邻居女友

法国及佛罗伦斯的群臣,差役,兵士等

# 地　点

罗西昂;巴黎;佛罗伦斯;马赛

# 第一幕

## 第一场　罗西昂。伯爵夫人府中一室

（贝特兰、罗西昂伯爵夫人、海伦娜、拉敷同上；均着丧服。）

**夫人：**未亡人刚遭变故，现在我儿又要离我远去，这真让我伤心难过啊。

**贝：**母亲，我悲痛父亲的泪痕犹在，现在又要因离您远去而泪流不止了。但是孩儿蒙受王上厚恩，理该尽忠效劳，他的命令我不能不从啊。

**拉：**夫人，尊夫虽然不幸过世，王上定会一如既往地尽力照顾你，他也会像对待自己儿子一样来对待令郎的。不要说王上圣恩浩荡，德泽四方，绝不会对您不管不问，就凭着夫人的淑德，不论多么刻薄寡义之人，都愿意真诚相助的。

**夫人：**听说王上圣体微恙，不知有没有诊治？

**拉：**夫人，他已经拒绝了所有的医生。他曾把痊愈的希望寄托于他们的诊治，但是百般医治还是没有起色，痊愈的希望一天比一天渺茫了。

**夫人：**可惜这位年轻姑娘的父亲现在已经不在人世了！他不但医德高尚，而且医术高明，如果假以天年，让他能够得以深造，那也许真可能使世人都得长生，死神也将无所用处了。如果他现在还活着，王上的病一定会治愈的。

**拉：**夫人，您说的这个人叫什么名字？

**夫人：**大人，他在杏林这一带也是声名显赫的，并且不是浪得虚名，他的名字叫杰拉·特·拿湝。

**拉：**啊，夫人，原来是他啊，他的确是一位好医生，王上最近还称许过他的医术，惋惜他过早地去世。如果学问真能与死亡抗争，那凭着他的本领，他应该还健在的。

**贝：**大人，王上得的到底是什么病？

**拉：**他得的是瘘管症。

**贝：**我从来没听说过这个病名。

**拉：**但愿这病对所有的世人都是生疏的。杰拉·特·拿湝的女儿就是这位姑娘吧？

**夫人：**她是他的独生女，大人，在他临死的时候，他把她托付给了我。她富有淳厚优美的品质，而且受过良好的教育，我对她抱有很大的期望。一个内心不纯正的人，即便有些优点，别人在赞赏她的时候，总免不了要带一些惋惜，不过她的正直善良的天赋,完备的教育培养了她的品德。

**拉:** 夫人,您这样赞许她,使她激动得流泪了。

**夫人:** 女孩子听到人家赞许而流泪,与她的身份是最适宜的。每次她想起她的父亲,总是感伤身世而愁容满面。海伦娜,别难过了,好了,别人看见你这样,或许会说你是故意装出来的。

**拉:** 适当的哀痛是对于死者应有的情分,过分的伤痛就是对生命的摧残了。

**贝:** 母亲,请祝福我吧。

**夫人:** 祝福你,贝特兰,愿你不仅在外表上像你的父亲,在气概风度上也能够克绍箕裘,愿你的德行相称你的高贵的血统!对众人一视同仁,对少数人推心置腹,对任何人不要亏负;在能力上你应当能和你的敌人抗衡,但不要因为争强好胜而炫耀你的才干;对于你的朋友,你应该开诚相与;宁可被人责备你木讷寡言,不要让人嗔怪你多言偾事。愿上天的护佑和我的祈祷降临到你的头上,再会,大人,他是一个不懂世故的孩子,请您多多指教他。

**拉:** 夫人,您放心吧,他不会缺少愿意尽力帮助他的朋友。

**夫人:** 上天祝福他!再见,贝特兰。(下。)

**贝:** (向海)愿你一切如意!好好安慰我的母亲,你的女主人,替我加意侍候她老人家。

**拉:** 再见;好姑娘,愿你不要辱没了你父亲的名誉。(贝、拉下。)

**海:** 唉!要是真是如此就好了。我没有想到我的父亲,我这些滔滔的眼泪,虽然好像是一片孺慕的哀忱,却不是为他而流。他的容貌怎样,我也早就忘记了,在我的想象之中,除了贝特兰以外没有别人的影子。我现在一切都完了!要是贝特兰离我而去,我还有什么生趣?我正像爱上了一颗灿烂的明星,痴心地希望着有一天能够和它结婚,它是这样高不可攀;我不能逾越我的名分和它的亲近,只好在它的耀目的光华下,沾取它的几分余辉,安慰安慰我的饥渴。我的爱情的野心使我备受痛苦,希望和狮子匹配的驯鹿,必须为爱而死。每时每刻看见他,是愉快也是痛苦;我默坐在他的旁边,在心灵上深深地刻画着他的秀曲的眉毛,他的敏锐的眼睛,他的迷人的鬈发,他那可爱的脸庞上的每一根线条,每一处微细的特点,都会清清楚楚地摄在我的心里。可是现在他去了,我的爱慕的私衷,只好以眷怀旧日的陈迹为满足。——谁来啦?这是一个和他同去的人,为了他的缘故我爱他,虽然我知道他是一个出了名的爱造谣言的人,是一个傻子,也是一个懦夫。

(巴洛上。)

**巴:** 您好,美貌的女士!您是不是在想着处女的贞操的问题?

**海:** 是啊,你还有几分军人的经验,让我请教你一个问题。男人是处女贞操的仇敌,我们应当怎样实施封锁,才可以防御他?

巴:不要让他进来。

海:可是他会向我们进攻,我们的贞操虽然奋勇抵抗,毕竟是脆弱的。告诉我们一些有效的防御战略吧。

巴:没有,男人不动声色坐在你的面前,他会在暗中埋下地雷,把你的贞操轰破的。

海:上帝保佑我们可怜的贞操不要给人这样轰破!那么难道处女们就不能采取一种战术,把男人轰得远远的吗?

巴:处女的贞操轰破了以后,男人就会更快地被轰得远远的。在自然界中,保全处女的贞操绝非良策,贞操的丧失是合理的增加,倘不先把处女的贞操破坏,处女们从何而来?贞操一次丧失可以十倍增加,永远保持,就会永远失去。这种冷冰冰的东西,你要它做什么!

海:我还想暂时保全它一下,虽然也许我会因此而以处女终老。

巴:那未免太说不过去了,这是违反自然界的法律的。你要是为贞操辩护,等于诋毁你的母亲,那就是忤逆不孝。以处女终老的人,等于自己杀害了自己,这种女人应该让她露骨道旁,不让她的尸体进入圣地,因为她是反叛自然意志的罪人。贞操像一块干酪一样,搁的日子长久了就会生虫霉烂,而且它是一种乖僻骄傲无聊的东西,重视贞操的人,无非因为自视不凡,这是教条中所大忌的一种罪过。何必把它保持起来呢?你总是要失去它的!在一年之内,我就可以收回利息,而且你的本钱也不会怎么走了样子。放弃它吧!我看您还是随便一点,别计较得太认真吧。贞操是一件搁置过久了会失去光彩的商品,越是保存得长久,越是不值钱。趁着有销路的时候,还是早点儿把它脱手的好。贞操像一个年老的廷臣,虽然衣冠富丽,那一副不合时宜的装束却会使人瞧着发笑。放在饼饵里和粥里的红枣,是悦目而可口的,你颊上的红枣,却会转瞬失去鲜润,你那陈年封固的贞操,也就像一颗干瘪的梨儿一样,样子又难看,入口又无味,虽然它从前也是很甘美的,现在却已经干瘪了。你要它做什么呢?

海:可是我还不愿放弃我的贞操。你的主人在外面将会博得无数女子的倾心,他会找到一个母亲,一个情人,一个朋友,一个绝世的佳人,一个司令官,一个敌人,一个向导,一个女神,一个君王,一个顾问,一个叛徒,一个亲人,他会找到他的卑微的野心。骄傲的谦逊,他的不和谐的和谐,悦耳的噪声,他的信仰,他的甜蜜的灾难,以及一大群可爱的痴心的爱神麾下的信徒。他现在将要——我不知道他将要什么。但愿上帝护佑他!宫廷是可以增长见识的地方,他是一个——

巴:他是一个什么人?

海:他是一个我愿意为他虔诚祝福的人。可惜——

**巴**：可惜什么？

**海**：可惜我的愿望只是一种渺茫而感觉不到的东西,否则我们这些出身寒贱的人,虽然命运注定我们只能在愿望中消度我们的生涯,也可以借着愿望的力量追随我们的朋友,让他们知道我们的衷曲,而不至永远得不到一点儿报酬了。

(一侍童上。)

**童**：巴洛先生,爵爷叫你去。(下。)

**巴**：小海伦,再会,我在宫廷里要是记得起你,我会想念你的。你要是有空的话,可以祈祷祈祷,要是没有空,不妨想念想念你的朋友们。早点儿嫁一个好丈夫,他怎样待你,你也怎样待他,好,再见!(下。)

**海**：一切办法都在我们自己,虽然我们把它委之天意,注定人类命运的上天,给我们自由发展的机会,只有当我们自己冥顽不灵,不能利用这种机会的时候,我们的计划才会遭遇挫折。那一种力量激起我爱情的雄心,使我能够看见,却不能喂饱我的视欲。不管地位如何悬殊,惺惺相怜的人,造物总会使他们集合在一起。只有那些默然忍受着内心的痛苦,认为好梦已成过去的人,他们的希冀才永无实现的可能,能够努力发挥他的本领的,怎么会在恋爱上失败?王上的病——我的计划也许只是一种妄想,可是我的主意已决,一定要把它尝试一下。(下。)

## 第二场　巴黎。国王宫中一室

(喇叭奏花腔。法国国王持书信上,群臣及侍从等随上。)

**王**：佛罗伦斯人和西诺哀人相持不下,胜负互见,还在那里继续着猛烈的战争。

**甲臣**：是有这样的消息,陛下。

**王**：不,那是非常可靠的消息,这儿有一封从我们的友邦奥地利来的信,已经证实了这件事,他们还警告我们,说是佛罗伦斯就要向我们请求给他们迅速的援助,照我们这位好朋友的意思,似乎很不赞同,希望我们拒绝他们的请求。

**甲臣**：陛下素来称道奥王的诚信明智,他的意见当然是可以充分信任的。

**王**：他已经替我们决定了如何答复,虽然佛罗伦斯还没有来乞援,我已经决定拒绝他们了。可是我们这儿要是有人愿意参加都斯加的战事,不论他们愿意站在哪一方面,都可以自由前去。

**乙臣**：我们这些绅士们闲居无事,本来就感到十分苦闷,渴望到外面去干一番事业,这次战事倒是一个好机会,可以让他们去磨炼磨炼。

**王**：来的是什么人?

(贝特兰、拉敷及巴洛上。)

甲臣：陛下，这是罗西昂伯爵，年轻的贝特兰。

王：孩子，你的面貌很像你的父亲，造物在雕塑你的形状的时候，一定是非常用心的。但愿你也秉有你父亲的德行！欢迎你到巴黎来！

贝：感谢陛下圣恩，小臣愿效犬马之劳。

王：想起你父亲在时，与我交称莫逆，我们两人初上战场的时候，大家都是年轻力壮，现在要是也像那样就好了！他是个熟谙时务的干才，也是个能征惯战的健儿，他活到很大年纪，可是我们两人都在不知不觉中变成老朽，不中用了。提起你的父亲，使我精神为之一振。他在年轻的时候的那种才华，我可以从我们现在这辈贵介少年身上同样看到，可是他们的信口讥评，往往来不及遮掩他们的轻薄，已经在无意中自取其辱。你父亲才真是一个有大臣风度的人，在他的高傲之中没有轻蔑，在他的严峻之中没有苛酷；只有当那些和他同等地位的人激起他的不满的时候，他才会对他们做无情的指责；他的良知就像一座时钟，能正确地判断在哪一分钟，为了特殊的理由使他不能侃侃而言，那时他的舌头就会听从他的指挥。对于那些在他下面的人，他把他们当做不同地位的人看待，在他们卑微的身份前降尊纡贵，听了他们贫弱的谀辞，也会谦谢不遑，使他们因他的逊让而受宠若惊。这样一个人是可以作为现在这辈年轻人的模范的。

贝：陛下不忘旧人，先父虽死犹生，任何铭刻在碑碣上的文字，都不及陛下口中品题的确当。

王：但愿我也和他在一起！他老是这样说，——我觉得我仿佛听见他的声音，他的动人的辞令不是随便散播在人的耳中，却是深植在人们的心头，永远存留在那里。当他感觉到有限的浮生行将告一段落的时候，他就会发出这样的感喟："等我的火焰把油烧干以后，让我不要继续活下去，给那些年轻的人们揶揄讥笑，他们凭着他们的聪明，除了新奇的事物以外，什么都瞧不上眼，他们的思想变化得比他们衣服的式样更快。"他这样渴望着，我也抱着和他同样的愿望。因为我已经是一只无用的衰蜂，不能再把蜜带回集中，我愿意赶快从这世上消灭，好给其余做工的人留出一个位子。

乙臣：陛下圣德恢恢，臣民无不感戴，最感觉到您是这样的人，也就是最先悼惜您的人。

王：我知道我不过是空占着一个位子。伯爵，你父亲家里的那医生死了多久了？他的名誉很不错哩。

贝：陛下，他已经死了差不多六个月了。

王：他要是现在还活着，我倒还要试一试他的本领。请你扶我一下，那些庸医们给我吃这样或那样的药，把我的精力完全消磨掉了，弄成这么一副不死不活的样子。

欢迎,伯爵,你就像是我自己的儿子一样。

贝:感谢陛下。(同下,喇叭奏花腔。)

## 第三场　罗西昂。伯爵夫人府中一室

(伯爵夫人、管家及小丑上。)

**夫人:**我现在要听你讲,你说这位姑娘怎样?

**管家:**夫人,小的过去怎样尽心竭力侍候您的情形,向来您一定是十分明白的,因为我们要是自己宣布自己的功,那就太狂妄了,即使我们真的有功,人家也会疑心我们。

**夫人:**这狗还站在这儿干吗? 滚出去! 人家说起关于你的种种坏话,我并不完全相信,可是那也许因为我太忠厚了,照你这样蠢法,是很会去干那些勾当的,而且你也不是没有干坏事的本领。

**丑:**夫人,您知道我是一个苦人儿。

**夫人:**好,你怎么说?

**丑:**不,夫人,我是个苦人儿,并没有什么好,虽然有许多有钱的人们都不是好东西。可是夫人要是答应我让我到外面去成家立业,那么依丝贝儿那个女人就可以跟我成其好事了。

**夫人:**你一定要去做一个叫花子吗?

**丑:**在这一件事情上,我不要您布施我别的什么,只要请求您开恩准许。

**夫人:**在哪一件事情上?

**丑:**在依丝贝儿跟我的事情上。做佣人的不一定世世代代做佣人,我想我要是一生一世没有一个亲生的骨肉,就要永远得不到上帝的祝福,因为人家说有孩子的人才是有福气的。

**夫人:**告诉我你一定要结婚的理由。

**丑:**夫人,贱体这样的需要,我因为受到肉体的驱使,不能不听从魔鬼的指挥。

**夫人:**那就是尊驾的理由了吗?

**丑:**夫人,我过去是一个坏人,正像您跟一切有血肉的凡人一样,老实说吧,我结婚是为了要痛改前非。

**夫人:**你结了婚以后,第一要懊悔的不是从前的错处,而是你不该结婚。

**丑:**我是个举目无亲的人,我希望娶了老婆以后,可以靠着她结识几个朋友。

**夫人:**蠢材,这样的朋友是你的仇敌呢。

**丑:**夫人,您还不懂得友谊的深意哩,那些家伙都是来替我做我所不耐烦做的事的。

耕耘我的田地的人,省了我牛马之劳,使我不劳而获,坐享其成,虽然他害我做了王八,我又何乐而不为呢?夫妻一体,他安慰了我的老婆,也就是安慰了我,所以吻我老婆的人,就是我的好朋友。人们只要能够乐天安命,结了婚准不会闹什么意见。

**夫人:** 你这狗嘴里永远吐不出象牙来吗?

**丑:** 夫人,我是一个先知,我用讽喻的方式,宣扬人生的真理。

**夫人:** 滚出去吧,等会儿再跟你说话。

**管家:** 夫人,请您叫他去吩咐海伦娜姑娘出来,我要跟您讲的就是她。

**夫人:** 蠢材,去对海伦娜姑娘说,我要跟她说话。(丑下。)现在你说吧。

**管家:** 夫人,我知道您是非常喜欢这位姑娘的。

**夫人:** 不错,我很喜欢她。她的父亲在临死的时候,把她托付给我,单单凭着她本身的好处,也就够惹人怜爱了。我欠她的债,多过于已经给她的酬报;我将要报答她的,一定超过她自己的要求。

**管家:** 夫人,小的最近在无意中间,看见她一个人坐在那里自言自语,我可以代她起誓,她是以为她说的话不会让什么人听了去的。原来她爱上了我们的少爷了!她怨恨命运,不该在他们两人之间安下了这样一道鸿沟;她嗔怪爱神,不肯运用她的大力,使地位不同的人也有结合的机会;她说黛安娜不配做处女们的保护神,因为她坐令纤纤弱质受到爱情的袭击而不加援手。她用无限哀怨的语调倾诉着她的心事,小的听了之后,因恐万一有什么事情发生,故此不敢疏忽,特来禀知夫人。

**夫人:** 你把这事干得很好,可是千万不要声张出去。我早已猜疑到几分,因为事无实据,不敢十分相信。现在你去吧,不要让别人知道,我很感谢你的忠心诚实。等会儿咱们再谈吧。

(管家下。)

(海伦娜上。)

**夫人:** 我在年轻的时候也是这样的。我们是自然的子女,谁都有天赋的感情,这一颗爱情的棘刺,正是青春的蔷薇上少不了的。在我们旧日的回忆之中,我们也曾经犯过同样的过失,虽然在那时我们并不以为那有什么可笑。我现在可以清楚看见,她的眼睛里透露着因相思而憔悴的神色。

**海:** 夫人,您有什么吩咐?

**夫人:** 海伦娜,你知道我可以说就是你的母亲。

**海:** 不,您是我的尊贵的女主人。

**夫人:** 不,我是你的母亲,为什么不是呢?当我说"我是你的母亲"的时候,我觉得你仿佛看见了一条蛇似的。为什么你听了"母亲"两个字,就要吃惊呢?我说,我是你的母亲,我把你当做自己的亲生的骨肉一样看待。异姓的子女,有时往往胜过自己生养的孩子,外来的种子,也一样可以长成优美的花木。你不曾使我忍受怀胎的辛苦,我却像母亲一样关心着你。天哪,这丫头!难道我说了我是你的母亲,你就这样惊慌失色吗?为什么你的眼边会润湿而起了一重重的红晕?难道因为你是我的女儿吗?

**海：**因为我不是您的女儿。

**夫人：**我说,我是你的母亲。

**海：**恕我,夫人,罗西昂伯爵不能做我的哥哥,我的出身这样寒贱,他的家世这样高贵;我的父母是陋巷平民,他的父母都是簪缨巨族。他是我的主人,我活着是他的婢子,到死也是他的奴才。他一定不可以做我的哥哥。

**夫人：**那么我也不能做你的母亲吗?

**海：**夫人,我愿意您做我的母亲,只要您的儿子不是我的哥哥。我的母亲!我希望我的母亲也就是他的母亲,只要我不是他的妹妹。是不是我做了您的女儿以后,他必须做我的哥哥呢?

**夫人：**不,海伦娜,你可以做我的媳妇,上帝保佑你不再有着这样的念头!难道女儿和母亲竟会这样扰乱了你的心绪?怎么,你又脸色惨白起来了?你的心事果然被我猜中了。现在我已经明白了你的寂寞无聊的缘故,发现了你的伤心挥泪的根源。你爱着我的儿子,现在已经是躲赖不掉的明显的事实了。还是告诉我老实话吧,告诉我真有这样的事,因为瞧你两颊的红云,已经彼此互相招认了;你自己的眼睛也可以从你自己的举止上,看出你的踌躇不安来;只有罪恶的感觉和无理的执拗使你缄口无言,不敢吐露真情。你说,是不是真有这回事?要是真有这回事,那么也不必吞吞吐吐了,不然的话,你就该发誓否认。无论如何,你不要瞒住我,我总是会尽力帮助你的。

**海：**好夫人,原谅我吧!

**夫人：**你爱我的儿子吗?

**海：**请您谅解我,夫人!

**夫人：**你爱我的儿子吗?

**海：**夫人,您不是也爱他吗?

**夫人：**不要兜圈子了,我爱他是天经地义,用不着向众人隐讳,你爱他究竟到了什么程度?还是赶紧告诉我吧。

**海：**既然这样,我就当着上帝和您的面前跪下,承认我爱着您的儿子。我的亲朋虽然贫寒,但都是正直的人,我的爱情也是如此。不要因此而生气,因为我爱他,对他并没有害处;我并不会用超越名分的示爱向他追求,在我不配得到他的爱之前,绝不占有他,虽然我不知道怎样才能配得上他。我明白我的爱是毫无希望的徒劳,可在这如罗网一般千百孔眼的筛子里,仍旧把我似水般的深情浇灌下去,永不感到干枯,我正如印度人一样执迷又虔诚,我崇拜着太阳,它的光芒虽也洒在它的信徒身上,却从不知道有这样一个人存在。我最亲爱的夫人,不要因为我爱着您所爱的人而迁怒于我。您是一个德高望重的人,如果在您宝贵的青春,也曾有过同样诚挚的热情,怀抱着无私的愿望与深深的爱情,那就请您怜悯我这个命薄缘浅,明知无望,却仍拼着在孤独寂寞中了此残生的人吧!

**夫人**:你最近是不是想到巴黎去? 实话告诉我你有没有这个念头。

**海**:有的,夫人。

**夫人**:因为什么?

**海**:我不想对夫人说谎,先父在世时,曾传于我几个灵验的秘方,是靠着他苦心研究和实际经验得来的,他叮嘱我不要把它轻易示人,因为它们都是世间很少知道的珍贵的方剂。在这些秘方当中,有一种可以专门医治王上这种疑难杂症的。

**夫人**:这些就是你要去巴黎的原因吗? 你说吧。

**海**:是您的儿子牵动了我这样的念头,否则的话,什么巴黎,什么秘方,什么王上的病,我永远都不会想到这些事情的。

**夫人**:但是海伦娜,你想你若是自请为王上医治,他会接受你的建议吗? 他跟他的那班御医已经意见一致地认为他的病已经让医生束手无策了,他们认为一切药物都已失去了效力。那些精通医术的大夫们都已经这样了,他们又怎么会相信你这样一个一无所知的少女呢?

**海**:我相信这秘方,不仅因为我父亲的医术超群,而且我感觉他留给我这样一份遗产,肯定会给我带来极大的幸运。只要夫人准许我去试一下,我愿意现在就动身起程,拼了这条微薄的性命,医治王上的疾病。

**夫人**:你相信自己能成功吗?

**海**:是的,夫人,我相信能成。

**夫人**:那么好吧,海伦娜,你不但可以得到我的允许,还可以得到我的爱,我愿意为你准备行李,派仆人护送你前往,还请你带我问候那些宫廷里的老朋友。我在家里会为你祈祷上帝,保佑你成功。明天你就去吧,你放心吧。只要我能够帮助你的事情,就不会失败。(同下。)

莎士比亚戏剧集

# 第二幕

## 第一场　巴黎。王宫中的一室

（喇叭奏花腔。国王，出发参加佛罗伦斯战争之若干少年廷臣、贝特兰、巴洛及侍从等上。）

王：诸位爱卿，再见，希望你们永葆尚武之风。

甲臣：但愿我们凯旋而归时，陛下已圣体痊愈。

王：不，不，那可是希望渺茫了，虽然我还雄心未死，不肯承认这是不治之症。再见，诸位爱卿，不论我生死如何，你们都要争做为法兰西争光的好男儿，让那些恃强凌弱的意大利人明白你们不是去向光荣求婚，而是去把它迎娶回来。当那些不可一世的勇士知难而退的时候，就是你们奋力博取流芳百世的好时机。再见！

乙臣：要小心提防那些意大利人，别人说，如果他们有什么请求，我们法语中缺少拒绝他们的字词。你们千万不要还没有上战场，就成了他们的俘虏，那万万不行。

甲、乙臣：我们时刻铭记陛下的警告。

王：再见！你们跟从我来。（侍从扶下。）

甲臣：啊，大人。真想不到您不能和我们一起出征！

巴：那不能怪他。

乙臣：啊，打仗挺好玩的。

巴：很有意思，我也打过仗呢。

贝：王上让我留在这里，说我还年轻，让我明年再去，说是现在太小了。

巴：爵爷，您要是打定主意。就该大着胆子偷偷逃出去。

贝：我留在这里，就如一匹给妇孺驾车的马，每天只在石路上消耗着我的精力，等着别人一个个荣耀而归，再没有一试身手的机会，让我的三尺龙泉除了给人舞弄取乐之外，再无别的用处！不，青天在上，我一定要逃出去。

甲臣：这事虽然要偷偷摸摸地干，不过并不丢人。

巴：您这么做吧。

乙臣：要是我有什么地方能帮助您，我很乐意为您效劳，再见。

贝：我的朋友，我真不愿与你们分别。

甲臣:再会,队长。

乙臣:巴洛先生,再见!

巴:勇敢的英雄们,我的剑与你们的剑有着同样的诉求。你们听着,在斯宝那人的军队里有一个名叫史布利奥的上尉,他那凶神恶煞的脸上有一道伤疤,那就是我的剑给他留下的记号,如果你们见了他,就告诉他我还在人世,听他会说些什么。

乙臣:我们一定照办,队长。(廷臣等下。)

巴:愿上帝保佑这些新人们!您怎么办呢?

贝:等一下,国王来了。

(国王重上;巴洛及贝特兰退后。)

王:你太冷落你那些即要出征的同僚了。快去与他们一起开怀畅饮,轰轰烈烈地与他们告别吧。

贝:遵命,陛下。(贝、巴下。)

(拉敷上。)

拉:(跪)陛下,恕我打扰,向您禀报一个消息。

王:起来说吧。

拉:多谢陛下。陛下,我希望当您跪着向我求恕的时候,我叫您站起来,您也曾这样不费力地站起来。

王:我也是这样想,我很想打破你的头,再请你原谅。

拉:那可不敢当。可是陛下,您愿意医好您的病吗?

王:不。

拉:啊,狐狸因为吃不到葡萄,所以说不要吃吗?我知道有一种药,可以使顽石有了生命,您吃了之后,就会生龙活虎似的跳起舞来;它可以使陈年痼疾药到病除,它可以使查里曼大帝拿起笔来,为她写一行情诗。

王:哪一个"她"?

拉:她就是我所要说的那位女医生。陛下,她就在外边,等候着您的赐见。我敢凭着我的忠诚和信誉发誓,要是您认为我的话都是随便说着玩玩,不足为信的话,那么像她这样一位有能耐、聪明,而意志坚定的青年女子,的确使我惊奇钦佩,我相信那不能归咎于我的天生的弱点。她现在要求拜见陛下,不知道陛下愿不愿意准如所请,问一问她的来意?要是您在见了她之后,觉得我说的全都是虚话,那时再请您把我大大地取笑一番吧。

王:好拉敷,那么你去带那个奇女子来,让我们大家瞻仰瞻仰吧。

拉:好,我马上就去,马上就来。(下。)

王:(旁白)他无论有什么事,总是先拉上一堆废话。

（拉敷率海伦娜重上。）

**拉**：来，这儿来。

**王**：这么快！他倒真像是插着翅膀飞的。

**拉**：来，到这儿来。这位就是王上陛下，你有什么话可以对他说。瞧你的样子像一个叛徒，可是你这样的叛徒，王上是不会害怕的。再见。（下。）

**王**：姑娘，你是有什么事情来见我的吗？

**海**：是的，陛下，杰拉·特·拿滂是我的父亲，他在医道上是颇有研究的。

**王**：我知道他。

**海**：陛下既然知道他，我也不必再多费唇舌夸奖他了，他在临死的时候，传给我许多秘方，其中主要的一个，是他积多年悬壶的经验配制而成。他对它十分珍惜，叫我用心保藏起来，把它当做自己心头一块肉一样宝爱着。我听从着他的嘱咐，从来不敢把它轻易示人，现在闻知陛下的症状，正就是先父所传秘方主治的一种疾病，所以甘冒万死前来，把它呈献陛下。

**王**：谢谢你，姑娘，可是我不能轻信你的话，我们这里最高明的医生都已经离开了我，众口一词地断定我病入膏肓，绝非人力所能挽回的了。我怎么可以糊里糊涂地把我的痴心妄想，寄托在一张靠不住的药方上，认为它可以医治我的不治之症呢？我不能让人家讥笑我的昏聩，当一切救助都已无能为力的时候，再去相信一种无意识的救助呀。

**海**：陛下既然这么说，我也不敢勉强陛下接纳我的微劳，总算我跋涉了这趟，略尽我对陛下的一番忠诚，也可以说是不虚此行了。我别无所求，但求陛下放我回去。

**王**：你来此也是一番好意，这个要求当然可以准许你。你想来帮助我，一个垂死之人，对于希望他转死回生的人，不用说是十分感激的。可是你还没有知道我的病状已经严重到什么程度，你没有妙手回春的医术，又能有什么办法呢？

**海**：既然陛下已经断定一切治疗都已无望，那么就给我一个机会，让我试一试我的本领，又有什么妨碍呢？建立丰功伟业的人，往往借助于最微弱者之手，当士师们有如童孪的时候，上帝的旨意往往借着婴儿的身上显示；洪水可以从泪滴的细流中发生，大海有时却会干涸；最有把握的希望，往往结果都是失望；希望最小的事情，反会出人意料地成功。

**王**：我不能再听你说下去了，再会，善心的姑娘！你的殷勤未邀采纳，让我的感谢作为你的酬报吧。

**海**：天启的智能，就是这样为一言所毁，人们总是凭着外表妄加臆测，无所不知的上帝却不是这样，明明是来自上天的援助，人们却武断地诿之于人力。陛下，请您接受我的建议吧，这并不是试验我的本领，乃是试验上天的旨意。我不是一个大言欺人的骗子,我知道我有充分的把握,我也确信我的医方绝不会失去效力,陛下的病也绝不会毫无希望。

**王**:你是这样确信吗?那么你预备在多少时间内把我的病医好?

**海**:给我最宽的限期,在太阳神的骏马拖着火轮兜了两个圈子,阴沉的暮色两次叹熄灭了朦胧的残辉,或是航海者的滴漏二十四回告诉人们那窃贼一样的时间怎样偷溜过去以前,陛下身上的病痛便会霍然脱体,重享着自由自在的健康生活。

**王**:你这么自信,要是结果失败呢?

**海**:请陛下谴责我的鲁莽,把我当做一个无耻的娼妓,让世人编造诽谤的歌谣,宣扬我的耻辱,我的处女的清名永远丧失,我的生命也可以在最苛虐的酷刑中毁灭。

**王**:我觉得仿佛有一个天使,借着你柔弱的口中发出他的有力的声音。虽然就常识判断起来应该是不可能的事,却使我不能不信。你的生命是可贵的,因为在你身上具备一切生命中值得赞美的事物,青春,美貌,智慧,勇气,贤德,这些都是足以使人生幸福的。你愿意把这一切作为孤注,那必然表示你有非凡的能耐,否则你一定有一种异常迫切的需要。好医生,我愿意试一试你的药方,要是我死了,你自己可也不免一死。

**海**:要是我不能按照限定的时间把陛下治愈,或者医治的结果跟我说过的话稍有不符之处,我愿意引颈就戮,死而无怨。不过要是我把陛下的病治好了,那么陛下答应给我什么酬报呢?

**王**:你可以提出任何要求。

**海**:可是陛下是不是能够满足我的要求呢?

**王**:凭着我的身份起誓,我一定答应你。

**海**:那么我要请陛下亲手赐给我一个我所选中的丈夫。我不敢冒昧在法兰西的王族中寻求选择的对象,把我这卑贱的姓名攀附金枝玉叶,只要陛下准许我在您的臣仆之中,拣一个我可以向您要求,您也可以允许给我的人,我就感激不尽了。

**王**:那么一言为定,你治好了我的病,我也一定帮助你如愿以偿。我已经决心信赖着你的治疗,你等着自己选择吧。我还有一些问题要问你,我也必须知道你是从什么地方来的,你家里还有什么人。可是即使我不问你这些问题,我也可以完全相信你,请你接受我真心的欢迎和诚意的祝福。来人!扶我进去,你的医术倘使果然像你所说的那样高明,我一定不会辜负你的请求。(喇叭奏花腔。同下。)

## 第二场　罗西昂。伯爵夫人府中一室

（伯爵夫人及小丑上。）

**夫人**：来,小子,现在我要试试你的教养如何了。

**丑**：人家说我是个锦衣玉食的鄙夫。您的意思是要叫我上宫廷里吗?

**夫人**：上宫廷里去! 你到过些什么好地方,说的话儿这样神气活现,"不过是上宫廷里去"。

**丑**：不说假话,太太,一个人只要懂得三分礼貌,在宫廷里混混是再容易不过的事。谁要是连屈个膝儿,脱个帽儿,吻个手儿,说些个空话儿也不会,那简直是个不生腿,不生手,不生嘴唇的木头人。这种家伙是不配到宫廷里去的。可是我有一句话,什么问话都可以应付过去。

**夫人**：啊,一句答话可以回答一切问题,这倒是闻所未闻。

**丑**：它就像理发匠的椅子一样,什么屁股坐上去都合适:尖屁股,扁屁股,瘦屁股,肥屁股,或是无论什么屁股。

**夫人**：那么你的答话对于无论什么问题也都一样合适吗?

**丑**：正像律师手里的讼费,娼妓手里的夜度资,新郎手指上的新婚戒指,忏悔火曜日①的煎饼,五朔节②的化装跳舞一样合适;也正像钉之于孔,乌龟之于绿头巾,尖嘴姑娘之于泼皮无赖,尼姑嘴唇之于和尚嘴巴一样天造地设。

**夫人**：你果然有这样一句万能的答话吗?

**丑**：上至公卿,下至皂隶,什么问话都可以用这句话回答。您要是不信,咱们不妨试一试。您先问我我是不是个官儿。

**夫人**：好,我就充一会儿傻瓜,也许可以跟你学点儿乖。请问足下是不是在朝廷里得意?

**丑**：啊,岂敢岂敢! ——这不是很便当地应付过去了吗? 再问下去,再问我一百个问题。

**夫人**：老兄,咱们是老朋友,小弟一向佩服您的。

**丑**：啊,岂敢岂敢! ——再来,再来,不要放过我。

**夫人**：这肉煮得太不入味,恐怕不合老兄胃口。

**丑**：啊,岂敢岂敢! ——再问下去,尽管问下去。

---

① 忏悔火曜日,四旬斋前的星期二,按例于是日忏悔,以便开斋。
② 五朔节,在五月一日举行的节日。

夫人：听说最近您曾经给人家抽了一顿鞭子。

丑：啊，岂敢岂敢！——不要放过我。

夫人：你在给人家鞭打的时候，也是喊着"岂敢岂敢"，还要叫他们不要放过你吗？

丑：我的"岂敢岂敢"百试百灵，今天却是第一次倒了霉。看来无论怎样经久耐用的东西，也总有一天失去效用的。

夫人：跟你这傻子胡扯了半天，现在还是谈正事吧。你看见了海伦娜姑娘，就把这封信交给她，请她立刻答复我；还给我致意问候我的那些亲戚们，也去问问少爷安好。这不算是什么麻烦的事。

丑：好，就此告辞。

夫人：你快去吧。（各下。）

# 第三场　巴黎。王宫中的一室

（贝特兰、拉敷、巴洛同上。）

拉：人家说奇迹已经过去了，我们现在这一辈博学深思的人们，习惯把不可思议的事情看做平淡无奇，因此我们把惊骇视同儿戏，当我们应当为一种不知名的恐惧而战栗的时候，我们却用谬妄的知识作为护身符。

巴：大人这一番高论，真是不可多得的至理名言。

贝：正是正是。

拉：不去乞灵于那些医经药典，——

巴：是，是。

拉：什么伽伦①，什么巴拉赛尔色斯，——

巴：是，是。

拉：以及那一大群有学问的家伙们。

巴：是，是。

拉：他们都断定他无药可治，——

巴：对啊，一点儿不错。

拉：毫无痊愈的希望，——

巴：对啊，他正像是——

拉：风中之烛，吉少凶多。

---

① 伽伦，公元二世纪时希腊名医。巴拉赛尔色斯（Paracesus，1493～1541年），炼金士，医生，生于瑞士，执业于瑞士德国各地，对于医学的进步贡献甚多。

巴：正是，您说得真对。

拉：像这样的事情，真可以说是旷世的奇迹。

巴：正是正是，那真可以说是——您怎么说的？

拉：上苍借人力表现出来的灵异。

巴：对了，那正是我所要说的话。

拉：现在他简直比海豚还壮健，这不是我故意说不敬的话。

巴：总而言之，这真是奇事。只有最顽愚不化的人，才会不承认那是——

拉：上天借手于——

巴：是，是。

拉：一个最柔弱无能的使者，表现他的伟大超越的力量。感谢上天的眷顾，他不但保佑我们王上恢复了健康，一定还会赐更多的幸福给我们。

巴：您说得真对，我也是这个意思。王上来了。

（国王、海伦娜及侍从等上。）

拉：我以后要格外喜欢姑娘们了，趁着我的牙齿还没有完全掉下。瞧，他简直可以拉着她跳舞呢？

巴：哎哟！这不是海伦娜吗？

拉：我相信是的。

王：去，把朝廷中所有的贵族一起召来。（一侍从下。）我的恩人，请你坐在你病人的旁边，我这一只手多亏你使它恢复了知觉，现在它将要给予你我已经承诺你的礼物，只等你指点出来。

（若干廷臣上。）

王：好姑娘，用你的眼睛观看，这一群年轻未婚的贵人，我对他们都可以运用君上和严亲的两重权力，把他们中间的任何一人许配给你。你可以随意选择，他们都不能拒绝你。

海：愿爱神保佑你们每一个人都能得到一位美貌贤淑的爱人！除了你们中间的一个人之外。

拉：哼，我的牙齿并不比这些孩子们坏，我的胡须也不比他们长多少呢。

王：仔细看看他们，他们谁都有一个高贵的父亲。

海：各位大人，上天已经假手于我，治愈了王上的疾病。

众人：是，我们感谢上天差遣您前来。

海：我是一个简单愚鲁的女子，我可以向人夸耀的，只是我是一个清白的少女。陛下，我已经选好了。我颊上的羞红向我低声耳语："我们为你害羞，因为你竟敢选择你自己的意中人。可是你倘然给人拒绝了，那么让苍白的死亡永远罩在你的颊上吧,我们是永不再来的了。"

王:你尽管放心选择吧,谁要是躲避你的爱情,让他永远得不到我的眷宠。

海:黛安娜女神,现在我要离开你的圣坛,把我的叹息奉献给至高无上的爱神龛下了。大人,你愿意听我的诉情吗?

廷臣甲:但有所命,敢不乐从。

海:谢谢您,大人。我没有什么话要对您说的,(向廷臣乙)大人,我还没有向您开口,您眼睛里闪耀着威焰,已经使我自惭形秽,望而却步了。但愿爱神赐给您幸运,使您得到一位胜过我二十倍的美人!

廷臣乙:得偶仙姿,已属万幸,岂敢更有奢求?

海:请您接受我的祝愿,少陪了。

拉:难道他们都拒绝了她吗?要是他们是我的儿子,我一定要把他们每人抽一顿鞭子,或者把他们赏给土耳其人做太监去。

海:(向廷臣丙)不要害怕我会选中您,我绝不会使您难堪的。上帝祝福您!要是您有一天结婚,希望您娶到一位好妻子!

拉:这些孩子们放着这样一个人不要,难道都是冰做成的不成。他们一定是英国人的私生子,咱们法国人绝不会这样的。

海:(向廷臣丁)您是太年轻,太幸福,太好了,我配不上您。

廷臣丁:美人,我不能同意您的话。

拉:这小子倒有种,你的父亲大概是喝过酒的。可是你倘然不是一头驴子,就算我是一个十四岁的小娃娃,我早知道你是个什么人。

海:(向贝)我不敢说我选取了您,可是我愿意把我自己奉献给您,终身为您服役。一切听从您的吩咐。——这就是我选中的人。

王:很好,贝特兰,那么你娶了她吧,她是你的妻子。

贝:我的妻子,陛下!请陛下原谅,在这一件事情上,我是要凭着自己的眼睛做主的。

王:贝特兰,你不知道她为我做了什么事吗?

贝:我知道,陛下,可是我不知道为什么我必须娶她。

王:你知道她把我从病床上救了起来吗?

贝:所以我必须降低身份,和一个下贱的女子结婚吗?我认识她人,她是靠着我家养活长大的。一个穷医生的女儿做我的妻子!我的脸都丢尽了!

王:你看不起她,不过因为她地位低微,那我可以把她抬高起来。要是把人们的血液倾注在一起,那颜色、重量和热度都难以区别,偏偏在人间的关系上,会划分这样清楚的鸿沟,真是一件怪事。她倘然是一个道德上完善的女子,你不喜欢她,只因为她是一个穷医生的女儿,那么你重视虚名甚于美德,这就错了。穷巷陋室,有德之士居之,可以使蓬荜增辉;世禄之家,不务修善,虽有盛名,亦将隳败。善恶的区别,在于行为的本身,不在于地位的有无。她有天赋的青春,智慧和美貌,这一切的本身即是光荣;最可耻的,却是那些袭父祖的余荫,不知绍述先志,一味妄自尊大的人。虚名是一个下贱的奴隶,在每一座墓碑上说着谎话。倒是在默默无言的一抔荒土之下,往往埋葬着忠臣义士的骸骨。有什么话好说呢?你倘然不能因为这女子的本身而爱他,我可以给她其余的一切,她的贤淑美貌是她自己的嫁妆,光荣和财富是我给她的赏赐。

贝:我不能爱她,也不想爱她。

王:你要是抗不奉命,一定要自讨没趣的。

海:陛下圣体复原,已经使我欣慰万分,其余的事情,不必谈了。

王:这与我的威望有关,我必须运用我的权力。来,骄横傲慢的孩子,握着她的手,你才不配接受这一件卓越的赏赐呢。你的愚妄狂悖,不但辜负了她的好意,也已经丧失了我的欢心。你以为她和你处在天平的不平衡的两端,却不知道我站在她的一面,便可以把两方的轻重倒转过来;你也没有想到你的升沉荣辱,完全操在我的手中。为了你自己的前途,赶快抑制你的轻蔑,服从我的旨意;我有命令你的权力,你有服从我的天职;否则你将永远得不到我的眷顾,让年轻的愚昧把你拖下了终身蹭蹬的深渊,我的愤恨和憎恶将要降临到你的头上,没有一点儿怜悯宽恕。快答应我吧。

贝:求陛下恕罪,我愿意摈弃个人的爱憎,服从陛下的指示。当我一想起多少恩荣富贵,都可以随着陛下的一言而予夺,我就觉得适才我所认为最卑贱的她,已经受到陛下的宠眷,而和出身贵族的女子同样高贵了。

王:搀着她的手,对她说她是你的。我答应给她一份财产,即使不比你原有的财产更多,也一定可以和你的匹敌。

贝:我愿意娶她为妻。

王:幸运和国王的恩宠祝福着你们的结合,你们的婚礼就在今晚举行,至于隆重的婚宴,那么等远道的亲友到来以后再办吧。你既然答应娶她,就该真诚爱她,不可稍有二心,去吧。(同下。)

(拉敷及巴洛上。)

拉:对不起,朋友,跟你说句话儿。

巴:请问有何见教?

拉:贵主人一见形势不对就改变口气,倒很乖巧。

巴:贵主人!你在对谁说话?

拉：啊，难道是我说错了吗？

巴：岂有此理！人家对我这样说话，我可不肯和他甘休的，贵主人！

拉：难道尊驾是罗西昂伯爵的朋友吗？

巴：什么伯爵都是我的朋友，是个男子汉大丈夫我就跟他做朋友。

拉：你只好跟伯爵们的跟班做朋友，瞧你的样子就不像个上流人。

巴：你年纪太老了，老人家，你年纪太老了，还是少找些是非吧。

拉：混蛋，我是个男子汉大丈夫，你再活上一把年纪去也够不上做个汉子。

巴：要是我不顾一切起来，什么事我都做得出来的。

拉：我本来以为你是个有几分聪明的家伙，你的山海经也编造得有几分意思，可是一看你的装束，就知道你不是个怎样了不起的人。像你这样的家伙，真是俯拾即是，不值得人家理睬。

巴：倘不是瞧在你这一把年纪分上，——

拉：别太动肝火了，那会缩短你的寿命的。上帝大发慈悲，可怜你这只老母鸡吧！再见，我的好格子窗，我不必打开窗门，因为我早已将你看得雪亮了。

巴：大人，你给我太难堪的侮辱了。

拉：是的，我是诚心侮辱你的，你可以受之无愧。再见。（下。）

巴：哼，你倘然有一个儿子，我一定要报复这场耻辱，这卑鄙龌龊的老官儿！我且咽下这口气，他们这些有权有势的人不是好惹的。要是我有了下手的机会，不管他是多么大的官儿，我一定要把他揍一顿，绝不因为他上了年纪而饶过他。等我下次碰见他的时候，非把他揍一顿不可！

（拉赦重上。）

拉：喂，我告诉你一个消息，你的主人结婚了，你有了一位新主妇啦。

巴：千万请求大人不要欺人太过，他是我的好长官，在我顶上我所服侍的才是我的主人。

拉：谁？上帝吗？

巴：是的。

拉：魔鬼才是你的主人。为什么你要把带子在手臂上绑成这个样子？你把衣袖当做袜管吗？人家的仆人也像你这样吗？要是我再年轻一些，我一定要给你一顿好打。谁见了你都会生气，谁都应该打你一顿，我看上帝造下你来的目的是为给人家出气用的。

巴：你这样无缘无故破口骂人，未免太不讲理啦。

拉：去你的吧，你是个无赖浪人，也不想想你自己的身份，胆敢在贵人面前放肆无礼，对于你这种人真不值得多费唇舌，否则我可要骂你是个混账东西啦。我不跟你多讲话了。(下。)

巴:好,很好,咱们瞧着吧。好,很好。现在我暂时不跟你算账。

(贝特兰重上。)

贝:完了,我永远倒霉了。

巴:什么事,好人儿?

贝:我虽然已经在尊严的牧师面前起过誓,我却不愿跟她同床。

巴:什么,什么,好亲亲?

贝:哼,巴洛,他们叫我结了婚啦!我要去参加都斯加战争,永远不跟她同床。

巴:法兰西是个狗窠,不是堂堂男子立足之处。从军去吧!

贝:我母亲有信给我,我还不知道里面说些什么话。

巴:噢,那你看了就知道了。从军去吧,我的孩子!从军去吧!在家里抱抱娇妻,把豪情壮志消磨在温柔乡里,不去驰骋战场,建功立业,岂不埋没了自己的前途?到别的地方去吧!法兰西是一个马棚,住在这里的都是些不中用的驽马。还是从军去吧!

贝:我一定这样办。我要叫她回到我的家里去,把我对她的嫌恶告知我的母亲,说明我现在要出走到什么地方去。我还要把我当面不敢说出口的话上书禀明王上,他给我的赏赐,正好供给我到意大利战场上去,和那些勇士们在一起作战,与其闷在黑暗的家里,和一个可厌的妻子终日相对,还不如冲锋陷阵,死也死得痛快一些。

巴:你现在乘着一时之兴,将来会不会反悔?你有这样的决心吗?

贝:跟我到我的寓所去,帮我出些主意,我可以马上打发她动身,明天我就上战场,让她守活寡去。

巴:啊,你倒不是放空炮,那好极了。一个结了婚的青年是个泄了气的汉子,勇敢地丢弃她,去吧。(同下。)

## 第四场　同前。王宫中的另一室

(海伦娜及小丑上;巴洛自另一方上。)

巴:祝福您,幸运的夫人!

海:但愿如你所说,我能够得到幸运。

巴:我愿意为您祈祷,愿您诸事顺利,永远幸福。啊,好小子!我们那位老太太好吗?

丑:要是把她的皱纹给了你,把她的钱给了我,我愿她像你所说的一样。

巴:我没有说什么呀。

丑：对了，所以你是个聪明人，因为舌头往往是败事的祸根。不说什么，不做什么，不知道什么，也没有什么，就可以使你受用不尽。

巴：瞧不出你倒是一个聪明的傻瓜。夫人，爵爷因为有要事，今晚就要动身出去。他很不愿剥夺您在新婚宴尔之夕应享的权利，可是因为迫不得已，只好缓日向您补叙欢情。来日方长，请夫人暂忍目前，等待将来别后重逢的无边欢乐吧。

海：他还有什么吩咐？

巴：他说您必须立刻向王上辞别，设法找出一个可以使王上相信的理由来，能够动身得越快越好。

海：此外还有什么命令？

巴：他叫您照此而行，静候后命。

海：我一切都遵照他的意志。

巴：好，我就这样回复他。

海：劳驾你啦，来，小子。（各下。）


## 第五场　同前

（另一室拉敷及贝特兰上。）

拉：我希望大人不要把这人当做一个军人。

贝：不，大人，他的确是一个军人，而且很勇敢。

拉：这是他自己告诉您的。

贝：我还有其他方面的证明。

拉：那么也许我看错了人，把这只鸿鹄看成燕雀了。

贝：我可以向大人保证，他是一个见多识广，而且很有胆量的人。

拉：那么我对于他的见识和胆量真是太失敬了，可是我心里却一点儿不觉得有抱歉的意思。他来了，请您给我们和解和解吧。

（巴洛上。）

巴：（向贝）一切事情都照您的意思办理。

贝：（向巴）她去见王上了吗？

巴：是的。

贝：她今晚就动身吗？

巴：您要她什么时候走她就什么时候走。

贝：我已经写好信，把贵重的东西装了箱，叫人把马也备好了，就在洞房花烛的今夜，我要和她一刀两断。

拉：一个好的旅行者讲述他的见闻，可以在宴会上助兴。可是一个尽说谎话，将几个众所周知的事实来遮掩他的满嘴废话的人，看见一回就该揍他三次。上帝保佑您，队长！

贝：你跟这位大人有矛盾吗？

巴：我不知道哪个地方冒犯了大人。

贝：大人，也许你们之间有些误会吧。

拉：我永远都不想见到他，再会，大人，请相信我，在这个轻壳果里是找不到核仁的，这人的衣服就是他全部的灵魂。不要交给他重要的事，我很清楚这种人的性格。再会，先生，我并没有给你更多更多的难堪，按照你的为人，我应该狠狠骂你一通，不过我也大人不计小人过了。（下。）

巴：真是一个糊涂的官。

贝：我觉得并非如此。

巴：啊，您还不了解他的为人吧？

贝：不，我和他很熟，人家都说他是个不错的人。我的绊脚石来了。

（海伦娜上。）

海：夫君，我已经遵从你的命令，面见了王上，王上已准许我即日离京，但是他还要你过去和他做一次私人会谈。

贝：我一定遵从他的意思。海伦娜，请不要为我这次行动的突兀而感到惊奇，本来我不应该在这时匆忙远行，实在是我自己也事先不知，所以才会这样手忙脚乱。我必须请求你马上回去，不要问我让你这么做的原因，虽然看上去觉得很不可思议，可是这是我在深思熟虑后才做的决定；你不知道我将要做一件什么事情，你不知道这件事是多么的重要。请帮我把这封信带给我的母亲。（把信给海。）我两天之后再来看你，一切行事自己斟酌吧。

海：夫君，我没什么话可对您讲，我只是您最顺从的仆人。

贝：行了，行了，那些话也不必说了。

海：我明白自己命薄，不配接受如此大的福分，往后只有恪尽职守，勤勤恳恳，以免增加罪孽。

贝：好了，我现在忙得很，再会，回去吧。

海：夫君，请您原谅我。

贝：啊，你还想说什么？

海：我不配拥有我的财产，我也不敢说它属于我，虽然它在我的名下；我就像一个胆怯的小偷，虽然法律已经判给她一份家产，她还是想将它悄悄窃走。

贝：你想要些什么？

海:我的要求是微不足道的,也可以说是别无他求。夫君,我不想告诉您我要什么,陌生人和仇人在分别的时候,是不会亲吻的。

贝:请不要磨蹭了,赶紧上马吧。

海:我一定牢记你的叮嘱,夫君。

贝:(向巴)那些人呢?(向海)再见。(海下。)你快回去吧,只要我的手臂还能挽住缰绳,我的耳朵还能听到鼓声,我就永不再踏家门了。走!我们就此出发。

巴:好,拿出勇气来!(同下。)

# 第三幕

## 第一场　佛罗伦斯。公爵府中一室

(喇叭奏花腔。公爵率侍从、二法国廷臣及兵士等上。)

公爵:你们现在都已经清楚地知道了这场战争缘何而起,多少无辜的血已为此而流,往后兵祸连连,更不知何时终止了。

甲臣:殿下此次出征,确实师出有名,只是敌人太过于暴虐凶残了。

公爵:所以我很奇怪对于我这次堂堂正正的义师,我们的法兰西王兄竟会拒施援手。

甲臣:殿下,国家大事的决定,不是一个人所能左右的,微臣地位卑贱,更不敢妄加推测,所以敝国拒绝援助,还请殿下原谅,小臣实难相告。

公爵:贵国既然这样选择,我们当然也不能强人所难。

乙臣:不过小臣相信敝国有许多有志青年,因为厌倦安逸,定会不绝前来,为贵邦尽一臂之力的。

公爵:那我们非常欢迎,他们一定会在我们这里受到最高规格的接待。两位既然远道而来,诚心来投,就请各归各位,大家发扬前仆后继的精神,踏着勇者的血前进。我们明天就整队出征。(喇叭奏花腔。众下。)

## 第二场　罗西昂。伯爵夫人府中一室

(伯爵夫人及小丑上。)

夫人:一切事情都达成我愿,唯独遗憾,他没有和她一起归来。

187

**丑:**我看我们的小爵爷心里有些不高兴呢。

**夫人:**何出此言?

**丑:**他在低头系靴子时在唱歌,整理衣襟时也在唱歌,和别人说话时也是在唱歌,甚至剔牙时还是在唱歌。我听说有一个人在心里不高兴时也有这种脾气,曾经把一座大庄园几乎是送给了别人呢。

**夫人:**(拆信)让我看看他信里说了什么,什么时候可以回来。

**丑:**自从我到了京城,对依丝贝儿的心思就冷淡了起来。咱们这里的咸鱼比不上京城的咸鱼味道好,咱们乡下的姑娘怎比得上京城的俏姑娘。我对恋爱已经没有了兴趣,就像老人把钱财看得很轻一样。

**夫人:**啊,这话怎么讲?

**丑:**您自己一看便知了。(下。)

**夫人:**(读信)

> "孩儿已让新妇回家,其即为国王医病之人,而让儿终生抱恨者也。儿虽已与之完婚。未尝与之共眠;终其一生,誓不与之共处。儿今已亡命外逃,读此信到后不日,吾母亦必闻吾之消息。自此远离故乡,永为他乡之宾,望吾母勿念。不肖儿贝特兰上。"

岂有此理,这个鲁莽固执的孩子,这样一个温柔贤惠的妻子竟然还不中他意,竟然拒绝王上的厚恩,不怕激起他的恼怒,真是太不成体统了!

(小丑重上。)

**丑:**啊,夫人! 那边有两个将官护送着少夫人,带着不好的消息来了。

**夫人:**什么事?

**丑:**不,还好,还好,少爷还不会马上就让人杀死。

**夫人:**他为什么要让人家杀死?

**丑:**夫人,我听他们说他逃走了,要是人家把他捉住了,岂不要把他杀死? 他们来了,让他们告诉您吧,我只听说少爷逃走了。(下。)

(海伦娜及甲乙二臣上。)

**甲臣:**您好,夫人。

**海:**妈,我的主去了,一去不回了!

**乙臣:**别那么说。

**夫人:**你耐着点儿吧。对不起,两位,我因为一时悲喜交集,简直呆住了。请问两位,我的儿子呢?

**乙臣:**夫人,他去帮助佛罗伦斯公爵作战去了,我们看见他往那边去的。我们刚从佛罗伦斯来,在朝廷里办好了一些差事,仍旧要回去的。

海:妈,请您瞧瞧这封信,这就是他给我的凭证:"汝倘能得余永不离手之指环,且能腹孕一子,确为余之骨肉者,始可称余为夫,然余可断言永无此一日也。"这是一个可怕的判决!

夫人:这封信是他请你们两位带来的吗?

甲臣:是的,夫人,我们很抱歉因为它使你们不高兴。

夫人:媳妇,你别太难过了。要是你把一切的伤心都放在你一个人身上,那么你就把我应当分担的一部分也占夺去了。他虽然是我的儿子,但我从此和他断绝母子的情分,你是我的唯一的孩子了,他是到佛罗伦斯去的吗?

乙臣:是的,夫人。

夫人:是去从军吗?

乙臣:这是他的英勇的志愿。相信我吧,公爵一定会对他十分看重的。

夫人:两位就是从那边来的吗?

甲臣:是的,夫人,我们刚从那边兼程回来。

海:"余一日有妻在法兰西,法兰西即一日无足以令余眷恋之物。"好狠心的话!

夫人:这些话也是那信里的吗?

海:是的,妈。

甲:这不过是他一时信笔写下去的话,并不是真的有这样的心思。

夫人:"余一日有妻在法兰西,法兰西即一日无足以令余眷恋之物!"法兰西没有什么东西比你的妻子更被你所辱没了,她是应该嫁给一位堂堂贵人,让二十个像你这样无礼的孩子供她驱使,在她面前太太长太太短地小心侍候的。谁和他在一起?

甲臣:他只有一个跟班,那个人我也认识。

夫人:是巴洛吗?

甲臣:是的,夫人,正是他。

夫人:那是一个名誉扫地的坏东西。我的儿子受了他的引诱,把他高贵的天性都染坏了。两位远道来此,恕我招待不周。要是你们看见小儿,还要请你们为我向他寄语,他的剑是永远赎不回他所已经失去的荣誉的。我还有一封信,写了要托两位带去。

乙臣:夫人但有所命,鄙人等敢不效劳?

夫人:两位言重了,里边请坐吧。(夫人及甲、乙臣下。)

海:"余一日有妻在法兰西,法兰西即一日无足以令余眷恋之物。"法兰西没有可以使他眷恋的东西,除非他在法兰西没有妻子!罗西昂伯爵,你将在法兰西没有妻子,那时你就可以重新得到你所眷恋的一切了。可怜的人!难道是我把你逐出祖国,让你那娇生惯养的身体去挡受无情的战火吗?难道是我害你远离风流逸乐的宫廷,使那些从含情的美目中投射出来的温柔的箭镞失去了鹄的吗?乘着火力在天空中横飞的弹丸呀,让空气中充满着你们穿过气流而发出的歌声吧,但愿你们不要接触到我丈夫的身体!谁要是射中了他,我就是主使暴徒行凶的祸首;谁要是向他奋不顾身的胸前挥动兵刃,我就是陷他于死地的巨恶;虽然我不曾亲手把他杀死,他的死却是因为我的缘故。我宁愿让我的身体去膏饿狮子的馋吻,我宁愿世间所有的惨痛集于我的一身。不,回来吧,罗西昂伯爵!不要冒着丧失一切的危险,去换来一个光荣的疮疤,我会离此而去。既然你不愿回来,只是因为我在这里的缘故,难道我会继续留在这里吗?不,不,即使这屋子里布满着天堂的香味,即使这里是天使们遨游的乐境,我也不能做一日之留。我去之后,我出走的消息,也许会传到你的耳中,使你得到安慰。快来吧,黑夜;快快结束吧,白昼!因为我这可怜的人,要趁着黑暗悄悄溜走。(下。)

## 第三场　佛罗伦斯。公爵府前

(喇叭奏花腔。公爵、贝特兰、巴洛及兵士等上;鼓角声。)

**公爵:** 我们的马队归你全权统率,但愿你马到功成,不要负了我的厚望和重托。

**贝:** 多蒙殿下以这样重大的责任相加,只恐小臣能力微薄,难以胜任,唯有誓竭忠心,为殿下尽瘁,任何危险,在所不辞。

**公爵:** 那么你就向前猛进吧,但愿命运照顾着你,做你的幸运的情人!

**贝:** 从今天起,伟大的战神,我投身在你的麾下,帮助我使我像我的思想一样刚强,使我只爱听你的鼓声,厌恶那儿女的柔情。(同下。)

## 第四场　罗西昂。伯爵夫人府中一室

(伯爵夫人及管家上。)

**夫人:** 唉!你就这样接下了她的信吗?你不知道她会像前次一样,留给我一封书信,不别而行吗?再念一遍给我听。

**管家:** (读信)

"为爱忘畛域,致触彼苍怒,

赤足礼圣真,忏悔从头误。

沙场有游子,日与死为伍,

莫以薄命故,甘受锋镝苦。

还君自由身,弃捐勿复道!

慈母在高堂，归期须及早。

为君炷半香，祝君良康好，

挥泪乞君恕，离别以终老。"

**夫人：**啊，在她的最温婉的字句里，隐藏着多么尖锐的刺！罗西昂，你问也不问一声就让她这样去了，真是糊涂透顶。我要是能够当面用话劝劝她，也许可以使她打消原来的计划，现在可来不及了。

**管家：**小的真的该死，要是把这封信昨夜就送给夫人，也许还可以把她追回来，现在就是去追也是白追的了。

**夫人：**哪一个天使愿意祝福这个无情无义的丈夫呢？像他这样的人，是终身不会发达的，除非因为上苍喜欢听她的祷告，乐意答应她的祈愿，才会赦免他的弥天的大罪。罗西昂，赶快替我写信给这位好妻子的坏丈夫呢，每一字每一句都要证明她的贤德，来反衬出他自己的薄情。我心里的忧虑悲哀，虽然他一点儿不曾感觉到，你也要给我切切实实地写在信上。尽快把这封信寄出去，也许他听见了她已经出走，就会回到家里来，我还希望她知道他已回来之后，纯洁的爱情也会领导她重新回来。我分别不出他们两个人之中，谁是我所最疼爱的。我的心因忧伤而沉重，年龄使我变得这样软弱，我不知道应该流泪呢，还是向人诉说我的悲哀。（同下。）

## 第五场　佛罗伦斯城外

（远处号角声。佛罗伦斯一寡妇、黛安娜、梵奥伦泰、玛丽安娜及其他市民上。）

**寡妇：**快来吧，要是他们到了城门口，咱们就瞧不见啦。

**黛：**他们说那个法国伯爵立了很大的功劳。

**寡妇：**听说他捉住了他们的主将，还亲手杀死了他们公爵的兄弟。倒霉！咱们白赶了一趟，他们往另外一条路上去了。听！他们的喇叭声越来越远啦。

**玛：**来，咱们回去吧，看不见就算听人家说说话也好。喂，黛安娜，你留心这个法国伯爵吧。贞操是处女唯一的光荣，名节是妇人最大的遗产。

**寡妇：**我已经告诉我的邻居你怎样被他的一个同伴看上啦。

**玛：**我认识那个坏蛋死东西！他的名字就叫巴洛，是个卑鄙龌龊的军官，那个年轻伯爵就是给他诱坏的。留心着他们吧，黛安娜！他们的许愿、引诱、盟誓、礼物以及这一类煽动情欲的东西，都是害人的圈套，不少的姑娘都已经上过他们的当了。最可怜的是，这种身败名裂的可怕的前车之鉴，却不曾使后来的人知道警戒，仍旧一个个如蚁附膻，至死不悟。真令人叹息。我希望我不必给你更多的劝告，但愿你自己能够拿定主意。

黛：你放心吧，我不会上人家当的。

寡妇：但愿如此，瞧，一个进香的人来了。我知道她会住在我的宿店里的，来来往往的进香人都知道我的宿店。让我去问她一声。

（海伦娜作进香人装束上。）

寡妇：上帝保佑您，进香人！您要到哪儿去？

海：到圣约克·勒·格朗。请问您，朝拜圣地的人都是在什么地方住宿的？

寡妇：在圣法兰西斯，就在这港口的近旁。

海：是不是打这条路过去的？

寡妇：正是，一点儿不错。你听！（远处军队行进声。）他们往这儿来了。进香客人，您要是在这儿等一下，等军队过去以后，我就可以领您到下宿的地方去。我想您一定认识那家宿店的主人，正像您认识我一样。

海：原来大娘就是店主太太啊！

寡妇：岂敢岂敢。

海：多谢您的好意，那么有劳您啦。

寡妇：我看您是从法国来的吧。

海：是的。

寡妇：您可以在这儿碰见一个同国之人，他曾经在佛罗伦斯立下很大的功劳。

海：请教他姓甚名谁？

寡妇：他就是罗西昂伯爵，您认识这样一个人吗？

海：但闻其名，不识其面，他的名誉很好。

寡妇：不管他是一个何等样的人，他在这里是很出风头的。据说他是从法国逃亡来此，因为国王强迫他跟一个他不喜欢的女人结婚。您想会有这回事吗？

海：是的，真有这回事，他的夫人我也认识。

寡妇：有一个跟随这位伯爵的人，对她的评价不是很好。

海：他叫什么名字？

寡妇：他叫巴洛。

海：啊！我完全同意他的看法，她的确没有什么值得恭维之处，更配不上像那位伯爵那样的大人物，她的名字的确是不值得挂齿的。她唯一的好处，只有她的贞静，缄默，我还不曾听见人家在这方面讥议过她。

黛：唉，可怜的女人！做一个失爱于夫主的妻子，真够受罪了。

寡妇：是啦，好人儿，她无论在什么地方，她的心永远是载满了凄凉的。这小妮子要是愿意，也可以做一件对不起他的事情呢。

海：您这句话是什么意思？是不是这个好色的伯爵想要把她勾引？

寡妇:他确有这个意思,曾经用尽各种手段想要破坏她的贞操,可是她对他戒备森严,绝不让他有下手的机会。

玛:神明保佑她守身如玉!

(佛罗伦斯兵士一队上,旗鼓前导贝特兰及巴洛亦列队中。)

寡妇:瞧,现在他们来了。那个是安东尼奥,公爵的长子,那个是埃斯卡勒斯。

海:那法国人呢?

黛:他,那个帽子上插着羽毛的,他是一个很漂亮的家伙,我希望他爱他的妻子。他要是老实一点儿,那就更好了。他不是一个很俊的男人吗?

海:我很喜欢他。

黛:可惜他太不老实。那一个就是诱他为非作恶的坏家伙,倘然我是他的妻子,我一定要用毒药毒死那个混账东西。

海:哪一个是他?

黛:就是披着肩巾的那个鬼家伙。他为什么好像闷闷不乐似的?

海:也许他在战场上受伤了。

巴:把我们的鼓手也丢了!哼!

玛:他好像有些心事,瞧,他看见我们啦。

寡妇:嘿,死东西!

玛:谁稀罕你那些鬼殷勤!(贝、巴、军官及兵士等下。)

寡妇:军队已经过去了。来,进香客人,让我领您到下宿的地方去。咱们店里已经住下了四五个修行人,他们都是去朝拜伟大的圣约克的。

海:多谢多谢。今晚我还想做个东道主,请这位嫂子和这位好姑娘陪我们一起吃饭,我还可以把这位圣女的宝训讲一些给你们听。

玛、黛:谢谢您,我们一定奉陪。(同下。)


# 第六场　佛罗伦斯城前营帐

(贝特兰及甲乙二臣上。)

甲臣:不,我的好爵爷,让我们试他一试,看他怎么样。

乙臣:您要是发现他不是个卑鄙小人,请您从此别相信我。

甲臣:凭着我的生命起誓,他是一个骗子。

贝:你们以为我一直受了他的骗吗?

甲臣:相信我,爵爷,我一点儿没有恶意,就我所知道的,他是一个天字第一号的懦夫,一个到处造谣言说谎话的骗子,时时刻刻都在做着背信爽约的事,在他身上没有一点儿可取之处。

**乙臣**：您应该明白他是怎样一个人，否则要是您太相信了他，有一天他会在一件关系重大的事情上连累您的。

**贝**：我希望我知道用怎样方法去试验他。

**乙臣**：最好就是叫他去把那面失去的鼓夺回来，您已经听见他自告奋勇过了。

**甲臣**：我就带着一队佛罗伦斯兵士，扮成敌军的样子，在半路上突然拦截他，我们把他捉住捆牢，蒙住了他的眼睛，把他兜了几个圈子，然后带他回到自己的营里，让他相信他已经在敌人的阵地里了。您可以看我们怎样审问他，要是他并不贪生怕死，出卖朋友，把他所知道的我们这里的事情指天誓日地一股脑儿招出来，那么请您以后再不要相信我的话好了。

**乙臣**：啊！叫他去夺回他的鼓来，好让我们解解闷儿。他说他已经有了一个妙计，可以去把它夺回来。您要是看见了他怎样完成他的任务，看看他这块废铜烂铁究竟可以熔成什么材料，那时你倘不擂他一顿拳头，我才不信。他来啦。

**甲**：啊！这是个绝妙的玩笑，让我们不要阻挡他的壮志，让他去把他的鼓夺回来。

（巴洛上。）

**贝**：啊，队长！你还在念念不忘这面鼓吗？

**乙臣**：妈的！这算什么，左右不过是一面鼓罢了。

**巴**：不过是一面鼓！什么叫不过是一面鼓？难道这样丢了就算了？没有鼓怎么调节人马的进退？怎么驰驱夺阵？怎么分兵合围？

**乙臣**：那也不能怪谁的不是啊，这种损失本来是战争中所不可避免的，就是撤了大将，也是没有办法的。

**贝**：究竟我们这回是打了胜仗的。丢了鼓虽然有点儿失面子，已经丢了没法子夺回来，也就算了。

**巴**：它是可以夺回来的。

**贝**：也许可能，可是现在已经没有办法了。

**巴**：没办法也得夺它回来。倘不是因为论功行赏往往总是给滥竽充数的人占了便宜去，我一定要去拼死夺回那面鼓。

**贝**：很好，队长，你要是真有这样的胆量，你要是以为你的神出鬼没的战略可以把这三军光荣所系的东西重新夺了回来，那么请你尽量发挥你的雄才，试一试你的本领吧。要是你能够成功，我可以给你在公爵面前特别吹嘘，他不但会大大地褒奖你，而且一定会重重赏你的。

**巴**：我愿意举着这一只军人的手郑重起誓，我一定要干它一下。

**贝**：好，现在你可不能含含糊糊赖过去了。

巴：我今晚就去，现在我马上就把一切困难放在脑后，鼓起必胜的信念，打起视死如归的决心来，等到半夜时候，你们等候我的消息吧。

贝：我可不可以现在就去把你的决心告诉公爵殿下？

巴：我不知道此去成败如何，可是大丈夫说做就做，绝无反悔。

贝：我知道你是个勇敢的人，凭着你的过人的智勇，一定会成功的。再会。

巴：我不喜欢多说废话。（下。）

甲臣：你要是不喜欢多说废话，那么鱼儿也不会喜欢水了。爵爷，您看他自己明明知道这件事情办不到，偏偏还那样大言不惭地好像很有把握，虽然夸下了口，却又硬不起头皮来。真是个莫名其妙的家伙！

乙臣：爵爷，您没有我们了解他那样详细。他凭着那套吹拍的功夫，果然很多兵士就跟你们向我说的那些话一样。

甲臣：我们必须使他相信我们是敌人军队中的一队客籍军。他对于邻近各国的方言都懂得一些，所以我们必须每个人随口瞎嚷一些大家听不懂的话儿。好在大家都知道我们的目的是什么，因此可以彼此心照不宣，假装懂得就是了。尽管像老鸦叫似的，叽里咕噜一阵子，越糊涂越好。至于你做翻译的，必须表示出一副机警调皮的样子来。啊，快快，埋伏起来！他来了，他一定是到这里来睡上两点钟，然后回去编造一些谎话哄人。

（巴洛上。）

巴：十点钟了。再过三点钟便可以回去。我应当说我做了些什么事情呢？这谎话一定要编造得十分巧妙，才会叫他们相信。他们已经有点儿疑心我，倒霉的事情近来接二连三地到我的头上来，我觉得我这一条舌头太胆大了，我那颗心却又太胆小了，看见战神老爷和他的那些喽啰们的影子，就会战战兢兢，话是说得出来，一动手就吓软了。

甲臣：（旁白）这是你第一次说的老实话。

巴：我明明知道丢了的鼓夺不回来，我也明明知道我一点儿没有去夺回那面鼓来的意思，什么鬼附在我身上，叫我夸下这个大口？我必须在我身上割破几个地方，好对他们说这是力战敌人所留的伤痕。可是轻微的伤口不会叫他们相信，他们一定要说，"你这样容易就脱身出来了吗？"重一点儿呢，又怕痛了皮肉，这怎么办呢？闯祸的舌头呀，你要是再这样瞎三话四地害苦我，我可要割下你来，放在老婆子的嘴里，这辈子宁愿做哑巴了。

甲臣：（旁白）他居然也会有自知之明吗？

巴：我想要是我把衣服撕破了，或是把我那柄西班牙剑敲断了，也许可以叫他们相信。

甲臣:(旁白)那我们可赔你不起。

巴:或者把我的胡须割去了,说那是一个计策。

甲臣:(旁白)这不行。

巴:或者把我的衣服丢在水里,说是给敌人剥去了。

甲臣:(旁白)也不行。

巴:我可以赌咒说我从十八丈高的城头上跳下来。

甲臣:(旁白)你赌下三个重咒人家也不会信你。

巴:可是如果我能够拾到一面敌人弃下来的鼓,那么我就可以赌咒说那是我从敌人手里夺回来的了。

甲臣:(旁白)别忙,你就可以听见敌人的鼓声了。

巴:哎哟,真的是敌人的鼓声!(内喧嚷声。)

甲臣:色洛加·摩伏斯,卡哥,卡哥,卡哥。

众人:卡哥·卡哥,维利安达·拍,考薄,卡哥。(众擒巴,以巾掩其目臣)

巴:啊!救命!不要遮住我的眼睛。

兵士甲:波斯哥斯·色洛未尔陀·波斯哥斯。

巴:我知道你们是一队莫斯科兵,我不会讲你们的话,这回真的要送命了。要是列位中间有人懂得德国话,丹麦话,荷兰话,意大利话,或者法国话的,请他跟我说话,我可以告诉他佛罗伦斯军队中的秘密。

兵士甲:波斯哥斯·伏伐陀。我懂得你的话,会讲你的话。克累利旁托,朋友,你不能说谎,小心点儿吧。十七把刀儿指着你的胸口呢。

巴:哎哟!跪下来祷告吧。曼加·累凡尼亚·都尔契。

甲臣:奥斯考皮都尔却斯,伏利伏科。

兵士甲:将军答应暂时不杀你,现在我们要把你这样蒙着眼睛,带你回去盘问,也许你可以告诉我们一些军事上的秘密,赎回你的狗命。

巴:啊,放我活命吧!我可以告诉你们我们营里的一切秘密:一共有多少人马,他们的作战方略,还有许多叫你们吃惊的事情。

兵士甲:可是你不会说谎话吧?

巴:要是我说了半句谎话,死后不得超生。

兵士甲:阿考陀·林他。来,饶你多活几个钟头。(率若干士兵押巴下,内起喧嚷声片刻。)

甲臣:去告诉罗西昂伯爵和我的兄弟,说我们已经把那只野鸟捉住了,他的眼睛被我们蒙住了,请他们决定如何处置。

兵士乙:是,队长。

甲臣：你再告诉他们，他将要在我们面前泄露我们的秘密。

兵士乙：是，队长。

甲臣：现在我先把他好好地关起来再说。（同下。）

## 第七场　佛罗伦斯。寡妇家中一室

（贝特兰及黛安娜上。）

贝：他们告诉我你的名字是芳娣佩儿。

黛：不，爵爷，我叫黛安娜。

贝：果然你比月中的仙子还要美上几分！可是美人，难道你外表这样秀美，你的心里竟不让爱情有一席地位吗？要是青春的炽烈的火焰不曾燃烧着你的灵魂，那么你不是女郎，简直是一座石像了。你倘然是一个有生命的活人，就不该这样冷酷无情，你现在应该学学你母亲开始怀着你的时候那种榜样才对啊。

黛：她是个贞洁的妇人。

贝：你也是。

黛：不，我的母亲不过尽她应尽的本分，正像您对您夫人也有应尽的责任一样。

贝：别说那一套了！请不要再为难我了，我跟她结婚完全出于被迫，可是我爱你却是因为我自己心里的爱情在鞭策着我。我愿意永远供你的驱使。

黛：对啦，在我们没有愿意供你们驱使之前，你们是愿意供我们驱使的，可是一等到你们把我们枝上的蔷薇采去以后，你们就把棘刺留着刺痛我们，反倒来嘲笑我们的枝残叶老。

贝：我不是向你发过无数次誓了吗？

黛：许多誓不一定可以表示真诚，真心的誓言只要一个就够了。我们的所作所为，倘能质之天日而无愧，那么不必指天誓日，也是正大光明的。请问要是我实在一点儿不爱，我却指着上帝的名字起誓，说我深深地爱着你，这样的誓是不是可以相信的呢？照我看来，你那许多誓也不过是些嘴边的空话罢了。

贝：不要这样想。不要这样冷淡而残酷，恋爱是神圣的，我的纯洁的心，也从来不懂得你所指斥男子们的那种奸诈。不要再这样冷淡我，请你快来安慰安慰我的饥渴吧。你只要说一声你是我的，我一定会始终如一地永远爱着你。

黛：男人们都是用这种手段诱我们失身的，把那个指环给我。

贝：好人，我可以把它借给你，可是我不能给你。

黛：您不愿意吗，爵爷？

贝：这是我家世世相传的宝物，如果我把它丢了，那是莫大的不幸。

197

**黛**:我的名誉也就像指环一样,我的贞操也是我家世世相传的宝物,如果我把它丢了,那是莫大的不幸。我正可借用您的说法,拒绝您企图玷污我的名誉的无益的试探。

**贝**:好,你就把我的指环拿去吧。我的家,我的名誉,甚至于我的生命,都是属于你的,我愿意一切听从你。

**黛**:今宵半夜时分,你来敲我的卧室的窗门,我可以预先设法调开我的母亲。可是你必须依从我一个条件,当你征服了我的童贞之身以后,你不能耽搁一小时以上,也不要对我说一句话。为什么要这样是有很充分的理由的,等这指环还给你的时候,你就可以知道。今夜我还要把另一个指环套在你的手指上,留作日后的信物。晚上再见吧,可不要失约啊。你已经赢得了一个妻子,我的终身却也许从此毁了。

**贝**:我得到了你,就像是踏进了地上的天堂。(下。)

**黛**:有一天你会感谢上天,幸亏遇见了我。我的母亲告诉我他会怎样向我求爱,她就像住在他心里一样说得一点不错。她说,男人们所发的誓,都是千篇一律的。他发誓说等他妻子死了,就跟我结婚。我宁死也不愿跟他同床共枕,这种法国人这样靠不住,与其嫁给他,还不如终身做个处女的好。他想用欺骗手段诱惑我,我现在也用欺骗手段报答他,想来总不能算是罪恶吧。(下。)

## 第八场　佛罗伦斯军营

(甲乙二臣及兵士二三人上。)

**甲臣**:你还没有把他母亲的信交给他吗?

**乙臣**:我已经在一点钟前给了他,信里好像有些什么话激发了他的天良,因为他读了信以后,就好像变了一个人似的。

**甲臣**:他抛弃了这样一位温柔贤淑的妻子,真不应该。

**乙臣**:他更不应该在王上对他非常眷宠的时候,拂逆了他的意旨。我可以告诉你一件事情,可是你不能讲给别人听。

**甲臣**:你告诉我以后,我就把它埋葬在自己的心里,绝不再向别人说起。

**乙臣**:他已经在佛罗伦斯这里勾搭上了一个良家少女,她的贞洁本来是很有名的,今夜他就会逞他的淫欲去破坏她的贞操,他已经把他那颗宝贵的指环送给她了。

**甲臣**:上帝饶恕我们! 我们这些人类真不是东西!

**乙臣**:人不过是他自己的叛徒,正像一切叛逆的行为一样。我们眼看着自己的罪恶延伸,却不去抑制它,让它干下了不可收拾的事,以至于身败名裂。

**甲臣**:那么今夜他不能来了吗?

乙臣：他的时间表已经排好，一定要在半夜之后方会回来。

甲臣：那么再等一会儿他也该来了。我很希望他能够亲眼看见他那同伴的本来面目，让他明白明白他自己的判断有没有错误，他是很看重这个骗子的。

乙臣：我们还是等他来了再处置那个人吧，这样才好叫他无所遁形。

甲臣：现在还是谈谈战事吧，你近来听到什么消息没有？

乙臣：我听说两方面已经在进行和议了。

甲臣：不，我可以确实告诉你，和议已经成立了。

乙臣：那么罗西昂伯爵还有些什么事好做呢？他是再到别处去旅行呢，还是打算回法国去？

甲臣：你这样问我，大概他还没有把你当做一个心腹朋友看待。

乙臣：但愿如此，否则他干的事我也要脱不了干系。

甲臣：告诉你吧，他的妻子在两个月以前从他家里出走，说是要去参礼圣约克·勒·格朗。参礼完毕以后，她就在那地方住下，因为她多愁善感的天性，经不起悲哀的袭击，所以一病不起，终于叹了最后一口气，现在应该在天上唱歌了。

乙臣：这消息也许不准吧。

甲臣：她在临死以前的一切经过，都有她亲笔的信可以证明。至于她的死讯，也已经由当地的牧师完全证实了。

乙臣：这消息伯爵也完全知道了吗？

甲臣：是的，他已经知道了详详细细的一切。

乙臣：他听见这消息，一定很高兴，想起来真是可叹。

甲臣：我们有时往往会把我们的损失当做幸事！

乙臣：有时我们却因为幸运而哀伤流泪！他在这里凭着他的勇敢，虽然获得了极大的光荣，可是他回家以后所将遭遇的耻辱，也一定是同样大的。

甲臣：人生就像是一匹用善恶的丝线交错织成的布，我们的善行必须受我们的过失的鞭挞，我们的罪恶却又依赖我们的善行把它们掩盖。

（一仆人上。）

甲臣：啊，你的主人呢？

仆：他在路上遇见公爵，已经向他辞了行，明天早晨他就要回法国去了。公爵已经给他写好了推荐信，向王上竭力称道他的才干。

乙臣：王上正对他生气，为他说几句即使是溢美的好话，倒也是不可少的。

甲臣：他来了。

（贝特兰上。）

甲臣：啊，爵爷！已经过了午夜了吗？

**贝：** 我今晚已经干好了十六件每一件需要一个月时间才办得了的事情，我已经向公爵辞行，跟他身边最亲近的人告别，安葬了妻子，为她办好了丧事，写信通知我的母亲我就要回家了，并且招待过护送我回去的卫队。除了这些重要的事情以外，还干了许多小事情，只有一件最重要的事情还不曾办妥。

**乙臣：** 要是这件事情有点儿棘手，您又一早就要动身，那么现在您该把它赶快办好才是。

**贝：** 我想把它不了了之，以后也希望不再听见人家提起它。现在我们还是来开始审问那个骗子吧。来，把他抓出来，他像一个妖言惑众的江湖术士一样欺骗了我。

**乙臣：** 把他抓出来。（兵士下。）他已经锁在脚桎里坐了一整夜了，可怜的勇士！

**贝：** 这也是活该，他平常也太大模大样了。他被捕以后怎样一副神气？

**甲臣：** 他哭得像一个打翻了牛奶罐的小姑娘。他把摩根当做了一个牧师，把他从有生以来直到锁在脚桎里为止的一生经历原原本本向他忏悔。您想他忏悔些什么？

**贝：** 他没有提起我的事情吗？

**乙臣：** 他的供状已经笔录下来，等会儿可以当着他的面公开宣读。要是他曾经提起您的事情，——我想您是被他提起过的，——请您耐着性子听下去。

（兵士押巴洛上。）

**贝：** 该死的东西！还把脸都遮起来了呢！他不会说我什么的。我且不要作声，听他怎么说。

**甲臣：** 蒙脸人来了！浦托·达达洛萨。

**士兵甲：** 他说要把你用刑，你看怎样？

**巴：** 你们不必逼我，我会把我所知道的一切招供出来。要是你们把我炸成了肉酱，我也还是说这么几句话。

**士兵甲：** 波斯哥·契末却。

**甲臣：** 波勃利平陀·契克末哥。

**士兵甲：** 真是一位仁慈的将军。这里有一张开列着问题的单子，将爷叫我照着它问你，你必须要老实回答。

**巴：** 我希望活命，一定不会说谎。

**士兵甲：** "第一，问他公爵有多少马匹？"你怎么回答？

**巴：** 五六千匹，不过全是老弱无用的，队伍分散各处，军官都像叫花子，我可以用我的名誉和生命向你们担保。

**兵士甲：** 那么我就把你的回答照这样记下来了。

**巴：** 好的，你要我发什么誓都可以。

**贝：** 他可以什么都不顾，真是个没有药救的奴才！

甲臣:您弄错了,爵爷。这位是赫赫有名的军事专家巴洛先生,这是他自己亲口说的,在他的领结里藏着全部战略,在他的刀鞘里安放着浑身的武艺。

乙臣:我从此再不相信一个把他的剑擦得雪亮的人,我也再不相信一个穿束得整整齐齐的人会有什么真才实学。

兵士甲:好,你的话已经记下来了。

巴:我刚才说的是五六千匹马,或者大约这个数目,我说的是真话,记下来吧,我说的是真话。

甲臣:他说的这个数目,倒有八九分真。

贝:他现在所说的真话,比假话还要可恶。

巴:请您记好了,我说那些军官们都像叫花子。

兵士甲:好,那也记下了。

巴:谢谢您啦。真话就是真话,这些家伙都是寒碜得不成样子。

兵士甲:"问他步兵有多少人数?"你怎么回答?

巴:你们要是放我活命,我一定不说谎话,让我想想看:史卑里奥,一百五十人;瑟巴士显,一百五十人;戈兰勃斯,一百五十人;杰克斯,一百五十人;吉尔衮、戈斯漠、洛独威克、葛拉替,各二百五十人;我自己所带的一队,还有契托弗、伏蒙特、本替,各二百五十人。一共算起来,好的歹的并在一起,还不到一万五千人,其中的半数连他们自己外套上的雪都不敢拂掉,因为他们唯恐身子摇了一摇,就会像朽木一样倒塌下来。

贝:这个人应当把他怎样处治才好?

甲臣:我看不必,我们应该谢谢他。问他我这个人怎样,公爵对我信任不信任。

兵士甲:好,我已经把你的话记下来了。"问他公爵营里有没有一个法国人叫杜曼上尉的;公爵对他的信用如何;他的勇气如何;为人是否正直;军事方面的才能怎样;假如用重金贿赂他,能不能诱他背叛。"你怎么回答?你所知道的情况怎样?

巴:请您一条一条问我,让我逐一回答。

兵士甲:你认识这个杜曼上尉吗?

巴:我认识他,他本来是巴黎一家木匠铺里的徒弟,因为把市长家里的一个不知人事的傻丫头弄大了肚皮,被他的师傅一顿好打赶了出来。(甲举手欲打。)

贝:且慢,不要打他,他的脑袋免不了要给一片瓦掉下来砸碎的。

兵士甲:好,这个上尉在不在佛罗伦斯公爵的营里?

巴:他在公爵的营里,他的名誉一塌糊涂。

甲臣:不要这样瞧着我,我的好爵爷,他就会说起您的。

兵士甲:公爵对他的信任度怎样?

巴：只知道他是我手下的一个下级军官，前天还写信给我叫我把他开除，我想他的信还在我的口袋里呢。

兵士甲：好，我们来搜。

巴：不瞒您说，我记得可不大清楚，也许它在我口袋里，也许我已经把它跟公爵给我的其余的信一起放在营里归档了。

兵士甲：找到了，这儿是一张纸，我要不要向你读一遍？

巴：我不知道那是不是公爵的信。

贝：我们的翻译看了就会知道的。

兵士甲："黛安娜，伯爵是个有钱的傻大少——"

巴：那不是公爵的信，那是我写给佛罗伦斯城里一位名叫黛安娜的良家少女的信，我劝她不要受人家的引诱，因为有一个叫罗西昂的伯爵看上了她，他是一个爱胡调的傻哥儿，一天到晚打女人的主意。请您还是把这封信放好了吧。

兵士甲：不，对不起，我要把它先读一遍。

巴：我写这封信的用意是非常诚恳的，完全是为那个姑娘的前途着想，因为我知道这个少年伯爵是个危险的淫棍，他是色中饿鬼，出名的破坏处女贞操的魔王。

贝：该死的反复小人！

兵士甲："他要是向你盟山誓海，

你就向他把金银索讨；

你须要半推半就，若即若离，

莫让他把温柔的滋味尝饱。

一朝肥肉咽下了他的嘴里，

你就永远不要想他付钞。

一个军人这样对你忠告：

宁可和有年纪人来往，

不要跟少年郎们胡调。

你的忠仆巴洛上。"

贝：我们应当把这首诗贴在他的额角上，拖着他游行全营，一路上用鞭子抽他。

甲臣：爵爷，这就是您的忠心的朋友，那位精通万国语言的专家，全能百晓的军人。

贝：我以前最讨厌的是猫，现在他在我眼中就是一只猫。

兵士甲：朋友，照我们将军的面色看来，我们就要把你吊死了。

巴：将爷，无论如何，请您放我活命吧。我并不是怕死，可是因为我自知罪孽深重，让我终其天年，也可以忏悔忏悔我的余生。将爷，把我关在地牢里，锁在脚桎里，或者丢在无论什么地方都好，千万饶我一命！

**兵士甲:** 要是你能够老老实实招认一切,也许还有通融余地。现在还是继续问你那个杜曼上尉的事情吧。你已经回答公爵对他的信用和他的勇气,现在要问你他为人是否正直?

**巴:** 他会在和尚庙偷鸡蛋;讲到强奸妇女,没有人比得上他;毁誓破约,是他的拿手本领;他撒起谎来,可以颠倒黑白,混淆是非;酗酒是他最大的嗜好,因为他一喝酒便会烂醉如泥,倒在床上,不会再去闯祸,唯一倒霉的只有他的被褥,可是人家知道他的脾气,总是把他抬到稻草上去睡。关于他的正直,我没有什么话好说;凡是一个正人君子所不应该有的品质,他无一不备,凡是一个正人君子所应有的品质,他一无所有。

**甲臣:** 他说得这样天花乱坠,我倒有点喜欢起他来了。

**贝:** 因为他把你形容得这样巧妙吗?该死的东西!他越来越像一只猫了。

**兵士甲:** 你说他在军事上的才能怎样?

**巴:** 我不愿说他的谎话,他曾经在英国戏班子里擂过鼓,此外我就不知道他在军事上的经验了。我希望我能够说他几句好话,可是实在想不起来。

**甲臣:** 他的无耻厚脸,简直是空前绝后,这样一个宝货倒也是不可多得的。

**贝:** 该死!他真是一只猫。

**兵士甲:** 他既然是这样一个卑鄙下流的人,那么我也不必问你贿赂能不能引诱他反叛了。

**巴:** 给他几毛钱,他就可以把他的灵魂连同世袭继承权全部出卖。

**兵士甲:** 他还有一个兄弟,那另外一个杜曼上尉呢?

**乙臣:** 他为什么要问起我?

**兵士甲:** 他是怎样一个人?

**巴:** 也是一个窠里的老鸦。从好的方面讲,他还不如他的兄长,从坏的方面讲,可比他的哥哥强过百倍啦。他的哥哥是出名的天字第一号的懦夫,可是在他面前还要甘拜下风。退后起来,他比谁都奔得快;前进起来,他就要寸步难移了。

**兵士甲:** 要是放你活命,你愿不愿意到佛罗伦斯人那里给我们做内应?

**巴:** 愿意愿意,他们的骑兵队长就是那个罗西昂伯爵,一定会中我的计的。

**兵士甲:** 我去对将军说,看他意思怎样。

**巴:** (旁白)我从此再不打什么倒霉鼓了!我原想冒充一下好汉,骗骗那个淫荡的伯爵哥儿,谁知道几乎送了一条性命!

**兵士甲:** 朋友,没有办法,你还是不免一死。将军说,你这样不要脸地泄露了自己军中的秘密,还把知名当世的贵人这样信口诋毁,留你在这世上,没有什么用处,所以必须把你执行死刑。来,刽子手,把他的头砍下来。

巴：哎哟，我的天爷爷，饶了我吧，倘然一定要我死，那么也让我亲眼看个明白。

兵士甲：那倒可以满足你，让你向你的朋友们辞行吧。（解除巴洛脸上所缚之布。）你瞧一下，有没有认识的人在这里？

贝：早安，好队长！

乙臣：上帝祝福您，巴洛队长！

甲臣：上帝保佑您，好队长！

乙臣：队长，我要到法国去了，您要我带什么信去给拉敷大人吗？

甲臣：好队长，您肯不肯把您替罗西昂伯爵写给黛安娜小姐的情诗抄一份给我？可惜我是个天字第一号的懦夫，否则我一定会强迫您默写出来。现在我不敢勉强您，只好失陪了。（贝及甲、乙臣下。）

兵士甲：队长，您这回可出了丑啦！

巴：明枪好躲，暗箭难防，任是英雄好汉，也逃不过诡计阴谋。

兵士甲：要是您能够发现一处除了荡妇淫娃之外没有其他的人居住的国土，您倒很可以在那里南面称王，建立一个无耻的国家来。再见，队长，我也要到法国去，我们会在那里说起您的。（下。）

巴：管他哩，我还是我行我素。倘然我是个有几分心肝的人，今天一定会无地自容。可是虽然我从此掉了官，我还是照旧吃吃喝喝，照样睡得烂熟，像我这样的人，到处为家，什么地方不可以蒙混过去？可是我要警告那些喜欢吹牛的朋友们，不要吹过了头，有一天你会发现自己是一头驴子的。我的剑呀，你从此锈起来吧！巴洛呀，不要害臊、厚着脸皮活下去吧！人家作弄你，你也可以作弄人家，天生世人，谁都不会没有办法的。他们都已经走了，待我追上前去。（下。）

## 第九场　佛罗伦斯。寡妇家中一室

（海伦娜、寡妇及黛安娜上。）

海：为了使你们明白我并没有欺弄你们，一个当今最伟大的人物可以替我作保证。在我还没有达到我的目的以前，我必须在他的宝座之前下跪。过去我曾经替他做过一件和他的生命差不多同样宝贵的事，即使是蛮顽无情的鞑靼人，也不能不由衷说出一声感谢。有人告诉我他现在在马赛，正好有人可以护送我们到那儿去。我还要告诉你们，人家都是当我已经死去的了。现在军队已经解散，我的丈夫也回家去了，要是我能够得到上天的默佑和王上的准许，我们也可以早早回家。

寡妇：好夫人，请您相信我，我是您的最忠实的仆人，凡是您信托我做的事，我无不乐意为您效劳。

**海**：大婶，你也可以把我当做你的一个好朋友，每时每刻都在想着怎样才能报答你的深情厚谊。你应该相信，既然上帝注定让你的女儿帮我得到一个夫君，他也一定会让我帮助她找到一个如意郎君的。我就是不懂男人的心，他们竟然会对一个被认为厌恶的女子倾注他们的万种柔情！深沉的黑夜让他感觉不到自己受了别人愚弄，抱着一个人皆惧怕的蛇蝎，还以为那就是已经飘然而逝的玉人，不过这些话以后再讲吧。黛安娜，我还要请你为了我稍稍委屈一下。

**黛**：您无论让我干什么事，只要不损名节，我都愿意为您效劳，至死不辞。

**海**：但是我还是要劝你，马上就到夏天了，蔷薇马上就是满枝新绿，遮盖了它周身的尖刺。你也应该在温柔之中，保存几分锋芒。我们可以走了，车子已经准备好，疲倦的身体也已经休息过来了。若问成败吉凶，还须接着上演；如能得偿所愿，何畏路远山高。（同下。）

# 第十场　罗西昂。伯爵夫人府中一室

（伯爵夫人及拉敷上。）

**拉**：不，不，不，令郎只因受了那个无赖的蛊惑，才会这样任性而为，那家伙一日在世，全国的年轻人都要被他引诱。如果没有这只野蜂，令媳现在肯定还好好的，令郎也肯定仍然待在家中，受着王上的恩宠。

**夫人**：但愿我没有认识过他，是他害死了一位世上最贤德的女子。即便她是我的亲骨肉，曾经让我怀胎十月，也不能使我爱她更深了。

**拉**：她确实是一个好姑娘，正所谓灵芝仙草，可遇而不可求。我刚刚正想告诉您，自从我知道了令媳的不幸，并且知道令郎就要归来的事情后，我就恳求王上为小女促成一门亲事。说实话，这还是王上先想起来，向我当面提起的。王上已经答应自己做媒，他对令郎本来还有几分不满，借此正好可以让他忘怀过往。不知夫人意下如何？

**夫人**：我觉得很好，大人，希望这件事情能够圆满。

**拉**：王上已经从马赛启程来此，他的身体很好，像30岁的人一样。他明天就能抵达这里，这个消息是一个可靠的人告诉我的，应该不会有错。

**夫人**：我能够在生前再见到王上，真是此生之幸。我已收到犬儿的来信，说他今晚就能到家，大人如若不嫌寒舍简陋，就请在此小住一二日，等他们两人相见了再去，如何？

**拉**：夫人，无故相扰，心中实在过意不去。

**夫人**：您不必客气。

（小丑上。）

**丑**：啊，夫人！少爷回来了，他脸上还粘着一块天鹅绒片呢，那天鹅绒片底下有没有伤痕，只有问那只天鹅绒才知道，不过它真的是一块非常好的天鹅绒。

**拉**：光荣的伤疤是最好的装饰。我们去迎接勇士归来吧，我很想与这位英勇的少年说说话呢。

**丑**：他们总共有十多人，都戴着好看的帽子，帽子上插着羽毛。那羽毛见了人还会点头问好呢。（同下。）

# 第四幕

## 第一场　马赛。一街道

（海伦娜、寡妇、黛安娜及二侍从上。）

**海**：像这样毫不停歇地奔驰了两天，一定让两位非常疲惫了，可是这也没有办法。你们既然为了我，日夜不停地受了很多劳累，我定会知恩图报，永生不忘的。来得正巧。

（一朝士上。）

**海**：这个人如果肯替我们效劳，或许能帮我把信带给王上。老天保佑您，先生！

**朝士**：上帝保佑您！

**海**：好像在宫廷里见过您，先生。

**朝士**：我曾在那里住过一段日子。

**海**：我一直听别人说你是个热心肠的好人，今天因为有一件紧急的事情，冒昧打扰，想要劳烦大驾，如蒙相助，不胜感激。

**朝士**：我能为您做什么事？

**海**：我想劳烦您把这一纸诉状呈交王上，再请您能带我面见王上。

**朝士**：王上已经离开这儿了。

**海**：离开这儿了！

**朝士**：一点不错，他昨天晚上离开的，他去得非常匆忙，完全不是平时的样子。

**寡妇**：上帝啊，我们白忙了一场！

**海**：只要能达到最后的目的，不必在意眼前的挫折。请问他去了哪里？

**朝士**：应该是到罗西昂去，我也正好要去那里。

**海**：先生，您可能要比我早一些见到王上，能不能请您把这一个诉状转交于他？我保证您为我做了这件事，不但不会受到责备，而且会对您有很大的好处。我们虽然没有快车骏马，但我们一定会尽全力追随您而去的。

**朝士**：我可以效劳。

**海**：您的善良肯定会有回报的。咱们该马上启程了，走，走，把马车驾好！（同下。）

# 第二场　罗西昂。伯爵夫人府中的大厅

（小丑及巴洛上。）

**巴**：拉伐契先生，劳烦您把这封信转交给拉敷大人。我以前穿着锦衣玉服的时候，你是知道我的。现在因为命运不济，所以才沾满了这一身刺鼻的气味。

**丑**：请原谅，让我打开窗子。

**巴**：不，你无须塞住自己的鼻孔，我不过这样比喻而已。劳烦你替我把这封信送去好吗？

**丑**：嘿！请见谅，你离远点儿吧。一个穷鬼也要给一个贵族写信！看，他过来了。

（拉敷上。）

**丑**：大人，这里有一只命运不济的猫，掉进了烂泥塘里，浑身沾满了肮脏的泥巴。我看他的模样，真像一个穷酸潦倒的蠢货，请大人随意处置他吧。（下。）

**巴**：大人，我是一个不幸在命运的利爪下受到重伤的人。

**拉**：那么你要我怎么办呢？现在再去剪掉命运的利爪也太迟了。命运是一个很好的女神，她不愿让小人永远得志，一定是你自己做了坏事，她才会加害于你。这几个钱给你拿去吧。我还有别的事情，少陪了。

**巴**：请大人再听我说一句话。

**拉**：你嫌这钱太少吗？好，再给你一个，不用多说啦。

**巴**：好大人，我的名字是巴洛。

**拉**：哎哟，失敬失敬！你的那面宝贝鼓儿怎样啦？

**巴**：啊，我的好大人，您是第一个揭破我的人。现在我流落到了这个地步，还要请大人可怜可怜我，给我一条自新之路。

**拉**：滚开，浑蛋！你要我一面做坏人，一面做好人，推了你下去，再把你拉上来吗？（内喇叭声。）王上来了，这是他的喇叭的声音。你等几天再来找我吧，我虽然是一个傻瓜，又是一个坏人，可是我也不愿瞧着你饿死。你去吧。

**巴**：谢谢大人。（各下。）

## 第三场　同前。伯爵夫人府中一室

（喇叭奏花腔。国王、伯爵夫人、拉敷、群臣、朝士、侍卫等上。）

**王**：她的死对于我无疑是丧失了一件珍贵的宝物，可是我真想不到你的儿子竟会这样痴愚狂悖，不知道她的真正的价值。

**夫人**：陛下，现在事情已经过去了，一定是他年少无知，乘着一时的血气，受不住理智的节制，才会有这样鲁莽的行动，请陛下不必多计较了。

**王**：可尊敬的夫人，我曾经对他怀着莫大的愤怒，只等找到机会，便想把重罚降在他的身上，可是现在我已经宽恕了一切，忘怀一切了。

**拉**：请陛下恕我多言，我说，这位小爵爷太对不起陛下，太对不起他的母亲，也太对不起他的夫人了，可是他尤其对不起他自己。他所失去的这位妻子，她的美貌足以使众家粉黛一齐失色，她的言辞足以迷醉每一个人的耳朵，她的尽善尽美，足以使最高傲的人俯首臣服。

**王**：赞美已经失去的事物，使它在记忆中格外显得可爱。好，叫他过来吧，我们已经言归于好，从此不再重提旧事了。他无须向我求恕，他所犯的重大过失，已经成为过去的陈迹，埋葬在永久的遗忘里了。让他过来见我吧，他现在是一个不相识者，不是一个罪人，告诉他，这就是我的意旨。

**王**：他对于你的女儿怎么说？你跟他说起过这回事吗？

**拉**：他说一切都听候陛下的旨意。

**王**：那么我们可以作成这一桩婚事了。我已经接到几封信，对他都是备极揄扬。

（贝特兰上。）

**拉**：他今天打扮得果然英俊不凡。

**王**：我的心情是变化无常的天气，你在我身上可以同时看到温煦的日光和无情的霜霰。可是当太阳大放光明的时候，蔽天的阴云是会扫荡一空的。你近前来吧，现在又是晴天了。

**贝**：小臣罪该万死，请陛下原谅。

**王**：既往不咎，从前的种种，以后不要再提了，让我们还是迎头抓住眼前的片刻吧。我老了，时间是无声的脚步，是不会因为我还有许多事情需要处理而稍停片刻的。你记得这位大臣的女儿吗？

**贝**：陛下，她在我脑中留着极好的印象。当我第一眼看见她的时候，我就钟情于她。可是我的含情欲吐的舌头还没有敢大胆倾诉我的心中的爱慕，存在于我心里的另一个记忆却使我对她感到轻蔑。我一想起我那受尽世人赞美而我自己直到她死后才觉得她可爱的亡妻,便觉得任何女子的面貌都不及她的齐整秀丽,任何女子的肤色都不及她的自然匀称,任何女子的身材都不及她的修短合度,她成为我眼中的翳障,遮掩了其余女子的美点。

王:你给自己辩护得很好,你对她还有这么一些情谊,也可以略略抵消你这一笔负心的债了。可是来得太迟了的爱情,就像已经执行死刑后方才送到的赦状,不论如何都没有法子再挽回了。我们的粗心的错误,往往不知看重我们自己所有的可贵的事物,直至丧失了它们以后,方始认识它们的真价。我们的无理的憎嫌,往往伤害了我们的朋友,然后再在他们的坟墓之前捶胸哀泣。我们让整个白昼在憎恨中昏睡过去,而当我们清醒转来以后,再让我们的爱情因为看见已经铸成的错误而恸哭。温柔的海伦娜就这样死了,我们现在把她忘记了吧。把你的定情礼物送去给美丽的穆玳琳吧,两家的家长都已同意,我们现在正在等着参加我们这位丧偶郎君的结婚典礼呢。

夫人:天啊,求你祝福这一次婚姻比上一次美满!

拉:来,贤婿。从今以后,我的一份家业也归并给你了,请你快快拿出一点什么东西来,让我的女儿高兴高兴,好叫她快点儿来。(贝取指环与拉。)哎哟!我还记得最后一次我在宫廷里和已故的海伦娜告别的时候,我也看见她的手指上有这样一个指环。

贝:这不是她的。

王:请你让我看一看,我刚才在说话的时候,就已经注意到这个指环了。这是我的,我把它送给海伦娜的时候,曾经对她说过,要是她有什么为难的事,凭着这个指环,我就可以给她帮助。你居然用诡计把她这随身的至宝夺了下来吗!

贝:陛下,您一定是看错了,这指环从来不曾到过她的手上。

夫人:儿呀,我可以用我的生命为誓,我的确曾经看见她戴着这个指环,她把它当做生命一样重视。

拉:我也可以确确实实地说我看见她戴过它。

贝:大人,您弄错了,她从来不曾看见过这个指环。它是从佛罗伦斯一家人家的窗户里丢出来给我的,包着它的一张纸上还写着丢掷这指环的人的名字。她是一位名门闺秀,她以为我受了这指环,等于默许了她的婚约,可是我自忖自己是一个有妇之夫,不敢妄邀非分,所以坦白地告诉了她我不能接受她的好意。她知道事情无望,也就死下了心来,可是一直不肯收回这个指环。

王:我难道不认识自己的东西吗?不管你从哪一个人手里得到它,它是我的,也是海伦娜的。快给我招认出来,你是用怎样的暴力从她手里把它夺来的。她曾经指着神圣的名字为证,发誓她绝不让它离开她的手指,只有当她遭到极大不幸的时候,她才会把它送给我,或者当你和她同床的时候,她可以把它交给你,可是你从来不曾和她同过枕席。

贝:她从来不曾见过这指环。

王:你还要胡说,你以为我是在说谎话吗?你使我心里起了一种不敢想起的可怕的推测。要是你竟会这样忍心伤天害理,——这样的事情是不见得会有,可是我不敢断定,除非我亲自在她旁边看她死去,我的疑虑是不会消逝的。把他押起来。(卫士捉贝。)我太大意了,不曾注意到这一点,抓他下去!我们必须把事情查问一个水落石出。

贝:您要是能够证明这指环曾属她所有,那么您也可以证明我曾经在佛罗伦斯和她睡在一张床上,可是她从来不曾到过佛罗伦斯。(卫士押下。)

王:我心中充满了可怖的思绪。

(第一场中之朝士上。)

朝士:请陛下恕小臣冒昧,小臣在路上遇见一个佛罗伦斯妇人,要向陛下呈上一张状纸,因为赶不上陛下大驾,要我代她收下转呈御目。小臣因为看这个告状的妇人举止温文,言辞优雅,听她说来,好像她的事情非常重要,而且和陛下也有几分关系,所以大胆答应了她。她本人大概也就可以到了。

王:"告状人黛安娜·卡必来脱,呈被诱失身,恳乞昭雪事:窃告状人前在佛罗伦斯因遭被告罗西昂伯爵甘言引诱,允于其妻去世后娶告状人为妻,告状人一时不察,误受其愚,遂致失身。今被告已成鳏夫,理应践履前约,庶告状人终身有托,乃竟意图遗弃,不别而行。告状人迫不得已,唯有追踪前来贵国,叩阍鸣冤,伏希王上陛下俯察下情,主持公道,拯弱质于颠危,示淫邪以儆惕,实为德便。"

拉:我宁愿在市场上买一个女婿,把这一个摇着铃出卖给人家。

王:拉敷,这是上天有心照顾你才会有这一场发现。把这些告状的人找来,快去再把那伯爵带过来,(朝士及若干侍从下。)夫人,我怕海伦娜是死于非命。

夫人:但愿干这样事的人都逃不了国法的制裁!

(卫士押贝特兰上。)

王:伯爵,我可不懂,既然在你看来,你的妻子就像妖怪一样可怕,你因为不愿做她的丈夫,宁可远奔异国,那么你何必又想跟人家结婚呢?

(朝士率寡妇及黛安娜重上。)

王:那个妇人是谁?

黛:启禀陛下,我是一个不幸的佛罗伦斯女子,旧家卡必来脱的后裔,我想陛下已经知道我来此告状的目的了,请陛下量情公断,给我做主。

寡妇:陛下,我是她的母亲。我活到这一把年纪,想不到还要抛头露面,受尽羞辱,要是陛下不给我们做主,那么我的名誉固然要从此扫地,我这风烛残年,也怕就要不保了。

王:过来,伯爵,你认识这两个妇人吗?

贝:陛下,我不能否认,也不愿否认我认识她们。她们还控诉我些什么?

黛:你不认识你的妻子了吗?

贝:陛下,她不是我的什么妻子。

黛:你要是跟人家结婚,必须用这一只手表示你的诚意,而这一只手是已经属于我的了,你必须对天立誓,而那些誓也已经属于我的子女。凭着我们两人的深盟密誓,我已经与你成为一体,谁要是跟你结婚,就必须同时跟我结婚,因为我也是你的一部分。

拉:(向贝)你的名誉太坏了,配不上我的女儿,你不配做她的丈夫。

贝:陛下,这是一个痴心狂妄的女子,我以前不过跟她开过一些玩笑,请陛下相信我的人格,我还不至于堕落到这样一个地步。

王:你的行为要是不能使人相信,我怎么能相信你的人格呢? 你还是先证明一下你的人格的高尚吧。

黛:陛下,请您叫他宣誓回答,我的贞操是不是他破坏的?

王:你怎么回答她?

贝:陛下,她太无耻了,她是军营里一个人尽可夫的娼妓。

黛:陛下,他冤枉了我。我倘然是这样一个人,他就可以用普通的价钱买到我的身体。不要相信他。瞧这指环吧! 这是一件稀有的贵重的宝物,可是他却会毫不在意地丢给一个军营里人尽可夫的娼妓!

夫人:他的脸红了,果然是的,这指环是我们家里六世相传的宝物。这女人果然是他的妻子,这指环便是一千个证据。

王:你说你看见这里有一个人,可以为你作证吗?

黛:是的,陛下,可是他是个坏人,我很不愿意提出这样一个人来,他的名字叫巴洛。

拉:我今天看见过那个人,如果他也可以算是个人的话。

王:去把这人找来。(一侍从下。)

贝:叫他来干什么? 谁都知道他是一个无耻的小人,什么坏事他都做得出,讲一句老实话就会不舒服。难道随着他的信口胡说,就可以断定我的为人吗?

王:你的指环在她的手上,这可是抵赖不了的。

贝:我想这是事实,我的确曾经喜欢过她,也曾经和她发生过一段缱绻。年轻人爱好风流,这些逢场作戏的事实是免不了的。她知道与我身份悬殊,有心诱我上钩,故意装出一副冷若冰霜的样子来激动我。因为在恋爱过程中的一切障碍,都是足

211

以挑起更大的情欲的。凭着她的层出不穷的手段和迷人的娇态,她终于把我征服了。她得到了我的指环,我向她换到的,却是出普通市价都可以买得到的东西。

黛:我必须耐住我的怒气。你会抛弃你从前那位高贵的夫人,当然像我这样的女人更不值得你一顾,玩够了就可以丢了。可是我还要请求你一件事,你既然是这样一个薄情无义的男人,我也情愿失去你这样一个丈夫,叫人去把你的指环拿来还给我,让我带回家去,你给我的指环也可以还你。

贝:我没有什么指环。

王:你的指环是什么样子的?

黛:陛下,就跟您手指上的那个差不多。

王:你认识这个指环吗?它刚才还是他的。

黛:这就是他在我床上的时候我给他的那一个。

王:那么说你从窗口把它丢下去给他的话,完全是假的了。

黛:我说的句句都是真话。

(侍从牵巴洛重上。)

贝:陛下,我承认这指环是她的。

王:你太会躲闪了,好像见了一根羽毛的影子都会吓了一跳似的。这就是你说起的那个人吗?

黛:是,陛下。

王:来,老老实实告诉我,你知道你的主人和这个妇人有什么关系?尽管照你所知道的说来,不用害怕你的主人,我不会让他碰着你的。

巴:启禀陛下,我的主人是一位规规矩矩的绅士,有时他也有点儿不大老实,可是那也是绅士们所免不了的。

王:来,来,别说废话,他爱这个妇人吗?

巴:不瞒陛下说,他爱过她,可是——

王:可是什么?

巴:陛下,他爱她就像绅士们爱着女人一样。

王:这是怎么说的?

巴:陛下,他爱她,但他也不爱她。

王:你是个混蛋,但是你也不是个混蛋。这家伙怎么说话这样莫名其妙的?

巴:我是个苦人儿,一切听候陛下的命令。

拉:陛下。他只会打鼓,不会说话。

黛:你知道他答应娶我吗?

巴:不说假话,我有许多事情心里明白,可是嘴上却不便说。

王:你不愿意说出你所知道的一切吗？

巴:陛下要我说,我就说,我的确替他们两人做过媒,而且他真是爱她,简直爱到发了疯,什么魔鬼呀,地狱呀,还有什么什么这一类话他都说过。那个时候他们把我当做心腹看待,所以我知道他们在一起睡过觉,还有其余的花样儿,例如答应娶她哪,还有什么什么哪,这些我实在不好意思说出来,所以我想我还是不要把我所知道的事情说出来的好。

王:你已经把一切都说了出来了,除非你还能够说他们已经结了婚。你这证人做得太好了,站在一旁。——你说这指环是你的吗？

黛:是,陛下。

王:你从什么地方买来的？还是谁给你的？

黛:那不是人家给我的,也不是我去买的。

王:那么是谁借给你的？

黛:也不是人家借给我的。

王:那么你是在什么地方拾来的？

黛:不是拾来的。

王:不是买来,又不是人家送给你,又不是人家借给你,又不是在地上拾来,那么它怎么会到你手里,你怎么会把它给了他呢？

黛:我从来没有把它给过他。

拉:陛下,这女人的一条舌头翻来覆去,就像一只可以随便脱下套上的宽手套一样。

王:这指环是我的,我曾经把它赐给他的前妻。

黛:它也许是陛下的,也许是她的,我可不知道。

王:把她带下去,我不喜欢这个女子。把她关在监牢里,把他也一起带下去。你要是不告诉我你在什么地方得到这个指环,我就马上将你处死。

黛:我不会告诉你的。

王:带她下去。

黛:陛下,请您允许我交保吧。

王:我现在明白了你也不是好人。那么你究竟要控诉他什么呢？

黛:因为他有罪,可是他没有罪。他知道我已经不是一个处女。他曾赌咒说我不是一个处女。可我可以发誓我还是一个处女,这些是他不知道的。陛下,我可以以自己的生命起誓,我并不是一个妓女,我是清白的。

王:她越说越离谱了,把她关到监狱里去。

黛:妈,你把那个保人给我找来吧。(寡妇下。)稍等,陛下,我已经让她去寻那个指环的原来的主人了,她能做我的保人。对于这位贵人,他虽不曾害了我,他自己做了什么对不住我的事他自己是心知肚明的,现在我暂且饶恕他吧。他清楚他曾玷污过我,就在那时,他的妻子怀了他的孩子,她虽然已经离去,却能感觉到她的孩子在腹中跳着。如果你们不明白这个生生死死的哑谜,那就请看,解开谜底的人来了。

(寡妇偕海伦娜重上。)

王:我老眼昏花了吗? 我看到的是真还是假?

海:不,陛下,您所看到的只是一个妻子的影子,只有虚名,并无实际。

贝:虚名也有,实际也有。啊,宽恕我吧!

海:我的好丈夫! 当我假冒这位姑娘之时,我觉得您真是温柔体贴,善解人意。这是您的戒指,看,这儿还有您的亲笔信,上写:"倘若能得余永不离手之指环,且能腹孕一子,确为余之骨肉者,始可称余为夫。"现在这两件事我都已经做到了,您愿意做我的夫君吗?

贝:陛下,如果她能把这件事情对我解释清楚,我愿意娶她为妻。

海:如果我不能把这件事解释清楚,如果我的话有半句谎言,我们就从此劳燕分飞,永不相见! 啊,我亲爱的妈妈,想不到我今生还能再见到您! 我的眼睛异常酸楚,真的控制不了眼泪。(向巴)朋友,借给我一块手帕,谢谢你。一会儿你跟我回去,你可以给我逗乐子。行了,别行礼了,我厌烦你这个腔调儿。

王:让我们来听一下这个故事的始终,让大伙高兴一下。(向黛)你如果真是一朵未经人手的鲜花,那你自己也挑一个丈夫吧,我愿送一份嫁妆给你。因为我能猜到多亏你的好心相助,这一对冤家才会成为佳偶,你自己也保全了贞洁。这一切的经过详情,一会儿我们再慢慢说吧。正是——

今夕喜团圆,艰辛终得偿。

不历严寒苦,哪来扑鼻香。(喇叭奏花腔。众下。)

收场诗(饰国王者向观众致辞。)

黄袍玉带总是虚,王侯将相总堪讥,

若能博得你欢心,就是功德圆满时。(下。)

无事生非

# 剧中人物

唐·彼特罗　阿拉贡亲王

唐·约翰　唐·彼特罗的庶弟

克劳第奥　佛罗伦斯的少年贵族

裴尼狄克　帕度亚的少年贵族

里昂那托　梅辛那总督

安东尼奥　里昂那托之弟

鲍尔萨泽　唐·彼特罗的仆人

薄拉契奥<br>康雷特　｝唐·约翰的侍从

道勃雷　警吏

佛其慈　警佐

法兰西斯神父

教堂司事

希罗　里昂那托的女儿

琵特丽丝　里昂那托的侄女

玛茄蕾脱<br>欧苏拉　｝希罗的侍女

使者,巡丁,小童,侍从等

语文新课标名家选

## 地　点

梅辛那

# 第一幕

## 第一场　里昂那托住宅门前

（里昂那托、希罗、琵特丽丝及一使者上。）

**里**：这封信中说，阿拉贡的唐·彼特罗今天晚上就要到梅辛那。

**使者**：他现在就快要到了，我与他分别的时候，他离这儿不过八九里路了。

**里**：在这次战争中你们折了多少将士？

**使者**：损失很少，有名气的一个也没损失。

**里**：胜利者全师而归，那是双重的胜利了。信中还说唐·彼特罗非常看重一位年轻的名叫克劳第奥的佛罗伦斯人。

**使者**：果真是一位非常有才华的人，唐·彼特罗眼光不错，他虽然年纪很轻，做的事却非常了不起，看着像一只温驯的羔羊，在战场上却像一头勇猛的狮子。他确实能超越人们对它的期许，我的这张嘴道不尽他的优点。

**里**：在梅辛那他有一位伯父，听到了肯定非常高兴。

**使者**：我已经送信给他了，他看起来非常高兴，甚至高兴得忍不住难过起来了。

**里**：他流眼泪了吗？

**使者**：流了许多眼泪。

**里**：这是天性温情的自然流露。流泪的眼，是最最真诚的了，喜极而泣，比看见别人流泪而高兴，不知要好多少倍。

**琵**：请问，那位剑客也从战场上回来了吗？

**使者**：小姐，我从没听到过这个名字，在军队里没有这个人。

**里**：侄女，你问的是谁？

**希**：姐姐说的是帕度亚的裴尼狄克先生。

**使者**：哦，他回来了，还是那么爱说笑。

**琵**：请问，他在这场战争中杀了多少人？吃了多少人？但请你给我说他杀了多少人，因为我曾对他说过，不管他杀死多少人，我都能把他们吃下去。

**里**：真的，侄女，你把裴尼狄克先生要弄得太厉害了，我肯定他会报复你的。

**使者**：小姐，他在这次战争中也立了大功呢。

**琵:** 你们那些霉掉的粮食,全是他一个人吃的,他是个有名的大饭桶。他的食欲好得很呢。

**使者:** 但他也是一个好得很的军人,小姐。

**琵:** 他在太太小姐们跟前是个好得很的军人,但是在老爷们跟前呢?

**使者:** 在老爷们跟前,就是个正人君子,一个堂堂正正的男子汉,有着全部的美德。

**琵:** 到底他是个怎样的人,咱们还是不要争论了吧,我们每个人都不是完美无缺。

**里:** 请您不要误解小侄女的意思,她和裴尼狄克先生说笑惯了,他们只要一见面就是舌枪唇剑,互不相让的。

**琵:** 可惜他总是落下风!在我们上次争斗的时候,他的十分才气就有九分被我杀得狼狈而逃,现在他只有一分了,要是他还有些儿才气留着,那么就让他保存起来,叫他跟他的马儿有个分别,因为这是使他可以被称为有理性动物的唯一的财产了,现在谁是他的同伴?听说他每个月都要换一个把兄弟。

**使者:** 有这等事吗?

**琵:** 很可能。他的心就像他帽子的式样一般,时时刻刻会起变化的。

**使者:** 小姐,看来这位先生的名字不曾注在您的册子上。

**琵:** 没有,否则我要把我的书斋都一起烧了呢。可是请问你,谁是他的同伴?

**使者:** 他跟那位尊贵的克劳第奥来往得顶亲密了。

**琵:** 天哪,他要像一场瘟疫一样缠住人家呢,他比瘟疫还容易传染。谁要是跟他发生接触,立刻就会变作疯子。上帝保佑尊贵的克劳第奥!要是他给那个裴尼狄克缠住了,一定要花上一千镑钱才可以把他赶走哩。

**使者:** 小姐,我愿意跟您交个朋友。

**琵:** 很好,好朋友。

**里:** 侄女,你是永远不会发疯的。

**琵:** 不到大热的冬天,我是不会发疯的。

**使者:** 唐·彼特罗来啦。

(唐·彼特罗、唐·约翰、克劳第奥、裴尼狄克、鲍尔萨泽等同上。)

**彼:** 里昂那托大人,您是迎接麻烦来了,一般人都只想避免耗费,您却偏偏自己愿意多事。

**里:** 多蒙殿下枉驾,已经是莫大的荣幸,怎么说是麻烦呢?麻烦去了,可以使人如释重负,可是当您离开我的时候,我只觉得怅怅然若有所失。

**彼:** 您真是太喜欢自讨麻烦啦。这位便是令爱吧?

**里:** 她的母亲好几次对我说她是我的女儿。

**裴:** 大人,您在问她的时候,是不是心里有点儿疑惑?

里:不,裴尼狄克先生,因为那时候您还是个孩子哩。

彼:裴尼狄克,你也被人家挖苦了。我们可以猜想到你现在长大了,是个怎样的人。真的,这位小姐很像她的父亲,小姐,您真幸福。因为您长得像这样一位高贵的父亲。

裴:要是里昂那托大人果然是她的父亲,就是把梅辛那全城的财富给她。她也不愿意生得像他那样一副容貌的。

琵:裴尼狄克先生,你怎么还在那儿讲话呀?没有人听着您哩。

裴:哎哟,我的傲慢的小姐!您还活着吗?

琵:世上有裴尼狄克先生那样的人,傲慢是不会死去的。顶有礼貌的人,只要一看见您,也就会傲慢起来。

裴:那么礼貌也是一个反复无常的小人了。可是除了您以外,无论哪个女人都爱我,这一点是毫无疑问的。我希望我的心肠不是那么硬,因为说句老实话,我实在一个也不爱她们。

琵:那真是女人们好大的运气。因为否则她们就要给一个讨厌的求婚者麻烦死了。我感谢上帝和我自己冷酷的心,我在这一点上完全同意您的看法。与其听一个男人发誓说他爱我,我宁愿听我的狗向着一只乌鸦叫。

裴:上帝保佑您小姐永远抱着这样的心理吧!这样某一位先生就可以逃过他命中注定的抓破脸皮的厄运了。

琵:要是像您这样一副尊容,抓破了也不会使它变得比原来更难看的。

裴:好,您真是一位好鹦鹉教师。

琵:像我一样会说话的鸟儿,比起像尊驾一样的畜生来,总要好得多啦。

裴:我希望我的马儿能够跑得像您说起话来一样快,也像您的舌头一样不知道疲倦。请您尽管说下去吧,我可要恕不奉陪啦。

琵:您在说不过人家的时候,总是像一匹不听话的马儿一样,望岔路里溜了过去,我知道您的老脾气。

彼:那么就是这样吧,里昂那托。克劳第奥,裴尼狄克,我的好朋友里昂那托请你们一起住下来,我对他说你们至少要在这儿耽搁一个月,他却诚心希望会有什么事情留着我们多住一些时候。我敢发誓他不是一个假情假意的人,他的话都是从心里发出来的。

里:殿下,您要是发了誓,您一定不会背誓。(向唐·约翰)欢迎,大人,您现在已经跟令兄言归于好,我应该向您竭诚致敬。

约:谢谢。我是一个不会说话的人,可是我谢谢你。

里:殿下请了。

219

**彼**：让我搀着您的手，里昂那托，咱们一块儿走吧。（除裴、克外皆下。）

**克**：裴尼狄克，你有没有注意到里昂那托的女儿？

**裴**：看是看见的，可是我没有对她注意。

**克**：她不是一位贞静的少女吗？

**裴**：您是规规矩矩，要我把老实话告诉您呢？还是要我照平常的习惯，摆出一副百姓的暴君的面孔来发表我的意见？

**克**：不，我要你根据冷静的判断回答我。

**裴**：好，那么我说，她是太矮了点儿，不能给她太高的恭维。太黑了点儿，不能给她太美的恭维，又太小了点儿，不能给她太大的恭维。我所能给她的唯一的称赞，就是她倘不是像现在的这样子，一定很不漂亮。可是她既然不能再好看一点儿，所以我一点儿不喜欢她。

**克**：你以为我是在说着玩玩。请你老老实实告诉我，你觉得她怎样？

**裴**：你这样问起她，是不是要把她买下来呢？

**克**：全世界所有的财富，可以买得到这样一块美玉吗？

**裴**：是的，而且还可以附送一只匣子把它藏起来哩。可是您说这样的话，是一本正经的呢，还是随口胡说，就像说盲目的丘比特是个猎兔的好手，打铁的佛尔坎①是个出色的木匠一样？告诉我，您唱的歌儿究竟是什么调子？

**克**：在我的眼睛里，她是我平生所见的最可爱的姑娘。

**裴**：我现在还可以不戴眼镜瞧东西，可是我却瞧不出来她有什么可爱。她那个姐姐就是脾气太坏了点儿，要是讲起美貌来，那就正像个是五月的春朝，一个是十二月的岁暮，比她好看得多啦。可是我希望您不是要想做起丈夫来了吧？

**克**：虽然我曾经立誓终身不娶，可是要是希罗肯做我的妻子，我一定会信不过我自己。

**裴**：事情已经到了这个地步了吗？难道世界上的男人个个都愿意戴上绿头巾吗？难道我永远看不见一个六十岁的童男子吗？好，要是你愿意把你的头颈伸进轭里去，那么你就把它套起来，到星期日休息的日子自己怨怨命吧。瞧，唐·彼特罗回来找您了。

（唐·彼特罗重上。）

**彼**：你们不跟我到里昂那托家里去，在这儿讲些什么秘密话儿？

**裴**：我希望殿下命令我说出来。

**彼**：好，我命令你说出来。

---

① 佛尔坎，司火与煅冶之神。

裴:听着,克劳第奥伯爵。我能够像哑巴一样保守秘密,我也希望你相信我不是一个搬嘴弄舌的人。可是殿下这样命令我,有什么办法呢?你是在恋爱了。跟谁呢?这就应该殿下自己去问他了。听好,他的回答是多么短,他爱的是希罗,里昂那托的女儿。

克:要是真有这么一回事,那么他已经替我说出来了。

裴:正像老古话说,殿下,"既不是这么一回事,也不是那么一回事,可是真的,上帝保佑不会有这么一回事"。

克:我的感情倘不是一下子就会变化,我倒并不希望上帝改变这事实。

彼:阿门,要是你真的爱她,这位小姐是很值得你眷恋的。

克:殿下,您这样说是有意诱我吐露真情吗?

彼:真的,我不过说我心里想到的话。

克:殿下,我说的也是我自己心里的话。

裴:凭着我的三心二意起誓,殿下,我说的也是我自己心里的话。

克:我觉得我真的爱她。

彼:我知道她是位很好的姑娘。

裴:我既然不知道为什么要爱她,也不知道她有什么好处,你们就是用火刑烧死我,也不能使我改变这一个意见。

彼:你永远是一个排斥美貌的顽固的异教徒。

克:他这种不近人情的态度,都是违背了良心故意做作出来的。

裴:一个女人生下了我,我应该感谢她。她把我养育长大,我也要向她表示至诚的感谢。可是我要为了女人的缘故而戴起一顶不雅的头巾来,那么我只好敬谢不敏了,因为我不愿意对任何一个女人猜疑而使她受到委屈,所以宁愿对无论哪个女人都不信任,免得委屈了自己。总而言之,为了让我自己穿得漂亮一点儿,我愿意一生一世做个光棍。

彼:我在未死之前,总有一天会看见你为了爱情而憔悴的。

裴:殿下,我可以因为发怒,因为害病,因为挨饿而脸色惨白,可是绝不会因为爱情而憔悴。您要是能够证明有一天我因为爱情而消耗的血液,喝了酒以后不能把它恢复过来,就请您用编造歌谣的人的那支笔挖去我的眼睛,把我当做一个瞎眼的丘比特,挂在妓院门口做招牌。

彼:好,要是真有一天你的决心动摇起来,可别怪人家笑话你。

裴:要是有那么一天,我就让你们把我像一只猫似的放在口袋里吊起来,叫大家用箭射我,谁把我射中了,就可以拍拍他的肩膀,夸奖他是个好汉子。

彼:好,咱们等着瞧吧,有一天野牛也会俯首就轭的。

莎士比亚戏剧集

**裴：**野牛也许会俯首就轭，可是有理性的裴尼狄克要是也会钻上圈套，那么请您把牛角拔下来，插在我的额角上吧，我可以让你们把我涂上油彩，就像人家写着"好马出租"一样，替我用大字写好一块招牌，招牌上这么说："请看结了婚的裴尼狄克。"

**克：**要是真的把你这样，你一定要气得把你的一股牛劲儿都使出来了。

**彼：**嘿，要是丘比特没有把他的箭在威尼斯一起放完，他会叫你知道他的厉害的。

**裴：**那时候一定要天翻地覆啦。

**彼：**好，咱们等着瞧吧。现在，好裴尼狄克，请你到里昂那托那儿去，替我向他致意，对他说晚餐的时候我一定准时出席，因为他已经费了不少人手在那儿预备呢。

**裴：**我现在忙得很，实在无法分身，所以我想敬请——

**克：**大安，自家中发，——

**彼：**七月六日，裴尼狄克谨上。

**裴：**嗳，别开玩笑啦。你们讲起话来，老是这么支离破碎，不成片段，要是你们还要把这种滥调搬弄下去，请你们问问自己的良心吧，我可要失陪了。（下。）

**克：**殿下，您现在可以帮我一下忙。

**彼：**咱们是好朋友，你有什么事尽管吩咐我。无论它是多么为难的事，我都愿意竭力帮助你。

**克：**殿下，里昂那托有没有儿子？

**彼：**没有，希罗是他唯一的后嗣。你喜欢她吗，克劳第奥？

**克：**啊，殿下，当我们向战场出发的时候，我用一个军人的眼睛望着她，虽然内心羡慕，可是因为有更艰巨的工作在我的面前，来不及顾到儿女的私情。现在我回来了，战争的思想已经离开我的脑中，代替它的是一缕缕的柔情，它们指点我年轻的希罗是多么美丽，对我说，我在出征以前，就已经爱上她了。

**彼：**你就像一个恋人似的，动不动长篇大论的，叫人家听着厌倦了。要是你真的爱希罗，你就爱下去吧。我可以替你向她和她的父亲说去，一定叫你如愿以偿，你向我转弯抹角地说了这一大堆，不就是为了这个目的吗？

**克：**您这样鉴貌辨色，真是医治相思的妙手！可是人家也许以为我一见钟情，未免太过猛烈，所以我想还是慢慢儿再说吧。

**彼：**造桥只要量着河身的宽度就行了，何必过分铺张呢？做事情也只要按照事实上的需要，凡是能够帮助你达到目的的，就是你所应该采取的手段，你现在既然害着相思，我可以给你治相思的药饵，我知道今晚我们将要有一个跳舞会。我可以化装一下冒充你，对希罗说我是克劳第奥，当着她的面前倾吐我的心曲，用动人的情话迷惑她的耳朵。然后我再替你向她的父亲传达你的意思，结果她一定会属你所有。让我们立刻着手吧。（同下。）

## 第二场　里昂那托家中一室

（里昂那托及安东尼奥自相对方向上。）

**里：** 啊，贤弟！我的侄儿，你的儿子呢？他有没有把音乐预备好？

**安：** 他正在那儿忙着呢。可是，大哥，我可以告诉你一些新鲜的消息，你做梦也想不到的。

**里：** 是好消息吗？

**安：** 那要看事情的发展而定，可是从外表上看起来，那是个很好的消息。亲王跟克劳第奥伯爵刚才在我的花园里一条浓密的树荫下的小路上散步，他们讲的话给我的一个佣人听见了许多：亲王告诉克劳第奥，说他爱上了我的侄女，你的女儿，想要在今晚跳舞的时候向她倾吐衷情；要是她表示首肯，他就要抓住眼前的时机，立刻向你提起这件事情。

**里：** 告诉你这个消息的家伙，是不是个有头脑的人？

**安：** 他是一个很机灵的家伙，我可以去叫你来，你自己问问他。

**里：** 不，不，在这事情没有实现以前，我们只能把它当做一个幻梦。可是我要先去通知我的女儿一声，万一真有那么一回事，她好预先准备准备怎样回答。你去告诉她吧。（若干人穿过舞台。）各位侄儿，记好你们各人做的事。啊，对不起，朋友，跟我一块儿去，我还要仰仗您的大力哩。贤侄，在这大家手忙脚乱的时候，请你留心照看。（同下。）

## 第三场　里昂那托家中的另一室

（唐·约翰及康雷特上。）

**康：** 哎哟，我的爷！您为什么这样闷闷不乐？

**约：** 我的烦闷是茫茫无际涯的，因为不顺心的事情太多啦。

**康：** 您应该听从理智的劝告呀。

**约：** 听从了理智的劝告，又有什么好处呢？

**康：** 即便不能马上治好您的烦恼，至少也能让你学会安静忍耐。

**约：** 我真难以相信像你这样一个说自己是土星照命的人①，竟然也会用道德的箴言来医治别人的伤痛。我不会掩饰自己的心情：心里不高兴的时候，我不会见了别人的笑话就赔笑脸；饿了就吃，不管别人方不方便；困了我就睡，谁去管人家的闲事？

---

① 西洋星相家的说法，谓土星照命的人，性格一般沉郁忧愁。

高兴了我就笑,懒得管别人的脸色。

康:话虽如此,可你现在在别人的掌管下,总不可以完全依着自己的意愿做事。前段时间你和王爷闹矛盾,你们兄弟重归于好,还是刚刚发生的事,你要是再不小心些,那么他对你的恩惠,也是不可靠的。您若要达到自己的目的,就得自己创造机会。

约:我宁可做一朵墙边的野花,也不愿做一朵受他恩施的玫瑰。与其阿谀逢迎他人的欢心,我宁愿被众人鄙视。我固然不是一个精于奉承的小人,可谁也不可否认我是一个正大光明的小人,别人封住我的嘴,说是对我信任,用绳索捆住我的手脚,表示给我自由。关闭在囚笼里的我,还要歌唱吗? 如果我有嘴,我就会咬人。如果我有自由,我就要做自己喜欢的事。现在你还是让我保持本色,不要想法来改变它吧。

康:您用您的不平之气来做一些事情不是更好吗?

约:我尽量利用着它呢,它可是我唯一的武器。谁来啦?

(薄拉契奥上。)

约:有什么事,薄拉契奥?

薄:我刚从那边奢侈的晚宴上过来,里昂那托招待王爷非常隆重,我还要告诉您一件正在商量着的婚事呢。

约:我们可以想点办法在这个事上给他们添些乱吗? 是哪个傻瓜愿意自讨麻烦?

约:谁? 还不是那个最了不得的克劳第奥吗?

薄:原来是他。

约:好家伙! 那个女的是谁? 他看中了哪个?

薄:里昂那托的女儿希罗。

约:那只早熟的小母鸡! 你怎么得到这个消息的?

薄:他们让我用香料熏一下屋子,我正在一间发霉的房间熏香的时候,亲王和克劳第奥两人肩并肩过来了,一本正经地在商量什么事情,我就躲在屏风后面,听到他们到商量这件事。

约:我也许可以借此出一下自己心中的怨气。自从我失宠后,那个年轻的新贵真是风光无限啊。如果我能让他遭些挫折,会让自己心里很痛快的。你们愿意帮助我,不会变心吗?

康、薄:我们愿誓死为王爷效忠。

约:我们也去赴那奢侈的晚宴,他们看到我的屈辱,一定非常高兴。如果厨子也和我有同样的想法就好了! 我们要不要商量一下从哪里下手?

薄、康:我们愿意遵从您的旨意。(同下。)

# 第二幕

## 第一场　里昂那托家中的厅堂

（里昂那托、安东尼奥、希罗、琵特丽丝及余人等同上。）

里：约翰伯爵在这里吃晚饭了吗？

安：我没看到他。

琵：那位先生有一副阴沉的面孔！我每一次见到他，都要有一个时辰心里不好过。

希：他有一种很忧郁的气质。

琵：如果把他和裴尼狄克调和一下，那就成了一个顶好的人了：一个如木雕泥胎，总是一言不发；一个却像骄纵的纨绔子弟，每日吵个不停。

里：那就把裴尼狄克先生的半条舌头安在约翰伯爵的嘴巴里，把约翰伯爵的半副忧郁的面容放在裴尼狄克先生的脸上——

琵：叔叔，再加上一对好腿，一双好脚，口袋里放几个钱，这样一个男子，我敢说不论哪个女人都愿意嫁给他的——如果他能讨她欢心的话。

里：行了，侄女，如果你再说话这样尖酸刻薄，我看你一辈子都只能当老姑娘了。

琵：感谢上帝！我每天都跪求上帝，我说主啊！让我嫁给一个脸上长胡子的男人，无论如何我都受不了，还是让我睡在毯子里吧！

里：你可以找一个不长胡子的丈夫。

琵：我要他干什么啊？让他穿起我的衣服，来当我的侍女吗？有胡子的一定是年龄不小了，没有胡子的，又称不上是须眉男儿。我不要嫁给一个老头子，也不想嫁给一个毫无男子气概的人。别人说，老处女死后要在地狱牵猴子。我看我还是把六便士保证金给动物园的看守，把他的猴子带着下地狱吧。

里：好，那你决心下地狱吗？

琵：不，我刚刚走到门口，头上长角的魔鬼就跟个老乌龟似的，出来迎接我。说，"您到天堂去吧，琵特丽丝，您到天堂去吧，这里不是你们姑娘待的地方"。所以我就将猴子给他，到天堂去见圣彼得了；他指给我单身男子在什么地方，我们就在那里高高兴兴地过日子。

安：（向希）好，侄子，我相信你定会听从父亲的教导。

**琵**：是的，我妹妹是最懂得礼法的，她会行个礼，说，"父亲，一切但凭您做主"。不过话虽这么说，妹妹，他一定得是个英俊的家伙才行，不然你还得再行个礼，说，"父亲，这还是让我自己做主吧"。

**里**：好，侄女，我希望看见你嫁人的那一天。

**琵**：男人都是泥巴做的，我不要。一个女人要把自己的终身托付给路旁的一把泥巴，还要服从于他，岂不可怜！不，叔叔，亚当的儿子都是我的弟兄，和自己的亲族姑娘结婚是犯罪呢。

**里**：女儿，记着我对你说的话，如果亲王真向你提出那样的请求，你该知道怎么回答他。

**琵**：妹妹，要是那亲王太冒冒失失啦，你就对他说，什么事情都应该有个节拍。你就理也不理他，自个儿跳舞下去。听我说，希罗，求婚、结婚和后悔，就像是苏格兰急舞、慢步舞和五步舞一样。开始求婚的时候，正像苏格兰急舞一样狂执，迅速而充满了幻想；到了结婚的时候，循规蹈矩的，正像慢步舞一样，拘泥着仪式和虚文；于是接着来了后悔，拖着疲乏的脚腿，开始跳起五步舞来，愈跳愈快，一直跳到筋疲力尽，倒在坟墓里为止。

**里**：侄女，你的观察倒是十分深刻。

**琵**：叔叔，我的眼光很不错哩。

**里**：贤弟，跳舞的人进来了，咱们让开吧。

（唐·彼特罗、克劳第奥、裴尼狄克、鲍尔萨泽、唐·约翰、薄拉契奥、玛茄蕾脱、欧苏拉及余人等各戴假面上。）

**彼**：姑娘，您愿意陪着您的朋友走走吗？

**希**：您要是轻轻儿地走，态度文静点儿，也不说什么话，我就愿意奉陪，尤其是当我要走出去的时候。

**彼**：您要不要我陪着您一块儿出去呢？

**希**：我要是心里高兴，我可以这样说。

**彼**：您什么时候才高兴这样说呢？

**希**：当我看见您的相貌并不讨厌的时候，但愿上帝保佑琴儿不像琴囊一样难看。

**彼**：我的脸罩就像法利门的草屋，草屋里面住着天神乔武。①

**希**：那么您的脸罩上应该盖起草来才是。

**彼**：讲情话要低声点儿。（拉希罗至一旁。）

---

① 法利门是腓力基亚的一个穷苦老人，天神乔武遨游人间，借宿在他的草屋时，法利门和他的妻子鲍雪斯（Baueis）招待尽礼，乔武乃将其草屋变成殿宇。

**鲍**:好,我希望您喜欢我。

**玛**:为了您的缘故,我倒不敢这样希望,因为我有许多缺点哩。

**鲍**:可以让我略知一二吗?

**玛**:我念起祷告来,总是提高了声音。

**鲍**:那我更加爱您了,高声念祷告,人家听见了就可以喊阿门。

**玛**:求上帝赐给我一个好舞伴!

**鲍**:阿门!

**玛**:等到跳舞完毕,让我再也不要看见他!您怎么不接应呀,执事先生?

**鲍**:别多讲啦,执事先生已经得到他的答复了。

**欧**:我认识您,您是安东尼奥老爷。

**安**:干脆一句话,我不是。

**欧**:我瞧您摇头摆脑的样子,就知道是您啦。

**安**:老实告诉你吧,我是学着他的样子的。

**欧**:您倘不是他,绝不会把他那种怪样子学得这么惟妙惟肖。这一只挥上挥下的手,正是他的干瘪的手。您一定是他,您一定是他。

**安**:干脆一句话,我不是。

**欧**:算啦算啦,像您这样能言善辩,您以为我不能一下就听出来除了您还有谁吗?一个人有了好处,难道遮掩得了吗?算了吧,别多话了,您正是他,不用再赖了。

**琵**:您不肯告诉我谁对您说这样的话吗?

**裴**:不,请您原谅我。

**琵**:您也不肯告诉我您是谁吗?

**裴**:现在不能告诉您。

**琵**:说我目中无人,说我的俏皮话儿都是从笑话书里偷下来的。哼,这一定是裴尼狄克说的话。

**裴**:他是什么人?

**琵**:我相信您一定很熟悉他的。

**裴**:相信我,我不认识他。

**琵**:他没有叫您笑过吗?

**裴**:请您告诉我,他是什么人?

**琵**:他呀,他是亲王手下的弄人,一个语言无味的傻瓜。他的唯一的本领,就是捏造一些无稽的谣言,只有那些胡搞的家伙才会喜欢他,可是他们并不赏识他的机智,只是赏识他的奸刁。他一方面会讨好人家,一方面又会惹人家生气,所以他们一面笑他,一面打他。我想他一定在人丛里,我希望他会碰到我!

裴：等我认识了那位先生以后，我可以把您说的话告诉他。

琵：很好，请您一定告诉他。他听见了顶多不过把我侮辱两句，要是人家没有注意到他的话，或者听了笑也不笑，他就要郁郁不乐，这样就可以有一块鹬鸪的翅膀省下来啦，因为这傻瓜会气得不吃晚饭的。（内乐声。）我们应该跟随领队的人。（跳舞。除唐·约翰、薄拉契奥及克劳第奥外皆下。）

约：我的哥哥真的给希罗迷住啦，他已经拉着她的父亲去把他的意思告诉他了。女人们都跟着她去了，只有一个戴假面的人留着。

薄：那是克劳第奥，我从他的神气上认得出来。

约：您不是裴尼狄克先生吗？

克：您猜得不错，我正是他。

约：先生，您是我的哥哥亲信的人，他现在迷恋着希罗，请您劝劝他打断这一段痴情，她是配不上他这样的家世门第的。您要是肯这样去劝他，才是尽一个朋友的本分。

克：您怎么知道他爱着她？

约：我听见他发过誓申说他的爱情了。

薄：我也听见，他刚才发誓说要跟她结婚。

约：来，咱们喝酒去吧。（约、薄同下。）

克：我这样冒认着裴尼狄克的名字，却用克劳第奥的耳朵听见了这些坏消息，事情一定是这样，亲王为了他自己才去求婚。友谊在别的事情上都是可靠的，在恋爱的事情上却不能信任，所以恋人们都是用他们自己的唇舌。谁生着眼睛，让他自己去传达情愫吧，总不要请别人代劳，因为美貌是一个女巫，在她的魔力之下，忠诚是会在热情里溶解的。这是一个每一个时辰里都可以找到证明的例子，毫无怀疑的余地。那么永别了，希罗！

（裴尼狄克重上。）

裴：是克劳第奥伯爵吗？

克：正是。

裴：您跟着我来吧。

克：到什么地方去？

裴：到最近的一棵杨柳树①底下去，伯爵，为了您自己的事。您欢喜把花圈怎样戴法？是把它套在您的头颈上，像盘剥重利的人套着的锁链似的呢，还是把它串在您的臂上，像一个军官的臂章似的？您一定要把它戴起来，因为您的希罗已经给亲王

---

① 杨柳树是悲哀和失恋的象征。

夺去啦。

**克**：我希望他姻缘美满！

**裴**：哎哟，听您说话的神气，简直好像一个牛贩子卖掉了一头牛似的。可是您想亲王会这样对待您吗？

**克**：请你让我一个人在这儿。

**裴**：哈！现在您又变作一个不问是非的瞎子了，小孩子偷了您的肉去，您却去打一根柱子。

**克**：你要是不肯走开，那么我走了。（下。）

**裴**：唉，可怜的受伤的鸟儿！现在他要爬到芦苇里去了。可是想不到咱们那位琵特丽丝小姐居然会见了我认不出来！亲王的弄人！嘿，也许因为人家瞧我喜欢说笑，所以背地里这样叫我。我要愣是这样想，那就是自己看轻自己了。不，人家不会这样叫我，这都是琵特丽丝凭着她那下流刻薄的脾气，把自己的意见代表着众人，随口编造出来毁谤我的。好，我一定要向她报此仇。

（唐·彼特罗重上。）

**彼**：裴尼狄克，那伯爵呢？你看见他了吗？

**裴**：不瞒殿下说，我已经做过一个搬弄是非的长舌妇了。我看见他一个人孤零零地在这儿发恨，我就对他说，——我想我对他说的是真话，——您已经得到这位姑娘的芳心了。我说我愿意陪着他到一株杨柳树底下去；或者给他编一个花圈，表示被弃的哀思；或者给他扎起一条藤鞭来，因为他有该打的理由。

**彼**：该打！他做错了什么事？

**裴**：他犯了一个小学生的过失，因为发现了一巢小鸟，高兴非常，指给他的同伴看见，让他的同伴把它偷去了。

**彼**：你把信任当做一种过失吗？偷的人才是有罪的。

**裴**：可是他把藤鞭和花圈扎好，总是有用的；花圈可以给我自己戴，藤鞭可以赏给您。照我看来，您就是把他那窠小鸟偷去的人。

**彼**：我不过要教它们唱歌，教会了就把它们归还原主的。

**裴**：那么且等他们的歌儿来证明您的一片好心吧。

**彼**：琵特丽丝小姐在生你的气，陪她跳舞的那位先生告诉她你说了她许多坏话。

**裴**：啊，她才把我侮辱得连一块顽石都要气得直跳起来呢！一株秃得只剩一片青叶子的橡树，也会忍不住跟她拌嘴。就是我的脸罩也差不多给她骂活了，要跟她对骂一场哩。她不知道在她面前的就是我自己，对我说，我是亲王的弄人，我比融雪的天气还要无聊。她用一连串恶毒的讥讽，像放连珠炮似的向我射了过来，我简直变成了一个箭机垛啦。她的每一句话都是一把钢刀，每一个字都刺到人心里；要是她嘴里的气息跟她说的话一样恶毒，那一定无论什么人走近她身边都不能活命的；她的毒气会把北极星都熏坏呢，即使亚当把他没有犯罪以前的全部家产传给她，我也不愿意娶她做妻子。她会叫赫邱里斯给她烤肉，把他的棍子劈碎了当柴烧的。好了，别讲她了，她就是母夜叉的变相。但愿上帝差一个有法力的人来把她贴一道咒赶回地狱里去，因为她一天留在这世上，人家就会觉得地狱里简直清静得像一座洞天福地，大家为了能够下地狱，都会故意犯起罪来，所有一切的混乱、恐怖、纷扰，都跟她一起来了。

彼：瞧，她来啦。

（克劳第奥、琵特丽丝、希罗及里昂那托重上。）

裴：殿下有没有什么事情要派我到世界的尽头去？我现在愿意到地球的那一边去，给您干无论哪一件您所能想得到的最琐细的差使：我愿意给您从亚洲最远的边界上拿一根牙签回来；我愿意给您到阿比西尼亚去量一量护法王约翰的脚有多长；我愿意给您去从蒙古大可汗的脸上拔下一根胡须，或者到侏儒国里去办些无论什么事情；可是我不愿意跟这妖精谈三句话儿。您没有什么事可以给我做吗？

彼：没有，我要请您陪着我。

裴：啊，殿下，这是强人所难了，我可受不住咱们这位尖嘴的小姐。（下。）

彼：来，小姐，来，裴尼狄克先生在生您的气呢。您欺侮他了？

琵：殿下，我可不让他欺侮我。您叫我去找克劳第奥伯爵来，我已经把他找来了。

彼：啊，怎么，伯爵！你为什么这样不高兴？

克：没有什么不高兴，殿下。

彼：那么害病了吗？

克：也不是，殿下。

琵：这位伯爵无所谓高兴不高兴，也无所谓害病不害病。您瞧他皱着眉头，也许他吃了一个酸橘子，心里头有一股酸溜溜的味道。

彼：真的，小姐，我想您把他形容得很对。可是我可以发誓，要是他果然有这样的心思，那就错了。来，克劳第奥，我已经替你向希罗求过婚，她已经答应了；我也已经向她的父亲说起，他也表示同意了；现在你只要选定一个结婚的日子，愿上帝给你快乐！

里：伯爵，从我手里接受我的女儿，我的财产也随着她一起给您了。这门婚事多仗殿下鼎力，一定能够得到上天的嘉许！

琵：说呀，伯爵，现在要轮到您开口了。

克：静默是表示快乐的最好的方法，要是我能够说出我的心里多么快乐，那么我的快乐只是有限度的，小姐，您现在既然已经属于我，我也就是属于您的了。我把我自己跟您交换,我要把您当做珍宝一样看重。

琵:说呀,妹妹,要是你不知道说些什么话好,你就用一个吻堵住他的嘴,让他也不要说话。

彼:真的,小姐,您真会说笑。

琵:是的,殿下,也幸亏是这样,我这可怜的傻子才从来不知道有什么心事。我那妹妹附着他的耳朵,在那儿告诉他她的心里有着他呢。

克:她正是这么说,姐姐。

琵:天哪,真好亲热!人家一个个嫁了出去,只剩下我一个人年老珠黄,我还是躲在壁角里,哭哭自己没有丈夫吧!

彼:您愿意嫁给我吗,小姐?

琵:不,殿下,除非我可以再有一个普通的丈夫,因为您是太贵重啦,只好留着在星期日装装场面。可是我要请殿下原谅,我这一张嘴是向来胡说惯的,没有一句正经。

彼:您要是不声不响,我才要恼哪,这样说说笑笑,正是您的风趣的本色,我想您一定是在一个快乐的时辰里出世的。

琵:不,殿下,我的妈哭得才苦呢,可是那时候刚巧有一颗星在跳舞,我就在那颗星底下生下来了。妹妹,妹夫,愿上帝给你们快乐!

里:侄女,你肯不肯去把我对你说起过的事办一办?

琵:对不起,叔叔。殿下,恕我失陪了。(下。)

彼:真是一个快乐的小姐。

里:殿下,她身上找不出一丝的忧愁,除了睡觉的时候,她从来不曾板起过脸孔。就是在睡觉的时候,她也还是嘻嘻哈哈的,因为我曾经听见小女说起,她往往梦见不快活的事情,会把自己笑了醒来。

彼:她顶不喜欢听见人家向她谈起一个丈夫。

里:啊,她听都不要听,向她求婚的人,一个个给她嘲笑得退缩回去呢。

彼:要是把她配给裴尼狄克,倒是很好的一对。

里:哎哟!殿下,他们两人要是结了婚一个星期,准会吵疯了呢。

彼:克劳第奥伯爵,你预备什么时候上教堂?

克:就是明天吧,殿下,在爱情没有完成它的一切仪式以前,时间总是走得像一个扶着拐杖的跛子一样慢。

里:那不成,贤婿,还是等到星期一吧,左右也不过七天工夫;要是把事办得一切都称我的心,这几天日子还嫌太仓促些。

彼:好了,别这么摇头长叹啦。克劳第奥,包在我身上,我们要把这段日子过得一点也不沉闷。我想在这几天的时间内,干一件非常艰辛的工作,换句话说,我要叫裴尼狄克先生跟琵特丽丝小姐彼此热恋起来。我很想把他们两人配成一对,要是你们三个人愿意听我的吩咐,帮我把这件事情进行起来,一定可以成功。

里:殿下,我愿意全力赞助,即使叫我十个晚上不睡觉都可以。

彼:温柔的希罗,您也愿意帮帮忙吗?

希:殿下,我愿意尽我的微力,帮助我的姐姐得到一位好丈夫。

彼:裴尼狄克并不是一个没有出息的丈夫,至少我可以对他说这几句好话:他的家世是高贵的;他的勇敢,他的正直,都是大家所公认的。我可以教您用怎样的话打动令姐的心,叫她对裴尼狄克发生爱情;再靠着你们两位的合作,我只要向裴尼狄克略施小计,凭他怎样刁钻古怪,不怕他不爱上琵特丽丝。要是我们能够把这件事情做成功,丘比特也可以不用再射他的箭啦;他的一切的光荣都要属于我们,因为我们才是真正的爱神。跟我一块儿进去,让我把我的计划告诉你们。(同下。)

## 第二场　里昂那托家中的另一室

(唐·约翰及薄拉契奥上。)

约:果然是这样,克劳第奥伯爵要跟里昂那托的女儿结婚了。

薄:是,爵爷,可是我有法子破坏他们。

约:无论什么破坏手段,都可以替我消一消心头的闷气。我把他恨得跟什么似的,只要能够打破他的恋爱的美梦,什么办法我都愿意采取。你想怎样破坏他们的婚姻呢?

薄:不是用正当的手段,爵爷,可是我会把事情干得十分诡秘,让人家看不出破绽来。

约:把你的计策简单一点儿告诉我。

薄:我想我在一年以前,我告诉过您我跟希罗的侍女玛茄蕾脱相好了。

约:我记得。

薄:我可以约她在夜静更深的时候,在她小姐闺房里的窗口等着我。

约:这是什么用意? 怎么就可以把他们的婚姻破坏了呢?

薄:毒药是要您自己配起来的。您去对王爷说,他不该叫克劳第奥这样一位赫赫有名的人物——您可以拼命抬高他的身价——去跟希罗那样一个下贱的女人结婚。您尽管对他说,这一次的事情,对于他的名誉一定大有影响。

约:我有什么证据可以提出呢?

薄:有,有,一定可以使亲王受骗,叫克劳第奥懊恼,毁坏了希罗的名誉,把里昂那托活活气死,这不正是您所希望得到的结果吗?

约:为了发泄我对他们这批人的气愤,什么事情我都愿意试一试。

薄:那么好,找一个适当的时间,您把亲王跟克劳第奥拉到一处没有旁人的所在,告诉他们说您知道希罗跟我很要好,您可以假意装出一副对亲王和他的朋友的名誉十分关切的样子,因为这次婚姻是亲王一手促成,现在克劳第奥将要娶到一个已非完璧的女子,您不忍坐视他们受人之愚,所以不能不把您所知道的告诉他们。他们听了这样的话,当然不会就此相信;您就向他们提出真凭实据,把他们带到希罗的窗下,让他们看见我站在窗口,听我把玛茄蕾脱叫做希罗,听玛茄蕾脱叫我薄拉契奥。就在预定的婚期的前一个晚上,您带着他们看一看这幕把戏,我可以预先设法把希罗调开,他们见到这样似乎是千真万确的事实,一定会相信希罗果真是一个不贞的女子,在妒火中烧的情绪下,绝不会做冷静的推敲,这样他们的一切准备就可以全部推翻了。

约:不管它会引起怎样不幸的后果,我要把这计策实行起来。您给我用心办理,我赏你一千块钱。

薄:您只要一口咬定,我的诡计是不会失败的。

约:我就去打听他们的婚期。(同下。)


# 第三场　里昂那托的花园

(裴尼狄克上。)

裴:童儿!

(小童上。)

童:大爷叫我吗?

裴:我的寝室窗口有一本书,你去给我拿来。(童下。)我真不懂一个人明明知道沉迷在恋爱里是一件多么愚蠢的事,可是在讥笑他人的浅薄无聊以后,偏偏会自己打自己的耳光,照样跟人家闹起恋爱来,克劳第奥就是这种人。从前我认识他的时候,战鼓和军笛是他唯一的音乐,现在他却宁愿听小鼓和洞箫了。从前他会跑十里路去看一身好甲胄,现在他却会接连十个晚上不睡觉,为了设计一身新的紧身衣的式样。从前他说起话来,总是直截爽快,像个老实的军人,现在他却变成了个老学究,满嘴都是些稀奇古怪的话儿。我会不会也变得像他一样呢? 我不知道,我想不至于。我不敢说爱情不会叫我变成一只牡蛎,可是我可以发誓,在它没有把我变成牡蛎以前,它一定不能叫我变成这样一个傻瓜。好看的女人,聪明的女人,贤惠的女人,我都碰见过,可是我还是原来的我。除非在一个女人身上能够集合一切女人的优点,否则没有一个女人会中我的意的。她一定要有钱,这是不用说的;她必须聪明,不然我就不要;她必须贤惠,不然我也不敢领教;她必须美貌,不然我看也不要看她;她必须温柔,否则不要叫她走近我的身子;她必须有很好的人品,否则我不愿花十先令把她买下来;她必须会讲话,懂音乐,而且她的头发必须是天然颜色。哈!亲王跟咱们这位多情种子来啦!让我到凉亭里去躲他一躲。(退后。)

(唐·彼特罗、里昂那托、克劳第奥同上,鲍尔萨泽及众乐工随上。)

**彼:** 来,我们要不要听听这音乐?

**克:** 好的,殿下。暮色是多么沉寂,好像故意静下来,让乐声格外显得谐和似的!

**彼:** 你们看见裴尼狄克躲在什么地方了吗?

**克:** 啊,看得很清楚,殿下,等音乐停止了,我们要叫这小狐狸钻进我们的圈套。

**彼:** 来,鲍尔萨泽,我们要把那首歌再听一遍。

**鲍:** 啊,我的好殿下,像我这样坏的嗓子,把好好的音乐糟蹋了一次,也就够了,不要再叫我献丑了吧!

**彼:** 越是本领超人一等的人,越是不满意他自己的才能,请你唱起来吧,别让我向你再三求告了。

**鲍:** 既蒙殿下如此错爱,我就唱了。有许多求婚的人,在开始求婚时候,虽然明知道他的恋人没有什么可爱,仍旧会把她恭维得天花乱坠,发誓说他是真心爱着她的。

**彼:** 好了好了,请你别说下去了,要是您还想发表什么意见,就放在歌里边唱出来吧。

**鲍:** 在我未唱以前,先要声明一句:我唱的歌儿是一点儿也不值得你们注意的。

**彼:** 他在那儿净说些废话。(音乐。)

**裴:**(旁白)啊,神圣的曲调!现在他的灵魂要飘飘然起来了!几根羊肠绷起来的弦线,会把人的灵魂从身体里抽了出来,真是不可思议!好,等他唱好以后,少不了要赏给他几个钱。

**鲍:**(唱)

不要叹气,姑娘,不要叹气,

男人们都是些骗子,

一脚在岸上,一脚在海里,

他天性里朝三暮四,

不要叹息,让他们去,

你何必愁眉不展?

收起你的哀丝怨绪,

唱一曲清歌婉转。

莫再悲吟,姑娘,莫再悲吟,

停住你沉重的哀音;

哪一个夏天不绿叶成荫?

哪一个男子不负心?

不要叹息,让他们去,

你何必愁眉不展?

收起你的哀丝怨绪,

唱一曲清歌婉转。

**彼**:真是一首好歌。

**鲍**:可是唱歌的人太不行啦,殿下。

**彼**:哈,不,不,真的,你唱得总算过得去。

**裴**:(旁白)倘然他是一只狗,叫得这样子,他们一定把它吊死啦;求上帝别让他的坏喉咙预兆着什么灾殃!与其听他唱歌,我宁愿听夜里乌鸦叫,不管有什么祸事会跟着它一起来。

**彼**:好,你听见了没有,鲍尔萨泽? 请你给我们预备些好音乐,因为明天晚上我们要在希罗小姐的窗下弹奏。

**鲍**:我一定尽力去办,殿下。

**彼**:很好,再见。(鲍及乐工等下。)过来,里昂那托。您今天对我怎么说,说是令侄女琵特丽丝在恋爱着裴尼狄克吗?

**克**:啊! 是的。(向彼旁白)小心,小心,鸟儿正在那边歇着呢。——我再也想不到那位小姐会爱上什么男人的。

**里**:也是出乎意料,尤其想不到的是她竟会对裴尼狄克这样一往情深,照外表看起来,总像她把他当做冤家对头似的。

**裴**:(旁白)有这样的事吗? 风会吹到那个角里去吗?

**里**:真的,殿下,这件事情简直使我莫名其妙,我只知道她爱他爱得像发狂一般。谁也万万想象不到会有这样的怪事。

**彼**:也许她是假装着骗人的。

**克**:嗯,那倒也有几分可能。

**里**:上帝啊! 假装出来的! 我从来没有见过谁会把情感假装得像她这样逼真的。

**彼**:啊,那么她怎样表示她的憎爱分明感呢?

**克**:(旁白)好好儿把钓钩放下去,鱼儿就要吞饵了。

**里**:怎样表示,殿下? 她会一天到晚坐着出神,(向克)你听见过我的女儿怎样告诉你的。

克：她是这样告诉过我。

彼：怎么？怎么？你们说呀。你们让我觉得很奇怪，我以为像她那样的性格，是无论如何不会受到爱情袭击的。

里：殿下，我也可以跟人家赌咒绝不会有这样的事哩，尤其是对于裴尼狄克。

裴：(旁白)倘不是这白胡子老头儿说的话，我一定会把它当做一场诡计，可是诡计是不会藏在这样庄严的外表之下的。

克：(旁白)他已经上了钩了，别让他溜走。

彼：她有没有把她的衷情向裴尼狄克表示出来？

里：不，她发誓说一定不让他知道，这是使她痛苦的最大的原因。

克：对了，我听令爱说过这样的话："我当着他的面前屡次把他讥笑，难道现在却要写信给他，说我爱他吗？"

里：她每次提起笔来想要写信给他，便这样自言自语，一个夜里她总要起来二十次，披了一件衬衫，写满了一张纸再睡下去，这都是小女告诉我们的。

克：您说起一张纸，我倒记起令爱告诉我的一个有趣的笑话来了。

里：啊！是不是说她写好了信，把它读了一遍，发现裴尼狄克跟琵特丽丝两个名字刚巧写在一块儿？

克：正是。

里：啊！她把那封信撕成了一千片，把她自己痛骂了一顿，说她不应该这样不知羞耻，写信给一个她知道肯定会把她嘲笑的人，她说，"我根据自己的脾气推想他，要是他写信给我，即使我心里爱他，我也还是要嘲笑他的"。

克：于是她跪在地上，痛哭流泪，捶着她的心，扯着她的头发，一面祈祷一面诅咒，"啊，亲爱的裴尼狄克！上帝呀，给我忍耐吧！"

里：她真是这样，小女就是这样说的。她这种疯疯癫癫如醉如痴的神气，有时候简直使小女提心吊胆，恐怕她会对自己闹出些什么不顾死活的事情来呢，这都是千真万确的。

彼：要是她自己不肯说，那么叫别人去告诉裴尼狄克知道也好。

克：有什么用处呢？他不过把它当做一桩笑话，叫这个可怜的姑娘格外难堪罢了。

彼：他要是真的这样，那么吊死他也是一件好事，她是个很好的可爱的人，她的品行也是无可非议的。

克：而且她是一个绝世聪明的人儿。

彼：她什么都聪明，就是在爱裴尼狄克这件事上不大聪明。

里：啊，殿下，智慧和感情在这么一个娇嫩的身体里交战，十之八九感情会得到胜利，我是她的叔父和保护人，瞧着她这样子，心里真是难受。彼特罗，我倒希望她把这样的痴情用在我身上，我一定会不顾一切，娶她做我的妻子的，依我看来，你们还是去告诉裴尼狄克，听他怎么说。

里：你想这样做有用处吗？

克：希罗相信她迟早活不下去：因为她说要是他不爱她，她一定会死，可是她宁死也不愿让他知道她爱他；即使他来向她求婚，她也宁死不愿把她平日那种倔强的态度改变一丝一毫。

彼：她的意思很对。要是她向他呈献了她的一片深情，多半反而要遭他奚落；因为你们都知道，这个人的脾气是非常骄傲的。

克：他是一个很漂亮的人。

彼：他的确有一副很好的仪表。

克：凭良心说他也很聪明。

彼：他的确有几分小聪明。

里：我看他很勇敢。

彼：他是个大英雄哩，可是在碰到打架的时候，你就可以看到他的聪明的地方，因为他总是小小心心地躲开，万一脱身不了，也是战战兢兢，像个好基督徒似的。

里：他要是敬畏上帝，当然应该跟人家和和气气，万一闹翻了，自然要惴惴不安的。

彼：他正是这样。这家伙虽然一张嘴胡说八道，可是他倒的确敬畏上帝的，好，我对于令侄女非常同情，我们要不要去找裴尼狄克，把她对他的爱恋告诉他？

克：不要告诉他，殿下，让她慢慢地想一想，把这段痴情慢慢地忘却吧。

里：不，那是绝不可能的，等到他醒悟过来，她的心早已破碎了。

彼：好，我们静待令爱的消息吧，现在暂且不谈论了。我非常欣赏裴尼狄克，希望他可以心平气和地反思一下，看看他自己与这位姑娘多么不相配。

里：殿下，请吧。晚餐已经准备好了。

克：（旁白）如果他听到了这样的话，还是不能爱上她，我往后再不会对自己的预测有自信了。

彼：（旁白）各位还要给她设下相同的陷阱，那可就请令爱和她的侍女多费心机了。最有趣的一点儿，就是让他们以为对方还爱恋着自己，其实这件事根本就是子虚乌有，这一幕哑剧就是我所希望看到的。我们来叫她进来用餐吧。（波、克、里向下。）

裴：（自凉亭内走出）这不会是阴谋，他们说话时神态是很严肃的，他们从希罗那儿得知了这一件事情，自然不会有假。他们对这位姑娘好像很同情，她的热情好像已经高涨。爱我！哎哟，我一定要回应她才行。我已经听到他们如何批评我，他们说如果我知道她对我有意，我一定会摆架子，他们还说她宁死也不会表露她的爱情。结婚这件事我倒真从未想过。我一定不会摆架子，一个人知道了自己的缺点，能够改正，就是好的。他们说这位姑娘相貌秀丽，这话不假，我能为他们证明；说她品行贤淑，我也不能否认这是事实；说她除了爱我之外，其他的地方都是很聪明的。其实这件事虽然不能证明她的聪明，但也不能因此反证她的愚蠢，因为就是我从此也会为她神魂颠倒呢。也许别人会因此取笑于我，因为我一直都嘲讽结婚的无聊，不过一个人的口味是会变的。小的时候喜欢吃肉，也许年纪大了见了肉都要倒胃口。难道这种如风抚体的流言蜚语，就能把我吓倒，让我放弃自己的心志吗？不，人类是不能让它灭绝的。开始我说我要做一辈子的单身汉，那是因为我还没活到想结婚的那一天琵特丽丝便出现了。老天在上，她是一个漂亮的姑娘！我能从她的脸上看出对我的情意来。

（琵特丽丝上。）

琵：他们让我来请您进去吃饭，可这不是我的本意。

裴：好琵特丽丝，有劳您了，谢谢。

琵：您也用不着谢我，我也不稀奇您的感谢。如果这真是一件辛苦事，我可是不会来的。

裴：那么您是很乐意来叫我了？

琵：是的，就像您把一把刀子插进一只乌鸦嘴里一样。您现在饿吗，先生？再会。（下。）

裴：哈！"他们让我来请您进去吃饭，可这不是我的本意"，这句话里有着双重的意思。"您也用不着谢我，我也不稀奇您的感谢"，那就是说，我无论为您做什么辛劳的事，都像说一声谢谢那样毫不为怪。如果我不怜悯她，我就是个傻瓜；如果我不爱她，我就是个异教徒。我要问她要一幅小像去。（下。）

# 第三幕

## 第一场　里昂那托的花园

（希罗、玛茄蕾脱及欧苏拉上。）

希：好玛茄蕾脱，你快去客厅，我的姐姐琵特丽丝正在那里同亲王和克劳第奥说话，你去悄悄地告诉她，说我和欧苏拉在花园里聊天，我们所说的都是有关她的事情，你说你偷听到了我们的谈话，所以特意来告诉她，让她悄悄地到长着金银花的凉亭里来。这茂盛的藤萝受着太阳的滋养，长大以后，却不许阳光照进来，就像狐假虎威的宠臣一样，一旦羽翼丰满，就会恩将仇报。你让她躲在那里，听我们说些什么。赶快去吧，我们两个留在这儿。

**玛：**我这就叫她过来。（下。）

**希：**欧苏拉，我们就在这儿闲走，等会儿琵特丽丝到了，我们就说起裴尼狄克，我一提到他，你就使劲地恭维他，说他怎么好，我就告诉你他怎样想念着琵特丽丝。我们就用谎言铸造一支爱神之箭，靠着流言的力量射中她的心。

（琵特丽丝自后上。）

**希：**可以开始了，看琵特丽丝像一只小鸟似的，畏畏缩缩地在那偷听我们说话了。

**欧：**钓鱼最好玩的时候，就是看那鱼儿用尾巴划开波浪，贪婪地吞食那美味的诱饵。我们也是这样诱惑琵特丽丝上钩，她现在已经藏在金花藤下了。尽管放心吧，我肯定不会说错话的。

**希：**那我们就走近她些，好让她的耳朵把我们给她安排下的诱饵一字不漏地吞下去。（二人走近凉亭。）不，真的，欧苏拉，她太清高了，我觉得她的脾气就像山谷中的雄鹰一样高傲不羁。

**欧：**不过您真的确信裴尼狄克这样全心全意地爱着琵特丽丝吗？

**希：**亲王和我的未婚夫都是如此说的。

**欧：**他们有没有让您告知她，小姐？

**希：**让了，可是我劝告他们说，如果他们把裴尼狄克当做他们的朋友的话，就该祈祷他从爱情底下挣扎出来，不管怎样也不能让琵特丽丝知晓。

**欧：**您这句话是什么意思呢？难道这样的一位绅士真的配不上琵特丽丝小姐吗？

**希：**青天在上，我当然知道像他这样的人品是一流的、无可挑剔的；不过上帝再也不能造下另一颗如琵特丽丝那样高傲冷酷的心了。她的眼睛里闪耀着轻蔑与讥讽，她把什么都不放在眼里，她因为恃才放旷，所以把什么都贬得一文不值，她不懂恋爱，她也从没有想过恋爱这个词，她太自高自大了。

**欧：**是的，我也有同感，所以最好还是不让她知晓他的爱，免得反过来让她给嘲笑一番。

**希：**是呀，你说得很对，无论怎样聪明、高贵、年轻、漂亮的男子，她总是把他批评得体无完肤，要是他面孔长得白净，她就发誓说这位先生应当做她的妹妹；要是他皮肤黑了点儿，她就说上帝在打一个小花脸的图样的时候，不小心涂上了一大块墨渍；要是他是个高个儿的，他就是柄歪头的长枪；要是他是个矮子，他就是块刻坏了的玛瑙坠子；要是他多讲了几句话，他就是个随风转的风标；要是他一声不响，他就是块没有知觉的木头。她这样指摘着每一个人的短处，至于他的淳朴的德性和才能,她却绝口不给他们应得的赞赏。

欧:真的,这种吹毛求疵可不敢恭维。

希:是呀,像琵特丽丝这样古怪得不近人情,真叫人不敢恭维。可是谁敢去对她这样说呢?要是我对她说了,她会把我讥笑得无地自容,用她的俏皮话儿把我揶揄死呢!所以还是让裴尼狄克像一堆盖在灰里的火一样,在叹息中灭了他的生命的残焰吧,与其受人讥笑而死,还是不声不响地闷死了的好。

欧:可是告诉了她,听听她怎样说也好。

希:不,我想还是去劝劝裴尼狄克,叫他努力斩断这一段痴情。真的,我想捏造一些关于我这位姐姐的谣言,一方面对她的名誉没有什么损害,一方面却可以冷却他的心,谁也不知道一句诽谤的话,会多么中伤人们的感情!

欧:啊!不要做这种对不起您姐姐的事,人家都说她心窍玲珑,她绝不会糊涂到这个地步,会拒绝裴尼狄克先生那样一位难得的绅士。

希:除了我的亲爱的克劳第奥以外,全意大利找不到第二个像他这样的人来。

欧:小姐,请您别生气,照我看起来,裴尼狄克先生无论在外表上,在风度上,在智力和勇气上,在意大利都是首屈一指。

希:是的,他有很好的名誉。

欧:这也是因为他真正有过人的才德,所以才会得到这样的名誉。小姐,您的大喜日子在什么时候?

希:就是明天。来,进去吧;我要给你看几件衣服,你帮我决定明天最好穿哪一件。

欧:(旁白)她已经上了钩了,小姐,我们已经把她捉住了。

希:(旁白)要是果然这样,那么恋爱就是一个偶然的机遇,有的人被爱神用箭射中,有的人却自己跳进网罗。(希、欧同下。)

琵:(上前)我的耳朵里怎么火一般热?果然会有这种事吗?难道我就让他们这样批评我的骄傲和轻蔑吗?再会吧,处女的骄傲!人家在你的背后,是不会说你好话的。裴尼狄克,爱下去吧,我一定会报答你,我要把这颗狂野的心收束起来,呈献在你温情的手里。你要是真的爱我,我的转变过来的温柔的态度,一定会鼓励你把我们的爱情用神圣的约束结合起来。人家说你值得我爱,可是我比人家更知道你的好处。(下。)

## 第二场　里昂那托家中一室

（唐·彼特罗、克劳第奥、裴尼狄克、里昂那托同上。）

**彼：**我等你结过了婚，就到阿拉贡去。

**克：**殿下要是准许我，我愿意伴送您到那边。

**彼：**不，你正在新婚宴尔的时候，这不是大煞风景了吗？把一件新衣服给孩子看了，却不许他穿起来，这么可以吗？我只要裴尼狄克愿意跟我做伴就行了，他这个人从头顶到脚跟，没有一点心事。他曾经两三次割了丘比特的弓弦，现在这个小东西再也不敢射他啦。他那颗心就像一座好钟一样完整无缺，他的一条舌头就是钟舌；心里一想到什么，便打嘴里说出来。

**裴：**哥儿们，我已经不再是从前的我啦。

**里：**我也是这样说，我看您近来好像有些心事似的。

**克：**我希望他是在恋爱了。

**彼：**哼，这放荡的家伙，他的肚子里没有一丝真情，怎么会真的恋爱起来？要是他有了心事，那一定是因为没有钱用。

**裴：**我牙齿痛。

**彼：**啊！为了牙齿才这样长吁短叹吗？

**里：**只是因为出了点脓水，或者一个小虫儿在作怪吗？

**裴：**算了吧，痛在别人身上，谁都会说风凉话的。

**克：**可是我说，他是在恋爱了。

**彼：**他一点儿也没有痴痴癫癫的样子，就是喜欢把自己打扮得奇形怪状：今天是个荷兰人，明天是个法国人，有时候一下子做了两个国家的人，下半身是个套着灯笼裤的德国人，上半身是个不穿紧身衣的西班牙人。除了这一股无聊的傻劲儿以外，他并没有什么反常的地方，可以证明你所说的他在恋爱的话。

**克：**要是他没有爱上什么女人，那么古来的看法也都是靠不住的了。他每天早上刷他的帽子，这表示什么呢？

**彼：**有人见过他上理发店没有？

**克：**没有，可是有人看见理发匠跟他在一起，他那脸蛋上的几根装饰品，都已经拿去塞网球去了。

**里：**他剃了胡须，瞧上去的确年轻了点儿。

**彼：**他还用麝香擦他的身子哩，你们闻不出来这一股香味吗？

克：那等于说，这个好小子在恋爱了。

彼：他的忧郁是他最大的证据。

克：几时他曾经用香水洗过脸？

彼：对了，我听人家说他还搽粉哩。

克：还有他那爱说笑话的脾气，现在也已经钻进了琴弦里，给音栓管住了哪。

彼：不错，那已经充分揭露了他的秘密。总而言之，他是在恋爱了。

克：呕，可是我不知道谁爱着他。

彼：我也很想知道，我想一定是个不大熟悉的人。

克：是的，而且也不大知道他的坏脾气，可是却愿意为他而死。

裴：你们这样胡说八道，不能叫我的牙齿不痛呀。老先生，陪我走走，我已经想好了八九句聪明的话儿，要跟您谈谈，可是一定不能让这些傻瓜们听见。（裴、里同下。）

彼：我可以打赌，他一定是向他说起琵特丽丝的事。

克：正是，希罗和玛茄蕾脱大概也已经把琵特丽丝同样捉弄过啦。现在这两头熊碰见了，总不会再彼此相咬了吧。

（唐·约翰上。）

约：上帝保佑您，王兄！

彼：你好，贤弟。

约：您要是有工夫的话，我想跟您谈谈。

彼：不能让人听见吗？

约：是，不过克劳第奥伯爵不妨让他听见，因为我所要说的话，是跟他很有关系的。

彼：是什么事？

约：（向克）大人预备在明天结婚吗？

彼：那你早就知道了。

约：要是他知道了我所知道的事，那我可就不知道了。

克：倘然有什么妨碍，请您明白告诉我。

约：您也许以为我跟您有点儿过不去，那咱们等着瞧吧。我希望您听了我现在将要告诉您的话以后，可以把您对我的意见改变过来。至于我这位兄长，我相信他是非常看重您的，他为您促成了这一门婚事，完全是他的一片好心，可惜看错了追求的对象，这一番心思气力，花得好不冤枉！

彼：啊，是怎么一回事？

约：我就是要来告诉你们，废话少说，这位姑娘是不贞洁的，人家久已在那儿讲她的闲话了。

克:谁？希罗吗？

约:正是她,里昂那托的希罗,您的希罗,大众的希罗。

克:不贞洁吗？

约:不贞洁这几个字眼,还是太好了,不够形容她的罪恶。她岂止不贞洁而已！您要是能够想得到一个更坏的名称,她也可以受之而无愧。不要吃惊,等着看事实的证明吧:您只要今天晚上跟我去,就可以看见她结婚的前一晚,还有人从窗里走进她的房间里去。您看见这种情形以后,要是仍旧爱她,那么明天就跟她结婚吧。可是为了您的名誉起见,我劝您还是把您的决心改变一下的好。

克:有这等事吗？

彼:我想不会的。

约:要是你们看见了真凭实据以后,还不敢相信你们的眼睛,那么不要把你们所看到的情形宣布出来也好。你们只要跟我去,我一定可以叫你们看一个明白,等你们看清楚听清楚以后,再决定怎么办吧。

克:要是今天晚上果然有什么事情让我看到,那我明天一定不跟她结婚,我还要在教堂里当众羞辱她呢。

彼:我曾经代你向她求婚,我也要帮着你把她羞辱。

约:我也不愿多说她的坏话,横竖你们会替我证明的。现在大家不要声张,等到半夜的时候再看究竟吧。

彼:真是个扫兴的日子！

克:真是件倒霉的事情！

约:等会儿你们就要说,幸亏发觉得早,真好的运气哩！（同下。）

## 第三场 街 道

（道勃雷、佛其慈及巡丁等上。）

道:你们都是老老实实的好人吗？

佛:是啊,否则他们的肉体灵魂不一起上天堂,那才可惜哩。

道:不,他们当了王爷的巡丁,要是有一点儿忠心的话,这样的刑罚还嫌太轻啦。

佛:好,道勃雷伙计,把他们应该做的事吩咐给他们吧。

道:第一,你们看来是顶不配当巡丁的人？

巡丁甲:回长官,修·奥凯克跟乔治·西可尔,因为他们俩都会写字念书。

道:过来,西可尔伙计。上帝赏给你一个好名字,一个人长得漂亮是偶然的运气,会写字念书才是天生的本领。

巡丁乙：巡官老爷，这两种好处——

道：你都有，我知道你会这样说。好，朋友，讲到你长得漂亮，那么你谢谢上帝，自己会卖弄卖弄，讲到你会写字念书，那么等到用不着这种玩意儿的时候，再显显你自己的本领吧。大家公认你是这儿最没有头脑，最配当一个巡丁的人，所以你拿着这盏灯笼吧。听好我的吩咐：你要是看见什么流氓无赖，就把他抓了，你可以用王爷的名义，喊任何人站住。

巡丁甲：要是他不肯站住呢？

道：那你就不用理他，让他去好了，你就立刻召集其余的巡丁，谢谢上帝免得你们受一个混蛋的麻烦。

佛：要是喊他站住他不肯站住，他就不是王爷的子民。

道：对了，不是王爷的子民就可以不用理他们。你们也不准在街上大声吵闹，因为巡丁们要是哗啦哗啦谈起天来，那是最叫人受不住也是最不可宽恕的事。

巡丁乙：我们宁愿睡觉，不愿说话，我们知道一个巡丁的责任。

道：啊，你说得真像一个老练的安静的巡丁，我总是不会得罪人家的，只要留心你们的钩镰枪别给人偷去就行啦。好，你们还要到每一家酒店去查看，看见谁喝醉了，就叫他回去睡觉。

巡丁甲：要是他不愿意呢？

道：那么让他去，等他自己醒过来吧。要是他不好好地回答你，你可以说看错了人啦。

巡丁甲：是，长官。

道：要是你们碰见一个贼，按着你们的职责，你们可以疑心他不是个好人，对于这种家伙，你们越是少跟他们多事，越可以显出你们都是规矩的好人。

巡丁乙：要是我们知道他是个贼，我们要不要抓住他呢？

道：按照你们的职责，你们本来是可以把他抓住的，可是我想谁把手伸进染缸里，总要弄脏了自己的手。为了省些麻烦起见，要是你们碰见了一个贼，顶好的办法就是让他使出他的看家本领来，偷偷地溜走了事。

佛：伙计，你一向是个出名的好心肠人。

道：是呀，就是一只狗我也不忍把它勒死，何况是个还有几分天良的人，自然更加不在乎啦。

佛：要是你们听见谁家的孩子晚上啼哭，你们必须去把那奶妈子叫醒，叫她止住他的啼哭。

巡丁乙:要是那奶妈子熟睡了,听不见我们叫喊呢?

道:那么你们就一声不响地走开去,让那孩子把她吵醒好了。因为母羊要是听不见她自己小羊的啼声,她怎么会回答一头小羊的叫喊呢?

佛:你说得真对。

道:完了,你们当巡丁的,就是代表着王爷本人。要是你们在黑夜里碰见王爷,你们也可以叫他站住。

佛:哎哟,圣母娘娘呀!我想那是不可以的。

道:谁要是懂得法律,我可以用五先令跟他打赌一先令,他可以叫他站住。当然啰,那还要看王爷自己愿不愿意,因为巡丁是不能得罪人的,叫一个不愿意站住的人站住,那就是他的大大的不该哩。

佛:对了,这才说得有理。

道:哈哈哈!好,伙计们,晚安!倘然有要紧的事,你们来叫我起来,有什么事大家彼此商量商量。再见!来,伙计。

巡丁乙:好,弟兄们,我们已经听见长官吩咐我们的话,让我们就在这儿教堂门前的凳子上坐下来,等到两点钟的时候,大家回去睡觉吧。

道:好伙计们,还有一句话。请你们留心里昂那托老爷的门口,因为他家里明天有喜事,今晚十分忙碌,怕有坏人混进去,再见,千万留心点儿。(道、佛同下。)

(薄拉契奥及康雷特上。)

薄:喂,康雷特!

巡丁甲:(旁白)静!别动!

薄:喂,康雷特!

康:这儿,朋友,我就在你的身边哪。

薄:怎么回事!怪不得我身上痒,原来有一颗癞疥疮在我身边。

康:等会儿再跟你算账,现在还是先讲你的故事吧。

薄:那你且站在这屋檐下面,天在下着毛毛雨哩。我可以像一个醉汉似的,把什么话儿都告诉你。

巡丁甲:(旁白)弟兄们,一定是些什么阴谋,可是大家站着别动。

薄:告诉你们,我从唐·约翰那儿拿到了一千块钱。

康:干一件坏事的价钱会这样贵吗?

薄:有钱的坏人需要没钱的坏人帮忙的时候,没钱的坏人当然可以漫天要价。

康:我可有点儿不大相信。

薄:这就表明你是个初出茅庐的人,你知道一套衣服、一顶帽子的式样时髦不时髦,对于一个人本来是没有什么相干的。

康：是的，那不过是些障身之具而已。

薄：我说的是式样的时髦不时髦。

康：对啦，时髦就是时髦，不时髦就是不时髦。

薄：呸！那简直就像说傻子就是傻子。可是你不知道这个时髦是个多么坏的贼吗？

巡丁甲：（旁白）我知道有这么一个坏贼，他已经做了七年老贼了，他在街上走来走去，就像个绅士的模样。我记得有这么一个家伙。

薄：你没听见什么人在讲话吗？

康：没有，只有屋顶上风标转动的声音。

薄：我说你不知道这个时髦是个多么坏的贼吗？他会把那些从十四岁到三十五岁的血气未定的青年搅昏了头，有时候把他们装扮得活像那些烟熏的古画上的埃及法老的兵士，有时候又像漆在教堂窗上的异教邪神的祭司，有时候又像织在污旧虫蛀的花毡上的剃光了胡须的赫邱里斯，裤裆里的那活儿瞧上去就像他的棍子一样又粗又重。

康：这一切我都知道，我也知道往往一件衣服没有穿旧，流行的式样已经变了两三通。可是你是不是也给时髦搅昏了头，所以不向我讲你的故事，却又讨论起时髦题来呢？

薄：那倒不是这样说。好，我告诉你吧，我今天晚上已经去跟希罗小姐的侍女玛茄蕾脱谈过情况啦。我叫她做希罗，她靠在她小姐卧室的窗口，向我说了一千次晚安——我把这故事讲得太坏，我应当先告诉你那亲王和克劳第奥怎样听了我那主人唐·约翰的话，三个人预先站在花园里远远的地方，瞧见我们这一场幽会。

康：他们都以为玛茄蕾脱就是希罗吗？

薄：亲王跟克劳第奥是这样想的，可是我那个魔鬼一样的主人知道她是玛茄蕾脱。一则因为他言之凿凿，使他们受了他的愚弄；二则因为天色昏黑，蒙过了他们的眼睛。可是说来说去，还是全亏我的诡计，证实了唐·约翰随口捏造的谣言，惹得那克劳第奥一怒而去，发誓说他要在明天早上，按着预定的钟点，到教堂里去见她的面，把他晚上所见的情形当众宣布出来，出出她的丑，叫她仍旧回去做一个没有丈夫的女人。

巡丁甲：我们用亲王的名义命令你们站住！

巡丁乙：去叫巡官老爷起来。一件最危险的奸淫案子给我们破获了。

巡丁甲：他们同伙的还有一个坏贼，我认识他。

康：列位朋友们！

巡丁乙：告诉你们吧，这个坏贼是一定要叫你们交出来的。

康：列位，——

巡丁甲：别说话，乖乖地跟我们走。

薄：他们把我们抓了去，倒是捞到一批好货。

康：少不得还要受一番检查呢。来，我们服从你们。（同下。）

## 第四场　里昂那托家中一室

（希罗、玛茄蕾脱及欧苏拉上。）

希：好欧苏拉，你去叫醒我的姐姐琵特丽丝，叫她快点儿起身。

欧：是，小姐。

希：请她过来一下子。

欧：好了。（下。）

玛：真的，我想还是那一个绉领好一点儿。

希：不，好玛茄蕾脱，我要戴这一个。

玛：这一个真的不是顶好，您的姐姐也一定会这样说的。

希：我的姐姐是个傻子，你也是个傻子，我偏要戴这一个。

玛：我很喜欢这一个顶新的发罩，要是头发的颜色再略微深一点儿就好了。您的长袍的式样真是好极啦。人家把密兰公爵夫人的那件袍子称赞得了不得，那件衣服我也见过。

希：啊！他们说它好得很哩。

玛：不是我胡说，那一件比起您这一件来，简直只好算是一件睡衣：金线织成的缎子，镶着银色的花边，嵌着珍珠，有垂袖，有侧袖，圆圆的前裾，缀满了带点儿淡蓝色的闪光箔片。可是要是讲到式样的优美雅致，齐整漂亮，那您这一件就可以抵得上她十件。

希：上帝保佑我快快乐乐地穿上这件衣服，因为我的心里重得好像压着一块石头似的！

玛：等到一个男人压到您身上，他还要重得多哩。

希：啐！你不害臊吗？

玛：害什么臊呢，小姐？因为我说了句老实话吗？结婚就是对于一个叫花子，不也是光明正大的吗？只要大家是明媒正娶的，那有什么要紧？否则倒不能说是重，只好说是轻狂了。您要是不相信，去问琵特丽丝小姐吧，她来啦。

（琵特丽丝上。）

希:早安,姐姐。

琵:早安,好希罗。

希:哎哟,怎么啦! 你怎么说话这样懒洋洋的?

琵:快要五点钟啦,妹妹。你该快点儿端整起来了,真的,我身子怪不舒服。唉——呵!

玛:哼,您倘然没有变了一个人,那航海的人也不用看星啦。

琵:这傻子在那说些什么?

玛:我没有说什么,但愿上帝保佑每一个人如愿以偿!

希:这双手套是伯爵送给我的,上面熏着很好的香料。

琵:我的鼻子塞住啦,妹妹,我闻不出来。

玛:怎么,你伤风了吗?

琵:真的,我有点儿病。

玛:您的心病是要心药来医治的。

琵:怎么,怎么,你这句话是什么意思?

玛:意思! 不,真的,我一点儿没有什么意思。您也许以为我想您在恋爱啦,可是不,我不是那么一个傻子,会高兴怎么想就怎么想,我也不愿意想到什么就想什么,老实说,就是想空了我的心,我也绝不会想到您是在恋爱,或者您将要恋爱,或者您会跟人家恋爱的。可是裴尼狄克起先也跟您一样,现在他却变了个人啦。他曾经发誓绝不结婚,现在可死心塌地地做起爱情的奴隶来啦。我不知道您会变成个什么样子,可是我觉得您现在瞧起人来的那种神气,也有点儿跟别的女人差不多啦。

琵:你的一条舌头翻来覆去,说的什么啊?

玛:我说的都是实话啊。

（欧苏拉重上。）

欧:小姐,进来吧。亲王,伯爵,裴尼狄克先生,唐·约翰,还有全城的年轻绅士们,都来接您去教堂呢。

希:好姐姐,好玛茄蕾脱,好欧苏拉。赶快帮我打扮吧。（同下。）

## 第五场　里昂那托家中的另一室

（里昂那托偕道勃雷、佛其慈同上。）

里:朋友,您来这儿有什么事?

道:呃,老爷,我有事要想您禀报,这件事对您非常重要。

里:那就请你快点说吧,你看,我现在非常忙。

道:呃,老爷,是这么个事。

佛:是的,老爷,真的是这么个事。

里:是怎么个事啊,你们快说吧。

道:老爷,佛其慈是个好心的人,就是他讲起话来有点絮叨!他岁数大了,老爷,他的脑子不比从前清楚了,老天保佑他,但是说句老实话,他是个很好的实在人。

佛:是的,谢谢上帝,我虽然是老了,可是您找不到一个比我更老实的人了。

道:不要再绕圈子了。叫人听了不耐烦,少些啰唆吧,佛其慈朋友。

里:你们究竟想对我说些什么事?

佛:哦,老爷,我们今天晚上巡逻的时候捉到了梅辛那两个最坏的坏蛋。

道:老爷,他是个不错的老头儿,就是话多了些,俗话说得好,岁数一大,人就变了。老天保佑我们!这世上奇怪的事可多着呢!说得不错,真的,佛其慈朋友。对,主是个好人,两个人走路,总有一个落在后面。确实老实,他是个老实人,上帝保佑,但是我们应该尊敬上帝,世界上有有义的人也有不义的人,唉!老伙计。

里:我要失陪了。

道:就一句话,老爷,我们巡逻的时候真的捉到了两个鬼鬼祟祟的人。我们今天当着您的面审问他一下。

里:你们去审吧,审清楚之后,再来给我说。我现在非常忙,你们也看得出来吧。

道:那就这么着吧。

里:你们喝几杯酒再走,再会。

(一使者上。)

使者:老爷,他们都在等您主持婚礼。

里:这就来,我已经准备好了。(里及使者下。)

道:去,好伙计,把法兰西斯·西可尔叫来,叫他把他的笔墨都带到监狱来,我们现在就开始审这两个人。

佛:我们审问时要聪明点。

道:对,我们一定要发挥我们的智慧,让他们耍赖不了,你去找一个会写字的读书人给咱们记录口供,咱们在监狱里碰面吧。(同下。)

# 第四幕

## 第一场　教堂门口

（唐·彼特罗、唐·约翰、里昂那托、法兰西斯神父、克劳第奥、裴尼狄克、希罗、琵特丽丝等同上。）

**里**：来,法兰西斯神父,简短一点儿。只要给他们行了结婚的仪式,至于夫妇间应尽的责任以后再仔细地告诉他们吧。

**神父**：伯爵爷,您来这里是要为这位小姐举行婚礼的吗?

**克**：不是。

**里**：神父,他来是和她结婚的,您才是为他们举行婚礼的。

**神父**：小姐,您来这里来是要和这位伯爵结婚的吗?

**希**：是。

**神父**：如果你们两人中间有谁知道有什么理由,使你们不能结为伉俪,那么为了你们的灵魂免遭惩罚,我请你们现在说出来。

**克**：希罗,你知道有吗?

**希**：没有,我的上帝。

**神父**：伯爵,你知道有吗?

**里**：我可以替他回答,没有。

**克**：啊! 人们敢做什么! 他们会怎么做! 他们天天都在做什么,却不明白自己在做什么!

**裴**：怎么! 大发感慨了吗? 那就让我大笑三声吧,哈! 哈! 哈!

**克**：神父,请您站在一边。老人家,请原谅,您愿意把这位姑娘,您的女儿慷慨地嫁给我吗?

**里**：是的,贤婿,就像上帝慷慨地把她给我一样。

**克**：我应该用什么东西来报答您这一件价值连城的礼物呢?

**彼**：没有,除非您把她还给我。

**克**：好殿下,您已经教会我表达感谢的最恰当的方法了。里昂那托,把她拿回去吧;不要把这只金玉其外的橘子送给你的朋友,她只是个表面上贞洁的女人罢了。看!

她那害羞的神态,多像一个天真无邪的少女!啊,狡猾的罪恶是多么善于用纯洁的面孔来遮掩自己!她脸上的神态,不正可以证明她的贞洁淳朴吗?你们看到她的外表,不是都会相信她是个处女吗?但是她已经不再是个处女了,她已经领略过床第之欢,她的脸红是因为愧疚,而不是因为羞涩。

里:爵爷,您这话是什么意思?

克:我不能结婚,不能把我的一生和一个声名狼藉的荡妇结合在一起。

里:爵爷,如果照您这么说,您因为她年幼无知,已经破坏了她的贞节——

克:我猜到你会这样说:如果我和她已经发生了肉体上的关系,你就说她是把我当成了她的丈夫,所以不能算作是一件不可饶恕的过错。不,里昂那托,我从未曾用一句挑逗的话来引诱过她,我对她就像一个哥哥对待自己的妹妹一样,表达着纯洁的诚意与合理的情感。

希:您看我对您不也正像这样吗?

克:不要脸的!正像这样!我看你就像是月亮里的黛安娜女神一样纯洁,就像是未开放的蓓蕾一样无瑕,可是你却像维纳斯一样放荡,像纵欲的禽兽一样无耻!

希:我的主病了吗?怎么他会讲起这种荒唐的话来?

里:好殿下,您怎么不说句话儿?

彼:叫我说些什么呢?我竭力撮合我的好朋友跟一个淫贱的女人,我自己的脸也丢尽了。

里:这些话是你们嘴里说出来的,还是我在做梦?

约:老人家,这些话是他们嘴里说出来的,这些事情都是真的。

裴:这简直不能称其为婚礼啦。

希:真的!啊,上帝!

克:里昂那托,我不是站在这儿吗?这不是亲王吗?这不是亲王的兄弟吗?这不是希罗的面孔吗?我们大家不是生着眼睛的吗?

里:这一切都是事实,可是您这样说是什么意思呢?

克:让我只问你女儿一个问题,请你用做父亲的天赋权力,叫她老实回答我。

里:我命令你如实答复他的问题,因为你是我的孩子。

希:啊,上帝保佑我!我要给他们逼死了!这算是什么审问呀?

克:我们要从你自己的嘴里听到你的实在的回答。

希:我不是希罗吗?谁能够用公正的谴责,污毁这一个名字?

克:嘿,那就要问希罗自己了。希罗可以污毁自己的名节,昨天晚上在十二点钟到一点钟之间,在你的窗口跟你谈话的那个男人是谁!要是你是个处女,请你回答这个问题吧。

希：爵爷，我在那个时候不曾跟什么男人谈过话。

彼：哼，你还是抵赖！里昂那托，我很抱歉要让你知道这一件事：凭着我的名誉起誓，我自己，我的兄弟和这位受人欺骗的伯爵，昨天晚上在那个时候的的确确看见她，也听见她在她卧室的窗口跟一个混账东西谈话；那个荒唐的家伙已经亲口招认他们这样不法的幽会已经有过许多次了。

约：啧！啧！王兄，那些话还是不用说了吧，说出来也不过污了大家的耳朵。美貌的姑娘，你这样不知自重，我真替你可惜！

克：啊，希罗！要是把你外表上的一半优美分给你的内心，那你将会是一个多么好的希罗！可是再会吧，你这最下贱最美好的人！你这纯洁的淫邪，淫邪的纯洁，再会吧！为了你我要锁闭一切爱情的门户，让猜疑停驻在我的眼睛里，把一切美色变成不可亲近的蛇蝎，永远失去它诱人的力量。

里：这儿谁有刀子可以借给我，让我刺在我自己的心里？（希罗晕倒。）

琵：哎哟，怎么啦，妹妹！你怎么倒下去啦？

约：来，我们去吧。她因为隐私给人揭发了出来，一时羞愧交集，所以昏过去了。（彼、约、克同下。）

裴：这姑娘怎么啦？

琵：我想是死了！叔叔，救命！希罗！哎哟，希罗！叔叔！裴尼狄克先生！神父！

里：命运啊，不要松了你的沉重的手！对于她的羞耻，死是最好的遮掩。

琵：希罗妹妹，你怎么啦！

神父：小姐，您宽心吧。

里：你的眼睛又睁开了吗？

神父：是的，为什么她不可以睁开眼睛来呢？

里：为什么！不是整个世界都在斥责她的无耻吗？她可以否认已经刻在她血液里的这一段丑事吗？不要活过来，希罗，不要睁开你的眼睛。因为要是你不能快快地死去，要是你的灵魂里载得下这样的羞耻，那么我在把你痛责以后，也会亲手把你杀死的。你以为我只有你这一个孩子，我会因为失去你而悲伤吗？我会埋怨造化的吝啬，不肯多给我几个子女吗？啊，像你这样的孩子，一个已经是太多了！为什么我要有这么一个孩子呢？为什么你在我的眼睛里是这么可爱呢？为什么我不曾因为一时慈悲心起，在门口收养起一个叫花子的孩子，那么要是她长大以后干了这种丑事，我还可以说："她的身上没有一部分是属于我的，这一种羞辱是她从不知名的血液里传下来的。"可是我自己亲生的孩子，我所钟爱的，我所赞美的，我所引为骄傲的孩子,为了珍爱她的缘故,我甚至把她看得比我自己还重要。她——啊!她现在落在了污泥的坑里,大海的水也洗不净她的污秽,海里所有的盐,也不够解除她肉体上的腐臭。

**裴:**老人家,您安心点儿吧。我瞧着这一切,简直是莫名其妙,不知道应该说些什么话好。

**琵:**啊!我敢赌咒,我的妹妹是给他们冤枉的!

**裴:**小姐,您昨天晚上跟她睡在一个床上吗?

**琵:**那倒没有,虽然在昨晚以前,我跟她已经同床睡了一年啦。

**里:**证实了!证实了!啊,本来就是铁一般的事实,现在又加上一重证明了!亲王兄弟两人是会说谎的吗?克劳第奥这样爱着她,讲到那种丑事的时候,也会忍不住流泪,难道他也是会说谎的吗?别理她!让她死吧!

**神父:**听我讲几句话。我刚才在这儿静静地旁观着这一件意外的变故,我也在留心观察这位小姐的神色:我看见无数羞愧的红晕出现在她的脸上,可是立刻有无数冰霜一样的皎洁的惨白把这些红驱走,显示出她的含冤蒙屈的清贞。我更看见在她的眼睛里射出一道火一样的光来,似乎要把这些贵人们加在她身上的无辜的诬蔑烧掉。要是这位温柔的小姐不是遭到重大的误会,要是她不是一个清白无罪的人,那么你们尽管把我叫做傻子,再不要相信我的学问,我的见识,我的经验,也不要重视我的年龄,我的身份,或是我的神圣的职务吧。

**里:**神父,不会有这样的事。你看她虽然做出这种丧尽廉耻的事来,可是她还有几分天良未泯,不愿在她的深重的罪孽之上,再加上一种欺罔的罪恶,她并没有否认。事情已经是这样明显了,你为什么还要替她辩护呢?

**神父:**小姐,他们说你跟什么人私通?

**希:**他们这样说我,他们一定知道。我可不知道,要是我违背了女孩儿家应守的礼法,跟任何不三不四的男人来往,那么不要让我的罪恶得到宽恕吧!啊,父亲!您要是能够证明有哪个男人在可以引起嫌疑的时间里跟我谈过话,或者我在昨天晚上曾经跟别人交换过言语,那么请您斥逐我,痛恨我,用酷刑处死我吧!

**神父:**亲王们一定有了些误会。

**裴:**他们中间有两个人是正人君子。要是他们这次受了人家的欺骗,一定是约翰那个私生子弄的诡计,他是最喜欢设计害人的。

**里:**我不知道。要是他们讲她的话果然是事实,我要亲手把她杀死。要是他们无中生有,损害她的名誉,我要跟他们中间最尊贵的一个人拼命去,时光不曾干涸了我的血液,年龄也不曾侵蚀了我的智慧,我的家财不曾因为逆运而消耗,我的朋友也不曾因为我的行为不检则走散。他们要是看我可欺，我就叫他们看看我还有几分精力，还会转转念头，也不是无财无势，也不是无亲无友，尽可对付得了他们的。

**神父：**且慢，在这件事情上，请您还是听从我的劝告，亲王们离开这儿的时候，以为您的小姐已经死了。现在不妨暂时叫她深居简出，就向外面宣布说她真的已经死了，再给她举办一番丧事，在贵府的坟地上给她立起一方碑铭，一切丧葬的仪式都不可缺少。

**里：**为何要这样呢？这样有什么好处呢？

**神父：**要是照这样好好地去做，就可以使诬蔑她的人心生悔恨，这也未免不是好事。可是我提起这样奇怪的办法，却有另外更大的用意。人家听见说她在一听到这种诽谤的时候就立刻身死，一定谁都会悲悼她，可怜她，原谅她。我们往往在享有某一件东西的时候。一点不看重它的好处，等到失掉它以后，却会格外夸张它的价值，发现当它还在我们手里的时候所看不出来的优点。克劳第奥一定会这样：当他听到了他的无情的言语，已经置希罗于死地的时候，她生前可爱的影子一定会浮起在他的头脑之中，她的生命中的每一部分，都会在他的心目里变得比活在世上的她更加值得珍贵，格外优美动人，格外充满了生命，要是爱情果真无休止打动过他的心，那时他一定会悲伤哀恸，即使他仍旧以为他所指斥她的确是事实，他也会后悔不该给她这样大的难堪，您就照这么办吧。它的结果一定会比我所能预料得到的还要美满。即使退一步说，它并不能达到理想中的效果，至少也可以替她把这场羞辱掩盖过去，您不妨把她隐在什么僻静的地方，让她潜心修道，远离世人的耳目，隔绝任何的诽谤损害，对于名誉已受创伤的她，这是一个最适当的办法。

**裴：**里昂那托大人，听从这位神父的话吧。虽然您知道我对于亲王和克劳第奥都有很深的交情，可是我愿意凭着我的名誉起誓，在这一件事情上，我一定抱着公正的态度，保持绝对的秘密。

**里：**我已经伤心得毫无主意，你们用一根顶细的草绳都可以牵着我走。

**神父：**好，那么您已经答应了，立刻去吧，非常的病症，是要用非常的药饵来疗治的。来，小姐，您必须死里求生。今天的婚礼也许不过是暂时的延期，您耐心忍着吧。

（神父、希罗及里昂那托同下。）

**裴：**琵特丽丝小姐，您一直在哭吗？

**琵：**是的，我还要哭下去哩。

**裴：**我希望您不要这样。

**琵：**您有什么理由？这是我自己高兴呀。

**裴：**我相信令妹一定是冤枉的。

琵：唉！要是有人能够替她申雪这场冤枉，我才愿意跟他做朋友。

裴：有没有可以表示这一种友谊的方法？

琵：方法是有，而且也是很直截爽快的，可惜没有这样的朋友。

裴：可以让一个人试试吗？

琵：那是一个男子汉做的事情，可不是您做的事情。

裴：您是我在这世上最爱的人，这不是很奇怪吗？

琵：就像我所不知道的事情一样奇怪。我也可以说您是我在这世上最爱的人，可是别信我，我没有说假话。我什么也不承认，什么也不否认，我只是为我的妹妹伤心。

裴：琵特丽丝，凭着我的宝剑起誓，我是爱你的。

琵：这样发过了誓，是不能反悔的。

裴：我愿意凭我的剑发誓我爱着你，谁要是说我不爱你，我就叫他吃我一剑。

琵：您不会食言吗？

裴：无论给它调上些什么油酱，我都不愿把我今天说过的话吃下去。我发誓我爱你。

琵：那么上帝恕我！

裴：亲爱的琵特丽丝，你犯了什么罪过？

琵：您刚好打断了我的话头，我正要说我也爱着您呢。

裴：那么就请你用整个的心说出来吧。

琵：我用整个心爱着您，简直分不出一部分来向您这样诉说。

裴：来，吩咐我给你做，无论什么事。

琵：杀死克劳第奥。

裴：喔！那可办不到。

琵：你拒绝了我，就等于杀死了我。再见。

裴：等一等，亲爱的琵特丽丝！

琵：我的身子就算在这儿，我的心也不在这儿，您一点儿没有真情。哎哟，请您还是放我走吧。

裴：琵特丽丝，——

琵：真的，我要去啦。

裴：让我们先言归于好。

琵：您愿意跟我做朋友，却不敢跟我的敌人打架。

裴：克劳第奥是你的敌人吗？

琵：他不是已经被充分证明了是一个恶人，把我的妹妹这样横加诬蔑，信口毁谤，破坏她的名誉吗？啊！我但愿自己是一个男人！嘿！不动声色地搀着她的手，一直等到将要握手成礼的时候，才翻过脸来，当众宣布她的恶毒的谣言！——上帝啊，但愿我是个男人！我要在市场上吃下他的心。

裴：听我说，琵特丽丝。——

琵：跟一个男人在窗口讲话！说得真好听！

道：可是，琵特丽丝，——

琵：亲爱的希罗！她负屈含冤，她的一生从此完了！

裴：琵特丽丝！

琵：什么亲王！什么伯爵！好一个见证的亲王！好一个甜言蜜语的风流伯爵！啊，为了他的缘故，我但愿自己是一个男人，或者我有什么朋友愿意为了我的缘故，做一个堂堂男子！可是人们的丈夫气概，早已消磨在打躬作揖里，他们的豪侠精神，早已丧失在逢迎阿谀里了。他们已经变得只剩下一条善于拍马吹牛的舌头，谁会造最大的谣言，谁就是个英雄好汉。我既然不能凭着我的愿望变成一个男子，所以我只好做一个女人在伤心中死去。

裴：等一等，好琵特丽丝。我举手起誓，我爱你。

琵：您要是真的爱我，那么把您的手用在比发誓更有意义的地方吧。

裴：凭着你的良心，你以为克劳第奥伯爵真的冤枉了希罗吗？

琵：是的，正像我知道我有一颗良心一样毫无差别。

裴：够了！一言为定，我要去向他挑战。让我在离开你以前，吻一吻你的手，我举手为誓，克劳第奥一定要得到一次重大的教训。请你等候我的消息。把我放在你的心里，去吧，安慰安慰你的妹妹，我必须对他们说她已经死了。好，再见。（各下。）

## 第二场　监　狱

（道勃雷、佛其慈及教堂司事各穿制服上，巡丁押康雷特及薄拉契奥随上。）

道：咱们这一伙儿都到齐了吗？

佛：啊！端一张凳子和垫子来给司事先生坐了。

司事：哪两个是被告？

道：呃，那就是我跟我的伙计。

佛：不错，我们是来审案子的。

司事：可是哪两个是受审判的犯人？叫他们到巡官老爷面前来吧。

道：对，对，叫他们到我面前来，朋友，你叫什么名字？

**薄**：薄拉契奥。

**道**：请写下薄拉契奥。小子，你呢？

**康**：长官，我是个绅士，我的名字叫康雷特。

**道**：写下绅士康雷特先生。两位先生，你们都敬奉上帝吗？

**康、薄**：是，长官，我们希望我们是敬奉上帝的。

**道**：写下他们希望敬奉上帝，留心把上帝写在前面，因为要是让这两个混蛋的名字放在上帝前面，上帝一定要生气的。两位先生，你们已经被证明是两个比奸恶的坏人好不了多少的家伙，大家也就要这样看待你们了。你们自己有什么人辩白的没有？

**康**：长官，我们说我们不是坏人。

**道**：真是一个乖巧的家伙，但是我会让他说出真话的。来，小子，让我在你耳边悄悄说一句话：先生，我给您说，别人都认为你们是奸诈的坏人。

**薄**：长官，我告诉你，我们都是好人。

**道**：好，站在一边。上帝啊，他们都是早就串通好的。你写下来了吗，他们是坏人吗？

**司事**：巡官老爷，您这样审问是不行的，您必须问那控诉他们的巡丁。

**道**：对，对，这是最好的办法，传那巡丁过来。朋友们，我以亲王的名义，命令你们控告这两个人。

（巡丁甲、乙、上。）

**巡丁甲**：禀长官，这人说亲王的兄弟唐·约翰不是好人。

**道**：记下约翰亲王不是好人。天哪，这简直是大不敬，说亲王的兄弟不是好人！

**薄**：住嘴，混蛋，我看见你就讨厌。

**司事**：你们还听到他们说了什么？

**巡丁乙**：哦，他说因为他造希罗小姐的谣，唐·约翰给了他们一千块钱。

**道**：这真是闻所未闻的盗窃罪。

**佛**：对，是的，说得没错。

**司事**：还有什么？

**巡丁甲**：他说克劳第奥伯爵听信了他的话，准备当众羞辱希罗，不再和她成亲。

**道**：啊！你这该死的混蛋！你干了这种坏事，要下十八层地狱！

**司事**：还有什么话吗？

**巡丁乙**：没有了。

**司事**：两位先生，就单单这些，他们也无法赖账了。约翰亲王今天早晨已经逃走了，希罗已经受了羞辱,克劳第奥也已经拒绝和她成亲,她因过度伤心,已经离开人世了。巡官老爷,把这两个人捆起来,带到里昂那托那儿去,我先去一步,告诉他们审问的结果。(下。)

道:来,把他们捆起来。

佛:把他们送给——

康:走开,蠢蛋!

道:该死的! 司事呢? 让他写下亲王的官员是个蠢蛋,来,把他们捆了。你这该死的混蛋!

康:走开,你这头驴子,你这头驴子!

道:难道你看不起我的地位吗? 难道你看不起我这一大把年纪吗? 啊,但愿他在这里,给我写下我是头驴子! 但是各位弟兄,记着我是一头驴子,虽然没有写下这句话,但是别忘记我是一头驴子。你这混蛋简直是欺人太甚,这大伙都能为我作证。实话告诉你吧,我是个明白人,还是个官,而且有家有室,我的相貌也不比梅辛那哪一个人差,我知道法律,那是自不必说。我还有些钱,那也不值一提,我不是没有走过霉运,不过我还有两件漂亮的衣服,不论到哪我都是很体面的。把他押下去! 啊,巴不得他给我写下我是一头驴子呢! (同下。)

# 第五幕

## 第一场　里昂那托家门前

(里昂那托及安东尼奥上。)

安:您要是一直如此,只能气坏了您自己的身体,让忧愁折磨自己,那未免太不明智了吧。

里:请您停止劝告吧,这些话进入我的双耳,就如把水倒进筛子一样毫无作用。不要劝我,也不要安慰我,除非他也遭受与我同样的厄运。给我找一个像我那样疼爱他的女儿的父亲吧,让他劝我静心忍耐,他的悲痛要与我的悲痛全部相等。如果这样的一个人能捻须含笑,将一切烦恼束之高阁,且能谈笑自如,那就请他来见我吧,我也许能跟他学习忍耐的方法。但是世界上不会找到这样的人,因为,朋友,人们只会用空洞的言语来安慰自己未曾感到的痛苦,但是如果他们自己品尝了这种苦痛的滋味，他们就会明白他们给别人的方法对自己也是毫无作用，一根丝线是拴不住极度的疯狂的。不，不，谁都会劝一个极度伤痛的人要静心忍耐。但是谁也没有那种修养和勇气来忍受自己的痛苦。所以不要再劝我了，我上天的呼号会遮住劝慰的声音。

安：人们在这种地方和小孩子并无区别。

里：请不必再说了，我只是个平凡的血肉之躯，就是那些博学多识的大哲学家，也是难以忍受这种痛苦的。

安：但是您也不能只自己一味吃苦，您应该让那些害苦您的人吃些苦头才对啊。

里：您说得很对，对了，我一定要明白。我知道希罗肯定是受人诽谤，我要让克劳第奥明白他的错误，也要让亲王和那些毁坏她名誉的人明白他们的错误。

安：亲王跟克劳第奥急急忙忙地来了。

（唐·彼特罗及克劳第奥上。）

彼：早上好，早上好。

克：早上好，两位老先生。

里：听我说，两位大人——

彼：里昂那托，我们现在没时间。

里：没时间，殿下！好，再见，殿下，您现在很忙吗？——好，那也没关系。

彼：行了，老先生，别和我们吵架。

安：如果吵架能报复他的仇恨，咱们之中有一个人会送命的。

克：谁得罪了他？

里：谁？你啊，你，你这虚伪的骗子！怎么，你要动手吗？我可不害怕。

克：对不起，都是我的手不好，让您受了惊吓，其实它并没有动手的意思。

里：哼，朋友！别对我皮笑肉不笑。我可不是那些只会倚老卖老的老头儿，只能向别人吹嘘自己年轻时如何了不起，要是现在再年轻几岁，一定会怎么怎么。告诉你，克劳第奥，你冤枉了我的清白的女儿，把我害得好苦，我现在忍无可忍，只好不顾我这一把年纪，凭着满头的白发和这身久历风霜的老骨头，向你挑战。我说你冤枉了我的清白的女儿，你的信口的诽谤已经刺透了她的心，她现在已经跟她的祖先长眠在一起了。啊，想不到我的祖先清白传家，到她的身上却落下一个污名，这都是因为你的万恶的诡计！

克：我的诡计？

里：是的，克劳第奥，我说是你的万恶的诡计。

彼：老人家您说错了。

259

里：殿下，殿下，要是他有胆量，我愿意用武力跟他较量出一个是非曲直来，虽然他的击剑的本领不坏，练习得又勤，又是年轻力壮，可是我不怕他。

克：走开！我不要跟你胡闹。

里：你会这样推开我吗？你已经杀死了我的孩子，要是你把我也杀死了，孩子，才算你是个汉子。

安：他要把我们两人一起杀死了，才算是个汉子，可是让他先杀死一个吧。让他跟我较量一下，看他能不能把我取胜。来，跟我来，孩子；来，哥儿，跟我来。哥儿，我要把你杀得无招架之功，你瞧着吧。

里：兄弟——

安：您宽心吧，上帝知道我爱我的侄女，她现在死了，给这些恶人们造的谣言气死了。他们只会欺负一个弱女子，可是叫他们跟一个男子汉打架，却像叫他们从毒蛇嘴里拔出舌头来一样没有胆子了。这些乳臭小儿，只会说大话，诓人的猴子，不中用的懦夫！

里：安东尼奥贤弟，——

安：您不要说话。哼，这些家伙！我看透了他们，知道他们的骨头一共有多少分量。这些胡闹的，寡廉鲜耻的纨绔公子们，就会说谎骗人，造谣生事，打扮得奇奇怪怪，装一副吓人相，说几句假威风的言语，这就是他们的全副本领！

里：可是，安东尼奥贤弟，——

安：不，您不用管，让我来对付他们。

彼：两位老先生，我们不愿意冒犯你们。令爱的死实在使我非常抱憾；可是凭着我的名誉发誓，我们对她所说的话，都是绝对确实，而且有充分证据的。

里：殿下，殿下，——

彼：我不要听你的话。

里：不要听我的话？好，兄弟，我们去吧，总有人会听我的话的。——

安：不要听也得听，否则咱们就拼个你死我活。（里、安同下。）

（裴尼狄克上。）

彼：瞧，瞧，我们正要去找的那个人来啦。

克：啊，老兄，有什么消息？

裴：早安，殿下。

彼：欢迎，裴尼狄克，你来迟了一步，我们刚才险些打起来呢。

克：我们的两个鼻子险些儿没给两个没有牙齿的老头子咬下来。

彼：里昂那托跟他的兄弟，你看怎么样？要是我们真的打起来，那我们跟他们比起来未免太年轻点儿了。

裴:强弱异势,虽胜不武。我是来找你们两个人的。

克:我们到处找你,因为我们一肚子都是烦恼,想设法把它排遣。你给我们讲个笑话吧。

裴:我是笑话随身携带的吗?

克:请你把它拔出来,就像乐师从他的琴囊里拿出他的乐器来一样,给我们弹奏解解闷吧。

彼:哎哟,他的脸色怎么这样白得怕人!你病了吗?还是在生气?

克:喂,拿出勇气来,朋友!虽然忧能伤人,可是你是个好汉子,你会把忧愁赶走的。

裴:爵爷,你要是想用您的俏皮话儿挖苦我,那我是很可以把您对付得了的。请你换一个题目好不好?

克:好,他的枪已经弯断了,给他换一支吧。

彼:他的脸色越变越难看了,我想他真的在生气哩。

克:要是他真的在生气,那么叫他转一个身,把他的怒气按下去就得啦。

裴:可不可以让我在您的耳边说句话?

克:上帝保佑我不要是挑战!

裴:(向克旁白)你是个坏人,我不跟你玩笑:你敢用什么方式,凭着什么武器,在什么时候跟我决斗,我一定从命,你要是不接受我的挑战,我就公开宣布你是一个懦夫。你已经害死了一位好好的姑娘,她的阴魂一定会缠绕在你的身上。请你给我一个回音。

克:好,我一定奉陪就是了,让我也可以借此消消闷儿。

彼:怎么,你们打算喝酒去吗?

克:是的,谢谢他的好意,他请我去吃一个小牛头,我要是不把它切得好好的,就算我的刀子不中用。

裴:您的才情真是太好啦,出口都是俏皮话儿。

彼:让我告诉你那天琵特丽丝怎样称赞你的才情。我说你的才情很不错,"是的"。她说。"他有一点琐碎的小聪明。""不,"我说,"他有很大的才情。""对了,"她说,"他的才情是大而无当的。""不,"我说,"他有很善的才情。""正是,"她说,"因为太善良了,所以不会伤人。""不,"我说,"这位绅士很聪明……""啊,"她说,"好一位聪明的绅士!""不,"我说,"他有一条能言善辩的舌头。""我相信您的话,"她说,"因为他在星期一晚上向我发了一个誓,到星期二早上又把那个誓毁了;他不止有一条舌头,他有两条舌头哩。"这样她用足足一点钟的工夫,把你的长处批评得一文

261

不值,可是临了她却叹了口气,说你是意大利最漂亮的一个男人。

**克:**因此她伤恼得哭了起来,说她一点儿不放在心上。

**彼:**正是这样,可是说是这么说,她倘不把他恨进骨髓里去,就会把他爱到心窝儿里。那老头儿的女儿已经完全告诉我们了。

**克:**而且,当他躲在园里的时候,上帝就看见他。

**彼:**可是我们什么时候把那野牛的角儿插在有理性的裴尼狄克的头上呢?

**克:**对了,还要在头颈下面挂一块招牌:"请看结了婚的裴尼狄克!"

**裴:**再见,哥儿,你已经知道我的意思。现在我让你一个人去唠唠叨叨说话吧,谢谢上帝,你讲的那些笑话正像只会说说大话的那些懦夫们的刀剑一样无关痛痒。殿下,一向蒙您知遇之恩,我是十分的感谢,可是现在我不能再跟您继续来往了。您那位王弟已经从梅辛那逃走,你们几个人已经合伙害死了一位纯洁无辜的姑娘。至于我们那位白脸公子,我已经跟他约期相会了,在那个时候以前,我愿他平安。(下。)

**彼:**他果然认起真来了。

**克:**绝对的认真,我告诉您,他这样一本挚诚,完全是为了琵特丽丝的爱情。

**彼:**他向你挑战了吗?

**克:**他非常诚意地向我挑战了。

**彼:**一个衣冠楚楚的人,会这样迷失了心窍,真是可笑!

**克:**像这样一个人,讲外表也许比一只猴子神气得多,可是他的聪明还不及一只猴子哩。

**彼:**且慢,让我静下来想一想,糟了! 他不是说我的兄弟已经逃走了吗?

(道勃雷、佛其慈及巡丁恩良雷特,薄拉契奥上。)

**道:**你来,朋友,要是法律管不了你,那简直可以用不到什么法律了。

**彼:**怎么! 我兄弟手下的两个人都给绑起来啦! 一个是薄拉契奥!

**克:**殿下,您问问他们犯了什么罪?

**彼:**巡官,这两个人犯了什么罪?

**道:**禀王爷,第一,他们乱造谣言,而且他们说了假话;第二,他们信口诽谤,末了,他们冤枉了一位小姐;第三,他们作假见证。总而言之,他们是说谎的坏人。

**彼:**第一,我问你,他们干了些什么事? 第二,我问你,他们犯了什么罪? 末了,我问你,他们为什么被捕? 总而言之,你控诉他们什么罪状?

**克:**问得很好,而且完全套着他的口气,把一个意思用各种不同的方式表达出来。

**彼:**你们两人得罪了谁,所以才被他们抓了起来问罪? 这位聪明的巡官讲的话儿太深奥了,我听不懂。你们犯了什么罪?

薄:好殿下,我向您招认一切以后,请您不必再加追问,就让我们伯爵把我杀死了吧。我已经当着您的眼前把您欺骗,您的智慧所观察不到的,却让这些蠢货们揭发出来了。他们在晚上听见我告诉这个人,您的兄弟唐·约翰怎样唆使我毁坏希罗小姐的名誉,你们怎样听了他的话到花园里去,瞧见我在那儿跟打扮成希罗样子的玛茄蕾脱昵昵情话,以及你们怎样在举行婚礼的时候把她羞辱。我的罪恶已经给他们记录下来,我现在但求一死,不愿再把它重新叙述出来,增加我的惭愧。那位小姐是被我跟我的主人诬陷而死的,请殿下处我应得之罪。

彼:他这一番说话,不是像一柄剑似的刺进你的心里吗?

克:我听他说话,就像是吞下了毒药。

彼:可是果真是我的兄弟指使你做这种事吗?

薄:是的,他还给了我很大的酬劳呢。

彼:他是个好恶成性的家伙,现在一定是为了阴谋暴露,所以逃走了。

克:亲爱的希罗!现在你的影像又恢复到我最初爱你的时候那样纯洁美好了!

道:来,把这两个原告带下去。咱们那位司事先生现在一定已经把这件事情告诉里昂那托老爷了。弟兄们,你们别忘了替我证明我是头驴子。

佛:啊,里昂那托老爷来了,司事先生也来了。

(里昂那托、安东尼奥及教堂司事重上。)

里:这个恶人在哪里?让我把他的面孔认认清楚,以后看见跟他长得模样差不多的人,就可以避而远之。哪一个是他?

薄:您倘要知道谁是害苦了您的人,就请瞧着我吧。

里:就是你这奴才用你的鬼话害死了我的清白的孩子吗?

薄:是的,那全是我一个人干的事。

里:不,恶人,你错了。这儿有一双正人君子,还有第三个已经逃走了,他们都是有份的。两位贵人,谢谢你们害死了我的女儿,你们干了这一件好事,是应该在历史上大笔特书的。你们这一件事情干得真好。

克:我不知道应该怎样向您请求原谅,可是我不能不说话。您爱怎样处置我就怎样处置我吧,我愿意接受您所能想得到的无论哪一种惩罚,虽然我所犯的罪完全是出于误会。

彼:凭着我的灵魂起誓,我也犯下了无心的错误。可是为了消消这位好老人家的气起见,我也愿意领受他的任何重罚。

里:我不能叫你们把我的女儿弄活过来,那当然是不可能的事,可是我要请你们两位向这梅辛那所有的人宣告她死得多么清白。要是您的爱情能够鼓动您写些什么悲悼的诗歌,请您就把它悬在她的墓前,向她的尸骸歌唱一遍。今天晚上您就去歌唱这首挽歌。明天早上您再到我家里来;您既然不能做我的女婿,那么就做我的侄婿吧。舍弟有一个女儿,她跟我去世的女儿长得一模一样,现在她是我们兄弟两个唯一的嗣息,您要是愿意把您本来应该给她姐姐的名分转给了她,那么我这口气也就消下去了。

克:啊,可敬的老人家,您的大恩大德,真使我感激涕零! 我敢不接受你的好意? 从此以后,不才的克劳第奥愿意永远听从您的驱使。

里:那么明天早上我等您来,现在我要告别啦。这个坏人必须叫他跟玛茄蕾脱当面对质,我相信她也一定受到令弟的贿诱,参加同谋的。

薄:不,我可以用我的灵魂发誓,她并不知情,当她向我说话的时候,她也不知道她已经做了些什么不应该做的事,照我平常所知道,她一向都是规规矩矩的。

道:而且,老爷,这个原告,这个罪犯,还叫做驴子,虽然这句话没有写下来,可是请您在判罪的时候不要忘记。还有,巡丁听见他们讲起一个坏贼,到处用上帝的名义向人借钱,借了去永不归还,所以现在人们的心肠都变得硬起来,不再愿意看在上帝的面上借给别人半个子儿了。请您对于这一点也要把他仔细审问审问。

里:谢谢你这样细心,这回真的有劳你啦。

道:您老爷说得真像一个知恩感德的小子,我为您赞美上帝!

里:去吧,你的罪犯归我发落,谢谢你。

道:我把一个大恶人交在您手里,请您自己把他处罚,给别人做个榜样。上帝保佑您老爷! 愿老爷平安如意,无灾无病! 后会无期,小的告辞了! 来,伙计。(道、佛同下。)

里:两位贵人,咱们明天早上再见。

安:再见,我们明天等着你们。

彼:我们一定准时奉访。

克:今晚我就到希罗坟上哀吊去。(彼克同下。)

里:(向巡丁)把这两个家伙带走,我们要去问一问玛茄蕾脱,她怎么会跟这个下流的东西来往。(同下。)

语文新课标名家选

## 第二场　里昂那托的花园

（裴尼狄克及玛茄蕾脱自相对方向上。）

裴：好玛茄蕾脱姑娘，请您帮帮忙替我请琵特丽丝出来说话。

玛：我去请她出来了。您肯不肯写一首诗歌颂我的美貌呢？

裴：我一定会写一首顶高雅的诗送给你。

玛：好，我就去叫琵特丽丝出来见您。我想她自己也生腿的。

裴：所以一定会来。（玛下。）

"恋爱的神明，

高坐在天庭，

知道我，知道我，

多么的可怜！"

——我的意思是说，我的歌喉是糟糕得多么可怜。可是讲到恋爱，那么那位游泳好手李昂特，那位最初发明请人拉马的特洛埃勒斯，以及那一大批载在书上的古代的风流才子们，他们的名字至今为骚人墨客所乐道，谁也没有像可怜的我这样真的为情颠倒了。可惜我不能把我的热情用诗句表示出来，我曾经搜索枯肠，可是找来找去，只有"儿郎"两个字可以跟"姑娘"押韵，一个孩子气的韵！可以跟"羞辱"押韵的，只有"甲壳"两个字，一个硬邦邦的韵可以跟"学校"押韵的，只有"呆鸟"两个字，一个混账的韵！这些韵脚都不大吉利。不，我想我命里没有诗才，我也不会用那些风花雪月的话儿向人求爱。

（琵特丽丝上。）

裴：亲爱的琵特丽丝，我一叫你你就出来了吗？

琵：是的，先生，您一叫我走，我也就会去的。可是在我未去以前，让我先问您一个明白，您跟克劳第奥说过些什么话？

裴：我已经骂过他了，所以给我一个吻吧。

琵：骂人的嘴是不干净的，不要吻我，让我去吧。

裴：你真会强词夺理。可是我必须明白告诉你，克劳第奥已经接受了我的挑战，要是他不给我一个回音，我就公开宣布他是个懦夫。现在我要请你告诉我，你究竟为了我哪一点坏处而开始爱起我来呢？

琵：为了您所有的坏处，它们朋比为奸，尽量发展它们的恶势力，不让一点儿好处混杂在它们中间。可是您究竟为了我哪一点儿好处，才对我害起相思来呢？

裴:"害起相思来",好一句说话！我真的给相思害了,因为我爱你是违反我的本心的。

琵:那么您原来是在跟您自己的心作对。唉,可怜的心! 你既然为了我的缘故而跟它作对,那么我也要为了您的缘故而跟它做对了。因为我的朋友要是讨厌它,我当然再也不会欢喜它的。

裴:咱们两个人都太聪明啦,总不会安安静静地讲几句情话。

琵:照您这样说法,恐怕未必如此,真正的聪明人是不会自称自赞的。

裴:这是一句老生常谈,琵特丽丝,在从前世风淳厚,大家能够赏识他邻人的好处的时候,未始没有几分道理。可是当今之世,谁要是不乘他自己未死之前预先把墓志铭刻好,那么等到丧钟敲过,他的寡妇哭过几声以后,谁也不会再记得他了。

琵:您想那要经过多少时间呢？

裴:问题就在这里,左右也不过钟鸣一小时,泪流一刻钟而已。所以一个人只要问心无愧,把自己的好处宣传宣传,就像我对于我个人的确不坏。现在已经自称自赞得够了,请您告诉我,你的妹妹怎样啦？

琵:她现在憔悴不堪。

裴:你自己呢？

琵:我也是憔悴不堪。

裴:敬礼上帝,尽心有我,你的身子就可以好起来。现在我应该去啦,有人慌慌张张地找你来了。

(欧苏拉上。)

欧:小姐,快到您叔叔那儿去。他们正在那儿议论纷纷,希罗小姐已经证明受人冤枉,亲王跟克劳第奥上了人家一个大大的当。唐·约翰是罪魁祸首,他已经逃走了。您就来吗？

琵:先生,您也愿意去听听消息吗？

裴:我愿意活在你的心里,死在你的怀里,葬在你的眼里,我愿意陪着你到你叔叔那儿去。(同下。)

## 第三场　教堂内部

(唐·彼罗特、克劳第奥及侍女等携乐器蜡烛上。)

克:这儿就是里昂那托家的坟堂吗？

一侍从:正是,爵爷。

克：（展手卷朗诵）

　　"青蝇玷玉，谗口铄金，嗟吾希罗，月落星沉！生蒙不虞之毁，死播百世之馨；唯今德之昭昭，其虽死而犹生。"

我将你悬在坟上，当我不能说话的时候，你仍在把她赞扬！现在我奏起音乐来，歌唱你们的挽诗吧。

　　（唱）

　　　　唯兰蕙之幽姿兮，
　　　　遽一朝而摧焚；
　　　　风云忧郁其变色兮，
　　　　月姐掩脸而似嗔；
　　　　语月姐兮毋嗔，
　　　　听长歌兮当哭；
　　　　绕墓门而逡巡兮，
　　　　岂百身之可赎！
　　　　风瑟瑟兮云漫漫，
　　　　纷助予之悲叹；
　　　　安得起重泉之白骨兮，
　　　　及长夜之未旦！

克：幽明从此音尘隔，岁岁空来祭墓人。永别人，希罗！

彼：早安，列位朋友们，把你们的火把熄灭。豺狼已经开始觅食，瞧，熹微的晨光在日轮尚未出现之前，已经在欲醒未醒的东方缀上鱼肚色的斑点了。劳驾你们，现在你们可以回去了，再会。

克：早安，列位朋友，大家各走各的路。

彼：来，我们也去换好衣服，再到里昂那托家里去。

克：但愿亥门有灵，这一回赐给我好一点儿的运气！（同下。）


# 第四场　里昂那托家中一室

（里昂那托、安东尼奥、裴尼狄克、琵特丽丝、玛茄蕾脱、欧苏拉法兰西斯神父及希罗同上。）

神父：我不是对您说她是无罪的吗？

里：亲王跟克劳第奥怎样凭着莫须有的罪名冤诬她，您是听见的，他们误信人言，也不能责怪他们。可是玛茄蕾脱在这件事情上也有几分不是,虽然照审问的结果看起来,她的行动并不是出于本意。

**安:**好,一切事情总算圆满收场,我很高兴。

**裴:**我也很高兴,因为否则我有誓在先,非得跟克劳第奥那小子算账不可了。

**里:**好,女儿,你跟各位姑娘进去一会儿,等我叫你们出来的时候,大家戴上面罩出来。亲王跟克劳第奥约定在这个时候来看我的。(众女下。)兄弟,你知道应该做些什么事,你必须做你侄女的父亲,把她许婚给克劳第奥。

**安:**我一定会扮演得神气十足。

**裴:**神父,我想我也要有劳您一下。

**神父:**先生,你要我做些什么事?

**裴:**替我加上一层束缚,或者把我送进坟墓。里昂那托大人,不瞒您说,好老人家,令侄女对我很是另眼相看。

**里:**不错,她这一只另外的眼睛是我的女儿替她装上去的。

**裴:**为了报答她的眷顾,我也已经把我的一片痴心呈献给她。

**里:**您这一片痴心,我想是亲王,克劳第奥,跟我三个人替您安放进去的。可是请问有何见教?

**裴:**大人,您说的话太玄妙了。可是讲到我的意思,那么我是要希望得到您的许可,让我们就在今天正式成婚,好神父,这件事情有劳您啦。

**里:**我竭诚赞成您的意思。

**神父:**我也愿意效劳。亲王跟克劳第奥来啦。

(唐·彼特罗、克劳第奥及侍从等上。)

**彼:**早安,各位朋友。

**里:**早安,殿下。早安,克劳第奥。我们正在等着你们呢,您今天仍旧愿意娶我的侄女吗?

**克:**即使她长得像个黑炭一样,我也绝不反悔。

**里:**兄弟,你去叫她出来,神父已经等在这儿了。(安下。)

**彼:**早安,裴尼狄克。啊,怎么,你的面孔怎么像严冬一样难看,堆满了霜雪风云?

**克:**他大概想起了那头野牛。呸!怕什么,朋友!我们要用金子镶在你的角上,整个的欧罗巴都会喜欢你,正像从前尤绿葩①喜欢那因为爱情而变成一头公牛的乔武一样。

**裴:**乔武老牛叫起来声音很是好听,大概也有那么一头野牛看中了令尊大人那头母

---

① 尤绿葩,神话中的女子,为乔武所爱。因化为公牛,载之而去。

牛,结果才生下了像老兄一样的一头小牛来,因为您的叫声也跟他差不多,倒是家学渊源哩。

克:我暂时不跟你算账,这儿来了我一笔待清的债务。

(安东尼奥率众女戴画罩重上。)

克:哪一位姑娘我有福握住她的手?

安:就是这一个,我现在把她交给您了。

克:啊,那么她就是我的了。好人,让我瞻仰瞻仰您的芳容。

里:不,在您没有搀着她的手到这位神父面前宣誓娶她为妻以前,不能让您瞧见她的面孔。

克:把您的手给我。当着这位神父的面,我愿意娶您为妻,要是您不嫌弃我的话。

希:当我在世的时候,我是您的另一个妻子,(取下面罩)当您爱我的时候,您是我的另一个丈夫。

克:又是一个希罗!

希:一点儿不错,一个希罗已经蒙垢而死,但我以清白之身活在人间。

彼:就是从前的希罗!已经死了的希罗!

里:殿下,当谗言流传的时候,她才是死的。

神父:我可以替你们解释一切,等神圣的仪式完毕以后,我会详细告诉你们希罗逝世的一段情节。现在暂时把这些怪事看做不足为奇,让我们立刻到教堂里去。

裴:慢点儿,神父。琵特丽丝呢?

琵:(取下面罩)我就是她。您有什么见教?

裴:您不是爱我吗?

琵:啊,不,我对您不过是以礼相待罢了。

裴:这么说来,您的叔父、亲王、跟克劳第奥都被蒙骗了,因为他们一口咬定说你是爱我的。

琵:您不爱我吗?

裴:是的,不,我对您不过也是以礼相待。

琵:这么说来,我的妹妹、玛茄蕾脱跟欧苏拉都也错而又错了,因为她们也一口咬定说你是爱我的。

裴:他们口口声声说您为了我相思成病。

琵:她们发誓赌咒说您为了我魂牵梦萦。

裴:没有的事,那么您爱我吗?

琵:不,真的,我们不过是普通的朋友。

莎士比亚戏剧集

**里**:行了行了,侄女,我可以肯定你是爱这位绅士的。

**克**:我也可以发誓他爱着她,因为这儿有一首他的亲笔诗,是他搜肠刮肚写出来的,是歌颂琵特丽丝的。

**希**:这儿也有一首诗,是我姐姐写的,从她口袋里翻出来的,上面倾诉着她对裴尼狄克的爱恋。

**裴**:奇怪奇怪!我们都心口不一了。行,我愿意娶你为妻,但是老天在上,我是因为怜悯你才娶你的。

**琵**:我不想拒绝你,但是老天在上,我只是因为难禁别人之劝,还有也是因为要拯救你的性命,所以才答应的,别人告诉我你在一天比一天消瘦呢。

**裴**:别废话了!让我封住你的嘴。(吻琵。)

**彼**:已经结婚的裴尼狄克,请吧!

**裴**:殿下,给你说吧,就是大家唇枪舌剑地向我攻击,我也绝不会因为他们的讥笑放弃自己的决心。你以为我会在乎那些冷嘲热讽吗?不,如果一个人这么容易就被流言击败,那他根本就不配做一个坚强的人,总之,我既然决定结婚,那么无论别人说些什么,我都不在乎。所以你们也不要取笑我以前曾说过反对结婚的话,因为人本来就是反复无常的东西,这就是我的观点了。至于说到你,克劳第奥,我真很想揍你一顿。不过既然你要成为我的亲戚了,那就宽恕你这一次,好好地待我的妻妹吧。

**克**:我真希望你拒绝了琵特丽丝,这样我就能用棍子打你一顿了,打得你不敢再单身。我很担心你这人靠不住,我的妻姐应该管你严点才对。

**裴**:行啦行啦,咱们是好朋友。现在我们还是趁没有举行婚礼,大伙跳一支舞,让我们的心和我们的妻子一起飘舞起来吧。

**里**:还是举行完婚礼后再跳吧。

**裴**:不,跳完再举行婚礼,奏起音乐来!殿下,你好像心事重重的,娶个媳妇吧,娶个媳妇吧。

(一使者上。)

**使者**:殿下,您外逃的兄弟约翰已经在路上被抓着了,现在由士兵押回梅辛那来了。

**裴**:现在不要提他,改天再说吧,我可以给你设计一些最新颖的惩罚他的办法。奏起来,音乐!(跳舞,众下。)